MAX BENTOW

Die Puppenmacherin

GOLDMANN

Buch

Als der Berliner Kommissar Nils Trojan an den Schauplatz eines neuen Mordfalles gerufen wird, ist er zutiefst erschüttert von dem Anblick, der sich ihm bietet: Der Täter hatte eine junge Frau in den Keller gelockt und sie dort auf ungeahnte Weise ermordet – ihr Körper ist erstarrt in einem monströsen Sarkophag aus getrocknetem Schaum. Bei seiner Recherche stößt Trojan auf einen älteren Fall, der verblüffende Parallelen aufweist: Damals konnte die Puppenmacherin Josephin Maurer in letzter Sekunde aus einem Keller befreit werden, der Angreifer hatte bereits Spuren seiner makabren Handschrift auf ihrem Körper hinterlassen. Doch der als Täter identifizierte Karl Junker gilt inzwischen als tot – kann es sein, dass jemand ihn kopiert? Oder ist er doch noch am Leben, besessen davon, sein grausames Werk fortzusetzen? Trojan bittet die Psychologin Jana Michels um Hilfe, denn er ahnt, dass der Mörder in einen Wahn verstrickt ist, der sich seiner Vorstellungskraft entzieht – und dass das Töten noch lange kein Ende hat …

Weitere Informationen zu Max Bentow sowie zu lieferbaren Titeln des Autors finden Sie am Ende des Buches.

Max Bentow

Die Puppenmacherin

Psychothriller

GOLDMANN

MIX
Papier | Fördert gute Waldnutzung
FSC® C014496

Penguin Random House Verlagsgruppe FSC® N001967

10. Auflage
Taschenbuchausgabe März 2014

in der Penguin Random House Verlagsgruppe GmbH,
Neumarkter Straße 28, 81673 München
produktsicherheit@penguinrandomhouse.de
(Vorstehende Angaben sind zugleich
Pflichtinformationen nach GPSR.)

Dieses Werk wurde vermittelt durch
die Literarische Agentur Michael Gaeb
Umschlaggestaltung: UNO Werbeagentur, München,
Umschlagmotiv: FinePic®, München (2);
Getty Images/Flickr; GettyImages/Andrew Unangst;
plainpicture/Jens Rufenach
CN · Herstellung: Str.
Druck und Bindung: GGP Media GmbH, Pößneck
Printed in Germany
ISBN 978-3-442-48003-6

www.goldmann-verlag.de

PROLOG

Alles war finster um sie herum. Sie wollte die Augen öffnen, aber es gelang ihr nicht. Da klebte etwas an ihren Brauen und auf den Wangenknochen, da presste sich etwas auf ihre Lider, wie ein festes Band.

Ein Zucken durchfuhr sie, dann folgte der Schmerz. Es war ihr nicht möglich, die Arme zu bewegen, sie waren weit nach hinten gestreckt, die Handgelenke eingeschnürt. Sie versuchte ihre Füße aufzustellen, aber auch dort schienen Fesseln zu sein, sie schnitten sich in ihr Fleisch.

Der Untergrund, auf dem sie lag, war kalt, es roch modrig und feucht. Für einen Moment glaubte sie, sie sei in einem Sarg, begraben bei lebendigem Leib, dann dachte sie an einen Keller, irgendein dunkles Verlies, und sie wollte um Hilfe schreien, doch es kamen nur unzusammenhängende Laute aus ihr heraus.

Ihr war schwindlig, ein Brechreiz kroch ihre Kehle hinauf. Etwas musste sie betäubt haben, sie erinnerte sich vage an einen stechenden Geruch und das Zuschlagen einer Autotür.

Da hörte sie plötzlich, wie etwas über den Boden scharrte, nicht weit von ihr entfernt. Entsetzt lauschte sie in die Dunkelheit hinein.

Sie fragte tonlos, ob da jemand sei. Es antwortete bloß ihr dumpf schlagendes Herz. Kurz darauf drang das Geräusch erneut an ihre Ohren, es klang, als würde ein metallischer Gegenstand hin und her rollen, schurrend, drohend.

Und mit einem Mal spürte sie, dass sie nicht allein war.

Jäh kehrte die Erinnerung zurück. Sie war auf der Straße gewesen, auf dem Weg zu ihrer Freundin. Sie dachte an den Mann mit dem Basecap, sie hatte ihn gesehen, als sie in den Van gestoßen wurde. Selbst das Kennzeichen hatte sie sich eingeprägt, es war ein B, dann kam der Bindestrich, gefolgt von einem G oder einem H, schließlich die Ziffernfolge 589. Sie durfte es nicht wieder vergessen.

Sie lauschte. Und dann hörte sie ihn atmen.

Er war ihr nah, ganz nah. Sein Atem traf heiß auf ihr Gesicht, und er roch schlecht, gierig und säuerlich.

Sie warf den Kopf herum.

»Was wollen Sie von mir?«, stieß sie hervor.

Es kam keine Antwort.

»Bitte, lassen Sie mich gehen!«

Sie begann zu wimmern, ein Zittern durchlief ihren Körper.

Lange Zeit passierte nichts.

Doch dann spürte sie etwas an den Beinen. Es war kalt, Metall auf ihrer nackten Haut. Sie hörte den ratschenden Stoff, wie er aufklaffte, eine Schere schnappte, und plötzlich waren da Hände und zerrten ihr die Jeans vom Körper, und sie bettelte den Fremden leise an, ihr das nicht anzutun, aber er sagte nichts, und die Schere wanderte von ihrem Bauch aufwärts hin zu ihrem Hals, und für kurze Zeit verlor sie wieder das Bewusstsein. Sie fiel, es war beinahe eine Erleichterung zu fallen, tief hinab, fort von allem.

Als sie wieder zu sich kam, schlugen ihre Zähne aufeinander. Sie bebte, unter ihr der nackte Steinboden. Sie lauschte, versuchte herauszufinden, ob ihr Peiniger noch immer in der Nähe war. Da hörte sie wieder, wie etwas über den Boden rollte, und dann sprach eine Stimme zu ihr. Sie klang tief und gepresst, als drückte jemand beim Sprechen das Kinn auf die Brust:

»KOMM HER ZU KARLI. NUN MACH SCHON, HAB DICH NICHT SO. KARLI WARTET AUF DICH.«

Sie zitterte, schnappte nach Luft.

»Hören Sie«, stammelte sie, »wenn Sie mich gehen lassen, werde ich nichts verraten, gar nichts.«

Doch die Stimme schien überhaupt nicht auf sie zu reagieren, sie sprach einfach weiter:

»KOMM DOCH, KOMM HER ZU KARLI. ER WARTET SCHON.«

»Bitte, ich flehe Sie an –.«

Die Stimme aber verfiel in eine Art Singsang, wiederholte die Sätze, immer und immer wieder.

Es war ihr unheimlich.

Als sie noch überlegte, was sie darauf entgegnen sollte, vernahm sie plötzlich ein schüttelndes Geräusch. Und dann zischte etwas. Sie schrie auf. Sie spürte es an den Füßen. Es war klebrig, wie ein Schaum überzog es sie. Und es wurde immer mehr. Sie schrie noch einmal. Sie wollte die Füße wegziehen, doch ohne Erfolg, sie zog ihre Fesseln dabei nur fester zu.

Das Zischen setzte für einen Moment aus. Sie hörte Gelächter. Dann wurde weiter auf sie eingesprüht.

Sie hatte dieses klebrige Zeug auf der Haut, es ekelte sie. Bis über die Waden und die Schienbeine breitete es sich aus. Es war wie ein kriechendes Getier, das sich schmatzend über sie hermachte.

Es dauerte lange.

Sie wimmerte.

Schließlich wurde ihr der Mund mit einem Tape verklebt. Kurz darauf entfernten sich Schritte, und dann hörte sie das Klappen einer Tür.

Sie war allein.

Die Masse an ihren nackten Beinen härtete allmählich ein. Immer fester wurde sie, umhüllte ihre Füße und ihre Unterschenkel bis hin zu ihren Knien. Als würde ein formloses Wesen sie umklammern, gespenstisch und kalt.

Sie konnte nicht einmal um Hilfe schreien.

Niemand kam.

Und viel später, obwohl sie nicht gläubig war, schickte sie in Gedanken ein Stoßgebet in die Finsternis hinaus: »Hilf mir, lieber Gott, ich bitte dich, lass mich entkommen, lass mich hier raus.«

ERSTER TEIL

EINS

Er hatte nicht viel Zeit, aber er musste den richtigen Moment abpassen. Eine falsche Bewegung, ein verfrühtes Zucken mit der Waffe, ein unplatzierter Schuss, und die junge Frau vor ihm wäre tot.

Nils Trojan kniff die Augen zusammen, registrierte seinen rasenden Puls, das Adrenalin in seinen Adern. Er fühlte eine leichte Schwäche in seinem rechten Arm, ein Zittern, das er sofort wieder unter Kontrolle brachte.

Der Mund der Frau öffnete sich zu einem Schrei, aber er konnte sie nicht hören. Er versuchte sich auf ihren Angreifer zu konzentrieren, bemerkte den vorgeschobenen Kiefer, die zusammengepressten Lippen, der war zu allem bereit. Er hielt sie im Würgegriff, drückte den Lauf seiner Pistole an ihren Hinterkopf und stieß sie vor sich her.

Da waren überall Menschen, unmöglich, jetzt abzudrücken. Auf der Straße war dichter Verkehr, ein Sonnenstrahl blitzte auf, traf Trojan mitten im Gesicht. Er blinzelte. Für einen Moment konnte er die beiden nicht mehr erkennen, sie waren in der Menge abgetaucht, endlich erblickte er einen Zipfel von seinem Mantel, und da war sein Haarschopf und wieder das angstverzerrte Gesicht der Frau.

Sie kamen näher. Jetzt. Er zog die Waffe aus dem Holster und lud sie durch. Der Kopf der Frau war genau in der Schusslinie. Hinter ihnen hielt der Bus, nun ahnte Trojan, wo der Kerl mit ihr hinwollte. Zu viele Menschen um sie herum, er fuhr mit der Waffe am ausgestreckten Arm hin und her, nahm die Linke zu Hilfe, umklammerte den Griff mit beiden Händen und zielte.

Für einen Augenblick waren sie von den anderen isoliert. Er hatte den Kerl deutlich vor sich, der Finger am Abzug war unter Spannung: Jetzt, jetzt! Doch schon tauchten wieder Passanten um sie herum auf, und er horchte in sich hinein. Sollte er das wirklich tun?

Der Typ war am Bus, die Frau drehte den Kopf weg, wenn sie jetzt nur keinen Ärger machte und sich zur Wehr setzte. Sobald sie das Innere des Wagens erreicht hätten, wäre alles zu spät.

Nicht länger nachdenken.

Trojan drückte ab. Der Schussknall war merkwürdig dumpf, als sei sein Gehör geschädigt.

Er glaubte, dass er ihn an der Schulter getroffen hatte, aber er war sich nicht sicher, also drückte er ein zweites Mal ab. Die Patronenhülse, eine 9mm Parabellum, sprang aus seiner Sig Sauer und fiel zu Boden.

Er feuerte ein drittes Mal.

Plötzlich gefror das Bild. Schweiß rann an seinem Rücken hinunter. Lange Zeit blieb es still. Dann meldete sich eine Stimme hinter ihm.

»Guter Treffer, Nils.«

Trojan versuchte seine Anspannung zu verbergen. »Die Frau hat wirklich nichts abbekommen?«

»Nein. Schau doch genau hin.«

Der Instrukteur trat vor und wies auf den Geiselnehmer. »Du triffst ihn an der Schulter und am Bein.«

Trojan blickte auf die Löcher in der Leinwand.

Es roch nach Blei in der Indoorschießbahn im Keller des Kommissariats.

»Nur der dritte Schuss war völlig überflüssig.«

Trojan hörte seinen Trainer durch die Kopfhörer hindurch, die lediglich die Frequenzen der Schüsse dämmten.

Breier zeigte auf das Einschussloch in der Karosserie des Busses.

Trojan ließ die Waffe sinken. Er mochte das Schießtraining nicht besonders, aber es half nichts, er musste es tun, zumal sein Arm ein paar Wochen lang eingegipst war, nachdem er ihn sich bei einem seiner letzten Einsätze gebrochen hatte.

Dieser Einsatz wäre beinahe tödlich für ihn verlaufen. Und nicht nur für ihn.

»Das ging erstaunlich gut, Nils, wirklich.«

Trojan versuchte zu lächeln.

Er zwang sich, an die Umstände seiner Verletzung nicht mehr zu denken. Er musste nach vorne schauen, nur nach vorn.

»Machen wir Schluss für heute?«, fragte er.

»Wenn du willst, kannst du noch ein paar Kugeln abfeuern, ich hab Zeit.«

Trojan schüttelte den Kopf und nahm das Magazin aus seiner Waffe.

»Beim nächsten Mal wieder.«

Breier zuckte mit den Achseln. Er betätigte einen Knopf, und die Leinwand für den nächsten Trainingsfilm wurde von der Decke herabgelassen. Trojan nahm sich die Kopfhörer ab, legte sie auf den Tisch, nickte Breier noch einmal zu und verließ den Schießkorridor.

Er ging die Treppen zu seinem Büro hinauf, reinigte seine Waffe und verschloss sie im Stahlschrank.

Als er wieder auf dem Weg nach unten war, kam ihm ein Angestellter aus dem Archiv entgegen. Er balancierte einen Karton auf den Unterarmen, am Treppenabsatz stolperte er, und der Inhalt fiel heraus, unzähliges Aktenmaterial und ein paar alte Polaroids von einem Tatort. Er fluchte.

Trojan bückte sich und half ihm beim Aufsammeln. Er kannte den anderen nur vom Sehen.

»Die wickeln in der dritten Mordkommission gerade einen alten Fall auf, und wer muss das Zeug aus dem Archiv schleppen? Natürlich ich.«

Trojan blickte auf die Bilder, Fehlfarben aus ferner Vergangenheit. Er sah einen blutbefleckten Teppich, eine altmodische Wohnungseinrichtung.

»Polaroids«, murmelte er, und mit einem Mal schlug sein Herz heftiger. Da war die Nahaufnahme von einer Toten. Ihr Haar war mit Hirnmasse verklebt. Man hatte ihr den Schädel eingeschlagen.

Der Archivar grinste. »Aus der unschuldigen Zeit, als es noch keine Digitalkameras gab.«

Trojan wollte sich wieder aufrichten, doch dann spürte er das Stechen in der Brust. Gleichzeitig hatte er das Gefühl, nicht mehr genug Luft zu bekommen. Er wollte etwas sagen, aber er brachte keinen Ton heraus.

»Alles in Ordnung? Du bist ja kreidebleich.«

Er verzog das Gesicht.

Endlich stand er wieder, aber er musste sich an die Wand im Treppenhaus lehnen.

»Der Anblick sollte dir doch eigentlich vertraut sein, Kollege. Bloß eine Tote, mehr nicht.« Sein Grinsen wurde breiter.

Trojan mochte diesen Sarkasmus nicht.

Woher aber plötzlich diese Panik?

Erinnerungsbilder flackerten vor ihm auf, mit einer Wucht, die ihm den Atem nahm. Da war die Neubausiedlung, in der er groß geworden war, die hässlichen Waschbetonbauten. Eine Tür stand sperrangelweit offen, es war das

Haus in der Nachbarschaft. Etwas Schreckliches war geschehen, wie ein Lauffeuer sprach es sich herum. Die Frau aus Nummer 87, eine junge Frau, sie war tot. Man flüsterte sich zu, sie sei ermordet worden. Da waren die Absperrbänder und die Männer in den weißen Overalls. Und dann wurde die Trage herausgebracht, darauf befand sich der Leichensack.

Er war noch ein kleiner Junge, und er wusste etwas über die Tote, aber das durfte er niemandem verraten.

Trojan erhaschte einen letzten Blick auf das Polaroid in der Hand des Archivars. All das Blut, die Hirnmasse.

War das die Frau? Nein, das konnte nicht sein. Sie hatte nur wenig Ähnlichkeit mit ihr, und überhaupt lag das doch alles schon eine Ewigkeit zurück.

Warum aber diese Angst?

Der Archivar verstaute die Bilder in dem Karton.

»Alles Schnee von gestern, Kollege, mach's gut.«

Er entfernte sich durch den Gang. Trojan blickte ihm nach.

Nur ein einfacher Angestellter, dachte er, keiner seiner Kollegen aus der Fünften Mordkommission. Wenn ihn einer von ihnen in diesem Zustand erleben würde, was dann? Als Bulle durfte er keine Schwäche zeigen und schon gar keine Angst.

Er massierte sich die Herzgegend.

Ruhig, nur ruhig, dachte er.

Langsam, Stufe für Stufe, stieg er die Treppe hinab. Der Wachpolizist im Erdgeschoss warf ihm einen fragenden Blick zu. Trojan antwortete mit einer schiefen Grimasse.

Dann stieß er das Eingangstor auf und trat hinaus.

Die Karthagostraße war in tiefes Abendlicht getaucht. Vögel lärmten in den Bäumen. Die Augusthitze hatte noch immer nicht nachgelassen. Es roch nach Sommer und Staub und ganz schwach aus den Gehegen im nahe gelegenen Zoo. Trojan löste das Schloss von seinem Fahrrad und schob es zur Kurfürstenstraße. Er bog nach links ein und ging so lange weiter, bis er sich halbwegs beruhigt hatte. Erst an der Urania schwang er sich auf den Sattel und fuhr in Richtung Kreuzberg.

Das alte Polaroid, dachte er unterwegs.

Er musste es wiederfinden.

Irgendwo hatte er es versteckt.

Wieder wurde es dunkel im Saal, gleich würde der zwanzigste Kurzfilm an diesem Abend folgen. Josephin Maurer war bereits ziemlich erschöpft.

Sie mochte es nicht, wenn das Licht ausging, Dunkelheit machte sie nervös. Sie versuchte sich zu konzentrieren, um den letzten Film an diesem Abend wenigstens auch ein bisschen genießen zu können, immerhin hatte sie an ihm mitgewirkt. Die Hauptfigur war gewissermaßen sie selbst, wenn auch nur mit einem Puppengesicht.

Sie hatte sie in einer einzigen Nacht angefertigt, ein Amigurumi, das war die japanische Kunst, kleine, gestopfte Tiere und menschenähnliche Kreaturen zu häkeln oder zu stricken. Nachdem sie einmal im Internet etwas darüber gelesen hatte, war sie regelrecht besessen davon. Sie hatte mit Schweinen, Hasen, Igeln und einem Opossum angefangen und war schließlich dazu übergegangen, Menschenpuppen im Manga-Stil herzustellen.

Sie verkauften sich einigermaßen gut, zumindest reichte es, um die Miete für ihren kleinen Laden in der Weserstraße zu bezahlen, es gab auch selbstentworfene T-Shirts im Angebot und allerlei Krimskrams. Zur Not konnte sie immer auf die Unterstützung ihrer Eltern rechnen.

Die Musik setzte ein. Josephin Maurer holte tief Luft. Der Film begann.

Es war später Abend, man sah die Puppe in ihrem Puppenheim. Sie hatte große Augen, so groß wie die ihrer Schöpferin, und auch sie trug ihre Strickmütze tief in die Stirn gezogen. Niemals hätte Josephin Maurer auf ihre Mütze verzichtet, nicht im heißen August und auch nicht hier im Kino, so glaubte sie sich sicherer, unbehelligt, als dürfte ein Teil von ihr in ihrem Versteck bleiben. Diese Eigenschaft hatte sie ihrer Puppe mitgegeben, ebenso wie sie ihr ihren eigenen Spitznamen verpasst hatte: Josie.

Milan wollte das nicht wahrhaben. Milan weigerte sich, in der Puppe Josie seine Freundin Josie wiederzuerkennen, für ihn war sie bloß irgendeine Manga-Figur, zufällig auch mit Strickmütze, zufällig mit ihrem Namen. Josie wusste nicht, was sie davon halten sollte. Denn dieses Wesen dort auf der Leinwand war niemand anderes als sie selbst.

Milan hatte den Film in Stop-Motion-Technik gedreht. Das war eine mühselige Kleinarbeit, in der er jede Bewegung der Puppe einzeln aufnehmen musste, ein halbes Jahr hatte er für den zehnminütigen Clip gebraucht. Josie fand das zu lang, sie hätte nicht die Geduld dafür, aber das Drehen war nun mal Milans Part.

Die Puppe streifte sich ein Nachthemd über und zog die Vorhänge vor. Josie hatte sie in den Schuhkarton gehängt, der das Puppenzimmer darstellte, auch die Tapeten hatte sie angeklebt und die kleinen Möbelstücke gebastelt. Ausstattung: Josephin Maurer. So wäre es im Abspann vermerkt, doch sie wusste nicht, ob sie bis dahin durchhalten würde.

Sie war viel zu nervös, konnte nicht stillsitzen. Die Dunkelheit rief Beklemmungen in ihr hervor. Dazu kam die stickige Luft im Kino, was für eine idiotische Idee der Veranstalter, ein Animations-Kurzfilmfestival im August abzuhalten. Im Sommer sollte man sich nicht zu oft in geschlossenen Räumen aufhalten. Josie stellte sich vor, in diesem Moment irgendwo in dieser Stadt unterm befreienden Nachthimmel zu sitzen und ein kühles Getränk zu sich zu nehmen, irgendeinen Cocktail mit frischer Minze, ja, etwas Alkohol, das würde sie entspannen.

Plötzlich tippte sie jemand von hinten an. Jede Berührung im Dunkeln war ihr unangenehm. Entsetzt fuhr sie herum.

»Entschuldige, aber du zappelst so.«

Sie konnte ihren Hintermann nicht genau erkennen, aber so viel stand für sie fest: Sein Gesicht gefiel ihr nicht.

Sie drehte sich wieder nach vorn. Milan, der neben ihr saß, sagte etwas zu ihr, aber sie hörte schon nicht mehr zu. Sie murmelte eine Entschuldigung und stand auf.

Die Puppe Josie wälzte sich gerade in ihrem Bett hin und her, sie trug noch immer ihre Strickmütze, selbst zum Schlafengehen setzte sie sie nicht ab, zumindest darin unterschied sie sich von der realen Josie. Die Tür, die kleine Papptür im Schuhkarton, wurde aufgestoßen, dazu erklang das grässliche Sounddesign, auch dafür war Milan verantwortlich. Das Knarren der Tür war unheimlich verstärkt, ein paar verzerrte Akkorde erschallten, und gleich würde dieses Spinnenwesen im Zimmer auftauchen. Josie hatte Tage dafür gebraucht, ihm all die kleinen metallischen Teile anstelle der Beine anzubringen, fiese, spitze Instrumente, die das Wesen vor der erschreckten Puppe Josie ausbreiten würde.

Die Musik wurde lauter, und das Ungetüm näherte sich dem Bett. Josie kannte die Szene, Milan hatte sie ihr bestimmt an die hundert Mal vorgeführt. Die Spinne war seine Idee gewesen, und sie hatte eingewilligt, sie für ihn anzufertigen, aber es hatte ihr nicht gefallen. Sie musste sich eingestehen, dass ihr ein Großteil des Films nicht gefiel, aber so war Milan eben nun mal. Wenn er sich etwas in den Kopf gesetzt hatte, brachte ihn nichts mehr davon ab.

»Der Film muss etwas Unheimliches haben«, hatte er zu ihr gesagt, »wir müssen das Niedliche deiner Puppe brechen, Josie, hörst du?«

»Meine Puppen sind nicht niedlich«, hatte sie entgegnet, »sie sind ernst, verträumt, manche sogar verstört, sie leben in ihrer eigenen Welt.«

Aber was verstand Milan schon davon. Milan war mit Horrorfilmen groß geworden. Er hatte ihr hoch und heilig versprechen müssen, niemals auch nur einen einzigen in ihrer Gegenwart anzuschauen.

Mühsam arbeitete sie sich durch die Sitzreihe vor. Die Zuschauer reagierten mit verhaltenem Murren, manche zogen nicht einmal ihre Beine weg.

Als sie schon fast am Ende der Reihe angelangt war, zuckte grelles Licht von der Leinwand auf. Das war die Stelle, an der eines der riesigen Augen der Spinne einen Blick auf die Puppe warf.

Plötzlich war ihr, als würde jemand aus der vorletzten Reihe zu ihr hinstarren. Als sie den Kopf in seine Richtung wandte, bemerkte sie sein Grinsen, aber schon kurz darauf tauchte sein Gesicht in der Dunkelheit wieder ab.

Das mechanische Surren der Instrumente war zu hören. Gleich würde sich das Spinnenwesen über die Puppe hermachen. Sie wollte es nicht sehen. Sie musste weg sein, noch bevor es begann. Sie riss die Saaltür auf und flüchtete sich ins Foyer.

Das Moviemento war ein kleines Kreuzberger Programmkino, der Filmvorführer war gleichzeitig Kartenabreißer und musste Popcorn und Getränke verkaufen. Niemand war mehr an der Kasse.

Sie folgte dem Schild hin zu den Toiletten, öffnete die Tür zum Vorraum und schloss sich in einer Kabine ein. Hastig nahm sie das Medikamentendöschen aus ihrer Handtasche und schluckte eine Tablette hinunter. Es war ein angstlösendes Mittel, von ihrer Ärztin verschrieben. Eigentlich sollte sie dreimal täglich eine nehmen, heute war es schon die vierte.

Sie atmete tief durch. Diese Spinne, dachte sie. Sie hätte sich niemals von ihm überreden lassen sollen, dieses grässliche Tier zu kreieren, das dann auch noch über eine ihrer Lieblingspuppen herfallen würde, eine Puppe, die sie selbst darstellte. Was dachte er sich überhaupt dabei?

Ihre Hände hatten sich ineinander verkrampft. Sie starrte auf ihre rotunterlaufenen Fingerknöchel.

Was würde nur ihre Ärztin von dem Film halten? Josie hatte sie eingeladen. Vielleicht war sie ja tatsächlich noch gekommen und saß im Publikum.

Entspann dich, dachte sie, versuch es wenigstens.

Da hörte sie ein Geräusch. Die Tür zum Toilettenraum wurde geöffnet, jemand kam herein. Ihr Herz hämmerte. Neben ihr wurden die Kabinentüren aufgeklinkt, eine nach der anderen. Die Schritte kamen näher, dumpf und schwer. Waren das die Schritte eines Mannes? Sie lauschte. Kein Zweifel, das war ein Mann. Sie vergewisserte sich, dass sie abgeschlossen hatte, umklammerte den schmierigen Riegel. Und dann wurde die Klinke zu ihrer Kabine heruntergedrückt. Was sollte sie nur tun?

»Weg, weg!«, stammelte sie und presste sich gegen die Tür.

Er würde in die Nachbarkabine gehen und dort auf das

Toilettenbecken steigen, um sich an der Wand hochzuziehen. Josie war, als müsste jeden Augenblick sein Kopf über ihr auftauchen. Und dann würde er auf sie herabschauen, und sie hätte seine gierige Fratze vor sich. Sie wollte sich in einer Ecke zusammenkauern und die Hände über den Kopf schlagen, aber sie musste an der Tür bleiben, sie musste sich wehren.

»Nein«, rief sie. »Nein!«

Mit einem Mal fragte jemand leise: »Josie?«

»Weg!«

Der Kerl aber sagte wieder ihren Namen.

»Ich bin es doch, Josie!«

Sie atmete schwer, zitterte am ganzen Körper.

Es dauerte einen Moment, bis sie endlich begriff.

»Milan?«

Der Mann vor der Tür schwieg.

Dann hörte sie ihn fragen: »Ist alles in Ordnung bei dir?«

Tatsächlich, es war seine Stimme. Aber warum musste er sie so erschrecken?

»Was hast du hier zu suchen, Milan?«, stieß sie hervor.

»Ich dachte, du bist –.«

»Was?«

»Ich wollte nach dir schauen, ich –. Ich hab mir Sorgen um dich gemacht.«

»Das ist ein Damenklo, ja?«

Ihre Stimme überschlug sich. Sie presste sich noch immer gegen die Kabinentür. Da spürte sie, wie sich sein Griff lockerte, die Klinke schnellte zurück. Er schien eine Weile unschlüssig dazustehen. Keiner sagte ein Wort. Dann entschuldigte er sich leise, sie hörte, wie er sich entfernte. Im Vorraum wurde die Tür geöffnet und fiel wieder ins Schloss.

Sie war allein.

Doch das Zittern ließ sie nicht mehr los.

Trojan hielt vor seiner Haustür in der Forsterstraße, schloss auf und schob das Rad in den Hof. Gleich darauf ging er hinunter in den Keller. Er öffnete den Verschlag und seufzte, als er all das Gerümpel sah. Es brauchte einige Zeit, bis er sich nach hinten vorgearbeitet hatte, wo er auf alte, von der Feuchtigkeit aufgeweichte Umzugskartons stieß. Vor unzähligen Jahren hatte er sie ordentlich mit Filzstift beschriftet. Auf einem las er: »Krimskrams, Fotos etc.« Der musste es sein. Er wuchtete ihn in den Kellergang, wo etwas mehr Licht war.

Er durfte sich nicht mit jedem einzelnen Erinnerungsstück aufhalten, musste systematisch vorgehen. Schließlich fand er am Boden des Kartons, wonach er gesucht hatte. Es war eine Klarsichthülle, darin befand sich eine Broschüre mit Bibelsprüchen, seine Mutter hatte sie ihm kurz vor ihrem Tod gegeben.

»Für die Hoffnung«, hatte sie zu ihm gesagt, obwohl sie wusste, dass er nicht an ihren Gott glaubte. Er hatte es auch mehr als Geste verstanden.

Hoffnung, dachte er und zog die Broschüre heraus. Darunter lag das Polaroid.

Es versetzte ihm einen Stich.

Für kurze Zeit kehrte die Panik zurück, aber er hatte sich schnell wieder unter Kontrolle. Er stopfte die Broschüre mitsamt der Klarsichthülle zurück in den Karton, schob ihn in den Kellerverschlag und schloss ab. Das Bild steckte er in die Hosentasche.

Im Treppenhaus kam ihm seine Nachbarin entgegen, sie war auf dem Weg nach unten.

Doro lächelte, als sie ihn sah.

»Schau an, der Bulle.«

Trojan nickte ihr zu, blieb stehen und suchte nach Worten. Doro und ihn verband eine nicht ganz geklärte Gelegenheitsaffäre. Er hatte sich lange nicht mehr bei ihr blicken lassen. Nicht, dass er nicht gelegentlich Lust verspürt hätte, an ihre Tür zu klopfen, aber da gab es noch jemanden in seinem Leben, noch so eine ungeklärte Geschichte, auch wenn sie zurzeit nur aus Tagträumen bestand.

»Du siehst blass aus, Nils. Ist alles in Ordnung?«

»Ein bisschen viel Arbeit, Doro.«

»Ach, komm schon, immer nur die Arbeit. Es ist Sommer!«

»Ja, du hast recht. Man sollte ihn genießen.«

»Was macht dein Arm?«

Er betrachtete ihn kurz, als sei er ein Fremdkörper, für einen Moment blitzten die Szenen im Schießkorridor vor ihm auf, und dann, greller, die Bilder jenes Kampfes, der ihn um ein Haar sein Leben gekostet hätte. Er verjagte den Gedanken daran.

»Alles verheilt.«

»Kannst du ihn mal wieder um die Schulter einer Frau legen?«

Trojan lächelte. »Vielleicht.«

»Hmm«, machte Doro, »wer dürfte das wohl sein?«

Er grinste. Doro war so herrlich direkt. Sie war neunundzwanzig und studierte immer noch. Seine Tochter Emily sah in ihr so etwas wie eine große Schwester.

»Bin in einer halben Stunde zurück, wollte das hier« – sie deutete auf die Bücher in ihrer Hand – »bei einer Freundin vorbeibringen, also wenn du willst –. Ein Abendessen bei mir?«

Trojan war hin und her gerissen.

»Okay«, sagte er, »ich schau mal.«

Doro zog eine Grimasse.

»Irgendwas beschäftigt dich doch, Bulle.«

Erinnerungen, dachte er.

Sie ging die Treppe hinunter. »Kannst mir ja davon erzählen, ich hör dir zu«, rief sie von unten.

»Danke, Doro, ich –.«

Und schon war sie weg.

In seiner Wohnung warf er sich auf das Bett seiner Tochter. Das war ihm beinahe zur Gewohnheit geworden, wenn er allein nach Hause kam. Emily wohnte mittlerweile wieder bei ihrer Mutter, er vermisste sie. Noch war sie mit ihr in den Ferien auf den Kanaren, es hatte ihm einen Stich versetzt, als er gehört hatte, dass der neue Freund ihrer Mutter sie begleiten würde.

In ein paar Tagen wären sie zurück, und dann konnte Trojan endlich mit seiner Tochter verreisen. Er freute sich auf die Zeit mit ihr an der Ostsee. Ihm blieb gerade mal eine Woche Resturlaub, mehr war nicht drin.

Ob sich Emily mit Friederikes neuem Freund gut verstehen würde? Er mochte die Vorstellung nicht, dass die drei jetzt in einem Ferienhaus auf La Palma zusammenhockten, und manchmal ertappte er sich dabei, wie er die Faust ballte, wenn er an den Kerl dachte.

Er schaute zu dem Tokio-Hotel-Poster über dem Bett, ein Relikt aus Emilys frühester Teeniezeit, sie mochte die Band mit ihren fünfzehn Jahren längst nicht mehr. »Kinderkram«, sagte sie lachend, wenn sie bei ihm übernachtete, aber er brachte es einfach nicht übers Herz, das Poster abzunehmen.

Schließlich stand er auf, ging in die Küche und nahm sich ein Bier aus dem Kühlschrank. Er öffnete es an der Tischkante und trank einige Schlucke, dann zog er das Polaroid aus der Hosentasche hervor.

Es war ein wenig unscharf, aufgenommen aus sicherer

Entfernung, aber deutlich genug, dass er seinen Vater darauf erkennen konnte. Seinen Vater in jungen Jahren.

Neben ihm stand eine Frau. Sie lächelte ihn an. Trojan meinte, dieses verschwommene Lächeln deuten zu können. Es war scheu und bewundernd, leicht unterwürfig, ergeben.

Er versuchte sich die unsichtbare Fotografin vorzustellen, die das Bild aufgenommen hatte, heimlich, vermutlich versteckt hinter der nächsten Häuserecke. Doch wie sehr er sich auch bemühte, es wollte ihm einfach nicht gelingen, sich das Gesicht seiner Mutter in Erinnerung zu rufen.

Lange Zeit starrte er auf die Frau neben seinem Vater. Sie lächelte. Doch nur einige Zeit später fand man sie tot in ihrer Wohnung vor.

Jemand hatte ihr den Schädel eingeschlagen.

Das Ende der Veranstaltung erlebte sie wie durch einen Schleier hindurch. Sie wurde aufs Podium gerufen, man überreichte ihr einen Blumenstrauß und eine Urkunde, und das Publikum applaudierte freundlich. Sie konnte es einfach nicht fassen. Ihr war soeben der Preis für die beste Ausstattung beim siebenten Berliner Animations-Kurzfilmfestival verliehen worden. Er war immerhin mit dreitausend Euro dotiert, was in ihrer eingeschränkten Finanzlage erfreulich viel Geld war.

Milan wurde mit keinem Preis bedacht, aber er fotografierte artig, als die Gratulanten auf sie zukamen. Allen voran Karen. Sie umarmte und küsste sie.

»Du bist toll, Josie, wirklich. Ich freu mich riesig für dich. Und das nach all dieser Zeit, als es dir so schlecht ging. Das ist einfach der Wahnsinn!«

Josie schwitzte unter ihrer Strickmütze im Scheinwerferlicht. Ihr war, als würde sie sich selbst dabei zusehen, wie sie ihre Freundin fest an sich drückte. Ihre Augen füllten sich mit Tränen.

»Danke, Karen, danke für alles.«

Karen hatte ihr nach Kräften geholfen, war vorbeigekommen, wenn sie in den Nächten keinen Schlaf fand, hatte ihr Taschentücher gereicht, wenn sie wieder von Weinkrämpfen geschüttelt wurde, ihr zugehört und beruhigend auf sie eingeflüstert.

Plötzlich stand Frau Dr. Hagemuth, ihre Ärztin, vor ihr, sie war also doch noch gekommen.

Auch von ihr wurde sie umarmt.

»Ich hätte gar nicht gedacht, dass Ihre Puppen so eine, wie soll ich sagen, so eine Intensität besitzen. Wie heißt noch mal diese japanische Häkelkunst?«

»Amigurumi.«

»Ja, also, wirklich, da haben Sie etwas für sich gefunden, nicht wahr?«

Frau Dr. Hagemuths Blick verriet, dass sie ihr damit noch sehr viel mehr sagen wollte. Und dann flüsterte sie ihr zu: »Weiter so, Frau Maurer. Und immer den Kopf oben halten.«

Kurzzeitig war sie vom Blitzlicht geblendet. Milan hatte ein Foto von ihnen beiden geschossen. Dann war ihre Ärztin plötzlich weg, und er stand vor ihr, verloren, etwas linkisch, das lange Haar im Gesicht. Er ließ seine Lumix in die Hosentasche gleiten und zog sie zu sich heran. Seine Umarmung war für ihren Geschmack zu heftig, fast aggressiv, aber vielleicht war sie auch einfach zu dünnhäutig an diesem Abend. Letztlich tat er ihr sogar leid, weil er so viel Geduld mit ihr aufbringen musste. Trotzdem war sie noch immer wütend auf ihn, weil er sie im Toilettenraum so erschreckt hatte.

Er küsste sie.

»Bravo, Josie, herzlichen Glückwunsch.«

»Danke«, murmelte sie.

Sie wusste ja, wie enttäuscht er war, seine Arbeit war überhaupt nicht honoriert worden. Dabei hatte er in den letzten Tagen immerzu von dem Hauptpreis gesprochen und beteuert, dass sie sich durchaus Chancen ausrechnen könnten, sie hingegen hatte sich insgeheim gefragt, ob er damit sie beide als Team meinte oder eigentlich nur sich selbst.

Irgendwann später hatte sie ein Sektglas in der Hand, sie trank es leer, bekam das nächste, dann noch eines, und bald darauf schwankte sie ein wenig, ihr Medikament vertrug sich nicht mit Alkohol.

Eine Frau trat auf sie zu und umarmte sie überschwänglich, Josie wich verlegen zurück.

»Kennen wir uns?«

»Oh, entschuldige, nein, ich bin die Frida, und weißt du was: Ich bin ein Fan von deinen Puppen.«

»Ehrlich?«

»Ja, mein Freund hat mir eine zum Geburtstag geschenkt, seitdem liegt sie immer auf meinem Bett. Auch so eine mit Strickmütze. Ich muss unbedingt mal in deinen Laden kommen. Wo war der noch gleich?«

Josie nestelte eine ihrer Visitenkarten aus ihrer Handtasche hervor und reichte sie ihr.

»Toll! Wirklich! Und diese Strickmütze, weißt du, die ist, na ja, irgendwie stilbildend, oder?« Sie lachte in einem fort.

Und endlich konnte auch Josie lachen.

»Weißt du«, sagte Frida, »der Film hat mir ehrlich gesagt überhaupt nicht gefallen, aber deine Puppen sind einfach phantastisch!«

Josie nickte, lächelte.

Schließlich bat sie Milan, er solle sie nach Hause bringen. Sie stolperte auf den steilen Stufen, die vom Kino hinunter zum Kottbusser Damm führten, er musste sie stützen. Die Abendluft war noch immer warm, würzig und verheißungsvoll, sie aber war am Ende ihrer Kräfte.

Sie gingen schweigend am Zickenplatz vorbei. Irgendwo bellte ein Hund, der Wind rauschte in den Kastanienbäumen. Josie atmete tief ein. Die Welt um sie herum schwankte leicht, doch es war ihr gleichgültig. Sie wollte sich freuen, schließlich hatte sie einen Preis bekommen.

»Wer war diese Frau, die dich umarmt hat?«, fragte Milan.

»Welche meinst du?«

»Nicht Karen, die andere.«

»Meine Ärztin?«

»Die auch nicht, die andere.«

Josie registrierte seinen genervten Unterton. Sicher, der Abend war für ihn nicht optimal verlaufen, aber sie war zu schwach, um ihn jetzt zu trösten. Sie wollte schlafen, einfach nur schlafen, am besten zwölf Stunden lang. Sie hoffte, dass sie nachts nicht wieder hochschrecken würde. Nicht mehr diese Alpträume, dachte sie, bitte nicht.

»Ach, die. Sie hat mir gesagt, dass ihr meine Puppen gefallen.«

»Also ein Fan von dir.«

»Blödsinn.« Dabei hatte die Frau es selbst gesagt: ein Fan. So wie Milan das Wort betonte, machte es ihr beinahe Angst.

»Und? Hat ihr mein Film gefallen?«

Sie seufzte.

»Sag schon, wie hat er ihr gefallen?«

»Sie fand ihn – ja, sie fand ihn ganz gut.«

»Du lügst.«

Sie blieb stehen.

»Okay, Milan, sie fand ihn nicht so Klasse, aber das ist doch Geschmackssache.«

Sie bemerkte das Zucken um seine Mundwinkel.

»Dein Film ist –. Er hat so viel Eigenes. So viel von dir. Er wird sich durchsetzen, ganz bestimmt.«

Er schwieg. Sie gingen weiter. Und dann waren sie auch schon vor ihrer Haustür in der Bürknerstraße.

Sie sah ihm an, dass er mit hinaufwollte. Sie erkannte die grimmige Falte zwischen seinen Augenbrauen, hätte ihn gern besänftigt, aber sie war zu müde, und sie wollte diese Diskussion nicht mehr mit ihm führen, also sagte sie: »Gute Nacht.«

»He«, sagte er, »gibt es nicht mal einen Kuss zum Abschied?«

Sie spürte, wie sich etwas in ihr zusammenkrampfte. Sie gab sich einen Ruck, stellte sich auf die Zehenspitzen, er war ja so viel größer als sie, und küsste ihn, wünschte ihm noch einmal eine gute Nacht, schloss die Tür auf und ging ins Treppenhaus.

In ihrer Wohnung stellte sie die Blumen in eine Vase und legte die Urkunde auf den Küchentisch. Sie putzte sich die Zähne, schüttelte ihr Bett auf, zog sich aus und streifte ihr Nachthemd über. Wie die Puppe Josie, dachte sie.

Da läutete das Telefon. Sie hielt inne. Sie überlegte, ob sie so spät noch abheben sollte. Vielleicht war es Milan, sicherlich war er beleidigt und fing wieder eine Diskussion mit ihr an. Sie wollte doch einfach nur ihre Ruhe haben und sich vorm Einschlafen ein ganz klein wenig freuen über ihren Erfolg.

Das letzte Jahr war für sie das schwierigste ihres Lebens gewesen, und nun hatte sie plötzlich einen Preis gewonnen, und sie hatte sogar ein wenig gelacht, und sie war beschwipst, und der Alkohol hüllte sie in einen warmen, schützenden Mantel.

Wieder und wieder klingelte es.

Schließlich hob sie ab.

»Hallo?«

Am anderen Ende der Leitung hörte sie jemanden atmen.

»Hallo«, sagte sie noch einmal.

Nur das Atmen.

Sie wollte bereits auflegen, als sich plötzlich eine tiefe Stimme meldete. Er sagte nur drei Sätze zu ihr. Dann klickte es in der Leitung.

Es traf sie bis ins Mark. Die gleichen Worte. Nur diese Worte. Und seine Stimme.

Die Stimme eines Toten.

»Hier ist der automatische Anrufbeantworter von Jana Michels. Leider kann ich Ihren Anruf zurzeit nicht persönlich entgegennehmen. Bitte hinterlassen Sie mir eine Nachricht nach dem Signalton.«

Sollte er auf ihr Band sprechen? Er konnte sich nicht entscheiden. Es war spät, die Hitze und das Bier machten ihn träge.

Er räusperte sich.

»Nils Trojan hier.«

In diesem Moment wurde abgehoben.

»Hallo.«

Sie klang müde, geschwächt, als habe er sie aus düsteren Gedanken herausgerissen.

»Störe ich gerade? Hab ich dich geweckt?«

»Nein, ist schon okay.«

Trojan stellte sich vor, dass sie wie er selbst auf dem Bett lag, alle Fenster in der Wohnung geöffnet. Von draußen drang das Stimmengewirr der Nachtschwärmer herein, ihr Gelächter, der Motorenlärm. Es war zu stickig in der Stadt, an Schlaf nicht zu denken.

»Wie geht es dir?«

Sie antwortete nicht.

Schließlich fragte sie: »Glaubst du, es ist richtig, dass wir uns duzen?«

»Warum denn nicht?«

»Du bist mein Patient, Nils.«

»Bin ich das wirklich noch?«

»Wir sollten um diese Zeit nicht miteinander telefonieren. Nicht privat.«

Er drückte den Hörer an das andere Ohr. Es war ein Fehler, er hätte nicht anrufen sollen, nicht um diese Zeit und nicht in seinem Zustand.

»Es ist deine Entscheidung«, sagte sie, »aber vergiss nicht, wir haben gerade erst angefangen.«

Ja, dachte er, etwas hatte angefangen in seinem Leben. Endlich ein Neubeginn, wenn auch nur eine Ahnung davon. Wie sollte er unter diesen Umständen ihr Patient sein.

»Es ist nicht richtig«, sagte sie. »Etwas vermischt sich. Du hast mir das Leben gerettet.«

»Wir haben uns gegenseitig das Leben gerettet.«

»Und gerade deshalb vermischt sich etwas. Wir müssen das klären.«

Er schwieg, hörte ihr dabei zu, wie sie in den Hörer atmete.

»Es ist mein Beruf, anderen zu helfen. Aber dazu gehört Distanz, und diese Distanz ist nicht mehr gewahrt, weil –.«

»Jana.«

»Bitte lass mich ausreden.«

»Verzeih.«

Sie seufzte. »Es ist auch für mich nicht einfach.«

»Ich weiß. Du hast Schreckliches durchgemacht. Wie kommst du zurecht?«

Wieder antwortete sie lange nicht.

Dann sagte sie leise: »Es gibt auch für uns Therapeuten professionelle Hilfe.«

»Verstehe. Das ist gut. Es ist gut, wenn du es irgendwie loswerden kannst.«

»Ein Vorschlag: Wir sehen uns morgen in meiner Praxis. Es ist ein regulärer Termin. Und wir treffen eine Entscheidung. Entweder bin ich deine Therapeutin – aber was sage ich –, entweder wir setzen die Therapie fort, und Sie sind wieder Herr Trojan für mich, oder –.«

»Oder was?«

Er lauschte ihrem Atem.

»Wir müssen es klären«, sagte sie kaum hörbar.

Das Polaroid lag in der Ecke am Boden, wo er es hingeworfen hatte. Er wollte es nicht mehr anschauen, aber es zog seine Blicke beharrlich auf sich.

»Hast du noch immer Angst?«, fragte er.

Sie holte tief Luft. Ihre Stimme war mit einem Mal verändert, kalt.

»Wovor sollte ich Angst haben? Dass der Federmann zurückkommt, weil ihr seine Leiche nicht gefunden habt?«

Der Federmann. Sie brauchte den Namen dieses Serienmörders, den er im letzten Frühjahr gejagt hatte, nur auszusprechen, schon krampfte sich sein Magen zusammen, und sein Puls beschleunigte sich.

»Es tut mir so leid, Jana. Alles, was geschehen ist, tut mir so leid.«

Ihre Antwort kam mit Verzögerung. »Sie können nichts dafür, Hauptkommissar Trojan. Es ist nicht Ihre Schuld.«

Unwillkürlich begann er zu frösteln, trotz der Wärme in seinem Schlafzimmer.

»Morgen Abend, okay? Passt es um sieben? In den neuen Praxisräumen.«

»Ja, in Ordnung«, sagte er.

»Also bis dann.«

»Bis dann.«

Er drückte die rote Taste. Ließ die Minuten verstreichen, lag reglos da. Schließlich stand er auf und holte sich noch ein Bier aus der Küche.

Es war bereits weit nach Mitternacht, als er sich wieder ins Bett legte. Das Polaroid hatte er wahllos zwischen zwei Bücher ins Regal gestopft. Er hoffte, es schnell wieder vergessen zu können.

Doch bis zum Morgengrauen war ihm, als starrten ihn die beiden Menschen auf dem Foto unablässig an.

Nur Karens Mailbox meldete sich. Sie war zu aufgeregt, um ihr eine Nachricht zu hinterlassen.

Sie lief hektisch in ihrer Wohnung hin und her. Dann griff sie erneut zum Telefon und wählte Milans Nummer.

»Wo bist du?«, fragte sie atemlos.

»Schon zu Hause. Was ist los?«

Sie wollte es ihm sagen, aber ihre Kehle war wie zugeschnürt.

»Irgendwas passiert?«

Wenn doch jetzt nur Karen bei ihr wäre.

Schließlich stieß sie hervor: »Er hat mich angerufen!«

»Wer?«

»Er.«

Ihre Knie zitterten, sie kam nicht dagegen an.

Milan schwieg.

Als er sie endlich zu beschwichtigen versuchte, bemerkte sie eine leichte Überheblichkeit in seinem Tonfall. Schlimmer noch, ihr kam es beinahe vor, als machte er sich lustig über sie. Nein, das konnte doch nicht sein, vielleicht war sie einfach zu aufgewühlt, vielleicht wurde sie schon langsam paranoid.

»Er kann dich nicht angerufen haben. Er ist tot, Josie. Verstehst du denn nicht: Es ist vorbei.«

»Aber es war seine Stimme.«

»Er ist tot«, sagte er noch einmal.

Sollte sie sich geirrt haben? Nein, es war seine Stimme gewesen. Sie war noch immer in ihrem Kopf, deutlich, höhnisch, zu allem bereit. Sie hatte sich in ihrem Gehirn eingenistet, da kam sie nicht mehr heraus.

Mit einem Mal klang Milan erschreckend sanft, als er fragte: »Soll ich vorbeikommen?«

»Nein«, rief sie.

Er durfte ihr nicht zu nahe kommen, nicht jetzt.

»Nein!«, rief sie wieder. Und dann legte sie auf.

Sie warf sich auf ihr Bett und drückte ihre Puppen an sich. Da war Gandolf, das Schweinchen, eine ihrer ersten Kreationen. Die rosa Wolle wurde von ihren Tränen durchnässt.

Sie musste sich beruhigen. Die Angst durfte nicht übermächtig werden. Halte dagegen, Josie, dachte sie, du darfst es nicht zulassen.

Sie schluchzte laut auf.

Und wieder und wieder sprach diese Stimme auf sie ein:

»KOMM HER ZU KARLI. NUN MACH SCHON. KARLI WARTET AUF DICH.«

ZWEI

Die Sonne stand schon tief, als er über die Monumentenbrücke radelte. Er mochte den weiten Blick über die Bahntrasse bis hin zu den Hochhäusern am Potsdamer Platz. Er passierte die Friedhofsmauer, überquerte die Langenscheidtbrücke und wäre beinahe aus Gewohnheit links in die Crellestraße eingebogen, doch Jana Michels hatte ihre alten Praxisräume wegen der Übergriffe des Federmannes aufgegeben und war in derselben Straße nur einige hundert Meter entfernt fündig geworden. Er fuhr also nach rechts und hielt vor dem Eckhaus an der Kulmerstraße.

Sein Tag im Kommissariat war nicht besonders aufregend gewesen, er hatte wieder auf der Indoorschießbahn trainiert, Breier war immer zufriedener mit ihm, und da erfreulich wenig Aktenkram zu erledigen war, hatte er noch anderthalb Stunden im Fitnessraum verbracht. Sein rechter Arm fühlte sich mittlerweile annähernd so stark an wie vor den schrecklichen Ereignissen im vergangenen Frühjahr.

Und dennoch registrierte er in seinem Innern eine gewisse Unruhe, als stünde Unheil bevor. Während er sein Fahrrad abschloss, fragte er sich, ob die Nervosität nicht auch etwas mit Jana Michels zu tun hatte.

Selbst wenn sie es einen Termin nannte, für ihn war jedes Treffen mit seiner Psychologin wie ein Date.

Sein Herz klopfte heftig, als er auf den Klingelknopf an der Eingangstür drückte.

Nach einer Weile schnarrte der Summer, und er ging hinein.

Frida König war reif für eine Dusche.

Sie hatte die Tagesschicht im »Brachvogel« hinter sich, bei dem schönen Wetter waren alle Plätze in dem Biergarten besetzt gewesen, und sie war ununterbrochen zwischen den Tischen hin und her geeilt, hatte unzählige Bestellungen aufgenommen und schwere Tabletts getragen.

Sie schloss ihre Wohnung auf, streifte ihre Schuhe ab, ging in die Küche, füllte ein Glas mit Wasser und trank es in einem Zug leer.

Während sie sich in ihrem Schlafzimmer auszog, fiel ihr Blick auf ihr ungemachtes Bett, und sie musste schmunzeln, als sie das Amigurumi darauf hocken sah, die großäugige Puppe mit der Strickmütze, die ihr Tom zu ihrem neunundzwanzigsten Geburtstag geschenkt hatte. Sie dachte an den seltsamen Film mit dem Spinnenwesen von gestern Abend zurück, und wie scheußlich er doch gewesen war, aber die Puppen von dieser Josephin waren schön, sie musste unbedingt mal ihren Laden in der Weserstraße aufsuchen.

Im Bad drehte sie die Dusche auf, stieg in die Wanne und ließ das lauwarme Wasser auf sich herabprasseln.

Sie überlegte, was sie am Abend unternehmen sollte. Vielleicht eine Verabredung mit Tom, ein bisschen um die Häuser ziehen, die Stadt war im Sommer ein einziger Vergnügungspark. Sie seifte sich ein und summte leise vor sich hin, als es an der Tür klingelte.

Beinahe hätte sie es überhört, da läutete es beharrlich ein zweites Mal. Sie spülte die Seife ab, drehte die Hähne zu und stieg aus der Wanne. Nur in ein Handtuch gewickelt tappte sie in den Flur und schaute durch den Spion.

Ein Kerl im Blaumann stand im Treppenhaus.

Ein Handwerker, dachte sie, aber um diese Zeit noch? Sollte sie überhaupt öffnen?

Nach dem dritten Läuten traf Frida König eine folgenschwere Entscheidung.

Der Raum, in den sie ihn führte, war etwas kleiner als der alte, aber genauso lichtdurchflutet. Ein hohes Fenster zum Hof, mit Blick in die Wipfel zweier Birken, der Himmel darüber klar und weit. Es war ein Raum, in dem er sich sofort wohlgefühlt hätte, wäre er nicht so aufgeregt gewesen.

Er setzte sich in einen der beiden Ledersessel, während Jana Michels wie üblich an ihrem Schreibtisch Platz nahm und etwas auf ihrem Laptop schrieb, er vermutete einen Eintrag in seine Patientenakte.

Er sah sich um. Es war die gleiche Einrichtung, die Sessel, der kleine Tisch dazwischen, die Box mit den Taschentüchern darauf und die digitale Uhr, die Rückseite zu ihm gewandt.

Sie klappte den Laptop zu, stand auf und strich ihren Rock glatt, alles wie immer. Dann setzte sie sich ihm gegenüber.

Nach einer längeren Pause sagte sie: »Also, vielleicht ist das unsere letzte Sitzung heute.«

Trojan schwieg. Er wusste ihr Lächeln nicht zu deuten. Die letzte Stunde, dachte er. Es war ja nicht einmal eine volle Stunde, gerade mal fünfzig Minuten.

Es war ihm wichtig hierherzukommen. Er wollte es nicht missen, vor ihr zu sitzen, ihr alles erzählen zu dürfen. Er war noch nicht lange bei ihr in Behandlung, aber es half. Andererseits verspürte er auch das dringende Bedürfnis, sie privat zu treffen, doch er wusste, dass Jana die Distanz wahren musste.

Jana. Er durfte sie so nicht nennen. Sie war Frau Michels, und es war ihr Beruf, anderen zu helfen.

Er suchte ihren Blick.

Unter ihren Augen hatten sich dunkle Schatten gebildet. Was hatte sie nur alles durchmachen müssen in letzter Zeit. Er wollte die Hand nach ihr ausstrecken, doch auch das durfte er nicht.

Sie lächelte ihm zu, wartete darauf, dass er zu sprechen begann.

Aber er konnte nicht. In seinem Kopf war Leere.

»Firma Piekowski, guten Abend. Unten im Keller ist ein Rohr geplatzt, direkt über Ihren Sachen.«

Frida stemmte die Hände in die Hüften. Der Kerl im Blaumann hielt den Blick gesenkt. Sie überlegte, ob sie sein Gesicht schon einmal irgendwo gesehen hatte, aber das könnte auch täuschen, es war ein Allerweltsgesicht, unauffällig.

»Sollten Sie sich mal anschauen wegen der Versicherung«, murmelte er.

Scheiße, dachte sie, sie hatte wirklich ziemlich viel Kram in ihrem Keller, nicht unbedingt wertvoll, aber darunter war einiges, an dem sie noch hing.

»Wo ist der Hausmeister?«, fragte sie.

»Der Hausmeister?«

Er hob kurz den Blick.

»Ist schon unten«, sagte er und schaute wieder auf ihre nackten Füße.

Sie schwieg.

»Ist ein Abwasserrohr.«

»Scheiße«, sagte sie.

»Im wahrsten Sinne.« Er lächelte nicht.

Sie ließ die Luft zwischen den Vorderzähnen entweichen.

»Steht alles unter Wasser. Alles in dieser Brühe, Sie wissen schon.«

Etwas irritierte sie an seinem Auftreten, doch sie wusste nicht, was.

»Wenn Sie mal mitkommen würden. Wie gesagt, ist wegen der Versicherung.«

Frida König zog einen Flunsch. Schließlich schlüpfte sie in ihre Flipflops und nahm den Schlüsselbund vom Haken.

»Gehen wir«, sagte sie.

»Haben Sie noch immer Panikattacken, Herr Trojan?«

Herr Trojan. Wie fremd sich das anhörte.

Er knetete seine Hände durch. Als er bemerkte, dass sie es beobachtete, ließ er es bleiben.

»Haben Sie noch immer Angst?«

Er stieß die Luft aus.

»Erzählen Sie mir davon.«

»Wir haben uns geduzt, Jana.«

Sie seufzte. »Ich weiß. Aber das war eine ganz andere Situation.«

»War es denn verkehrt?«

»Ich denke, dass es in dieser Situation nur folgerichtig war. Wir – wir waren –.«

»– in großer Gefahr.«

»Ja, es –.«

Sie brach ab.

Dann sagte sie leise: »Nutzen Sie diese Stunde, vielleicht sind Sie danach befreit. Sie gehen hier raus, und wir treffen uns mal auf einen Kaffee. Ganz privat, so wie Sie sich das wünschen.«

Klingt ja sehr pragmatisch, dachte er. Wo blieben da ihre Gefühle? Wollte sie es überhaupt?

Er machte sich doch nur lächerlich vor ihr.

»Ich weiß nicht.«

»Ihre Krankenversicherung und die Beamtenbeihilfe erstatten Ihnen die Kosten. Die Stunde steht Ihnen zu.«

»Die Krankenversicherung ist mir egal.«

»Entscheiden Sie am Ende, wie es weitergehen soll. Nehmen Sie sich die Zeit dafür.«

Er sah sie an. Ihr blondes Haar schien zu leuchten. In ihren Augen war das grünblaue Funkeln, von dem er manchmal träumte.

»Was ist mit dir, Jana? Möchtest du denn, dass wir weitermachen?«

Ihr Blick ruhte auf ihm.

»So funktioniert das nicht. Lassen Sie meine Person einfach mal aus dem Spiel. Entscheiden Sie für sich selbst.«

»Aber es ist letztlich unsere gemeinsame Entscheidung.«

»Es geht hier um Ihre Ängste, deswegen haben Sie mich doch ursprünglich aufgesucht. Sie haben mir gesagt, Sie würden befürchten, in Ihrem Beruf nicht mehr bestehen zu können.«

Er wiegte den Kopf. Ihm war, als würde sie sich immer weiter von ihm entfernen.

Und dann hörte er sich selbst dabei zu, wie er sagte: »Gestern Abend! Was war gestern Abend? Da warst du nicht die Therapeutin Jana Michels, sondern der Mensch. Ich möchte mit dem Menschen sprechen, mit dir als Frau!«

Sie rührte sich nicht.

Keiner sagte ein Wort.

Scheiße, dachte er, Fehler gemacht.

Schließlich breitete sie die Hände aus.

»Also schön. Dann brechen wir hier ab.« Sie stand auf. »Die Therapie ist beendet.«

Er war völlig verdutzt. »Und nun?«

»Nichts und nun.«

»Ich muss wissen, wie es weitergeht.«

»Wie meinen Sie das?«, fragte sie. »Verlangen Sie irgendwelche Versprechungen von mir?«

Er erhob sich langsam, spürte Hitze in sich aufsteigen. »Nein.«

Ihr Lächeln war verschwunden. »Wir gehen irgendwann mal einen Kaffee trinken, okay?«

Er bemerkte, wie sich ihr Gesicht verfinsterte.

»Ich gehe mit meinem Lebensretter einen Kaffee trinken«, sagte sie tonlos.

»Das klingt so bitter, Jana.«

Sie reichte ihm die Hand. »Die Sitzung ist beendet, Herr Trojan. Es gibt keinen neuen Termin.«

Er hielt ihre Hand fest.

»Darf ich dich anrufen?«

Sie sah ihn nur an.

»Auf Wiedersehen.«

Er ließ los.

»Wiedersehen«, murmelte er.

Er öffnete die Tür und ging hinaus. Er schlich sich durch den Flur, verließ die Praxis und eilte die Treppen hinunter. Als er ins Freie trat, war er wie benommen. Er blieb stehen und atmete gepresst.

Ich hab's vermasselt, dachte er.

Ihr wurde an der Kellertreppe der Vortritt gelassen. Er deutete es mit einer linkischen Handbewegung an.

Sie war bereits unten in dem fahl beleuchteten Gang, als ihr auffiel, dass er hinter sich die Tür ins Schloss gezogen hatte. Es wunderte sie für einen Moment.

Wo denn nun der Hausmeister sei, fragte sie.

»Am Haupthahn«, sagte er und wies den Gang hinunter.

Frida seufzte. Sie wollte doch bloß ihren Abend genießen, also musste sie das hier schnell hinter sich bringen. Sie ging voran, der Kerl im Blaumann folgte ihr. Vor ihrem Kellerverschlag blieb sie stehen.

»Machen Sie mal auf«, sagte er.

Sie runzelte die Stirn.

»Bitte.«

Sein Tonfall gefiel ihr nicht.

Frida berührte das Bügelschloss.

Da hörte sie hinter sich ein schmatzendes Geräusch und drehte sich erschrocken zu ihm um. Der Kerl zog sich Latexhandschuhe über. Schließlich streifte er sich noch eine Art Badekappe über den Kopf, fleischfarben, halbtransparent.

»Was soll das?«, fragte sie.

»Reine Schutzmaßnahme.«

»Und der Hausmeister?«

Er grinste.

»Wo ist er?«

»Mach den Keller auf.«

Das Blut wich aus ihrem Kopf.

Sie wollte schreien.

Plötzlich hielt er einen schwarzen Gegenstand in der Hand, der aussah wie eine Taschenlampe. Nur war da keine Glühbirne, sondern ein freiliegender Draht. Schon blitzte er auf. Sie hatte den Elektroschocker für etwa eine Sekunde an der Schulter, doch das reichte aus. Es durchzuckte sie heftig.

Ihre Muskeln zitterten noch immer, als er sagte: »Aufmachen.«

Sie schüttelte den Kopf, er riss ihr den Schlüssel aus der Hand und öffnete.

»Geh rein«, keuchte er.

Schreien, dachte sie.

Der Strom knisterte.

»Rein da!«

Er versetzte ihr einen Stoß, sie stolperte in das Innere des Verschlags. Er zog ein langes Kabel aus der aufgesetzten Tasche am Hosenbein seines Overalls.

»Mein Freund sucht mich. Er ist auf dem Weg hierher.«

»Ach ja?«

»Hören Sie, bitte, wir können doch –.«

Er drehte ihr die Arme auf den Rücken, und sie schrie. Er versetzte ihr wieder einen Stromschlag, diesmal länger.

Ihr Schrei erstarb, sie verlor die Orientierung und das Gleichgewicht. Ihr Körper erstarrte.

Als sie wieder zu sich kam, sah sie direkt in sein Gesicht. Er beugte sich weit über sie. Sie lag in einer Kellerecke am Boden, die Hände hinter ihrem Rücken gefesselt.

Jetzt ist alles aus, dachte sie.

Aber das war längst noch nicht das Ende.

Sie konnte seinen schlechten Atem riechen, als er ihr zuraunte, sie solle den Mund aufmachen.

Sie starrte ihn an.

»Mach ihn auf, mach ihn ganz weit auf.«

Er packte sie am Hinterkopf und zerrte an ihren Haaren. Sie schrie, und ihr Mund stand offen.

Und dann sah sie diese Dose in seiner Hand, und sie hörte ein Zischen.

Ehe sie den Mund wieder schließen konnte, schmeckte sie etwas Ekliges, Klebriges auf der Zunge. Es stank nach Chemie. Er rammte ihr die Dose zwischen die Lippen und brach ihr die Schneidezähne. Die weiche Masse sprühte aus der Düse heraus und füllte ihren Mund. Sie würgte, bekam keine Luft mehr, das Zeug härtete langsam ein. Sie versuchte, es auszuspucken, und bäumte sich auf.

Er zog die Dose heraus und besprühte auch ihre Nasenlöcher.

Der Schaum kroch nach innen, tiefer und tiefer.

Sie riss die Augen weit auf.

Ich will nicht sterben, durchfuhr es sie. Sie wollte ihn anflehen, damit aufzuhören. Aber sie konnte nicht mehr.

Es war ein langer, einsamer Kampf.

Allmählich entfernte sich die Welt von ihr.

Frida König wurde schwarz vor Augen.

DREI

Da er schon seit Jahren an Schlaflosigkeit litt, war es ihm zur Gewohnheit geworden, in den frühen Morgenstunden aufzustehen, sich einen Kaffee zu kochen und dann den Hof zu inspizieren. Meistens war der falsche Müll in der falschen Tonne, und Norbert Beinlich verstand es als seine Aufgabe, ihn zu sortieren. Anschließend fegte er den Hof, auch wenn es nichts zu fegen gab. Montags und donnerstags, wenn die Müllabfuhr kam, versuchte er die Männer in Orange in einen kleinen Plausch zu verwickeln, aber die hatten oft wenig Zeit, weil sie ihre Schicht bereits mittags beenden wollten.

An diesem Morgen war Norbert besonders schlecht gelaunt, weil ihn zu allem Überfluss in der Nacht wieder sein Sodbrennen geplagt hatte. Er warf einen Blick in die gelbe Tonne, nahm ein paar leere Gurkengläser heraus und warf sie in die grüne.

Dann ging er hinüber ins Nachbarhaus, für die Donaustraße 23a war er ebenfalls zuständig. Die Tonnen waren erstaunlicherweise alle richtig befüllt. Im Gartenhaus musste er ein paar Reklamezettel aufheben, die Anwohner hatten sie achtlos aus ihren Briefkästen herausgeworfen.

Als er an der Kellertür vorbeikam, blieb er abrupt stehen. Er spürte, wie sein Blutdruck anstieg, und das war nicht gut. Sein Arzt hatte ihn vor zu viel Aufregung gewarnt, aber es half nichts, er musste die Fäuste ballen und schluckte vor Wut.

Schmierereien waren das Allerletzte, was er in den Häusern aus seinem Zuständigkeitsbereich duldete. Diese hier war eine von der übleren Sorte. Seltsamerweise in keiner Signalfarbe und auch nicht in Schwarz, sondern dick verkrustet und beinahe farblos. Er berührte das Zeug vorsichtig mit den Fingerspitzen. Es ekelte ihn.

Und dann stellte er fest, dass die Kellertür nicht ordnungsgemäß verschlossen war. Er hatte doch extra überall Hinweisschilder angebracht. Norbert Beinlich knipste das Licht an und stieg die Treppe hinunter. Unter diesen Umständen hielt er es für seine Pflicht, den Zustand in den Kellerräumen zu kontrollieren.

Er ging den Gang entlang. Schon von weitem fiel ihm auf, dass da ein Bügelschloss auf dem Boden lag, direkt vor einem Verschlag. Er trat näher. Der Riegel war zwar vorgelegt, aber es war nicht abgeschlossen. Auch das durfte nicht sein, eine Einladung zum Diebstahl, er hasste diese Unachtsamkeiten.

Er öffnete den Verschlag. Das Licht war schummrig. Aber da war etwas. Er musste einen Schritt vorsetzen, um genauer hinzuschauen.

Und dann blieb ihm die Luft weg. Instinktiv fuhr er mit seiner Hand an die Brust. Er wollte schreien, doch dafür war er zu schwach. Als hätte ihm jemand einen Schlag versetzt, taumelte er zurück und stützte sich an der Wand ab.

Es dauerte lange, bis der Schwindelanfall vorüber war und er seine Übelkeit bezwungen hatte. Er fingerte nach dem Mobiltelefon in der Hosentasche, aber hier unten war kein Empfang.

Mühsam atmend ging er zurück. Seine Beine zitterten.

Endlich hatte er die letzte Treppenstufe erreicht und war wieder im Tageslicht.

Nils Trojan bahnte sich einen Weg durch die Absperrungen, zeigte seinen Dienstausweis vor, duckte sich unter der Flatterleine vorm Hofeingang hindurch und ging nach hinten ins Gartenhaus. Schon an der Kellertreppe bemerkte er das gleißende Licht der Scheinwerfer. Die Kriminaltechniker hatten sie aufgestellt und waren bereits mit der Spurensicherung beschäftigt. Er grüßte sie knapp.

Dennis Holbrecht trat auf ihn zu.

»Da hinten ist es. Sieht ziemlich übel aus.«

Trojan nickte.

Vor dem geöffneten Verschlag blieb er stehen und schloss kurz die Augen. Als er sie wieder öffnete, wollte er den ersten Eindruck auf sich wirken lassen, denn der war für ihn oft entscheidend.

Die Aura des Tatorts, die Zeichen des Bösen.

Was er sah, raubte ihm den Atem.

Die junge Frau lag am Boden, die Augen vor Todesangst geweitet, die noch zu erkennenden Teile ihres Gesichts geschwollen und blauviolett angelaufen.

Doch das Schrecklichste war ihr Mund. Er war unnatürlich weit aufgerissen. Und daraus ragte etwas hervor.

Ein groteskes Gebilde, gelblich, es türmte sich in Schichten auf, höher und höher, zu einer dichten, verkrusteten Woge, etwa zwei Hände breit, der Schwall einer undefinierbaren Masse.

Es war, als hätte die Tote ein Meer aus Schaum erbrochen, das sich über ihre Nase und die Wangenknochen ergossen hatte und dann eingetrocknet und zu einem Relief erstarrt war.

Hart gewordene Spritzer davon befanden sich auf ihrer Kleidung und neben ihr am Boden.

Sie lag auf ihren Armen, die merkwürdig nach hinten verdreht waren. Sie trug ein T-Shirt und einen kurzen Rock, der hochgerutscht war, darunter blitzte ihr weißer Slip auf. An ihrer rechten Fußspitze hing quer und halb abgeschüttelt ein Flipflop, der andere lag mitten im Kellerraum.

Trojan schwankte leicht.

Er musste den Blick weg von der Toten richten, um Luft zu schöpfen. Auf der Schlaufe des Flipflops prangte eine Margerite aus Gummi. Es traf ihn wie ein Schlag. Auch Emily besaß diese Blumensandalen, und für einen Moment war ihm, als würde sie dort liegen, als hätte sie es erwischt.

»Frida König, neunundzwanzig Jahre alt«, sagte Holbrecht. »Sie hat eine Wohnung hier im zweiten Stockwerk. Der Hausmeister hat sie vor etwa einer Stunde gefunden.«

Dr. Semmler kniete neben der Toten.

»Was ist das um Himmels willen?«, fragte Trojan ihn.

»Sieht mir ganz nach Bauschaum aus.«

»Bauschaum?«

»Montageschaum, basiert auf Polyurethan, daher auch PU-Schaum genannt. Ein Dämmstoff, wird normalerweise für die Fenstermontage verwendet, aber auch zum Einbau von Türzargen. Der Täter oder die Täterin muss sie gefesselt haben und es ihr dann in Mund und Nasenlöcher gesprüht haben. Das Zeug wird ziemlich schnell hart. Sie ist daran qualvoll erstickt.«

Trojan schauderte.

»Es ist hier unten passiert, oder?«

»Alles deutet darauf hin.« Semmler nickte zu den Schaumflecken am Boden hin. »Er hat sich hier ausgetobt.«

Trojan ging neben dem Rechtsmediziner in die Hocke. »Seit wann ist sie tot?«

»Schätzungsweise acht, neun Stunden. Genaueres kriegst du in meinem Bericht.«

Bauschaum, dachte Trojan. Ein warnender Instinkt meldete sich in seinem Gehirn, aber er konnte ihn nicht genau zuordnen. Wieder ließ er den Blick über den Leichnam wandern. Er versuchte sich vorzustellen, was in dem Täter vorgegangen war. Warum benutzte er ausgerechnet Schaum, um eine Frau zu töten? Welche Bedeutung hatte dieses Material für ihn?

Semmler drehte die Leiche vorsichtig um. Ihre Arme waren aufgeschürft, um ihre Handgelenke war ein Kabel geschlungen und fest verknotet. Einige ihrer Fingernägel waren abgebrochen. Unter dem Nagel des Mittelfingers der linken Hand erkannte Trojan etwas Bläuliches.

»Schau dir das mal an.«

Er ließ sich von Semmler eine Pinzette reichen und zog es unter dem Nagel hervor.

»Eine Faserspur.«

»Sie hat sich gewehrt«, sagte Trojan. »Mit etwas Glück finden wir vielleicht auch eine Hautschuppe von dem Täter.«

»Oder der Täterin.«

Waren Frauen zu so etwas fähig?, fragte er sich.

Holbrecht gab ihm einen kleinen, nummerierten Klarsichtbeutel, in den er die Faser hineingleiten ließ.

Albert Krach wurde in den Verschlag gerufen.

»Das hier ist wichtig.« Trojan reichte ihm den Beutel. »Muss im Labor untersucht werden.«

Krach, ihr Tatortmann, war hohlwangig und angegraut. Er machte sich auf seinem Klemmbrett eine Notiz und nahm den Beutel an sich.

Hinter Holbrecht tauchten Ronnie Gerber und Stefanie Dachs in dem engen Kellergang auf. Trojan fragte sie, ob sie schon mit der Vernehmung der Hausbewohner begonnen hätten. Sie verneinten.

»Ihr fangt sofort damit an, fragt alle Bewohner hier im Haus und natürlich auch im Nachbargebäude, wann sie Frida König das letzte Mal gesehen und ob sie irgendetwas Auffälliges bemerkt haben.«

Sie nickten. Holbrecht sagte: »Mit dem Hausmeister hab ich schon gesprochen. Der ist fix und fertig.«

»Wie hat er sie gefunden?«

»Komm mit, das musst du dir ansehen.«

Holbrecht führte ihn zurück durch den Gang und die Kellertreppe hinauf. Er deutete auf die Bauschaumspur an der Tür.

»Er sah das hier und ist misstrauisch geworden, dann ist er runtergegangen.«

Trojan betrachtete das schaumartige Gebilde.

»Der Täter hat sein Revier regelrecht markiert. Wonach sieht das für dich aus?«

Holbrecht war eher still, ein wenig schüchtern, aber wenn es darauf ankam, zupackend und effizient.

»Irgendwie zufällig und wild dahingesprüht.«

»Zufällig?« Trojan runzelte die Stirn.

Das Zeichen bestand oben aus einer Art Dach, darunter meinte er mit viel Phantasie die Buchstaben EEL zu erkennen.

Stefanie und Ronnie drückten sich an ihnen auf der Kellertreppe vorbei.

»Eel«, murmelte Stefanie im Vorbeigehen. »Das heißt im Englischen Aal.«

»Moment mal«, sagte Trojan, und Stefanie hielt inne. »Was war das eben?«

»Eel heißt Aal.«

»Schau dir das genau an, Steff, glaubst du, es ist ein zufälliges Zeichen?«

Sie trat näher an die Tür heran.

»Schwer zu sagen. Vielleicht versuchen wir auch etwas hineinzulesen, was der Täter überhaupt nicht gemeint hat. Möglicherweise hat er in der Eile einfach irgendetwas hingeschmiert, was für uns nach drei Buchstaben aussieht.«

»Und das Gebilde darüber? Könnte das ein Dach sein?«

»Keine Ahnung.«

»Okay, was glaubt ihr, wie er vorgegangen ist? Das ist wichtig. Warum war die junge Frau im Keller? Meine erste Vermutung ist, dass der Täter sie hinuntergelockt hat.«

»Der Verschlag war unverschlossen, der Riegel aber vorgelegt«, sagte Gerber.

»Nach Aussage des Hausmeisters hat das Bügelschloss auf dem Boden gelegen, dort haben wir es auch gefunden«, fügte Holbrecht hinzu. »Es wird bereits nach Spuren untersucht.«

»Der Täter will, dass die Leiche gefunden wird«, sagte Trojan. »Er markiert hier oben eine Spur, und er lässt das Schloss offensichtlich vor dem Verschlag liegen. Wenn er die Frau unter einem Vorwand runtergelockt hat, war es wohl sie, die ihm die Türen geöffnet hat. Wo aber sind die Schlüssel jetzt?«

Ronnie Gerber zuckte mit den Schultern. »Bei der Toten wurden keine gefunden.«

»Habt ihr die Angehörigen schon gecheckt?«

»Max Kolpert kümmert sich gerade darum«, sagte Stefanie.

»Okay«, sagte Trojan. »Ronnie, du bleibst bei mir, und Max soll ebenfalls die Leute hier im Haus befragen, danach nehmen wir uns die Angehörigen vor.«

»In Ordnung.«

Trojan ging mit Ronnie Gerber die Treppen hinauf. Uniformierte Beamte waren dabei, die Schaulustigen zurückzudrängen. Türen klappten. Das Haus Donaustraße 23a war in Aufruhr. Vor der Wohnungstür von Frida König hockte ein Experte und bohrte das Schloss auf.

Trojan und Gerber warteten ungeduldig ab.

»Ist von innen abgeschlossen?«, fragte Trojan.

»Nein.« Der Schlosser schüttelte den Kopf.

»Er war hier oben«, murmelte Gerber.

»Ja, das denke ich auch.«

Schließlich sprang die Tür auf. Sie betraten die Wohnung.

Das Erste, was Trojan auffiel, war der leere Schlüsselhaken an der Wand neben der Wohnungstür. Er inspizierte mit Gerber die Räume.

Jede Wohnung hatte ihren eigenen Geruch, und auch wenn Frida König nicht mehr unter den Lebenden war – hier hatte sie geatmet, und hier war noch immer der Duft ihrer Seife, ihrer Kleidung, ihrer Haut. Trojan war es stets aufs Neue unheimlich, Witterung aufzunehmen in den Zimmern eines jüngst Verstorbenen.

Als sei dessen Seele noch anwesend.

Er erinnerte sich an den Moment, da seine Mutter gestorben war. Er hatte an ihrem Bett gesessen und ihre Hand gehalten. Und noch Tage nach ihrem qualvollen Ende hatte er etwas von ihr in dem Raum gespürt.

»Nils, komm mal her.«

Gerber riss ihn aus seinen Gedanken.

Er folgte ihm ins Schlafzimmer.

Auf einen Stuhl waren achtlos ein paar Klamotten hingeworfen, und da lag auch ein großes Badetuch. Das Bett war ungemacht.

Gerber wies auf das Kopfkissen. Darauf befand sich ein Schlüsselbund, zwei Schlüssel waren auf merkwürdige Art nach oben abgespreizt.

Wie ein Fingerzeig, dachte Trojan.

Er beugte sich vor und sah genauer hin. Am Schlüsselring war eine verkrustete Spur.

»Bauschaum«, murmelte er.

VIER

Am Abend gab es einen Moment, da Trojan vor Erschöpfung den Kopf auf die Tischplatte in seinem Büro sinken ließ. Er schloss die Augen und wollte sich eine einzige Minute der Ruhe gönnen. Sie hatten sämtliche Bewohner der beiden Häuser in der Donaustraße vernommen, dazu die Arbeitskollegen der Ermordeten im Biergarten, und sie hatten die Angehörigen ausfindig gemacht, doch in den Ermittlungen waren sie keinen Schritt weitergekommen. Fridas Eltern zeigten sich schockiert und sprachlos, ihr Freund hatte ein wasserdichtes Alibi aufzuweisen, während der Vernehmung war er zusammengebrochen. Trojan hatte ihn gebeten, sich in der Wohnung der Verstorbenen umzusehen, vielleicht war ja irgendetwas entwendet worden, aber dazu war er nicht mehr fähig gewesen. Er musste ärztlich betreut werden.

Schließlich hatte Trojan mit Semmler telefoniert und sich nach ersten Ergebnissen der Obduktion erkundigt. Der Rechtsmediziner hatte ihm bestätigt, dass der Tod durch Ersticken eingetreten sei, schätzungsweise gegen neunzehn Uhr am Vorabend. Das Material in den Nasenlöchern und der Mundhöhle der Toten sei tatsächlich PU-Schaum. Anzeichen eines Sexualdelikts lägen nicht vor. Ansonsten bat Semmler um etwas Geduld und versprach, ihm den vollständigen Bericht am nächsten Tag zuzusenden.

Bilder von Jana Michels zogen an seinem inneren Auge vorbei, er hörte Gesprächsfetzen von ihrer verunglückten letzten Begegnung, er sorgte sich um Emily, hoffte, dass der Urlaub mit Friederikes neuem Freund sie nicht überforderte, und schließlich versuchte er den merkwürdigen Gedankenimpuls einzuordnen, der seit dem frühen Morgen, seit der Besichtigung der Leiche, unablässig in seinem Hirn herumspukte.

Mit einem Mal richtete er sich auf, zog die Tastatur des Computers heran und begann, wie wild auf sie einzuhämmern. Kurz darauf erschien vor ihm auf dem Monitor eine Akte. Er klickte sich durch die Seiten, und schon hatte er Zeile für Zeile vor sich, was ihn die ganze Zeit über in seinem Unterbewusstsein beunruhigt hatte.

Trojan fuhr sich mit beiden Händen durch sein kurzes, an den Schläfen bereits angegrautes Haar.

In diesem Moment kam Landsberg zur Tür hinein.

»Wie sieht es aus, Nils? Wie weit seid ihr?«

Trojan blickte seinen Chef an. Seit dem letzten Frühjahr war er noch hagerer geworden. Damals hatte er ihm gestanden, dass seine Frau in einem besorgniserregenden seelischen Zustand sei, sie werde von Stimmen in ihrem Kopf verfolgt. Seitdem hatte sich Trojan nicht mehr getraut, nach ihr zu fragen. Sein Kommissariatsleiter bevorzugte eine persönliche Distanz bei der Arbeit, umso mehr hatte Trojan seine Ehrlichkeit überrascht.

So bleich, wie er aussah, hatte er wohl wieder einige schlaflose Nächte auf der Liege in seinem Büro verbracht. Trojan schaffte es selbst gelegentlich nachts nicht mehr nach Hause, wenn die Arbeit überhandnahm, ein Hauptgrund dafür, dass Emily nicht mehr bei ihm wohnte. Bei seinem Chef hingegen hatte er den Verdacht, dass er öfter mit der unbequemen Pritsche vorliebnahm, als es dienstlich unbedingt notwendig war. Vielleicht hielt er es daheim einfach nicht mehr aus.

Trojan räusperte sich. Dann fasste er kurz, aber möglichst umfassend den Stand der Ermittlungen zusammen.

»Das ist wenig«, knurrte Landsberg.

»Zugegeben, ja.«

»Gib mir Futter. Die Presse löchert mich schon.«

»Ich bin da gerade auf etwas gestoßen.«

Landsberg setzte sich auf die Tischkante und verschränkte die Arme vor der Brust. »Schieß los«, sagte er.

»Erinnerst du dich an den Fall Josephin Maurer?«

Er legte die Stirn in Falten. »Hilf mir mal auf die Sprünge.«

»Das war ziemlich genau vor einem Jahr. Eine junge Frau wurde auf offener Straße in einen Van gestoßen und verschleppt. Sie lag eine Nacht und einen Tag gefesselt und mit verbundenen Augen im Keller eines Reihenhauses in Rudow, bevor sie vom Bruder des Täters befreit werden konnte.«

»Richtig, jetzt klingelt's bei mir. Lukas Kilian hat damals die Ermittlungen geleitet.«

Sie schwiegen beide für einen Moment. Der Name des ehemaligen Kollegen wurde stets mit einer gewissen Scheu ausgesprochen.

Als habe der Chef in seinen Gedanken gelesen, sagte er: »Lukas hat immer gute Arbeit geleistet.«

»Ja, sein Alkoholproblem hat ihm niemand angemerkt.«

Landsberg stieß einen Seufzer aus. »Bis er seine Frau mit der Dienstwaffe bedroht hat.«

Für Trojan war das Thema heikel, immerhin hatte er seinen Posten übernommen, als Kilian vom Dienst suspendiert wurde. Seine Beförderung hatte er letztlich der Tatsache zu verdanken, dass der Kollege im Suff ausgerastet war.

»Bitte versteh mich nicht falsch, Hilmar, ich möchte seine Arbeit keinesfalls anzweifeln.«

»Schon gut, aber ich verstehe trotzdem nicht ganz, worauf du hinauswillst. Der Kerl, der die Frau gefangen hielt, ist tot.«

»Ich weiß, er starb nach einem Autounfall, während sie da unten in dem Keller schmorte.«

»Ja, und sie hat ihn eindeutig auf Bildern wiedererkannt.«

»Zumindest das, was sie auf der Straße von ihm sah. Im Keller hatte sie Klebeband auf den Augen.«

»Das war eine lupenreine Ermittlung, Nils. Selbst das Kennzeichen des Vans hat sie sich eingeprägt. Sie ist mit dem Schrecken davongekommen.«

Trojan nickte. »Sie hat einfach verdammtes Glück gehabt. Sie liegt da unten, ist beinahe am Verdursten. Nichts geschieht. Und dann kommt jemand überraschend ins Haus, der dort eigentlich gar nicht wohnt. Er will bloß ein paar Sachen für seinen Bruder holen, weil der einen schweren Verkehrsunfall hatte und in die Klinik eingeliefert wurde. Und dann hört er diese Klopfgeräusche aus dem Keller. Er kann die junge Frau befreien, und kurz darauf erliegt der Täter seinen schweren Verletzungen.«

»Wie war noch mal sein Name?«

»Karl Junker.«

»Ja, ich erinnere mich.«

»Karl Junker stirbt in der Klinik. Die junge Frau ist frei, und man sagt ihr, dass alles vorbei ist. Sie identifiziert ihn als Täter, und sogar die Faserspuren auf ihrem Körper werden eindeutig seinem Mantel zugeordnet. Sie hat auch das Basecap wiedererkannt, das Junker bei ihrer Entführung getragen haben soll.«

»Meines Wissens ist das Schwein gar nicht erst dazugekommen, sie zu vergewaltigen.«

Wieder nickte Trojan. »Wirklich, sie hat enormes Glück gehabt.«

»Also, Nils, worauf willst du hinaus?«

Er blickte Landsberg lange in seine etwas beunruhigenden kaltblauen Augen.

»Es gibt da ein verstörendes Detail: Ihre Beine wurden von ihrem Peiniger mit PU-Schaum eingesprüht.«

Landsberg stieß die Luft aus.

»Stimmt, da war was.«

»Ich hab den Computer nach den Stichwörtern Bau- und Montageschaum durchforstet und stieß auf diesen alten Fall. Es ist übrigens der einzige Treffer, den das Suchprogramm in diesem Zusammenhang ausspuckt, und irgendwie geisterte mir schon den ganzen Tag etwas davon durch den Hinterkopf.«

»Nils, der Täter ist tot. Karl Junker lebt nicht mehr.«

Trojan sah ihn nur an.

»Glaubst du an einen Trittbrettfahrer?«

»Im Moment habe ich nur ein eigenartiges Gefühl, und dem muss ich auf den Grund gehen.«

»Wurde damals etwas von diesem Schaum an die Presse verraten?«

»Nein, das ist es ja gerade, was mich daran so irritiert. Sollten wir es tatsächlich mit einem Nachahmungstäter zu tun haben, kann er die Inspiration für sein grausames Vorgehen zumindest nicht aus den Medien haben.«

»Hmm.«

»Beide Frauen, Josephin Maurer und Frida König, fand man in einem Keller, beide wurden mit einem Elektrokabel gefesselt, die eine wurde mit PU-Schaum erstickt, bei der anderen könnte man sich ausmalen, dass ihr geisteskranker Peiniger sie langsam von den Füßen aufwärts mit diesem Zeug überziehen wollte, bis auch sie irgendwann qualvoll verendet wäre.«

Landsberg steckte sich eine Kippe in den Mund.

»Grausame Phantasie, Nils.«

»Nicht meine.«

»Aber die eines Toten.«

»Hilmar, wir müssen das überprüfen.«

Der Chef ließ sein Feuerzeug aufflammen, ohne die Kippe anzuzünden.

»In Ordnung«, sagte er schließlich, »sprich noch mal mit ihr. Sprich mit Josephin Maurer.«

Trojan stand auf und schob seine Waffe ins Holster. Er schnappte sich ein Foto von Frida König, das sie als Lebende zeigte, lächelnd und unbesorgt, nahm seine Jacke vom Stuhl, nickte seinem Chef zu und verließ das Büro.

In der Bürknerstraße kannte er sich aus, sie gehörte beinahe noch zu seinem Viertel. Hier gab es einen verschrobenen Plattenladen, eine Buchhandlung und ein paar Geschäfte von jungen Modedesignern, mehrere türkische Bäckereien und einen Secondhandshop für Comics, in dem er mal einen Nachmittag lang in alten Batmanheften geblättert und einen Stapel davon gekauft hatte. Es war wie eine Reise in seine Kindheit gewesen, als er ganze Tage damit verbringen konnte, sich nach *Gotham City* fortzuträumen, stets bereit, das Böse zu bekämpfen, am liebsten auch mit Fledermausumhang und der Fähigkeit zu fliegen.

An diesem Abend jedoch deprimierten ihn die Gedanken an seine Kindheit, wieder keimte eine seltsame Unruhe in ihm auf, und sein Puls beschleunigte sich. Wie unbekümmert er doch als kleiner Junge gewesen war, fliegen und Schurken zur Strecke bringen, kämpfen bis zum Umfallen und wieder aufstehen.

Bis er schließlich mit der Realität konfrontiert wurde,

einem wahren Verbrechen, und die Kindheit war mit einem Schlag vorbei.

Nils Trojan atmete ein paar Mal tief durch.

Die Straße führte quer zum Landwehrkanal hin, ein leicht fauliger Geruch drang vom Wasser herüber.

Josephin Maurer wohnte in dem Haus direkt gegenüber des Comicladens. Er fand ihren Namen auf dem Schild und drückte auf den Klingelknopf. Wenig später meldete sich eine Stimme durch die Sprechanlage.

»Wer ist da?«

»Kriminalpolizei. Würden Sie mal aufmachen?«

Es dauerte einige Zeit, bis endlich der Summer schnarrte.

Er stieg die Treppen zum ersten Stockwerk hinauf und klingelte abermals.

»Halten Sie Ihren Ausweis vor den Spion!«, rief eine Frau hinter der verschlossenen Wohnungstür.

Trojan zückte den Ausweis und hielt ihn hoch.

»Näher!«

Er drückte ihn gegen die kleine, kreisrunde Scheibe.

Endlich hörte er das Klicken mehrerer Schlösser, und die Tür wurde einen Spalt geöffnet.

»Sind Sie Josephin Maurer?«

Die junge Frau nickte.

»Nils Trojan, guten Abend. Kann ich Sie mal einen Augenblick sprechen?«

Zögernd ließ sie ihn in die Wohnung und rammte den Stangenriegel zurück in die Verankerung. Trojan bemerkte die Stahlverstärkung am Türblatt.

Sie führte ihn wortlos in die Küche und deutete auf einen Stuhl vor einem Holztisch. Sie selbst blieb stehen.

Er setzte sich und sah sie an.

Sie war äußerst schlank, ziemlich klein und hatte die

Eigenart, die Schultern einzukrümmen. Am auffälligsten aber war eine bunte Strickmütze, die sie sich tief in die Stirn gezogen hatte. Trojan wunderte sich, wie sie das bei diesen Temperaturen aushielt. Unter der Mütze schaute ihr langes brünettes Haar hervor.

»Worum geht es?«, fragte sie schließlich kaum hörbar.

Trojan fasste sich ein Herz. Es half nichts, er konnte sie nicht schonen.

»Ich ermittle in einer Mordsache.« Er zog das Bild von Frida König aus der Jackentasche und legte es auf den Küchentisch. »Könnten Sie mir bitte sagen, ob Sie diese Frau schon einmal irgendwo gesehen haben?«

Josephin Maurer beugte sich ein wenig vor, warf einen flüchtigen Blick auf das Foto und trat gleich darauf einen Schritt zurück.

»Nein.«

Die Antwort kam ihm viel zu rasch.

»Schauen Sie bitte genauer hin, es ist sehr wichtig.«

»Was ist mit dieser Frau?«

Ihre Stimme war rau und abweisend.

»Sie ist … sie wurde ermordet.«

Er sah, wie sie zusammenzuckte.

»Was sollte ich damit zu tun haben?«

»Aus ermittlungstechnischen Gründen darf ich Ihnen leider nicht mehr verraten, aber es geht um ein Detail, das in einem gewissen Zusammenhang stehen könnte mit –.« Er suchte nach Worten.

»Womit?«

Sie verschränkte die Arme vor der Brust.

»Mit Ihrer Verschleppung im letzten Jahr.«

Ihre Augen verengten sich zu Schlitzen.

»Welches Detail?«, fragte sie knapp.

Er schluckte.

Er wollte ihr die grausamen Einzelheiten ersparen, also sagte er: »Wir haben bei der Toten Spuren von Bauschaum gefunden.«

Sie fuhr sich mit der Hand durchs Gesicht, dann stieß sie die Luft aus und wies zur Küchentür. »Gehen Sie bitte. Lassen Sie mich in Ruhe damit.«

Trojan stand auf. »Es tut mir sehr leid, ich wollte Sie wirklich nicht –.«

Sie unterbrach ihn und machte eine unkontrollierte Armbewegung. »Genug! Nicht jetzt. Es ist schon spät. Ich brauche meine Ruhe. Hören Sie? Um diese Zeit brauche ich meine Ruhe.«

»Ich verstehe Ihre Aufregung.« Er wartete ab, bis sie etwas gefasster auf ihn wirkte. »Vielleicht gibt es ja auch gar keinen Zusammenhang, aber wir müssen das prüfen. Schauen Sie sich die Frau bitte noch einmal an.«

Sie sah zu dem Foto hin.

»Wie ist ihr Name?«

»Frida König.«

»Nein, kenne ich nicht.« Sie schüttelte energisch den Kopf.

Sie schwiegen beide.

Trojan überlegte. Er durfte sie nicht länger unter Druck setzen. Da war dieses unheimliche Flackern in ihren Augen. Wahrscheinlich nahm sie Psychopharmaka und stand noch immer unter dem Schock der Ereignisse im vergangenen Jahr. Er fragte sich, ob sie sich überhaupt jemals davon erholen würde.

»Die Frau ist mit Bauschaum erstickt worden«, sagte er leise.

»Was geht mich das an?«

»Der Täter von damals –.«

Wieder unterbrach sie ihn. »Der Täter von damals ist tot. Das Kapitel ist abgeschlossen.«

Sie war laut geworden, atmete schwer. Ihre Hände waren zu Fäusten geballt.

Er sah sie eine Weile schweigend an, dann reichte er ihr seine Visitenkarte. »Bitte rufen Sie mich an, wenn Ihnen irgendetwas einfällt. Und wenn es nur eine Kleinigkeit ist, selbst wenn es Ihnen nichtig erscheint, rufen Sie mich an, ja?«

Josephin Maurer rührte sich nicht.

Trojan steckte das Foto ein, verabschiedete sich von ihr und ging.

Sie lehnte sich von innen gegen die Wohnungstür. Panik stieg in ihr auf, ihre Knie zitterten. In Gedanken zählte sie langsam bis hundert, um sich halbwegs zu beruhigen.

Der stählerne Riegel drückte sich in ihren Rücken, es tat ihr weh. Die Türsicherung und die neuen Fenster hatten sie ein Vermögen gekostet, die Monteure hatten gesagt, die Schlösser seien von niemandem zu knacken, aber was half das alles, wenn sie einen Fremden hereinlassen musste, der von ihrer Vergangenheit sprach.

Vielleicht hätte sie dem Kommissar etwas von dem Anruf von Sonntagnacht erzählen sollen, aber womöglich hätte er sie für verrückt erklärt. Könnte sie sich wirklich geirrt haben? Mittlerweile zweifelte sie selbst an ihrem Verstand.

Karen sagte doch auch, dass es nicht möglich sei.

Karen, sie musste sie anrufen. Sie sollte zu ihr kommen, schnell.

Für einen Moment dachte sie an die Frau auf dem Foto,

und ob es da vielleicht eine Ähnlichkeit gab, aber auch hier könnte sie sich täuschen.

Josie eilte in ihr Schlafzimmer, kauerte sich auf dem Bett zusammen und umarmte all ihre Puppen.

»Wir sind bei dir«, flüsterten die Amigurumi ihr zu, »hab keine Angst, wir beschützen dich.«

FÜNF

Er betrachtete ihr Bild auf dem Rechner. Sie lächelte darauf. Wie schön das aussah. Es kam selten vor, dass sich ihr Gesicht entspannte und die Augen strahlten, viel zu selten. Er beugte sich weiter vor, stieß beinahe mit der Stirn gegen den Monitor.

Er war erregt.

Es hatte etwas Demütigendes, aber er musste es tun.

Er öffnete die Gürtelschnalle und knöpfte seine Hose auf, erhob sich halb aus seinem Bürostuhl und streifte sie mitsamt der Unterhose ab, sank zurück und packte sich an.

Wenn er ihr nur näher sein dürfte. Aber sie war noch immer verstört. Er musste geduldig sein, verständnisvoll.

Doch Rücksichtnahme war etwas für Verlierer.

Er war kein Verlierer mehr.

Er machte an sich rum, schwitzte. Es funktionierte so nicht. Er wollte ihre Stimme, er wollte ihr Haar und ihren Geruch, ihren mageren Körper. Er wollte sie besitzen, stark sein, mächtig, über ihr.

Es sich jeden Tag mehrmals einhämmern: Bin kein Verlierer, kein Verlierer mehr!

Er seufzte auf.

Er kniff für einen Moment die Augen zu, wie beschämend das alles war. Er könnte sie doch anrufen. Es war schon spät, aber vielleicht lag sie noch wach. Bestimmt war sie noch wach, verschwitzt in ihrem Bett, hilflos, halbnackt.

Sie litt doch an chronischer Schlaflosigkeit seit dieser Geschichte.

Diese Geschichte, immerzu diese Geschichte. Wenn sie einmal davon angefangen hatte, fand sie kein Ende.

Etwas wallte in ihm auf, er konnte es nicht einordnen. War es Wut? Verzweiflung? Eine andere Art der Erregung?

Er rieb sich über den Mund, seine Hand roch nach ihm selbst, säuerlich und grimmig. Er klickte sich durch seine Dateien, suchte diesen einen speziellen Ordner. Er zögerte, dann tat er es.

Er öffnete die Bilder.

Es waren fiese Bilder, aber sie zeigten Wirkung.

Manchmal tat es gut, sich darauf einzulassen.

Manchmal war es eine Erleichterung, fies zu sein.

Er packte sich wieder an, diesmal heftiger, wilder.

Und er kam.

Er zog den Hebel vom Bürostuhl und ließ die Lehne nach hinten schnappen. Durch das geöffnete Fenster schaute er zum Nachthimmel hinauf. August, Hitze und Gier. Er fühlte sich schmutzig und schwach.

Verlierer, dachte er. Und er nahm ein Taschentuch, wischte sich sauber, zerrte die Hose hoch.

Er klickte sich ins E-Mail-Programm, in der Hoffnung auf gute Nachrichten, Reaktionen auf seinen Film, der im Netz hochgeladen war, sichtbar für alle, wünschte sich spontane Äußerungen, möglichst bewundernd, irgendeine Form der Anerkennung. Doch es gab nur Spam und belangloses Zeug, Zeilen voller Nichtigkeiten von entfernten Bekannten, die ihn langweilten.

Er schrieb ihr, musste es tun, nur einen kurzen nächtlichen Gruß:

IN GEDANKEN BEI DIR. NOCH WACH?
HIER SIND EIN PAAR BILDER FÜR DICH.
M

Er fügte die Anhänge ein, der Cursor zitterte über dem gewissen Ordner. Bilder einer Gefesselten, Geknebelten, Aufnahmen der Pein, die durfte er ihr nicht schicken.

Plötzlich musste er lächeln. Und wenn er es doch tat?

Er stellte sich vor, wie sie erschrak, malte sich ihre Augen aus, vor Angst geweitet, den stummen Schrei ihres Mundes, die Lippen, weit aufgerissen.

Nein, er durfte jetzt keinen Fehler machen.

Noch immer lächelnd klickte er auf »senden«.

Der Widerschein des Laptops erhellte ihr Gesicht. Wenn sie durch die unendlichen Weiten des Webs kraulte, fühlte sie sich sicherer, denn es lenkte sie ab. Bilder aus der fernen Welt, Gesichter von Millionen, schreiender Konsum, die Blogs und die Nachrichten, und immer wieder kehrte sie zu ihrer eigenen Internetadresse zurück, wo all ihre Amigurumi abgebildet waren, und sie schaute nach, wie viele Besucher sich auf der Seite eingefunden hatten, und als die Zahl vierstellig wurde, verspürte sie ein wenig Stolz.

Während sie auf dem Bett hockte und ins knallbunte Amigurumiland surfte, sprach sie leise zu ihren Puppen: »Da seid ihr ja, und wie hübsch ihr ausseht.« Und die Tiere und die vielen Josies mit den Strickmützen blickten sie aus großen Augen an.

Sie kontrollierte auch hin und wieder ihre E-Mails, und kurz vor Mitternacht fand sie die Zeilen von Milan vor. Sie öffnete die Anhänge.

Es waren Fotos von dem Filmfestival, von der Preisverleihung. Wie weit das schon zurücklag, dabei war es doch erst Sonntag gewesen. Auf einem der Fotos hielt sie den Blumenstrauß und die Urkunde in der Hand und wurde von drei Frauen umringt.

Karen, die sie umarmte.

Ihre Ärztin, bereit zu gratulieren.

Und im Hintergrund eine Unbekannte.

Wer war das? Auf einmal stockte ihr der Atem. Sie sei ein Fan ihrer Puppen, hatte die Frau gesagt. Josie klickte auf Vergrößern. Rasch schüttelte sie den Kopf. Nein, das konnte nicht sein. Weil es nicht sein durfte.

»Hallo, ich bin die Frida«, hatte sie gesagt.

Frida, das Foto, der Kommissar.

Und schon kehrte die Angst zurück. Josie stand auf und ging in die Küche. Wo hatte sie nur seine Visitenkarte gelassen? Sie war ganz zittrig, musste ihn anrufen, sofort. Sie fand die Karte unter einem Stapel Zeitschriften, hatte sie achtlos dorthin gesteckt, um den Vorfall schnell wieder zu vergessen. Sie nahm sie und ging zurück ins Schlafzimmer.

Plötzlich hörte sie ein dumpfes Geräusch.

Sie hielt erschrocken inne. Etwas war gegen die Fensterscheibe geprallt. An der Balkontür. Langsam trat sie näher.

Sie schob die Spezialverriegelung zurück und öffnete die Tür.

Da lag etwas am Boden.

Es war klein und trug eine bunte Strickmütze.

Josie bückte sich und hob die Puppe auf. Sie drehte sie um, wollte ihr in die Augen schauen. Aber da waren keine Augen. Und auch kein Gesicht. Nur diese eingetrocknete gelbliche Masse.

Sie schrie leise auf, ließ die Puppe fallen und trat an die Balkonbrüstung. Sie schaute hinab auf die Straße.

Da war niemand. Doch dann hörte sie etwas in ihrem Rücken.

Entsetzt fuhr sie herum.

SECHS

Sein Vater war plötzlich im Zimmer. Er nahm das Polaroid, das ihn mit der fremden Frau zeigte, aus dem Bücherregal, betrachtete es lange, dann zerriss er es in zwei Hälften und warf es verächtlich zu Boden.

Trojan wollte schlafen. Er wälzte sich auf die andere Seite, aber der Vater tippte ihm auf die Schulter. Es war schlagartig kalt, ein eisiger Windstoß zog herein.

»Wach auf, Nils, ich muss dir was zeigen.«

Trojan öffnete widerwillig die Augen. Es war viel zu hell um ihn herum. Er wandte den Kopf in die Richtung, aus der das grelle Licht kam, hin zur Tür, aber da war keine mehr. Sie fehlte. Jemand hatte sie wohl aus den Angeln gehoben.

»Was ist mit der Tür?«, fragte er.

Der Vater rauchte schweigend, hielt die Zigarette wie immer in der verkrüppelten Hand. Glühend stach sie daraus hervor, er führte sie zum Mund und sog gierig daran.

»Rauch doch bitte nicht, nicht an meinem Bett«, sagte Trojan, aber der Vater kümmerte sich nicht darum.

»Hier drin ist alles morsch«, sagte er schließlich.

Er ging zu der Wand, in der einmal die Tür gewesen war, und drückte gegen die Zarge. Sie gab nach, der Putz rieselte heraus.

»Hör auf damit, bitte.«

Sein Vater lachte nur.

»Alles morsch«, sagte er wieder.

Dann brachte er mit einem Mal eine neue Tür herein.

»Die ist von mir, hab ich getischlert. Siehst du, sauberer Schliff, du musst auf den Schliff achten.«

Er forderte Trojan auf, das Holz zu berühren, aber es war schlecht bearbeitet, rau und kantig.

Trojan riss sich einen Splitter ein. Es blutete. Er saugte an der Wunde, während der Vater die Tür abstellte und mit seinem Zollstock Maß nahm.

»Das haben wir gleich«, sagte er.

Doch plötzlich hielt er diese metallene Dose in der verkrüppelten Hand.

Trojan erschrak.

»Lass das«, rief er.

Der Vater lachte. Er drückte auf den Knopf an der Düse, und das Zeug spritzte heraus.

»Sieh nur.«

Der Schaum füllte die Ritzen zwischen Zarge und Wand, doch der Vater hörte nicht auf zu sprühen, und so quoll die Masse zischend und schmatzend wieder daraus hervor. Sie wuchs zu einem unheimlichen Gebilde heran. Trojan sah fassungslos zu.

Und dann wandte sich der Vater zu ihm um und trat näher an das Bett.

Trojan wich zurück. Er sah die Dose und den Schaum und die Fratze seines Vaters.

Er schrie, doch schon packte der Vater ihn am Kopf und presste ihn aufs Kissen. Der Schaum traf ihn mitten im Gesicht. Es wurde immer mehr. Das Zeug trocknete ein, und es ekelte ihn. Es umklammerte seine Wangen, die Schläfen, drang in seinen Mund und in die Nase.

Er bekam keine Luft mehr. Er wollte sich wehren, doch

er konnte nicht. Ihm fehlte der Atem, um zu schreien. Er röchelte.

Dann schreckte er hoch.

Ihm war schwindlig. Er knipste das Licht an.

Das Zimmer drehte sich um ihn herum. Erst allmählich stand es wieder still.

Er zählte seine Atemzüge. Ruhig, ruhig, dachte er. Er keuchte.

Vorsichtig stand er auf, ging in die Küche und drehte den Wasserhahn auf, er beugte sich hinunter und trank gierig. Sein T-Shirt war durchgeschwitzt, Arme und Beine zitterten.

Er richtete sich auf und stützte sich an der Spüle ab.

Das Herz schlug heftig in seiner Brust.

»Nichts weiter als ein Traum«, sprach er leise zu sich selbst.

Doch die Panik schnürte ihm noch immer die Kehle zu.

Eine Zeit lang vernahm sie nur das rauschende Blut in ihren Ohren, dann kam das Geräusch wieder.

Endlich begriff sie, was es war.

Sie ging zurück ins Zimmer und verriegelte die Balkontür. Es war stickig in der Wohnung, doch selbst im heißen August musste sie alles verschlossen halten.

Langsam ging sie in den Flur.

Wieder läutete es.

Sie hielt inne, versuchte, ihren Atem zu dämpfen. Wenn sie sich ganz still verhielt, würde ihr vielleicht nichts passieren.

Es läutete erneut.

Sie ging näher an die Wohnungstür heran, die Dielen knarrten.

Nun hatte sie sich verraten. Vorsichtig schob sie die Scheibe vom Spion weg und linste hindurch.

Da stand jemand im Treppenhaus, direkt vor ihrer Tür.

Sie kannte sein Gesicht. Und sie hatte Angst vor ihm. Was sollte sie nur tun?

Vielleicht ging er wieder, wenn sie sich nicht rührte. Doch er schien sie längst bemerkt zu haben, denn er sagte ihren Namen.

Sie war wie erstarrt.

»Josie«, sagte er wieder.

Und sie sah sich selbst dabei zu, wie sie ihm öffnete.

Er streckte die Hand nach ihr aus, sie wich vor ihm zurück.

Ihr Herz hämmerte.

Er drückte die Tür hinter sich ins Schloss.

Sie roch seinen Atem, er hatte getrunken. Wirr hing ihm das Haar in der Stirn.

ER war es, dachte sie. ER hat die Puppe auf den Balkon geworfen. Sie wollte etwas sagen, aber schon war seine Hand in ihrem Nacken. ER war es. ER hat das Puppengesicht mit Bauschaum eingesprüht. Da zog er sie zu sich heran und stieß ihr die Zunge in den Mund.

Und wenn er sie auch angerufen hatte, Sonntagnacht? Er hatte seine Stimme verstellt. Aber warum? Um sie zu quälen?

Sie versuchte ihn wegzustoßen, doch er packte sie nur fester. Nach einem kurzen Gerangel konnte sie sich endlich von ihm befreien.

»Nicht in Stimmung?«, fragte er kalt.

Sie starrte ihn bloß an.

»Nie bist du in Stimmung.«

»Geh wieder, ja?«, flüsterte sie.

Er nahm sie und stieß sie durch den Flur.

»Milan, ich schreie –.«

»Dann schrei.«

Schon waren sie im Schlafzimmer. Sie erkannte die zornige Furche zwischen seinen Brauen.

»Leg dich aufs Bett.«

»Nein, Milan, nein.«

»Du sollst dich aufs Bett legen.«

Sie zitterte.

Er blickte sie an.

Für einen Moment wurde ihr schwarz vor Augen. Plötzlich lag sie auf dem Bett, er hielt sie im Arm. Er versuchte, sanft zu ihr zu sein, doch das machte es nur noch schlimmer. Sie spürte seine Erregung, überlegte, ob sie es über sich ergehen lassen konnte.

Immerzu sah sie die Puppe vor sich und die eklige Masse in ihrem Gesicht.

Sie spürte seine Hände auf ihrer Haut, fremd und kalt.

Sie weinte.

Er ließ sich davon nicht beirren, sie wimmerte still in sich hinein.

Sie musste dem ein Ende setzen.

»Hör auf!«, rief sie.

Mit einem Mal lockerte sich sein Griff.

Sie lag da und konnte sich nicht rühren. Er setzte sich auf die Bettkante, sein Rücken bebte. Schließlich erhob er sich.

»Tut mir leid«, sagte er.

Sie schloss die Augen. Kurz darauf hörte sie seine sich entfernenden Schritte im Flur und das Klacken der Wohnungstür.

Lange Zeit blieb sie reglos liegen.

Irgendwann stand sie auf und überprüfte die Schlösser, schob den Stangenriegel wieder vor. An der Balkontür hielt sie lange inne. Sie musste die Puppe hereinholen, ein Versteck für sie finden.

Eine Schachtel, einen Sarg. Etwas, worin sie verschwand.

Nur so könnte sie die Ereignisse dieser Nacht vielleicht vergessen.

Sie gab sich einen Ruck und trat hinaus.

SIEBEN

Es war Mittwoch früh gegen halb zehn. Trojan schwang sich vom Rad, schloss es an einen Laternenpfahl und stürmte ins Dienstgebäude. Grußlos rannte er am Wachpolizisten vorbei und eilte die Treppen zu seinem Kommissariat hinauf. Vor dem Konferenzraum schaute er kurz zur Uhr und stieß einen Fluch aus. Es hatte wirklich keinen Sinn, jetzt noch an Landsbergs Morgenbesprechung teilzunehmen, dafür war es viel zu spät.

Er verschnaufte kurz, dann betrat er sein Büro, setzte sich an den Schreibtisch und fuhr den Rechner hoch. Er öffnete den Ordner mit seinen Notizen und vertiefte sich darin, als Ronnie Gerber zur Tür hereinkam.

»Nils, verdammt, wo hast du gesteckt?«

Er blickte auf.

»Mann, siehst du blass aus. Ist irgendwas passiert?«

Er schüttelte stumm den Kopf.

»Der Chef hat getobt.«

»Kann ich mir vorstellen.«

Gerber nahm an dem Tisch ihm gegenüber Platz und sah ihn stirnrunzelnd an.

»Raus mit der Sprache, Nils, was ist los mit dir?«

Für einen Moment verspürte Trojan den Impuls, seinem Kumpel Ronnie von seiner nächtlichen Panikattacke zu erzählen, aber er schwieg. Niemand in der Mordkommission durfte etwas von seinen Ängsten wissen. Ein Bulle hatte stark zu sein.

»Hab verschlafen«, murmelte er.

Bis zum Morgengrauen war er in der Wohnung herumgegeistert und hatte keine Ruhe gefunden. Irgendwann war er dann vor lauter Erschöpfung auf dem Sofa eingeschlafen und hatte das Klingeln des Weckers überhört.

Der kleine bullige Gerber setzte ein schiefes Grinsen auf. »Oder war heute Nacht eine Frau im Spiel?«

Schön wär's, dachte er und zog eine Grimasse.

Schließlich fragte er: »Also, was haben wir?«

Gerber seufzte. »Nicht viel.«

Und dann fasste er die Ergebnisse der morgendlichen Sitzung zusammen: »Keine brauchbaren Fingerabdrücke am Bügelschloss und am Schlüsselbund, auch oben in der Wohnung nichts Verwertbares. Der Kerl hat vermutlich Handschuhe getragen. Im Keller keine DNA-Spuren, die nicht vom Opfer stammen, kein Blut, keine Haare, nicht mal eine Hautschuppe.«

»Scheiße. Was ist mit der Faserspur unter dem Fingernagel?«

»Die Kriminaltechnik hat sie gründlich untersucht, ist ein fester, dunkelblauer Stoff, wie er in der Herstellung von Arbeitsoveralls verwendet wird.«

»Das ist doch mal was.«

»Ja, und die Vergleiche haben ergeben, dass es sich um ein ziemlich simples Modell handelt, ist in nahezu jedem Baumarkt erhältlich.«

»Kaufen Profis ihre Arbeitskleidung in Baumärkten?«

»Wohl eher nicht, das haben wir heute auch schon besprochen.«

»Der Kerl gibt sich also als Handwerker aus.«

»Vermutlich, ja.«

»Er lockt Frida König in den Keller, möglicherweise

unter dem Vorwand, dass es da irgendetwas zu reparieren gibt.«

Gerber nickte. »Und noch etwas: Bei der Obduktion der Leiche wurde eine Verbrennung an der linken Schulter festgestellt.«

»Eine Verbrennung?«

»Hmm. Semmler tippt auf einen Elektroschocker.«

Baumarkt, Bauschaum, Overall, Elektroschocker. Trojan versuchte aus dieser Assoziationskette schlau zu werden. Konzentrier dich, dachte er, streng dich an, aber die Angst der vergangenen Nacht war noch immer nicht aus seinen Gliedern gewichen, und das lenkte ihn ab.

»Ich frag mich die ganze Zeit, warum der Täter noch einmal hinauf in ihre Wohnung ging.«

»Ja«, sagte Gerber, »er nimmt der Toten die Schlüssel ab, marschiert hinauf und deponiert sie auf dem Kopfkissen. Das ist wirklich rätselhaft.«

»Ich könnte mir vorstellen, dass er da oben irgendwas entwendet hat.«

»Du meinst eine Trophäe? Etwas aus ihrem Besitz, mit dem er sich schmücken will?«

»So was in der Art, ja. Ihr Freund soll sich noch mal genau in der Wohnung der Toten umschauen. Am besten auch ihre Eltern.«

Gerber schrieb sich einen Vermerk. »In Ordnung, ich übernehme das.«

»Gut. Was ist mit dem Zeichen an der Kellertür?«

»Der Chef glaubt eher an eine bedeutungslose Schmiererei, mit der das Schwein sein Mordrevier markieren wollte.«

»Hmm. Klingt mir nicht plausibel.«

»Apropos Chef, vielleicht solltest du dich mal kurz bei ihm blicken lassen.«

Trojan holte tief Luft. Dann stand er auf und ging hinüber in Landsbergs Büro.

Der Chef schaute nicht einmal von seinem Schreibkram auf.

»Irgendwelche Erklärungen, Nils?«

»Keine, die dich zufriedenstellen könnte. Tut mir leid.«

»Wie war dein Gespräch mit Josephin Maurer?«

Trojan berichtete knapp. »Ich hab das Gefühl, dass sie mir irgendwas verschweigt.«

»Bleib dran, Nils.« Endlich warf er ihm einen Blick zu. »Ist alles in Ordnung bei dir?«

Sieht man es mir so sehr an?, dachte er.

»Du bist kreidebleich. Musst du dich etwa krankmelden?«

Er schüttelte den Kopf.

»Urlaubsreif, was?«

Er versuchte zu lächeln.

»Bei der Jagd nach dem Federmann hast du Großartiges geleistet. Kann ich mich wieder auf deine alten Stärken verlassen?«

»Ich bin polaroid, Chef.«

Er registrierte, wie Landsberg erstaunt die Augenbrauen hob. Sofort stieg Hitze in ihm auf. Hastig korrigierte er seinen Versprecher.

»Ich bin bereit, meine ich.«

Landsberg runzelte die Stirn. »Na, dann mal los.«

Trojan trat hinaus auf den Gang und blieb eine Weile versunken am offenen Fenster stehen. Mein Gott, ich bin ja völlig durcheinander, durchfuhr es ihn. Ohne länger darüber nachzudenken, nahm er sein Handy hervor und drückte auf eine Kurzwahltaste. Er hatte Glück, es meldete sich nicht wie so oft ihr Anrufbeantworter, sondern sie hob persönlich ab.

»Nils Trojan hier.«

Sie schwieg am anderen Ende der Leitung.

»Haben Sie vielleicht kurzfristig einen Termin für mich frei?«

Sie saß ihm gegenüber, in dem hellen Raum mit dem Blick auf die Birken, das Haar hochgesteckt, die Beine übereinandergeschlagen. Er konnte ganz leicht ihr Parfüm riechen, es gefiel ihm.

»Eine Bedingung, Herr Trojan: Sie halten sich an die Regeln. Wir vergessen, was vorgefallen ist, und fahren an der Stelle fort, wo wir mal aufgehört haben. Vor diesen schrecklichen Ereignissen im Frühjahr.«

»In Ordnung.«

Die Strenge stand ihr gut, fand er.

»Also«, sagte sie, »was eilt denn nun so sehr? Was möchten Sie mir erzählen?«

Alles, dachte er.

Und er begann. Zunächst berichtete er ihr, ohne Namen zu nennen, von dem Mordfall in der Donaustraße, er schilderte ihr den Anblick der Toten mit dem Bauschaumgebilde im Mund und bemerkte, wie sie zusammenzuckte und sich gleich darauf wieder um Fassung bemühte. Dann erzählte er ihr von seinem Alptraum. Als er fertig war, sah sie ihn lange schweigend an.

»Ihren Vater haben Sie in den vergangenen Sitzungen nur selten erwähnt«, sagte sie schließlich.

Trojan nickte. »Er war immer dagegen, dass ich Kriminalkommissar werde.«

»Warum?«

»Ich weiß nicht. Möglicherweise hat es mit einem Ereignis aus meiner Kindheit zu zun.«

»Was war das für ein Ereignis?«

Trojan schloss für einen Moment die Augen. »Ihr Name war Susanna Halm, und sie wohnte im Haus Nummer 87 in unserer Siedlung. Sie lebte allein, war noch recht jung, hübsch, ein wenig scheu. Ich war fünf oder sechs Jahre alt, und ich sah meinen Vater ein paar Mal in das Haus gehen. Er hat mich nie bemerkt, ich hab mich vor ihm versteckt. Ich hab mich schon immer gefürchtet vor meinem Vater, er war jähzornig, konnte schnell ausrasten. Ich hielt mich mehr an meine Mutter, suchte gewissermaßen Schutz bei ihr.«

Er hielt inne. Seine Stimme war belegt, als er fortfuhr:

»Eines Tages wurde Susanna Halm ermordet. Jemand schlug ihr den Schädel ein. Ein Verbrechen, das niemals aufgeklärt wurde, und – und –.«

Er brach ab.

Jana Michels wartete.

»Wie gesagt, ich war fünf oder sechs Jahre alt, ein kleiner Junge, der –.«

Er zog die Schultern hoch. Endlich brachte er es heraus.

»Ich sah meinen Vater in das Haus gehen, kurz bevor es geschah. Es war an demselben Tag. Es war der Tag, an dem Susanna Halm ermordet wurde.«

Er hörte, wie Jana Michels den Atem einzog.

»Heute, mit dem Abstand der Jahre, ist für mich offenkundig, dass mein Vater ein Verhältnis mit dieser Frau hatte. Meine Mutter – als sie starb –, ich war ja allein mit ihr im Zimmer –, als sie der Krebs dahinraffte –, es war Jahre später, ich war achtzehn, ich hielt ihr die Hand, mein Vater und meine Schwester waren im Nebenraum und führten ein Gespräch mit der Ärztin.« Er begann zu schwitzen. »Jedenfalls flüsterte mir meine Mutter etwas zu. Sie war bleich, sie war, sie –.«

Er suchte Janas Blick. Sie nickte ihm zu.

»Es war kurz vor ihrem Ende. Und meine Mutter wollte mir noch etwas sagen, ich konnte es nicht genau verstehen. Ihre Worte waren undeutlich, sie hatte nicht mehr die Kraft, sich zu artikulieren. Aber später, als ich darüber nachdachte, wurde mir klar, dass sie – dass sie von der Wäschekommode gesprochen hatte, ich sollte etwas darin suchen. Und – festgesteckt an der Rückwand der Kommode, fand ich dieses Polaroid.«

»Was für ein Polaroid?«

»Sie musste es wohl heimlich aufgenommen haben. Es zeigte meinen Vater zusammen mit Susanna Halm.«

Sie schwiegen beide lange Zeit.

»Noch einmal zurück zu dem Mord«, sagte sie leise. »Was genau ging da in Ihnen als Kind vor, als sich das Verbrechen in der Nachbarschaft ereignete?«

»Es war für mich vielleicht ein Schlüsselerlebnis. Ich fand es aufregend, bedrohlich und anziehend zugleich. Die Absperrbänder, das Blaulicht, die Männer in den weißen Overalls, die Trage mit dem Leichensack. Susanna Halm hatte noch kurz vor ihrer Ermordung mit mir gesprochen. Ich weiß nicht mehr genau, was sie gesagt hatte, aber sie kannte mich ja, und sie mochte mich, glaube ich. Und ich hab als Junge die Szene nachgespielt mit meinen Plastikfiguren und meinen Polizeiautos, und einmal kam meine Mutter in das Zimmer, und sie sah mir dabei zu, wie ich Mörder und Ermittler spielte, auch die Szene, als der Frau der Schädel eingeschlagen wurde, ich sah das ja alles deutlich vor mir, ein gusseiserner Kerzenständer, das war meine Phantasie, ein sehr mächtiger, gusseiserner Kerzenständer, wir hatten so einen in der Wohnung, und ich sah vor mir, wie mein Vater ausholte und –.«

Die Stimme versagte ihm.

Nach einer Weile sagte er kaum hörbar: »Meine Mutter hatte Tränen in den Augen, als sie mich den Mord nachspielen sah. Ich bin mir sicher, dass sie etwas von dem Verhältnis meines Vaters mit Susanna Halm gewusst hat.«

Jana Michels sah ihn nur an.

»Einmal, es war vielleicht schon ein Jahr nach dem Mord, stand ich wieder vor dem Hauseingang, es zog mich immer dorthin, und plötzlich war mein Vater hinter mir. Er – er zog mich am Kragen meiner Jacke zu sich herum, plötzlich, von hinten. Ich war so erschrocken, dass ich aufschrie. Ich sehe noch immer sein zorniges Gesicht vor mir, es ist das Gesicht aus meinem Alptraum, und er brüllte mich an. Er fragte, was ich hier zu suchen hätte und wie oft er mir schon gesagt hätte, ich solle nicht mehr vor diesem verdammten Haus spielen.«

»Ihr Vater ist Tischler von Beruf, nicht wahr? Das haben Sie in einer Sitzung mal erwähnt.«

Trojan nickte. »Er war es, jetzt ist er im Ruhestand.«

»Und er hatte diesen Unfall?«

Abermals nickte er. »Es war ein kleiner Betrieb, in dem er arbeitete. Er verdiente nicht viel. Meine Mutter musste nebenbei als Verkäuferin schuften, damit sie uns überhaupt durchfüttern konnte. Ja, und eines Tages kam sie völlig aufgewühlt von der Arbeit heim. Ich sehe mich noch an meinem Schreibtisch sitzen, über meine Hausaufgaben gebeugt, und sie kommt zum Zimmer herein und sagt mir, dass Vater mit der Hand in die Standfräse geraten sei. Sie haben ihn sofort in eine Spezialklinik gebracht, haben an ihm rumgeflickt, aber entweder war das alles Pfusch oder –.«

Er stieß die Luft aus.

»Jedenfalls war Vaters Hand fortan verkrüppelt. Er konnte seinen Beruf nicht mehr ausüben, wurde zum Frührentner, das Geld war noch knapper als zuvor und – sein Jähzorn und die permanenten Selbstvorwürfe, er hatte doch bei der Arbeit getrunken, und letztlich war es seine Schuld, die Versicherung weigerte sich zu zahlen. Es war –.«

Eine Kopfbewegung von Jana Michels ermutigte ihn weiterzusprechen. Der Schweiß lief ihm in Bächen den Rücken hinunter.

»Ich beschloss also, Polizist zu werden. Es war kurz nach dem Abitur, ich erzählte meinem Vater davon. Er lachte mich aus. Ich höre noch seine Worte: ›Du bist doch viel zu weich für diesen Beruf.‹ Aber da war auch dieses Aufblitzen in seinen Augen, als wollte er mir noch etwas sagen.«

»Was war das Ihrer Meinung nach?«

Trojans Finger verkrampften sich.

»Eine Drohung: ›Wag es nur ja nicht. Gegen mich kommst du nicht an.‹«

Und wieder brach es aus ihm heraus: »Es darf ja auch nicht wahr sein, es darf einfach nicht sein. Wie oft hab ich mich dafür geschämt, diesen Gedanken auch nur zuzulassen: Vater hat sie umgebracht. Er war es. Er hat sie erschlagen. Er, er, er! Und Mutter hat es geahnt. Und Mutter –.«

Er schluckte.

»Es ist so schwer, darüber zu sprechen.«

Jana Michels nickte ihm zu.

Karen saß am offenen Fenster und schaute in den Himmel. Mit der einen Hand fuhr sie sich durch ihre Locken, in der anderen hielt sie das Telefon. Eigentlich war es ein guter Tag, es roch nach Sommer, die Vögel lärmten in den Bäumen, und die Hitze machte die Menschen in der Stadt träge und froh.

Nur die Stimme ihrer besten Freundin passte nicht zu dieser Augustlaune. Immer wenn die Angst zurückkam, sprach sie so tonlos und gehetzt zu ihr.

»Du kannst es mir auch gleich erzählen, Josie. Vielleicht ist es besser für dich?«

»Nein, nicht hier am Telefon, wir treffen uns morgen, ja?«

»Natürlich treffen wir uns.«

»Du musst es mir versprechen!«

»Aber ja doch. Ich komme morgen Abend zu dir, wir setzen uns auf deinen Balkon, trinken ein Bier und reden, nur wir zwei, du und ich.«

»Hmm.«

Oder war es ein Notfall? Sollte sie gleich zu ihr gehen?

Karen seufzte.

»Heute kann ich nicht, du weißt ja, dass ich noch für die Prüfungen lernen muss.«

»Es sind Semesterferien.«

»Ja, und das ist die beste Zeit dafür.«

»Also schön, dann bis morgen.«

»Ich freu mich drauf, Josie.«

»Ich freu mich auch.«

Sie wollte schon auflegen, als Josie noch etwas sagte.

»Karen, bitte pass gut auf dich auf, ja?«

»Natürlich pass ich auf mich auf!«

Sie drückte die rote Taste und ließ das Telefon sinken.

Arme Josie, dachte sie. Würde sie denn niemals wieder so fröhlich und unbeschwert sein können wie vor dieser Geschichte?

Wie oft hatte sie den Kerl schon verflucht, der ihrer Freundin all das angetan hatte. Auch wenn er längst tot war: Sie hasste ihn noch immer dafür. Er sollte in der Hölle schmoren.

Karen schaute auf die Graefestraße hinaus, als es plötzlich an der Tür läutete.

Sie stand auf, legte das Telefon auf ihren Schreibtisch, ging durch den Flur und öffnete die Wohnungstür.

»Hallo«, sagte sie erstaunt.

»Brauchen Sie eine Pause?«

»Nein. Ich will das loswerden.«

»Gut.«

Er versuchte sich zu sammeln. Plötzlich hörte er sich sagen: »Manchmal ist mir, als hätte mein Vater meine Mutter in den Krebstod getrieben. Sie wusste sich nicht anders zu wehren, als in der Krankheit Zuflucht zu suchen.«

»Und glauben Sie, dass die Reaktion Ihres Vater auf Ihren Berufswunsch Sie zunächst davon abhielt, an die Polizeiakademie zu gehen?«

Er nickte. »Sicher. Ich versuchte mich ja erst einmal als Schauspieler. Der Applaus und das Gefühl, einmal alles hinter sich lassen zu können, in die Haut eines anderen zu schlüpfen, das war für mich wie eine Befreiung. Doch auch dafür hatte mein Vater nur Hohn und Spott übrig. ›Hängt die Wäsche weg, die Schauspieler kommen‹, hat er immer gesagt.«

»Aber letztlich haben Sie doch das getan, was Sie wirklich wollten.«

Er sah sie an.

»Hier sind Sie, hier vor mir: Nils Trojan, Hauptkommissar, frühzeitig befördert, von den Kollegen anerkannt, von seinem Chef hochgeschätzt. Sie stehen doch Ihren Mann!«

Trojan ließ den Kopf sinken.

»Ich bin dreiundvierzig Jahre alt, und ich möchte –.«

»Ja?«

Er blickte auf. »Ich möchte mich nicht mehr vor meinem Vater fürchten.«

»Herr Trojan«, sagte sie leise, »kann es sein, dass jede Mordermittlung für Sie auch unbewusst eine Ermittlung gegen Ihren Vater ist? Und dass Sie deswegen Panik bekommen? Weil dieser Verdacht, der eigene Vater könnte jemanden umgebracht haben, einfach zu erdrückend ist?«

»Ich weiß nicht, vielleicht.«

»Haben Sie jemals mit Ihrem Vater über die Ereignisse von damals geredet?«

Trojan schüttelte den Kopf. Er raufte sich das kurze Haar.

»Schaum«, murmelte er. »Ich muss immerzu an diesen Schaum denken. Er kriecht, quillt, härtet ein. Er erstickt seine Opfer.«

»Ist das nicht die erdrückende Potenz des Vaters?«

Er sah sie an.

»Und für den Mörder, nach dem ich suche? Was bedeutet der Schaum für ihn?«

»Vielleicht etwas ganz Ähnliches. Möglicherweise ein persönliches Erlebnis, das er damit verbindet. So wie Sie in Ihrem Traum einen Bezug herstellen, über den Bauschaum hin zu Ihrem Vater.«

Das Zeichen an der Kellertür, durchfuhr es ihn, vielleicht verbarg sich dahinter der Schlüssel zur kranken Seele des Mörders.

Jana Michels erhob sich.

»Leider ist die Stunde schon wieder vorbei. Aber ich gebe Ihnen einen dringenden Rat, Herr Trojan: Sprechen Sie mit Ihrem Vater. Stellen Sie sich ihm und Ihrer Angst.«

Der Geruch in einem Keller, das Feuchte, das Abgestandene, dieser modrig dunkle Schwall ließ sein Herz flattern. Da war verdammt viel Adrenalin in seinen Adern. Und es schoss direkt in seinen Unterleib.

Die Taschen seines Overalls waren ausgebeult, die erforderlichen Gerätschaften drückten sich an seine Schenkel, angenehm schwer, betörend mächtig, Material für einen weiteren wilden Tanz.

Sie ging vorneweg.

Er ließ den Blick nicht von ihrem Hintern. Ihr Haar wippte. Die Tür an der Treppe hatte er hinter sich geschlossen. Kein Zweifel, alles würde so ablaufen wie geplant.

Etwas von ihrem Duft drang in seine Nasenlöcher. Frauen hatten im Sommer diese Schweißspur auf der Haut. Und mehr noch, sie dünsteten etwas aus, das Bereitschaft signalisierte. Sie waren willig, aber nicht bei jedem. Sie verteilten süße Geschenke, aber nicht für ihn. Das durfte ihn nicht ablenken. Bei seinem Vorhaben ging es um etwas anderes. Er hatte eine Vision. Und der musste er folgen.

Der Kellergang führte einmal um die Ecke. Sie war völlig ahnungslos, ihre Unbeschwertheit zauberte ein Lächeln auf seine Lippen. Wenn er sich nicht täuschte, summte sie sogar leise vor sich hin, aber vielleicht war das nur das tosende Blut in seinen Ohren. Er schwitzte an den Händen, wischte sie an seinem Blaumann ab.

Schon blieb sie vor einem Verschlag stehen.

Er hielt inne, musste seinen Atem kontrollieren. Er war nur noch einen Schritt von seinem Ziel entfernt, und seine Nervenenden vibrierten. Das Latex schnalzte, er streifte sich die Handschuhe über, setzte sich die Kappe auf.

Sie drehte sich erstaunt zu ihm um.

»Könnte schmutzig werden«, murmelte er.

Er registrierte die Irritation in ihrem Gesicht, die aufkeimende Furcht, ihm gefiel dieses Mienenspiel.

»Und wo soll hier ein Wasserschaden sein?«, fragte sie.

Wenn sie den Mund öffnete, wurde eine winzige Lücke zwischen ihren Schneidezähnen sichtbar, ein faszinierendes Detail. Er bewunderte ihre vollen, fleischigen Lippen, während er eine der Dosen aus der Seitentasche am rechten Hosenbein zog. Er schüttelte sie, auch wenn es nicht unbedingt notwendig war, bloß ein Teil der Magie.

»Was soll das? Wozu soll das gut sein?«

Dieses Zittern in ihrer Stimme. Es inspirierte ihn, brachte sein Blut zum Kochen, aber er musste den Moment noch hinauszögern, ihn auskosten. Nur nicht zu hastig vorgehen, sonst wäre alles im Nu vorbei. Jede Einzelheit war wichtig, ein jedes Molekül ihrer Angst.

»Das hier?« Er schaute auf die Dose in seiner Hand, als wüsste er selbst nicht, wie sie dahin gekommen war.

Es pochte hinter seiner Stirn. Jetzt begann das Leuchten, alles in ihm war unter Strom. Er hob den Blick.

Ihre Pupillen verengten sich. Das war die Panik, das kam vom Schock.

»Ist etwas zum Aufschäumen«, sagte er sanft.

Nun setzten die Fluchtgedanken bei ihr ein. Wie bei einem Tier, einem gehetzten, in die Enge getriebenen Tier. Erst warf sie den Kopf in die eine Richtung, da war das Ende des Kellers, nichts als eine nackte Wand, dann in die andere. Und da war er, hinter ihm der Ausgang, weit entfernt.

»Aufschäumen«, sagte er noch einmal.

Er hatte den Finger am Abzug der Düse. Warm durchzuckte es ihn. Es war so weit.

Endlich war es wieder so weit.

Er drückte ab, und sie begann zu schreien.

ACHT

In ihrem kleinen Laden in der Weserstraße hockten die Puppen in Regalen, auf der Fensterbank, am Boden oder hingen an Nylonschnüren von der Decke herab. Alles war bunt und verspielt, Ketten und Anhänger lagen neben allerhand Glitzerkram, Stapeln von T-Shirts und Postkarten, Wolle quoll aus Schubfächern, und die farbigen Wände zierten Poster mit großäugigen Manga-Figuren.

Josie breitete die Styroporkugeln und die Füllwatte auf ihrem Arbeitstisch aus, legte Stoffe und Nadeln bereit, schaltete leise Musik ein und begann. Sechs Maschen im Ring, danach alle verdoppeln, fünf feste Maschen, zwei zusammenhäkeln, eine Kettmasche einfügen und den Faden durchziehen, das Loch mit dem übrigen Faden schließen. Es war eine Tätigkeit, die sie beruhigte, wie eine Meditation mit den Händen. Nur manchmal hob sie den Kopf und schaute auf die Straße hinaus. Um diese Zeit kam keine Kundschaft, es war noch zu früh, und es gab Tage, an denen sich niemand in ihren Laden verirrte, stille Tage voller Luftmaschen und Spiralrunden, die sie zu genießen versuchte.

Einmal musste sie flüchtig an den Kommissar denken, eigentlich hatte sie ihn doch anrufen wollen, aber sie wollte nicht mehr an das Foto erinnert werden, das er ihr gezeigt hatte, und schon gar nicht an den grausigen Fund auf ihrem Balkon, sie wollte nicht mehr über Milan nachdenken und endlich seinen Übergriff von Dienstagabend vergessen. Es war besser für sie, wenn sie nur mit ihren Puppen lebte, denn die waren unschuldig und stumm.

Sie häkelte drei Maschen im Ring und verdoppelte, bildete eine Luftmasche und häkelte in der Reihe weiter, als mit einem Mal ihr Handy piepste. Sie ließ die Nadeln sinken und tippte auf das Display. Es war eine SMS von Karen:

JOSIE. ICH BIN FURCHTBAR KRANK. KANNST DU NACH MIR SCHAUEN? DER SCHLÜSSEL LIEGT UNTER DER MATTE.

Sie runzelte die Stirn. Karen hätte doch auch anrufen können. Und was sollte der Umstand mit dem Schlüssel, war sie etwa zu schwach, um ihr die Tür zu öffnen?

Josie wählte sofort ihre Nummer, aber es meldete sich nur die Mailbox. Nachdem sie eine Weile überlegt hatte, stand sie auf, ließ an der Schaufensterscheibe die Jalousie herunter, stellte die Musik ab und ging.

Mit dem Fahrrad war sie in fünf Minuten in der Graefestraße. Die Haustür war unverschlossen. Josie stieg die Treppen hinauf, klingelte an Karens Tür und hob die Fußmatte an. Tatsächlich lag darunter der Wohnungsschlüssel. Da niemand auf ihr Läuten reagierte, schloss sie auf und trat ein.

»Karen?«, rief sie.

Sie ging durch den Flur und schaute ins Wohnzimmer. Da stand der Ledersessel, den ihre Freundin so sehr liebte, die Vorderseite war zum Fenster gerichtet. Sie trat näher, ihr war, als säße jemand darin, als ragte ein Kopf über die Rückenlehne hinaus. Aber etwas stimmte nicht mit dem Kopf, er war viel zu klein für einen Menschen, verschrumpelt, verkrustet, und er hatte eine seltsame Farbe.

Sie trat noch näher heran.

Und dann bemerkte sie, dass sie sich getäuscht hatte. Es war kein Kopf. Josie schrie leise auf. Abrupt drehte sie sich um und schaute zum Bücherregal. Auch hier befand sich diese gelbliche Masse. Sie war in einer Wellenlinie einmal über sämtliche Bücher gesprüht worden. Josie wankte zurück und stieß gegen den zweiten Sessel. Erschrocken fuhr sie herum. Die Sitzfläche war beschmiert, alles war voller eingetrocknetem Schaum.

Sie schnappte nach Luft. Ihr Blick wanderte über die Wände. Auch dort klebte er und an der Kommode, in einer Ecke am Boden, über dem Lampenschirm, selbst auf dem Fernseher. Das ganze Zimmer war mit Bauschaum vollgesprüht.

Ihr Herz hämmerte. Sie hatte Mühe zu atmen.

»Karen!«, rief sie wieder.

Zögerlich ging sie hinüber ins Schlafzimmer. Die Decke war vom Bett gerissen worden. Auf dem Laken befand sich ein riesiges, schaumverkrustetes Zeichen. Es hatte eine Art Dach, und darunter befanden sich drei Buchstaben: EEL.

Josie schlug die Hände vors Gesicht. Dann fiel ihr Blick auf etwas Funkelndes inmitten dieses Zeichens. Sie beugte sich vor und sah zwei Schlüssel an einem Ring. Auf einem kleinen schwarzen Anhänger stand »Keller« geschrieben.

Für einen Moment war sie wie erstarrt. Das Blut schien in ihren Adern zu gefrieren. Endlich bekam sie wieder Luft. Sie sah sich selbst dabei zu, wie sie die Hand nach den Schlüsseln ausstreckte.

Dann stürmte sie schreiend aus der Wohnung.

Als langjähriger Empfänger von Hartz IV war Kasimir Platzeck zu der Überzeugung gelangt, dass man es sich auch ohne Arbeit schön machen konnte. Man brauchte nur eine sinnvolle Beschäftigung, mit der sich möglichst viel Zeit totschlagen ließ. Und wenn diese Beschäftigung zur Leidenschaft wurde, war man seiner Meinung nach auf dem besten Weg, ein glücklicher Mensch zu werden.

Seine Passion galt dem Boulespiel, und so packte er auch an diesem Vormittag die Kugeln ein und verließ seine Junggesellenbude, um zu den anderen Spielern am Kanal zu gehen. Bei schönem Wetter fanden sich viele von ihnen auch schon vor dem Mittagessen ein, zumindest diejenigen unter ihnen, die nicht regelmäßig in Lohn und Brot standen.

Doch kaum war Kasimir im Treppenhaus, stürzte ihm auch schon diese aufgeschreckte junge Frau entgegen. Sie hielt einen Schlüsselbund in der Hand und schien ihm etwas mitteilen zu wollen, dabei verhaspelte sie sich immerzu. Sosehr sich Kasimir auch Mühe gab, er konnte sie anfangs einfach nicht verstehen.

Erst allmählich begriff er ihr Anliegen. Sie schien ihn bitten zu wollen, für sie in den Keller zu gehen, möglicherweise sei ihrer Freundin dort unten etwas Schreckliches zugestoßen, was genau, konnte sie ihm nicht sagen, dafür war sie viel zu verstört. Selbst auf intensives Nachfragen brachte sie lediglich die Worte »im Keller, im Keller« hervor.

Kasimir war ein höflicher Mensch, und wenn ihn eine junge Frau um Hilfe bat, noch dazu in dieser Verfassung, konnte er es ihr nicht abschlagen. Also nahm er die beiden Schlüssel entgegen und folgte ihr. Auch auf dem Weg nach unten konnte sie sich ihm nicht verständlich machen. Das Einzige, was Kasimir begriff, war, dass sie schreckliche Angst davor hatte, allein in den Keller zu gehen.

Er überlegte kurz, ob es nicht vielleicht besser wäre, die Polizei zu rufen, als Linksalternativer hielt er jedoch nicht viel von den Ordnungshütern, und insgeheim hoffte er, die ganze Aufregung würde sich als überflüssig erweisen. Allem

Anschein nach hatte die Frau ein Problem mit ihren Nerven, möglich, dass sie maßlos übertrieb.

Kasimir Platzeck stellte also das Set mit seinen Boulekugeln vor der Kellertür ab, schloss auf und stieg die Treppe hinunter. Als er die Stelle erreicht hatte, wo der Gang um die Ecke führte, sah er, dass ganz am Ende einer der Verschläge einen Spaltbreit geöffnet war. Er wandte sich zu der jungen Frau um, die völlig aufgelöst unten am Treppenabsatz auf ihn wartete, und rief ihr fragend zu, ob das dort hinten vielleicht der Kellerraum ihrer Freundin sei.

Sie aber hielt sich nur zitternd am Geländer fest, zu einer Antwort nicht fähig.

Er zuckte mit den Achseln und ging weiter, um nachzuschauen. Da waren ein paar verklumpte Dreckspuren an den Brettern des Verschlags. Kasimir Platzeck dachte sich nichts weiter dabei und trat ein. Nachdem sich seine Augen an das Dämmerlicht gewöhnt hatten, erkannte er allerhand Gerümpel, Kisten und Kartons.

Und in einer Ecke stand ein alter Schrank. An den angelehnten Türen befanden sich eingetrocknete Spritzer von einem undefinierbaren gelblichen Schaum. Er trat näher und spähte durch den Spalt. Das Innere war voll von dieser ekligen verkrusteten Masse. Und etwas ragte daraus hervor.

Es hatte die Form von einem Kopf.

Aus diesem Kopf starrten ihn zwei menschliche Augen an.

Er wollte schreien, doch plötzlich sackten ihm die Beine weg.

Kasimir Platzeck taumelte.

Dann stürzte er ins Bodenlose.

ZWEITER TEIL

NEUN

Max Kolpert kam ihm entgegen. Er war blass, hatte dunkle Ringe unter den Augen. Sein Haar war verschwitzt.

Er wollte ihm etwas sagen, doch Trojan sah, dass er erst verschnaufen musste. Max neigte zu leichter Fettleibigkeit und hatte Mühe, die routinemäßigen Sportprüfungen zu absolvieren. Sein Scharfsinn und seine hervorragenden Computerkenntnisse jedoch waren bei den Ermittlungen oftmals hilfreich.

»Bist du in Ordnung?«, fragte Trojan.

»Geht schon wieder«, sagte er leise.

Er holte ein paar Mal tief Luft.

»Der Kerl muss völlig wahnsinnig sein.«

Trojan wartete ab, bis er sich wieder im Griff hatte und ihm eine erste Zusammenfassung geben konnte.

»Eine Freundin hat von dem Opfer eine SMS erhalten, darin hieß es, sie sei sehr krank und brauche dringend Hilfe. Die Freundin geht also zu ihr, der Wohnungsschlüssel war unter der Fußmatte deponiert, offenbar von dem Täter. Und der Kellerschlüssel lag auf dem Bett. Nils«, wieder schnaufte er, »das da oben ist eine Riesenschweinerei, alles voller Bauschaum. Die junge Frau flieht aus der Wohnung, hat schreckliche Vorahnungen und bittet einen Nachbarn, für sie im Keller nachzuschauen, was da los ist.«

Kolpert wischte sich den Schweiß von der Stirn.

»Als er das da hinten gesehen hat, ist er in Ohnmacht gefallen.«

Er wies mit dem Daumen den Gang entlang.

»Komm mit.«

Trojan folgte ihm um die Kellerecke. Er sah die Kollegen von der Spurensicherung im Scheinwerferlicht, die Leute aus seinem Team und vernahm ihr aufgeregtes Gemurmel. Er trat näher.

Stefanie Dachs löste sich aus dem Pulk der Beamten. »Scheiße, Nils, jetzt haben wir es wohl mit einer Serie zu tun.« Sie versuchte zu grinsen, ihre Erschütterung hinter einer Spur von Sarkasmus zu verbergen.

Trojan atmete tief durch. Er verspürte schon jetzt eine leichte Übelkeit. Nicht wieder dieser Wahnsinn mit dem Schaum, durchfuhr es ihn.

Er gab sich einen Ruck und betrat den Kellerraum. Er zwang sich, seinen Blick zu steuern, heftete ihn zunächst auf die geöffneten Schranktüren, dann auf den Rücken des Rechtsmediziners, der davorhockte, lenkte ihn hin zu den verhärteten Spritzern am Boden und wagte es erst dann, ihn auf das gelbliche lebensgroße Gebilde zu richten, das sich im Innern des Schrankes befand.

Der Anblick erinnerte ihn an einen Sarkophag, gefertigt aus einem grotesken Material, die einzelnen Schichten übereinandergeworfen, erstarrt zu bizarren Klumpen, aufgequollen, wie im Schock gefroren, das Werk eines Geisteskranken.

Ein monströser Sarkophag aus getrocknetem Schaum.

Aber darunter war ein Mensch. Dieses unter der Masse vergrabene Wesen hatte einmal gelacht und geweint. Bloß Teile der Kleidung und der Haut waren noch zu erkennen. Am meisten entstellt war der Kopf. Er war völlig von den sich auftürmenden Schaumlagen umhüllt, nur die Augen waren frei. Sie starrten Trojan an, aufgerissen, mit kleinen geplatzten Adern darin, die Pupillen geschwollen im Angesicht des Todes.

Ihm brach der Schweiß aus.

»Polyurethan?«, fragte er tonlos.

Semmler nickte. »Der Täter muss den Inhalt einiger Dosen auf sie eingesprüht haben.« Er schwieg einen Moment. »Sie hat lange gekämpft und ist schließlich daran erstickt.«

»Wie heißt sie?«

Max sagte leise in seinem Rücken: »Karen Scheffler, siebenundzwanzig Jahre alt, Studentin an der FU.«

»Wann ist es passiert?«, fragte er Semmler.

»Gestern Abend, schätzungsweise.«

»Ist sie gefesselt worden?«

Statt einer Antwort verrückte Semmler den Leichnam. Trojan erkannte das Kabel an den Handgelenken, die auf den Rücken verdrehten Arme. Die gesamte Hinterseite der Toten war vom Bauschaum nahezu unversehrt.

Er winkte Albert Krach zu sich heran. »Wie sieht es mit den Spuren aus?«

»So weit sind wir noch nicht, Nils, hab etwas Geduld.«

»Wenn der Kerl hier unten wie ein Irrer mit dem Zeug rumgesprüht hat, muss er doch auch irgendwo reingetreten sein.«

»Er scheint trotz allem äußerst vorsichtig zu Werke zu gehen.«

»Keine Fußspuren?«

Krach schüttelte den Kopf.

»Weiter«, sagte Trojan, »was ist mit dieser SMS, kann die überhaupt von der Geschädigten abgeschickt worden sein?«

»Mit Sicherheit nicht«, antwortete Kolpert, »die Freundin der Toten hat die Nachricht heute Vormittag erhalten, da war die Scheffler längst nicht mehr in der Lage, ihr Handy zu bedienen.«

»Also hat der Täter es wohl mitgehen lassen und selbst die SMS verfasst.«

Für einen Moment blickten sie sich alle wortlos an.

»Max«, sagte Trojan schließlich, »bring sofort die Mobilnummer in Erfahrung und veranlasse eine GPS-Ortung. Es ist zwar wenig wahrscheinlich, dass ihr Handy noch immer eingeschaltet ist, aber wir dürfen nichts unversucht lassen.«

»In Ordnung.« Kolpert machte sich auf den Weg.

»Wo ist Gerber?«

»Oben in der Wohnung«, sagte Stefanie.

»Okay, Vernehmung der Hausbewohner und der Angehörigen«, er schlug einmal mit der Faust in die offene Hand, »das übliche Prozedere, an die Arbeit, Leute!«

Sein nüchterner Tonfall, die knappen Befehle sollten ihm und seinen Kollegen helfen, das lähmende Entsetzen abzuschütteln. Sie mussten sich auf das Wesentliche konzentrieren.

»Haben wir wieder ein Zeichen an der Kellertür?«

Stefanie schüttelte den Kopf. »Aber in der Wohnung auf dem Bett ist etwas, das musst du dir unbedingt anschauen, Nils.«

Gerber empfing ihn in der Wohnung der Toten.

»Es ist gespenstisch«, sagte er nur.

Trojan betrachtete die Schaumspuren auf dem Bücherregal, den Möbeln, an den Wänden. Dann ging er hinüber ins Schlafzimmer und begutachtete die Schmiererei auf dem Laken.

Gerber folgte ihm. »Nach Aussage der Freundin der Toten lag der Kellerschlüssel inmitten dieses Zeichens.«

»Es ist dasselbe Zeichen wie beim Mordfall Frida König, da besteht doch kein Zweifel, Ronnie, oder?«

»Nein, aber ich bin mir wirklich nicht sicher, ob das Buchstaben sein sollen.« Er deutete auf die zittrige Linie, die an zwei E und ein L erinnerten.

»Vielleicht hast du recht, es könnte auch eine andere Bedeutung haben. Wir müssen das abfotografieren und durch die Datenbank schicken.«

Gerber nickte.

Und dann fragte Trojan: »Wie ist der Name der Freundin, die die SMS erhalten hat?«

»Josephin Maurer«, antwortete Ronnie.

Trojan starrte ihn an.

»Sag das noch mal.«

»Maurer, Josephin.«

»Wo ist sie?«, fragte er heiser.

»In einer Nachbarwohnung, ein Stockwerk höher. Eine Ärztin kümmert sich um sie. Sie steht unter Schock.«

»Mach du hier unten weiter, ich versuch mit ihr zu sprechen.«

»In Ordnung«, sagte Gerber.

Trojan verließ die Wohnung und stieg in den vierten Stock hinauf. An der Tür empfing ihn eine verschreckt aussehende Frau mittleren Alters, er zeigte ihr seinen Dienstausweis.

»Das arme Mädchen«, sagte sie. »Wir haben sie bei mir auf das Sofa gelegt. Kommen Sie mit.«

Sie führte ihn ins Wohnzimmer. Eine Ärztin saß bei Josephin Maurer und kontrollierte ihren Blutdruck.

»Ist sie vernehmungsfähig?«, fragte Trojan leise.

Die Ärztin wollte gerade den Kopf schütteln, als Josephin die Augen öffnete. »Herr Kommissar«, flüsterte sie, »ich wollte Sie doch längst anrufen.«

Trojan bat die beiden anderen Frauen, sie für einen Moment allein zu lassen. Nachdem sie gegangen waren, zog er einen Stuhl heran und setzte sich.

Josephin Maurer richtete sich vorsichtig auf. Sie war kreidebleich.

»Bitte erzählen Sie mir noch einmal in allen Einzelheiten, was vorgefallen ist.«

Nach einer längeren Pause berichtete sie ihm stockend und mit brüchiger Stimme von ihrem furchtbaren Vormittag. Trojan hörte aufmerksam zu, ließ sich von ihr die SMS auf ihrem Handy zeigen und schrieb sich hin und wieder einen Vermerk in sein Notizbuch. Als sie fertig war, blickte er sie schweigend an.

Nach einer Weile sagte er: »Offenbar hat es der Täter darauf angelegt, dass Sie Frau Scheffler dort unten im Keller finden. Und er scheint zu wissen, dass sie miteinander befreundet waren. Wir vermuten, dass er es war, der die SMS an Sie abgeschickt hat.«

Ihre Augen füllten sich mit Tränen.

»Was hat das alles zu bedeuten? Und warum ausgerechnet Karen? Sie war so selbstlos. Hat mir immer geholfen, war Tag und Nacht für mich da. Es ging mir endlich wieder halbwegs gut, und dann –.«

Sie brach ab und vergrub das Gesicht in den Händen.

Trojan schluckte.

»Zum jetzigen Zeitpunkt der Ermittlungen gehen wir davon aus, dass es sich um einen Trittbrettfahrer handelt. Es kann ja nicht der Täter von damals sein, denn Karl Junker ist tot.«

Sie zuckte zusammen, als er den Namen aussprach. Dann ließ sie die Hände sinken und sah ihn reglos an.

Schließlich sagte sie kaum hörbar: »Aber er hat mich angerufen. Karl Junker hat zu mir gesprochen.«

ZEHN

Trojan starrte sie an.

»Wann soll das gewesen sein?«

»Am letzten Sonntag, spät abends.«

Er runzelte die Stirn.

»Bitte halten Sie mich nicht für verrückt. Es war seine Stimme am Telefon.«

»Das ist unmöglich. Jemand muss sich einen Scherz mit Ihnen erlaubt haben.«

Ihr Gesicht verzog sich, als hätte sie Schmerzen.

»Was hat derjenige denn zu Ihnen gesagt?«

Sie wurde von Weinkrämpfen geschüttelt. Trojan lehnte sich vor und drückte ihre Hand.

»Wäre es Ihnen lieber, wenn wir das Gespräch zu einem späteren Zeitpunkt fortsetzen?«

Sie schüttelte den Kopf. Aber sie konnte noch immer nicht antworten.

»Bitte erzählen Sie es mir. Es ist wichtig.«

Sie zog ihre Hand weg, schniefte.

»Es waren die Worte, die er auch im Keller zu mir gesprochen hat.«

»Welche Worte?«, fragte er sanft. »Ich hab den Fall vom letzten Sommer nicht bearbeitet.«

Es strengte sie an, doch schließlich brachte sie mit erstickter Stimme hervor: »›Komm her zu Karli‹, das hat er gesagt. ›Nun mach schon. Karli wartet auf dich.‹«

Trojan erinnerte sich. Er hatte davon in den Vernehmungsprotokollen gelesen.

»Der angebliche Karl Junker hat also wie damals von sich selbst in der dritten Person gesprochen?«

Sie sah ihn nur an.

All das ergab keinen Sinn, dachte er. Karl Junker war tot. Er hatte, noch während Josephin Maurer gefesselt und mit verbundenen Augen in seinem Keller lag, die Kontrolle über seinen Wagen verloren und war mit hoher Geschwindigkeit gegen einen Baum geprallt. Das Fahrzeug ging in Flammen auf, nur vierundzwanzig Stunden später starb er an seinen schweren Verletzungen.

Wer also hatte es sich zur Aufgabe gemacht, diese Frau, die vor ihm saß, erneut zu quälen, eine Frau, die schon einmal in der Hölle gewesen und ihr nur knapp entronnen war?

Sie umklammerte mit beiden Händen ihre Schultern. Das Haar unter ihrer Strickmütze war zerzaust, rote Flecken hatten sich auf ihren Wangen gebildet. Immer wieder nagte sie an ihrer Unterlippe, die längst aufgesprungen und blutig war.

»Es gibt noch etwas, das ich Ihnen erzählen muss«, flüsterte sie unter Tränen.

Er wartete ab.

»Es war nur zwei Tage nach dem Anruf. In der Nacht, nachdem Sie zu mir gekommen sind. Jemand hat etwas auf meinen Balkon geworfen, eine Puppe.«

Trojan hob die Augenbrauen.

»Ihr Gesicht war mit Bauschaum vollgesprüht.«

Er stieß die Luft aus.

»Es war eines von meinen Amigurumi, eines, das ich selbst angefertigt habe. Möglicherweise stammt es aus meinem Laden.«

Er hatte in den Akten zu ihrem Fall gelesen, dass sie eine kleine Verkaufswerkstatt besaß.

»Haben Sie diese Puppe noch?«

Sie nickte schwach. »Sie liegt in einem Schuhkarton versteckt, ich wollte sie nicht mehr sehen.«

»Frau Maurer, wem haben Sie Einzelheiten aus Ihrer Gefangenschaft erzählt, mal abgesehen von den Ermittlungsbeamten? Wer kennt die genauen Worte, die der Täter damals in dem Keller in Rudow an Sie gerichtet hat?«

Sie überlegte.

»Karen«, sagte sie leise.

Die Verstorbene, dachte er.

»Wer noch?«

»Meine Ärztin. Ich bin seit – seit dieser Geschichte bei einer Psychiaterin in Behandlung. Sie verschreibt mir Beruhigungsmittel.«

»Hmm. Wem haben Sie es außerdem erzählt?«

Sie sah ihn an. In ihren Augen flackerte die Angst.

»Hören Sie, das sind Details aus den Ermittlungsakten, die bewusst nicht an die Presse weitergegeben wurden.«

»Worauf wollen Sie eigentlich hinaus?«

»Möglicherweise ist es jemand aus Ihrem Bekanntenkreis, der Sie mit dem nächtlichen Anruf und der eingesprühten Puppe einschüchtern will. Denn auch die Tatsache, dass Ihr Peiniger damals Bauschaum benutzte, ist in den Medien niemals erwähnt worden.«

»Sie wollen mir also weismachen, dass derjenige auch etwas mit den Morden zu tun hat?«

Sie rang nach Luft.

»Letztlich geht es also um mich, ja? Ich bekomme den Anruf, mir wird die Puppe auf den Balkon geworfen, ich soll Karen finden, sie hat mich –.«

Sie brach ab, zitterte am ganzen Körper.

Nach einer längeren Pause sprach er beruhigend auf sie ein: »Frau Maurer, das sind bisher alles nur Theorien, wir tappen doch selbst noch im Dunkeln. Ich möchte Sie bloß bitten, mir nichts zu verschweigen. Nur so können wir weiteres Unheil vermeiden.«

Sie zögerte. Dann sagte sie leise: »Milan, meinem Freund, ihm habe ich davon erzählt. Und er hat mir auch dieses Foto geschickt.«

»Welches Foto?«

Lautlos weinte sie in sich hinein. »Ich hätte es Ihnen längst zeigen sollen. Er war wütend, weil ich ihm gesagt hab, was diese Frau von seinem Film hielt.«

»Von wem sprechen Sie?«

»Von Frida König«, sagte sie kaum hörbar.

»Sie kennen Frida König? Sie kennen sie also doch?«

Sie nickte.

»Nur flüchtig. Verzeihen Sie, aber es ist mir zu spät eingefallen. Oder ich wollte es einfach nicht wahrhaben.«

Und dann erzählte sie ihm von der Preisverleihung und dem anschließenden Gespräch mit Milan auf dem Heimweg.

Als sie fertig war, stand sie abrupt vom Sofa auf. Sie wirkte verändert, überraschend gekräftigt, wie elektrisiert von einem plötzlichen Entschluss, und sie sagte zu ihm: »Kommen Sie. Das Bild ist zu Hause auf meinem Rechner. Kommen Sie mit, das müssen Sie sich anschauen.«

Es war kein Käfig, eher ein Puppenhaus.

Er sah seinem Freund gerne dabei zu, wie er darin spielte. Es bereitete ihm große Freude zu beobachten, wie er durch die Etagen des umgebauten Regals flitzte.

Da waren mehrere Papprollen, die er mit Haken an den

Regalbrettern befestigt hatte, zum Krabbeln und als Unterschlupf. Es gab Öffnungen, durch die er sich hindurchwinden konnte, er hatte sie mit der Säge ausgeschnitten, selbst eine Leiter hatte er ihm gebastelt, und da war diese kleine Hängematte, darin konnte er schaukeln, schlafen oder einfach nur ausruhen von seinen Ausflügen in die Freiheit der Wohnung.

Für die Anfertigung der Hängematte hatte er eigens die Umhängetasche seiner Mutter zerschnitten, das Leopardenmuster des Stoffes gefiel ihm so gut. Auch Mutter hatte diesen Stoff geliebt. Die Tasche war alles, was ihm von ihr geblieben war.

Manchmal, wenn sich sein Freund darin eingekuschelt hatte, öffnete er die Gittertür, nahm ihn heraus und drückte ihn an sein Gesicht. Sein duftendes Fell war weich und warm, er spürte den Herzschlag darunter.

Er mochte es nicht, wenn sein Freund schlief. In seinen Ruhezeiten war es einfach zu still in der Wohnung. Ihm fehlte das Rascheln, Schurren, die trippelnden Schritte auf den Regalbrettern. Gitterböden waren nicht gut, daran könnte er sich verletzen. Wesen seiner Art hatten empfindliche Füße, das wusste er aus seinem Ratgeber, darum hatte er darauf verzichtet.

Für ihn selbst gab es wenig Schlaf. Der Schlaf war ein kleiner Tod.

Erst wenn sein Freund erwachte und ihn aus seinen Knopfaugen ansah, schöpfte er neuen Mut.

Hauptaktivitätszeiten waren die Morgen- und Abendstunden. Dann huschte er durch das Puppenhaus an der Holzleiter hinauf, zwängte sich durch die Öffnungen, tastete sich die Wände hoch und durchstöberte das zusammengeknüllte Zeitungspapier, das er ihm zum Spielen bereitgelegt hatte.

Wesen seiner Art waren klug und lernten schnell. Er hatte ihm beigebracht, sein Geschäft in einem improvisierten Katzenklo zu erledigen.

Zum Nagen gab er ihm ungespritzte Zweige von Obstbäumen, Buchen und Weiden, ungekochte Nudeln, dazu Walnüsse und Haselnüsse, dem hochwertigen Trockenfutter in seinem Napf mischte er frisches Obst und Gemüse bei.

Kartoffeln mochte sein Freund besonders. Darin hatten sie etwas gemeinsam. Und es entzückte ihn zu sehen, wie er an der Trinkflasche saugte.

Sein Freund brauchte viel Freilauf. Morgens, bevor er zur Arbeit ging, ließ er ihn aus dem Puppenhaus, und abends, wenn er heimkam, noch einmal. Hatte er Nachtschicht, durfte er schon am Nachmittag in der Wohnung herumstöbern.

Es war das Schönste überhaupt, ihn unter seinen Pulli krabbeln zu lassen, und es rührte ihn oft zu Tränen, von ihm angeblickt zu werden.

Er hatte einen Freund. Er war nicht allein.

Auch an diesem Morgen setzte er ihn zurück ins Puppenhaus und verabschiedete sich von ihm.

Heute würde er nicht arbeiten.

Er hatte etwas anderes vor.

Nachdem Josephin Maurer sämtliche Türschlösser geöffnet hatte, schaltete sie in ihrer Wohnung ihren Laptop ein, klickte sich durch ihre Dateien und öffnete den Ordner, in dem die Bilder abgespeichert waren, die Milan ihr geschickt hatte.

Trojan setzte sich zu ihr an den Schreibtisch.

Mit einem Mal erschien auf dem Bildschirm ein Foto, auf dem sie selbst zu sehen war, sie hielt einen Blumenstrauß und eine Urkunde in den Händen und wurde von drei Frauen umringt. Eine davon konnte Trojan sofort identifizieren: Es war niemand anderes als Frida König.

Er deutete auf die andere.

»Wer ist das?«

Josephin Maurer antwortete nicht.

»Ist das etwa Karen Scheffler?«

Sie nickte kaum merklich. Mein Gott, dachte er, vor nicht einmal einer Stunde hatte er ihren entstellten Leichnam in diesem Keller erblickt.

»Mein Freund fand sie, glaube ich, ziemlich attraktiv«, sagte sie mit dünner Stimme. »Er hat ihr Komplimente gemacht. Wissen Sie, zwischen Milan und mir lief es in letzter Zeit nicht besonders. Ich bin seit dieser Geschichte nicht mehr so wie früher. Kann ihm nicht mehr das geben, was er von mir will. Aber deshalb muss er doch nicht gleich meine beste Freundin anmachen.«

Trojan drückte ihre Hand.

»Karen hat es mir erzählt. Sie hat ihn natürlich zurückgewiesen.« Sie schluckte. »Manchmal ist er so komisch zu mir, und ich hab richtig Angst vor ihm.«

Frida König und Karen Scheffler, dachte er.

Beide erstickt mit Bauschaum.

»Wer ist die dritte Frau auf dem Bild?«

»Meine Psychiaterin«, antwortete sie.

ELF

Dr. Gisela Hagemuth stand am Fenster und massierte sich die Schläfen. Ihr Arbeitstag war bisher eine einzige Katastrophe gewesen, das schwüle Wetter wirkte sich negativ auf die Nerven ihrer Patienten aus, sie waren gereizter als gewöhnlich, und gerade eben hatte sie auch noch die Mutter von zwei kleinen Kindern mit Verdacht auf paranoide Schizophrenie in eine Klinik einweisen müssen. Die anschließende Sitzung mit einem fünfzehnjährigen Jungen, der an akuter Bulimie litt, hatte sie schweren Herzens abgebrochen, weil er jegliche Gesprächsbereitschaft vermissen ließ. Auch ihre zahlreichen Versuche, an diesem Vormittag in die dunkle Welt der Depressiven vorzudringen, waren alles andere als erfolgreich gewesen.

Sie versuchte ihre Aufmerksamkeit auf etwas Schönes zu lenken und ließ ihren Blick über die Bambuspflanzen in dem Dachgarten gegenüber schweifen. Hier in den Paul-Lincke-Höfen wohnten die besserverdienenden Kreuzberger, es gab immer wieder Reibereien mit der übrigen Bevölkerung aus den einfachen, unsanierten Häusern, da die Loftbewohner die Mieten in die Höhe schnellen ließen. Dr. Hagemuth war sich des Problems durchaus bewusst, dennoch schätzte sie sich glücklich über ihre weiträumige Praxis in Bestlage, schließlich arbeitete sie hart dafür.

Sie drehte sich um, drückte die Sprechtaste und bat ihre Assistentin, den nächsten Patienten hereinzulassen.

Der junge Mann war schlaksig, hatte langes Haar, das ihm weich in die Stirn fiel. Er war gekleidet, wie es sich für einen Kreuzkölln-Hipster gehörte, lässiges T-Shirt mit einer Aufschrift, die nichts zu bedeuten hatte, aber irgendwie jung und frech wirken sollte, die Jeans hingen unterhalb der Hüfte, so dass die Boxershorts sichtbar wurden, die Sneaker waren ausgetreten, und die Muschelohrhörer baumelten ihm um den Hals.

»Guten Tag«, sagte sie freundlich und deutete auf den Besucherstuhl.

Er setzte sich.

»Was führt Sie zu mir?«

Er war neu hier, die Assistentin hatte seinen Termin zwischengeschoben, weil er am Telefon zu nerven verstand.

»Es geht nicht um mich, es geht um meine Freundin.«

Dr. Hagemuth lächelte, das behaupteten viele Männer, vermutlich ein Problem aus dem Schlafzimmer.

»Um es kurz zu machen: Es handelt sich um den Sex mit ihr.«

Volltreffer, dachte sie.

»Sie kennen meine Freundin. Sie ist bei Ihnen in Behandlung.«

Jetzt war sie aber gespannt.

»Ihr Name ist Josephin Maurer. Sie verweigert sich jeglicher Form von körperlicher Annäherung. Sicher, da gab es dieses traumatische Erlebnis, aber was kann ich denn dafür. Ich bin ja geduldig, aber schließlich sind wir ein Paar. Früher, noch vor dieser Geschichte, da kannten wir uns zwar noch nicht lange, aber es hat funktioniert. Verstehen Sie? Richtig funktioniert. Ich kam auf meine Kosten, sie kam auf ihre Kosten. Alles war gut. Aber jetzt? Nichts. Und ich finde, wenn sie schon regelmäßig hierherkommt, muss sich das auch irgendwann mal auszahlen, ich meine, Sie als Ärztin stehen doch in der Pflicht, sie zu …«

»Moment mal«, unterbrach sie ihn, »ganz langsam, junger Mann. Offenbar liegt hier ein Missverständnis vor. Wenn Sie eine psychische Störung haben, die der Behandlung bedarf, sind Sie bei mir richtig, wenn Sie mit mir über Ihre Freundin sprechen wollen, kann ich nur auf meine ärztliche Schweigepflicht verweisen.«

»Ich bin nicht krank!«

Er war laut geworden.

»Ach ja?«

»Nein, ich bin kein Psycho. Josie hat das Problem, nicht ich. Und Sie müssen sich darum kümmern, verstehen Sie? Wie lange soll das eigentlich noch dauern? Sie tragen eine gewisse Verantwortung für sie. Und ich weiß, welches Medikament Sie ihr verschreiben. Ich hab mich erkundigt, ich hab in den Internetforen darüber gelesen, kurzum, die Dosis, die Sie ihr verpassen, ist absolut nicht ausreichend. Sagen Sie ihr, sie soll von nun an mehr von den Dingern schlucken, rufen Sie sie sofort an, erklären Sie ihr das.«

»Ich soll Ihrer Freundin mehr Medikamente verschreiben, ist es das, was Sie von mir wollen?«

»Genau.«

»Sie glauben im Ernst, wenn Ihre Freundin mehr Psychopharmaka zu sich nimmt, haben Sie besseren Sex mit ihr?«

»Ich hab überhaupt keinen Sex mehr mit ihr. Sie verstehen mich einfach nicht. Sie hören mir ja nicht einmal zu!«

Er sprang von seinem Stuhl auf.

Hypernervös, aggressiv, leicht psychotisch, fasste Dr. Hagemuth in Gedanken zusammen.

Seine Stimme war schrill mit einem bedrohlichen Zittern. Getrockneter Speichel klebte in seinen Mundwinkeln

»Tun Sie das, es ist wirklich notwendig, ich will endlich wieder ein normales Leben mit ihr führen, und es ist Ihre Aufgabe, dafür zu sorgen.«

»Stopp!«

Sie hob die Hand.

»Wenn Sie ein Problem mit Ihrer Sexualität haben, junger Mann, und offenkundig haben Sie das, können wir gerne darüber reden, aber erstens nicht in diesem Tonfall und zweitens nur unter der Bedingung, dass Sie bereit sind, über sich selbst zu sprechen. Verstehen Sie? Über sich selbst!«

Er beugte sich vor und stützte die Hände auf ihren Schreibtisch. Sie wich instinktiv vor ihm zurück.

»Erhöhen Sie die Dosis«, stieß er hervor, »oder verschreiben Sie ihr ein anderes Mittel! Aber tun Sie etwas für Ihr Geld!«

Dr. Hagemuth hatte es schon öfter mit renitenten Typen seiner Art zu tun gehabt, so schnell ließ sie sich nicht einschüchtern.

Sie setzte zu einer Antwort an, aber weiter kam sie nicht.

Er war bereits an der Tür, riss sie auf, stürzte hinaus und schlug sie hinter sich zu.

Sie schaute auf die leere Patientenakte. Sein Name war Milan Korch. Sie machte sich eine Notiz: *Nicht mehr vorlassen.*

Dann bat sie den nächsten Patienten herein.

An der Wohnungstür hielt Josephin Maurer ihn zurück.

»Bitte lassen Sie mich jetzt nicht allein.«

Er atmete tief durch.

»Ich muss diese Frau warnen. Zwei Menschen auf dem Foto sind tot. Sie darf nicht die dritte sein.«

In der Praxis meldete sich nur der Anrufbeantworter, anscheinend eine verfrühte Mittagspause, niemand hob ab. Es half nichts, er musste dorthin.

»Ich habe Angst.«

Trojan verstand das nur allzu gut.

»Hören Sie, wir werden uns um Sie kümmern. Ich will versuchen, Personenschutz für Sie zu beantragen.«

»Gehen Sie nicht.«

Sie klammerte sich an seinem Arm fest.

»Verriegeln Sie die Tür. Halten Sie die Fenster geschlossen. Öffnen Sie niemandem. Ich rufe Sie vorher an, wenn ich zu Ihnen komme. Geben Sie mir Ihre Nummer.«

Sie schrieb sie ihm hastig auf.

»Wann sind Sie zurück?«

Die Gedanken überschlugen sich in seinem Kopf. Er schwitzte, es war über die Maßen stickig in ihrer Wohnung.

»Bald.«

Die Zeit lief ihm davon.

»Versprechen Sie es mir?«

Er nickte.

»Versprechen Sie mir, dass mir nichts zustoßen wird?«

Er schluckte. »Aber ja.«

»Sagen Sie es!«

»Versprochen«, murmelte er, dann öffnete er die Tür und rannte die Treppen hinunter.

Die Straße wurde von einem Müllwagen versperrt, dahinter hatte sich eine Schlange von Autos gebildet. Trojans Dienstwagen war zugeparkt. Er hielt einem der orangefarben gekleideten Männer seinen Polizeiausweis hin.

»Fahren Sie den Wagen weg!«

»Wir sind gleich fertig.«

»Machen Sie schnell!«

Der Lärm an der Müllpresse war ohrenbetäubend.

Trojan überlegte. Bis zu den Paul-Lincke-Höfen war es nicht weit. Also rannte er los. Im Laufschritt fischte er sein Handy aus der Hosentasche und rief Landsberg an.

»Hilmar, wir haben einen Tatverdächtigen. Er heißt Milan Korch, ist der Freund von Josephin Maurer. Einzelheiten kriegst du später, aber wir sollten ihn uns dringend vorknöpfen.«

»Hast du die Adresse?«

Trojan nannte sie ihm.

»Gut, ich kümmere mich darum. Wo bist du gerade?«

Er schnaufte. »Muss hier was überprüfen.«

Noch hoffte er, dass seine Eile übertrieben war, doch zwei Morde innerhalb kürzester Zeit ließen ihn das Schlimmste befürchten.

»Nils, was ist da los? Ich will alle Informationen, und zwar sofort.«

»Ich ruf dich gleich zurück.«

Trojan unterbrach die Verbindung. Er beschleunigte, seine Lunge schmerzte. Sein T-Shirt war durchgeschwitzt, er wollte sich im Laufschritt die Jacke vom Körper reißen, doch dann besann er sich. Es war sinnvoller, das Waffenholster darunter verdeckt zu tragen, um nicht gleich von jedem als Bulle erkannt zu werden.

Er rannte am Kanal entlang, umkurvte die Passanten, hastete quer über den Bouleplatz und hatte schließlich sein Ziel erreicht. Er überflog die Namensschilder am Eingang und rannte in den dritten Hof. Da der Aufzug gerade nicht unten war, spurtete er die Treppen hinauf.

Es war dreizehn Uhr acht, als er an die verschlossene Glastür der Praxis klopfte. Er erblickte eine Sprechstundenhilfe, die ihm mit einem Handzeichen bedeutete, dass man in der Pause sei.

»Polizei, machen Sie auf!«

Er schlug weiter gegen die Tür und presste gleichzeitig seinen Dienstausweis gegen das Glas.

Endlich wurde ihm geöffnet.

Trojan rang nach Atem.

Die Assistentin sah ihn fragend an.

»Wo ist Doktor Hagemuth?«

»Sie ist vor einer halben Minute gegangen.«

»Wohin?«

»Ich weiß nicht.«

Eine zweite Assistentin trat zu ihnen.

»Gisela wollte noch etwas besorgen, da nimmt sie wahrscheinlich den Wagen.«

»Wo ist der?«

Sie runzelte die Stirn. »In der Tiefgarage, aber was wollen Sie eigentlich von ihr?«

»Was für ein Wagen? Welches Modell?«

»Ein schwarzer Mercedes.«

»Rufen Sie sie auf Ihrem Handy an. Sagen Sie ihr, sie soll sich nicht vom Fleck bewegen. Möglicherweise ist sie in Gefahr. Und geben Sie ihr diese Nummer, sie soll mich sofort anrufen.«

Trojan reichte ihr seine Karte.

Dann rannte er die Treppen wieder hinunter. Im dritten Stockwerk vernahm er das leise »Pling« des Aufzugs. Eine Frau kam heraus, eine andere wollte einsteigen, er drängte sie zurück. Die Türen schlossen sich, er drückte auf den Knopf mit der Aufschrift TG.

Es dauert viel zu lange, dachte er. Sein Herz hämmerte.

Endlich sprangen die Türen wieder auf, und er war unten in der Tiefgarage.

Sie war in Gedanken ganz beim New York Cheesecake, den es im Barcomi's in der Bergmannstraße gab. Nichts war jetzt dringender als eine süße Belohnung in der Mittagspause, ein großes Stück von dieser amerikanischen Kaloriensünde.

Ihre Absätze knallten auf den Betonboden, während sie an der Reihe der Wagen entlangging. PRAXIS DR. HAGEMUTH stand auf dem Schild an ihrem Parkplatz. Sie kramte aus ihrer Handtasche den Schlüssel hervor und drückte auf die Funkfernbedienung. Zur Antwort kam das übliche akustische Signal, und die Seitenlichter blinkten auf.

Sie war bereits an der Fahrertür und berührte den Griff, als sich plötzlich von hinten ein Arm um ihren Hals legte. Ihr Herz setzte für einen Schlag aus. Handtaschenraub, Vergewaltigung, man will mir den Mercedes stehlen, durchfuhr es sie. Schließlich besann sie sich auf den Selbstverteidigungskurs, den sie vor Jahren belegt hatte, doch der Druck auf ihre Kehle lähmte ihre Kräfte. Sie begann zu röcheln.

»Hast du eine Ahnung, was das alles zu bedeuten hat?«

Die Assistentin schüttelte den Kopf und wählte die Mobilnummer ihrer Chefin. Als sich nur die Mailbox meldete, hielt sie die Hand über die Sprechmuschel und fragte ihre Kollegin: »Soll ich ihr aufs Band sprechen, was meinst du?«

»Hat sie das Handy ausgeschaltet?«

Sie nickte.

»Vielleicht ist sie auch noch in der Tiefgarage und hat da unten keinen Empfang.«

»Der Typ von der Kripo ist sicher schon bei ihr.«

Sie zuckte mit den Schultern und legte den Hörer auf.

Dr. Gisela Hagemuth versuchte sich zu wehren, sie bäumte sich auf, um die Tritte und Schläge anzuwenden, die sie einmal gelernt hatte, doch dann ging alles sehr schnell.

Zuerst kam ein Zischen, gefolgt von einem unangenehmen Geruch, schon klebte etwas auf ihrer Haut, und sie schrie auf. Schaum quoll in ihre Augen, sie konnte nichts mehr sehen. Es brannte wie Feuer. Kurz darauf wurde das Zeug auch in ihre Nasenlöcher gesprüht. Sie schrie noch lauter, dann versetzte sie ihrem Angreifer einen Hieb mit dem Ellenbogen. Aber es half nichts, sie war in seinem Klammergriff, und immer mehr von der klebrigen Masse rann schmatzend über ihr Gesicht.

Plötzlich bekam sie einen Stromschlag und ging zu Boden, schlug blindlings mit den Armen um sich. Als sie ihren Angreifer über sich spürte und wieder das Zischen vernahm, versuchte sie mit den Händen ihren Mund zu schützen. Sie wimmerte, kämpfte gegen die Panik an.

Und dann hörte sie einen Schrei. Er kam aus weiter Entfernung. Schritte näherten sich. Sie wühlte mit den Fingerspitzen in der quellenden Chemikalie auf ihrer Haut.

Wieder schrie jemand, und das Zischen war verstummt.

Da hörte sie einen Knall, gleich darauf noch einen. Krachend hallten die Schüsse in der Tiefgarage wider. Querschläger jaulten. Sie dachte ans Sterben.

Jemand rief: »Stehen bleiben, Polizei!«

Sie hoffte auf Rettung, aber nichts geschah, und sie keuchte.

»Hilfe«, flüsterte sie, »helfen Sie mir.«

Sie ahnte, dass da jemand in der Nähe war, aber sie konnte ihn nicht erkennen, der Schmerz in ihren Augen war höllisch.

»Spucken Sie es aus«, sagte plötzlich eine Stimme zu ihr, »spucken Sie das Zeug aus Ihrem Mund.«

Sie würgte.

»Bleiben Sie ganz ruhig, ich rufe einen Notarzt.«

Dann entfernten sich die Schritte, schneller, immer schneller, und sie flüsterte: »Wo sind Sie? Bitte, bitte, kommen Sie zurück.«

Kurz darauf verlor sie das Bewusstsein.

Trojan rannte die Auffahrt hinauf. Der Kerl war nur etwa zwanzig Meter von ihm entfernt gewesen, aber jetzt war er weg.

Und die Schüsse hatten ihr Ziel verfehlt. Er musste Verstärkung anfordern und den Rettungswagen alarmieren, aber auf seinem Handy wurde ihm kein Empfang angezeigt.

Endlich hatte er das Tageslicht erreicht. Die Sonnenstrahlen trafen ihn mitten im Gesicht, da erschienen auch wieder die Balken auf dem Display, er drückte auf eine Kurzwahltaste.

»Überfall gegenwärtig, Person schwerverletzt, Täter flüchtig«, rief er ins Telefon, und seine Stimme überschlug sich, als er die Standorte durchgab.

Er war in der Reichenberger Straße. Alles wirkte friedlich. Von dem Mann aus der Tiefgarage keine Spur.

Trojans Muskeln waren unter Spannung, seine Lunge pumpte. Mit einem Mal verspürte er eine große Schwäche. Zu spät, dachte er.

Aus der Ferne hörte er die Polizeisirenen.

Und dann brauste der Notarztwagen heran.

ZWÖLF

Er war stolz auf das Puppenhaus, das er ihm gebaut hatte. Schon allein wegen der Häkelpuppe in der dritten Etage, die seinem Freund Gesellschaft leisten sollte.

Er hatte sie unter falschem Namen in dem kleinen Laden in der Weserstraße bestellt und an eine Packstation liefern lassen.

Manchmal beschnüffelte sein Freund die Puppe und stupste sie mit der Schnauze an.

Bisweilen kletterte er auf sie herauf und nagte an ihr.

Was für ein reizender Anblick!

Er liebte seinen Freund.

Doch Wesen seiner Art hatten lediglich eine Lebenserwartung von zwei bis zweieinhalb Jahren. Er erschrak bei dem Gedanken an dieses Zeitmaß. Es war viel zu kurz.

Wesen seiner Art waren anfällig für Krankheiten. Im Ratgeber hieß es, man sollte regelmäßig Fell und Zähne untersuchen und das Gewicht überprüfen.

Er öffnete die Gittertür, nahm ihn heraus und setzte ihn auf die Küchenwaage. Er hielt ihn dabei fest und spürte das kleine Herz unter seinem Fell heftig pochen.

Alles war in Ordnung, er wog stolze vierhundert Gramm, ein Prachtkerl. Mit einem Wattestäbchen öffnete er ihm das Maul und besah sich die Nagezähne.

Sie wirkten kräftig und scharf.

Sein Fell glänzte.

Er ließ ihn durch die Küche laufen, sah ihm lächelnd dabei zu, wie er sich flink an einem Stuhlbein hocharbeitete.

Er setzte die Kartoffeln und das Gemüse auf.

Sie würden gemeinsam essen.

Er seufzte auf.

Dieser Moment war der Lichtblick seines Tages.

Landsberg legte den Hörer auf.

»Wird sie durchkommen?«

Er nickte.

Trojan atmete auf. »Was ist mit ihren Augen?«

»Ist noch ungeklärt. Der behandelnde Arzt meint, dass ihre Chancen fünfzig zu fünfzig stehen.«

»Was heißt das?«

Landsberg sah ihn nur an.

»Besteht etwa die Möglichkeit, dass sie erblindet?«

»Nils, du hast ihr das Leben gerettet.«

»Aber ich kam zu spät. Sie wird ihr Augenlicht verlieren!«

»Nein. Beruhige dich.«

Er ging um seinen Schreibtisch herum und legte eine Hand auf Trojans Schulter, was für seine Verhältnisse beinahe schon ein Gefühlsausbruch war. »Du weißt doch: Die Hoffnung stirbt zuletzt.«

»Ist sie vernehmungsfähig?«

Landsberg löste sich von ihm, trat ans Fenster und zündete sich eine Zigarette an.

»Stefanie ist bei ihr. Aber auch ihr sagt sie immer nur, dass sie den Täter nicht erkennen konnte. Er hat sie von hinten überfallen, und dann war auch schon das ganze Zeug in ihren Augen. Sie meinte, sie hätte auch einen Stromschlag abbekommen, vermutlich von einem Elektroschocker.« Er stieß den Rauch aus. »Verdammte Scheiße.«

»Ich hätte dich gleich informieren sollen, Hilmar.«

»Schon in Ordnung, Nils, du hattest nur einen groben Verdacht, und du konntest ja nicht ahnen, dass dieser Irre zwei Morde innerhalb von weniger als vierundzwanzig Stunden begehen will. Okay«, er setzte sich auf die Schreibtischkante, »fassen wir noch mal zusammen. Was haben wir alles?«

»Milan Korch, der Freund von Josephin Maurer.«

»Kolpert und Gerber sind gerade in seiner Wohnung. Ich konnte den Durchsuchungsbeschluss in aller Eile beim zuständigen Richter durchboxen.«

»Korch ist untergetaucht, oder?«

»Sieht ganz so aus. Glaubst du, er ist unser Mann?«

»Ich muss zugeben, dass einiges auf ihn hindeutet. Die Maurer fühlt sich jedenfalls von ihm bedroht, sie hat es nicht deutlich ausgesprochen, aber es war ihr anzumerken. Und ich hab dir ja schon von dem seltsamen nächtlichen Anruf erzählt. Korch kennt den Wortlaut aus ihrer Gefangenschaft. Er könnte ihr auch die Puppe auf den Balkon geworfen haben. Sie deutete an, dass die beiden sexuelle Schwierigkeiten haben, seitdem sie aus diesem Keller entkommen ist.«

»Hmm. Ist ja auch nur allzu verständlich. Wie soll überhaupt jemand wieder normal weiterleben nach so einer Geschichte.«

»Ich frage mich allerdings die ganze Zeit, was Korchs mögliche Mordmotive sein könnten, wenn er denn überhaupt der Täter ist.«

»Wir haben dieses Foto, das er selbst geschossen hat. Darauf wird Josephin Maurer von allen drei künftigen Opfern umringt. Sie bekommt einen Preis bei der Veranstaltung, er aber nicht, das war doch ihre Aussage, oder?«

»Ja, das hat sie mir erzählt. Und sie hat noch etwas gesagt.« Trojan rieb sich über seinen verspannten Nacken, die letzten Stunden waren ihm wie ein einziger Höllenritt vorgekommen. »Frida König hat sich als Fan ihrer Puppen ausgegeben, nach der Preisverleihung hat Milan Korch seine Freundin darauf angesprochen. Er muss die beiden die ganze Zeit beobachtet haben. Und in diesem Gespräch gab Josephin Maurer zu, Frida König habe seinen Film kritisiert. Er habe darauf ablehnend, ja zornig reagiert.«

»Der scheint nicht gerade ein ausgeprägtes Selbstwertgefühl zu haben.«

»Hmm.«

»Was könnte sein Motiv in Bezug auf Karen Scheffler sein?«

»Wahrscheinlich auch eine Kränkung. Er hat ihr wohl einmal ein paar Komplimente gemacht. Die Maurer hat das alles als Anmache gedeutet, und Karen Scheffler wies ihn empört zurück.«

»Dann bleibt nur noch die Ärztin.«

Trojan blickte seinen Chef an und ahnte, was ihm in diesem Moment durch den Kopf ging.

Im Rettungswagen, während der Notversorgung, als Dr. Hagemuth plötzlich wieder bei Bewusstsein war, hatte Trojan mit ihr sprechen können.

»Sie hat erwähnt, dass da einer renitent wurde, heute Vormittag in ihrer Praxis.«

Landsberg nickte. »Und es war kein anderer als Milan Korch. Die Sprechstundenhilfen konnten beide bestätigen, dass er gegen elf Uhr in der Praxis war. Und es sei laut geworden.«

»Ja, und nach Aussage von Dr. Hagemuth ging es um die Behandlung seiner Freundin, über die er sich beschwerte.«

»Keine andere als Josephin Maurer.«

»Die Psychiaterin weist ihn schroff zurück«.

»Ablehnung, Kränkung des Selbstwertgefühls. Er geht möglicherweise noch mal nach Hause, steckt einige Dosen voller Bauschaum ein und lauert ihr an ihrem Parkplatz auf. Ihr Name ist dort sogar auf einem Schild vermerkt.«

Trojan überlegte, dann fragte er: »Was ist eigentlich mit der GPS-Ortung? Das Handy von Karen Scheffler?«

»Fehlanzeige. Es scheint ausgeschaltet zu sein, oder der Täter hat es längst zerstört.«

»War ja eigentlich auch nicht anders zu erwarten.«

»Aber Milan Korch kennt die Verbindung zwischen Josephin Maurer und Karen Scheffler. Er könnte auch die SMS geschrieben haben.«

»Nur warum?«

»Um die Maurer zu quälen.«

»Hmm.«

»Noch einmal zu dir, Nils, du kannst den Täter wirklich nicht besser beschreiben?«

Er schüttelte den Kopf. »Circa eins achtzig groß, schlanke Statur, dunkle Haare, allerdings hab ich ihn bloß von hinten gesehen. Ich rufe, er reagiert nicht, ich geb den ersten Warnschuss ab, er türmt, der zweite Schuss soll sein Bein treffen, aber –.«

»Okay, Nils, ich mach dir keine Vorwürfe.«

»Danke, die mach ich mir selbst!«

»Hör auf, dich zu grämen. Das bringt doch nichts.«

Trojan raufte sich das Haar. Immer und immer wieder liefen die Szenen in der Tiefgarage vor seinem inneren Auge ab. Er hörte die Schüsse, und er sah den Täter fliehen. Und dann erblickte er die sich windende Frau am Boden. Sie versuchte sich verzweifelt die Bauschaummasse aus ihrem Gesicht zu kratzen. Sie wimmerte, und er konnte ihr nicht helfen.

»Nils?«

Er schaute auf. »Ja?«

»Alles in Ordnung?«

Er nickte stumm.

»Die Beschreibung könnte jedenfalls auf Milan Korch zutreffen«, sagte Landsberg, »das hier ist sein Fahndungsbild, wir haben es von seiner Website.«

Der Chef steckte sich die Kippe in den Mund, kniff die Augen zusammen und reichte ihm einen Computerausdruck. Trojan warf einen kurzen Blick darauf.

»Die Beschreibung passt auf eine Million andere Personen auch. Ich weiß nicht, ob der Kerl in der Tiefgarage Milan Korch war, ich kann es dir nicht mit Bestimmtheit sagen, tut mir leid.«

Sie schwiegen eine Zeit lang.

Schließlich sagte Trojan leise: »Wer auch immer es war: Josephin Maurer ist in großer Gefahr. Es ist nicht auszuschließen, dass sie das nächste Opfer sein könnte.«

Landsberg sah ihn an.

»Personenschutz ist eine heikle Angelegenheit bei der angespannten Personallage. Sicher, es beträfe nicht uns, sondern die Kollegen von der Schupo, doch auch die arbeiten am Limit. Aber ich will sehen, was ich tun kann.« Er setzte eine Pause. »Übrigens, wo wir gerade bei dem Thema sind, Nils, da ist etwas, was ich dir noch sagen muss. Sollten sich die Ermittlungen weiter hinziehen, muss ich leider eine Urlaubssperre verhängen.«

Trojan schnappte nach Luft. »Nein!«

»Nils, es dreht sich hier um zwei Morde und einen Mordversuch. Wir haben es ganz offensichtlich mit einer Serie zu tun. Der Täter ist eiskalt und unberechenbar. Sollten wir das nicht bald abschließen können, kann ich nächste Woche unmöglich auf dich verzichten. Es ist mir schrecklich unangenehm, aber ich hab keine andere Wahl.«

»Tu mir das bloß nicht an, Hilmar.«

»Du bist mein bester Mann.«

Er weiß nichts von meinen Ängsten, durchfuhr es ihn.

»Ich brauche dich bei den Ermittlungen.«

Trojan dachte an Emily, die geplante Reise an die Ostsee. Er starrte seinen Chef sprachlos an.

»Wir werden sehen«, murmelte Landsberg. »Vielleicht ist der Fall ja auch bald aufgeklärt.«

Doch Trojans Gefühl sagte ihm, dass sie erst am Anfang standen. Er hatte den Verdacht, dass weitere schreckliche Dinge geschehen würden.

Wie sollte er das nur seiner Tochter erklären?

»Zurück zur Sache«, sagte Landsberg knapp, nahm noch einen tiefen Zug, dann drückte er die Zigarette in seinem silbernen Taschenaschenbecher aus.

»Wo waren wir?«

»Milan Korch.«

Trojan versuchte sich zu konzentrieren, durfte sich von dem leidigen Urlaubsthema nicht aus der Fassung bringen lassen.

»Mal angenommen, er war es«, sagte er. »Warum sollte Korch die Maurer mit dem nächtlichen Anruf quälen? Er verstellt die Stimme, gibt sich für ihren ehemaligen Peiniger aus. Warum?«

»Die Rache dafür, dass sie ihn nicht mehr an sich heranlässt.«

»Und warum sorgt er dafür, dass sie Karen Schefflers Leiche findet?«

»Purer Sadismus.«

»Du glaubst also, nach dieser Preisverleihung am Sonntagabend sind bei ihm sämtliche Sicherungen durchgebrannt?«

»Bingo.«

Nach einer Pause fragte sein Chef: »Was ist los, Nils? Ich sehe dir an, dass du nicht ganz überzeugt bist.«

»Ich weiß nicht, letztlich sind das doch alles nur Spekulationen. Josephin Maurer hat ein ungutes Gefühl, was ihren Freund anbetrifft. Er bedrängt sie, sie will nicht mit ihm schlafen, er macht ihrer besten Freundin Komplimente, und dann ist er auch noch wütend auf eine wildfremde Person, die beiläufig seine Arbeit kritisiert.«

»Du meinst, es könnte auch bloß die überspannte Einschätzung einer seelisch Traumatisierten sein, die sich das alles zusammenreimt?«

»Schwer zu sagen, aber wir müssen die Angelegenheit auch mal aus einem anderen Blickwinkel betrachten, und die Tatsache, dass Milan Korch das Gespräch mit ihrer behandelnden Ärztin sucht, könnte man auch so deuten, dass er sich ernsthaft um seine Freundin sorgt.«

»Worum ging es noch mal genau in dem Gespräch mit der Hagemuth, was hat sie auf dem Weg in die Klinik zu dir gesagt?«

»Sie sagte, sie hätte plötzlich die Vermutung, es könnte sich um eine spontane Racheaktion handeln, weil da jemand in ihre Praxis kam, sie anschrie und forderte, sie solle die Medikamentendosis für Josephin Maurer erhöhen.«

»Okay, mag ja sein, es sind Spekulationen, aber es besteht nun mal ein Anfangsverdacht, und es ist –.«

In diesem Moment klingelte das Telefon. Landsberg unterbrach sich und hob ab.

Er hörte eine Weile schweigend zu, dann murmelte er etwas in den Hörer und machte sich eine Notiz.

Schließlich legte er auf und blickte Trojan triumphierend an.

»Kolpert hat gerade was auf Korchs Rechner gefunden. Ich denke, das wird deine Bedenken zerstreuen.«

Die Wohnung in der Sonnenallee war klein und ungemütlich. Kleidung und leere Pizzakartons waren auf dem Boden zerstreut, ein Bücherregal hing schief an der Wand, auf einer umgedrehten Bierkiste stand eine Wasserpfeife, vor dem alten Kohleofen lag eine Schaumstoffmatratze, das Laken darauf hätte dringend eine Wäsche vertragen. Die beiden Fenster des einzigen Zimmers führten zu einem dunklen Hinterhof hinaus.

Kolpert und Gerber saßen am Schreibtisch, der aus einer Sperrholzplatte auf zwei Böcken bestand. Der große Apple-Computer war das einzige Stück von Wert im ganzen Raum.

»Hier, schau dir das an«, sagte Max zu Trojan.

Auf dem Monitor erschien das Bild einer Frau, sie war nackt, ein Knebel steckte in ihrem Mund, die Augen waren vor Angst weit aufgerissen. Ihre Hände und ihre Füße waren mit Ketten an den Bettpfosten fixiert.

»Und es geht noch weiter.«

Kolpert zeigte das nächste Bild, offenbar die gleiche Frau lag nun bäuchlings auf dem Bett, ebenfalls nackt und gefesselt, auf ihrem Rücken waren rote Striemen zu erkennen.

»Und das geht so in einem fort.«

Kolpert klickte durch die Reihe der Fotos. Die Striemen wurden blutiger. Die Frau war wieder von vorne zu sehen. Auf einmal steckten metallene Dornen in ihrer Haut. Großaufnahmen vom Gesicht. Nackte Angst.

»Für mich sind das keine Pornobilder mehr«, sagte Gerber. »Die Frau erleidet echte Qualen. Das hat doch nichts mehr mit Sadomaso-Spielen zu tun.«

»Wer ist diese Frau?«, fragte Trojan. »Existieren noch andere Bilder von ihr auf dem Rechner?«

»Nein«, sagte Kolpert,

»Okay, wir beschlagnahmen den Computer. Habt ihr sonst noch was gefunden?«

»Auf der Festplatte sind jede Menge Splatterfilme, dazu kommt eine umfangreiche DVD-Sammlung.«

»Hier, schau dir das an«, sagte Gerber und deutete auf eine Kiste neben dem Fernseher.

Trojan nahm eine DVD-Hülle heraus und betrachtete das Cover: literweise Blut, abgetrennte Gliedmaßen, Zombies.

»Nehmt das alles mit, vielleicht ist ja einiges davon auf dem Index.«

Gerber nickte. »Ach ja, und da ist noch etwas. Im Spülbecken von der Toilette hab ich das hier gefunden.«

Er zeigte ihm ein eingeschweißtes Päckchen mit einem weißen Pulver darin.

Trojan öffnete es vorsichtig, tippte mit dem Finger hinein und leckte daran.

»Kokain.«

»Netter Junge, dieser Korch.«

»Kommt zu den Asservaten.« Er reichte ihm den Beutel. »Wir müssen ihn finden und in die Mangel nehmen. Die Wohnung wird von jetzt an observiert. Könnt ihr das für heute Nacht übernehmen?«

Gerber seufzte. »Natalie macht mir Stress. Und die Kinder wollen mich auch endlich mal wieder sehen.«

»Max, was ist mit dir?«

»Wenn es unbedingt sein muss«, knurrte er.

»Ruf Holbrecht an, dann macht ihr das zu zweit.«

»Okay.«

»Wo könnte Korch stecken, habt ihr was in Erfahrung bringen können?«

»Wir haben seine Mutter befragt«, sagte Gerber, »aber auch sie hat keine Ahnung, wo er sein könnte.«

»Freunde? Bekannte?«

»Mal abgesehen von Josephin Maurer scheint er nicht viel Kontakt zu haben.«

»Sonst irgendwas Verdächtiges hier?«

»Nur Gerümpel, aber nicht das, worauf wir gehofft haben, weder Bauschaumdosen noch Kabelrollen, kein Blaumann, kein Elektroschocker oder dergleichen.«

»Gibt es zu der Wohnung einen Kellerraum?«

»Nein, wir haben den Hausmeister dazu befragt.«

»Dachboden?«

»Alles gecheckt. Nichts.«

Und dann sagte Gerber: »Aber ich hab mittlerweile mit dem Freund von Frida König gesprochen. Er ist tatsächlich der Meinung, es sei etwas aus ihrer Wohnung entwendet worden.«

»Und?«

»Auf ihrem Bett habe immer eine Puppe gelegen, und die ist jetzt weg.«

»Was für eine Puppe?«

»Er nannte es ein Amigurumi. So was Japanisches mit Strickmütze.«

Trojan dachte angestrengt nach.

»Dann ist das wahrscheinlich die Puppe, die der Täter Josephin Maurer auf den Balkon geworfen hat.«

Gerber kannte die Einzelheit noch nicht. Trojan unterrichtete ihn kurz.

»Du meinst also, das war seine Visitenkarte?«

»Ja, und die hinterlässt er bei der Maurer. Das nächste Opfer, ihre beste Freundin, soll sie selbst finden, er schickt ihr diese makabre SMS.«

»Und Dr. Hagemuth?«

»Bei dem Versuch, sie umzubringen, ist er gestört worden. Aber weil die Maurer nun mal ihre Patientin ist, deutet doch letztlich alles darauf hin –.«

»– dass beide Morde und der Mordversuch etwas mit ihr zu tun haben«, ergänzte Gerber, »der Täter will sie gewissermaßen daran teilhaben lassen.«

»Richtig.«

»Und das heißt in der Konsequenz«, sagte Kolpert und packte den Apple-Computer ein, »dass wir auch sie unter Beobachtung stellen sollten. Und wenn auch nur zu ihrem Schutz.«

Trojan erinnerte sich an das Versprechen, das er ihr gegeben hatte.

»Ich kümmere mich um sie«, sagte er, dann war er schon zur Tür hinaus.

DREIZEHN

Wie verabredet rief er vorher bei ihr an. Sie öffnete ihm die Tür, ließ ihn herein und legte den Stangenriegel wieder vor.

Er folgte ihr ins Wohnzimmer und nahm neben ihr auf dem Sofa Platz. Seine Erschöpfung war so groß, dass ihm für einen Augenblick schwindlig wurde. Er bat sie um ein Glas Wasser.

Sie holte es ihm aus der Küche, reichte es ihm und setzte sich wieder.

Er trank es in einem Zug leer. Erst danach bemerkte er, wie hungrig er war. Er sehnte nicht nach einer Dusche, einem kalten Bier und einem Abendessen. Und danach wollte er nur noch schlafen. Doch schon schlugen die Bilder der Toten aus dem Kellerraum und die Szenen in der Tiefgarage wieder auf ihn ein.

Beruhige dich, sprach er in Gedanken zu sich selbst, konzentriere dich auf dein Gegenüber.

Denn Josephin Mauer hatte weitaus Schlimmeres durchgemacht als er. Ihre Wangen waren fahl, ihre Augen gerötet. Er fragte sie, ob es nicht vielleicht besser für sie wäre, die Nacht in der Krisenstation einer Klinik zu verbringen, er könnte sie dorthin fahren, doch sie schüttelte bloß den Kopf.

»Haben Sie noch jemanden außer –?« Er brach ab und suchte nach Worten. »Gibt es eine andere Freundin, die sich um sie kümmern könnte?«

Wieder schüttelte sie den Kopf.

»Was ist mit Ihren Eltern?«

»Mein Vater ist ständig auf Geschäftsreise im Ausland und hat keine Zeit für mich, und meine Mutter lebt schon seit längerem in einem Ashram in Indien, ich kann sie nicht erreichen.«

Er seufzte.

Sie riss sich die Strickmütze herunter und fuhr sich mit beiden Händen durch ihr Haar. Gleich darauf setzte sie sie wieder auf.

Es war unerträglich heiß in ihrer Wohnung.

»Haben Sie mit meiner Ärztin gesprochen?«, fragte sie leise.

Wie sollte er ihr das nur erklären.

Er beschloss, sie zunächst einmal mit der Nachricht zu verschonen.

»Ja«, murmelte er, »hab ich.«

»Sie ist doch nicht in Gefahr, oder?«

Verlegen schüttelte er den Kopf.

»Frau Maurer, wir müssen dringend Ihren Freund vernehmen. Wissen Sie, wo er sich im Moment aufhalten könnte? Bei sich zu Hause ist er nämlich nicht, und seine Mutter konnte uns auch keine Auskunft geben.«

Sie blickte ihn schweigend an.

»Er ist ein Tatverdächtiger, und deshalb ist es sehr wichtig für uns, ihn zu befragen. Also bitte, helfen Sie uns.«

»Milan ist kein Mörder!«, stieß sie hervor.

Und dann weinte sie lange Zeit, und Trojan saß hilflos dabei.

»Ich hätte ihn nicht beschuldigen sollen.«

»Das haben Sie auch nicht, machen Sie sich bitte keine Vorwürfe.«

Plötzlich sagte sie tonlos: »Es war Karl Junker. Ich bin mir sicher, dass er noch am Leben ist.«

Trojan holte tief Luft. Vielleicht war das in ihrem Falle sogar eine verständliche Reaktion. Wenn jemand so traumatisiert war wie sie, lebte der Täter ewig in der Vorstellungswelt weiter, und die Angst wollte einfach nicht vergehen.

Und dann schoss ihm ein furchtbarer Gedanke durch den Kopf: Möglicherweise war der Federmann ja auch noch am Leben. Das Herz schlug ihm bis zum Hals. Er dachte an Jana, mit einem Mal fühlte er sich entsetzlich einsam. Er wollte bei ihr sein.

In diesem Moment klingelte sein Handy. Nachdem er sich kurz bei Josephin Maurer entschuldigt hatte, ging er in den Flur und hob ab. Es war seine Tochter.

»Paps, ich bin zurück!«

»Emily! Wie schön! Wie war dein Urlaub?«

»Ach, es war toll, wir hatten schönes Wetter, das Haus war riesig, von meinem Zimmer aus konnte ich aufs Meer schauen, ich hab jeden Tag im Atlantik gebadet, und wir haben eine Schluchtenwanderung gemacht. Die Landschaft da ist einfach irre.«

»Wie war der Flug? Du hattest doch Angst vorm Fliegen.«

»Alles kein Problem, Paps. Mama hat mir Baldrian gegeben. Ich hab sogar am Fenster gesessen.«

Er musste lächeln. Glücksgefühle durchrieselten ihn. Endlich war sie wieder in der Stadt. Er fragte sie, wann sie sich sehen könnten, und sie antwortete: »Jetzt, sofort!«

»Das geht leider nicht, Emily, ich hab hier noch zu tun.«

»Och, Papa, du arbeitest einfach zu viel.«

»Da hast du recht, Em.«

»Aber nächste Woche hast du frei, und wir fahren an die Ostsee, und weißt du was? Ich freue mich wahnsinnig auf den Urlaub mit dir!«

Es versetzte ihm einen Stich.

Er musste den Täter dringend zur Strecke bringen, es durfte keine weiteren Opfer mehr geben.

Wann würde er nur endlich mehr Zeit für seine Tochter haben?

»Paps, bist du noch dran?«

»Ja.«

»Du bist wahrscheinlich gerade wieder auf Verbrecherjagd, stimmt's?«

Hinter ihm ging Josephin Maurer in die Küche, sie begann, mit Töpfen und Tellern zu klappern. Emily schien es auch gehört zu haben.

»Oder bist du bei Doro?« Sie lachte. »Hab ich recht, Doro kocht für dich, und ihr macht euch einen schönen Abend?« Er vermutete, dass seine Tochter sich insgeheim noch immer wünschte, ihre Eltern würden eines Tages wieder zusammenkommen, aber Doro mochte sie auch sehr, und letztlich wollte sie wohl nur, dass es ihrem Vater gut ging.

»Nein, ich muss mich hier um eine – « er senkte die Stimme, weil er den Ausdruck selbst nicht mochte, aber es war nun mal der polizeiinterne Begriff, » – Geschädigte kümmern und –.«

»Du«, unterbrach sie ihn, »was hältst du von morgen Abend? Ich komme zu dir und zeige dir meine Fotos von La Palma.«

Und dann sprudelte es wieder aus ihr heraus, und sie erzählte ihm von ihrer neuen Digitalkamera und was für schöne Aufnahmen sie machte. Schließlich verabredeten sie sich für Freitagabend, und er legte auf.

Als er in die Küche kam, war Josephin Maurer dabei, Spaghetti zu kochen.

»Ich dachte, Sie haben Hunger, und ich muss schließlich auch mal was essen.«

»Danke. Und entschuldigen Sie noch mal, das war meine Tochter, sie ist gerade aus dem Urlaub zurück.«

»Wie alt ist sie?«

»Fünfzehn.«

Sie sah ihn an. Er bemerkte, dass sie zu lächeln versuchte.

»Ich bin geschieden und –.«

Aber er brach ab. Was sollte er ihr von sich selbst erzählen, er war doch hier, um sie zu schützen.

Plötzlich trat sie auf ihn zu. »Herr Trojan«, sagte sie, »ich hab eine große Bitte. Ich –.«

Ihre Stimme brach, und er nahm sie in die Arme.

Für einen Moment war ihm, als sei es Emily, die sich an ihn drückte und Trost bei ihm suchte.

»Bitte, könnten Sie vielleicht über Nacht bei mir bleiben?«, flüsterte sie.

Er hielt sie einfach nur fest.

»Haben Sie keine Angst«, sagte er, »heute gehe ich nicht mehr fort.«

Später aßen sie, und er hörte ihr zu, sie sprach immerzu von Karen, und dann erzählte sie ihm von der Party, auf der sie Milan kennengelernt hatte, und dass es Liebe auf den ersten Blick gewesen sei.

Er wollte sich noch einmal bei ihr erkundigen, ob sie nicht doch wüsste, wo er sein könnte, aber er fürchtete ihre Reaktion und verkniff sich die Frage. Sie trank ihren Wein sehr hastig, er wollte sie zunächst bremsen, doch dann ließ er sie einfach gewähren. Er verstand ja, dass sie ihren Schmerz auf irgendeine Art betäuben musste.

Einmal stand sie wortlos auf, verließ die Küche und kam mit einem Schuhkarton zurück. Sie reichte ihn Trojan. Auf den Deckel war mit schwarzem Filzstift ein Kreuz gemalt. Er öffnete ihn.

Die kleine Häkelpuppe, die darin lag, hatte Menschengestalt, und wie Josephin Maurer trug sie ihre Strickmütze tief in der Stirn. Doch das Gesicht war nicht mehr zu erkennen, es war mit Bauschaum verklebt.

»Ich muss das mitnehmen«, sagte er. »Wir werden es auf Spuren hin untersuchen.«

Sie nickte stumm.

Schließlich sagte sie, sie sei müde und betrunken. Sie bot ihm ihr Bett an, er aber versicherte ihr, dass er durchaus auf dem Sofa übernachten könnte. Daraufhin brachte sie ihm eine Decke, was bei der Hitze in ihrer Wohnung eigentlich nicht notwendig war.

Sie wünschten sich eine gute Nacht.

Nachdem er ausgiebig in ihrem Badezimmer geduscht hatte, lag er lange im Dunkeln da und fand keinen Schlaf. Er dachte an Emily und freute sich auf das Wiedersehen mit ihr, doch die drohende Urlaubssperre beunruhigte ihn. Seine Gedanken wanderten zu Doro, viel zu lange hatte er sich nicht mehr bei ihr gemeldet.

Ob Josephin noch wach war? Durfte er ihr überhaupt von dem Mordversuch an ihrer Psychiaterin berichten? Ihre Nähe, ihre verzweifelte Anhänglichkeit, die Tatsache, dass er die Nacht bei ihr verbringen sollte, verursachten plötzlich Herzklopfen bei ihm.

Er warf sich auf dem Sofa hin und her, zwang sich, die seltsame Situation, in der er sich befand, als dienstliche Angelegenheit zu betrachten, was ihm nur schwerlich gelang.

Er hörte sie im Nebenzimmer rumoren.

Dann sah er auf einmal Jana vor sich. Sie war dicht bei ihm.

»Schlaf jetzt, Nils, alles wird gut«, flüsterte sie ihm zu.

Sie stöhnte auf.

Für kurze Zeit schien sie weggesackt zu sein, es waren vielleicht gerade einmal fünf Minuten gewesen. Ihr Herz raste, wollte ihr in der Brust zerspringen. Sie musste etwas Furchtbares geträumt haben, aber sie wusste nicht mehr, was. Ihr war speiübel, vom Wein, von den Tabletten. Sie rieb sich den Schweiß von der Stirn.

Nach einer Weile verließ sie das Bett, schob die Sicherung am Fenster zurück, riss es auf und sog gierig die Nachtluft ein. Draußen waren noch immer Menschen unterwegs. Aus der Ferne hörte sie Gitarrenmusik. Sie stellte sich vor, wie sie in Grüppchen am Kanalufer saßen, fröhlich, ausgelassen, die lodernden Fackeln im Gras, da wurde gefeiert, getrunken und gelacht.

Sie gehörte nicht dazu. Nie mehr würde sie dazugehören. Nun war auch Karen fort. Sie war allein, von allen verlassen.

Mit einem Mal dachte sie an den Kommissar. Sie ging aus dem Zimmer und schlich sich durch den Flur. Er hatte die Tür einen Spaltbreit offen gelassen. Vorsichtig schob sie sie auf. Und da lag er. Er schlief, nur mit Boxershorts bekleidet. Hatte die Decke von sich gestoßen, sein T-Shirt und die Hose lagen am Boden. Da war auch seine Jacke, und darunter ragte der Griff seiner Pistole hervor.

Sie wollte sich zu ihm legen. Bei ihm sein und sich an ihn drücken. Vorsichtig setzte sie einen Schritt vor, eine Diele knarrte, er seufzte im Schlaf auf. Sie hielt inne.

Und dann hörte sie etwas. Gedämpft, gerade noch wahrnehmbar. Es kam aus ihrem Schlafzimmer. Es war das Handy, ein leiser Ton, der ihr eine Kurznachricht ankündigte. Sie drehte sich um, schlich barfuß zurück.

Sie sah auf das Display. Ihr Herz hämmerte. Sie tippte es an, und kurz darauf erschien die Nachricht:

KANNST DU REDEN?

M

Sie ließ das Telefon auf den Nachttisch fallen, schlang die Arme um sich herum. Dann drückte sie auf »löschen«, schaltete es aus und verkroch sich unter der Bettdecke.

Darunter war es stickig, doch hier waren ihre Puppen. Sie presste sie an sich und versuchte zu schlafen.

VIERZEHN

Er kauerte auf dem Rücksitz eines Wagens. Die Straße, auf der sie fuhren, schien lang und steinig zu sein. Es ging um Kurven, dann steil bergan, er wurde durchgeschüttelt, bis ihm schwindlig wurde. Er hörte das Dröhnen des Motors, und dann redeten plötzlich Stimmen auf ihn ein, schrill und laut, alle durcheinander.

Die Stöße in seinem Rücken wurden stärker, er vermutete, dass es an der schlechten Federung lag, und mit einem Mal glaubte er nicht mehr zu träumen, da war jemand, weit über ihm, ein Angreifer, er musste sich schützen, warf die Hände über den Kopf. Und dann schreckte er hoch.

Eine Stiefelspitze bohrte sich in seine Schulter. Milan schnappte nach Luft.

»Was machst du in meinem Bett?«

Der Kerl über ihm war gedrungen und durchtrainiert, eine mächtige Silberkette prangte an seinem Hals. Sein schwarzes Haar war kurz rasiert, er roch penetrant nach Rasierwasser.

Milan versuchte sein Gesicht zu schützen, als der andere ihm einen weiteren Fußtritt verpasste. Dann wurde er an den Schultern gepackt und von der Matratze hochgezogen.

»Ich bin ein Kumpel von Hakim«, stammelte er.

»Hakim? Hakim hat keine deutschen Kumpel.«

Der Araber sah zornig aus.

»Aber er hat gesagt, ich kann hier pennen.«

»Er erlaubt dir, in meinem Bett zu pennen, Mann?«

Er nickte, es war nun mal die Wahrheit, manchmal gab es noch Solidarität unter Nachbarn. Nur, wo war Hakim jetzt?

»Scheiße, Mann.«

Der andere stieß ihn weg.

Milan taumelte.

»Hau ab aus meinem Zimmer.«

Von nebenan war laute Musik zu hören, Türen schlugen. Eine Frauenstimme lamentierte in einer kehligen Sprache.

Die Sonne schien erbarmungslos zu den Fenstern herein, Vorhänge gab es hier nicht.

Wie spät mochte es sein?

»Verschwinde!« Der andere nahm die Hose vom Boden auf und feuerte sie ihm hinterher.

Milan schlüpfte rasch hinein, verließ das Zimmer und drückte sich grußlos an den erstaunten Gestalten im Flur vorbei, es schien eine ganze arabische Großfamilie zu sein, nur von Hakim keine Spur. Erst im Treppenhaus atmete er auf.

Er ging die Rollbergstraße hinunter. Am Rathaus Neukölln kaufte er sich bei einem Bäcker ein Brötchen und einen Kaffee im Pappbecher. Einmal fuhr ein Polizeiwagen vorbei, Milan zog instinktiv die Schultern ein und wandte das Gesicht ab.

Hakim hatte ihn gewarnt. »Die sind in deine Wohnung rein, Mann, schleppen Computer raus und alles.«

Daraufhin hatte er bei seiner Mutter angerufen. Er solle bloß nicht zu ihr kommen, hatte sie gesagt, man habe nach ihm gefragt, und vor dem Haus lauerten schon seit Stunden zwei Typen in einem schwarzen Passat.

Und dann hatte ihn Hakim ins Rollbergviertel geführt.

Zu Josie konnte er nicht mehr gehen.

Josie schwieg beharrlich.

Er schaltete das Handy ein, um nachzuschauen, ob sie mittlerweile auf seine SMS geantwortet hatte. Keine Nachricht, nichts.

Er wollte gerade die rote Taste drücken, als es mit einem Mal zu läuten begann. Er war so erschrocken, dass er zusammenzuckte. Ihm wurde eine unbekannte Rufnummer angezeigt. Vielleicht die Bullen, trotzdem hob er ab.

»Hallo?«

Für einen Moment waren nur Atemzüge am anderen Ende zu vernehmen. Milan wollte schon auflegen, als plötzlich eine Stimme sagte: »Torsten Heller hier, Produktionsbüro Ulf Brandau.«

Er hielt das für einen schlechten Witz.

Kurz darauf brach ihm der Schweiß aus. Und wenn es doch kein Witz war?

»Brandau?«, fragte er. »*Der* Ulf Brandau?«

»Ganz genau.« Der Anrufer räusperte sich. »Ich bin sein persönlicher Assistent.«

Milans Herz schlug höher. Ruhig bleiben, dachte er, sich nur nicht die Aufregung anmerken lassen.

»Wir habe Ihren Film im Netz gesehen. Ich spreche doch mit Milan Korch persönlich?«

»Ja, am Apparat.«

»Gut, also ich hab mich auf Ihrer Website umgeschaut. Leider konnte ich zu dem Festival nicht kommen, aber ich hab hier die Teilnehmerliste, und, nun ja, auf diese Weise bin ich auf Ihren Film gestoßen, und da Ihre Nummer im Internet vermerkt war, dachte ich, dass ich einfach mal anrufe.«

Milan presste das Handy noch dichter ans Ohr.

»Ja«, sagte er, »ja.«

»Ihre Arbeit hat eine unglaubliche Intensität, und ich

wundere mich schon, warum sie beim Festival nicht den Hauptpreis gewonnen hat.«

»Ganz genau, das frage ich mich auch!«

Er lauschte in den Hörer. Der andere schwieg. Jetzt war er selbst dran. Während er sich noch in Gedanken einen gescheiten Satz zurechtlegte, sagte Heller: »Jedenfalls hab ich Ihren Film Brandau gezeigt. Er fand ihn auch gut.«

Milan stieß die Luft aus.

»Was halten Sie davon, wenn wir uns mal treffen?«

»Natürlich, gern.« Er gab sich Mühe, geschäftsmäßig zu klingen, ganz so, als hätte er noch jede Menge anderer Termine.

»Wie wär's mit heute? Haben Sie Zeit?«

»Also gut, ja.«

»Schön, treffen wir uns doch gleich heute Mittag in der Firma. Um zwölf, ist das in Ordnung?«

»Klar.«

Sie tauschten noch ein paar Höflichkeitsfloskeln aus, dann wurde das Gespräch beendet.

Milan Korch stieß einen leisen Jubelschrei aus.

Endlich war er kein Verlierer mehr.

Am U-Bahnhof Neukölln stieg er in den 246er Bus und fuhr bis zur Oberlandstraße. Da er keine anderen Sachen bei sich hatte, hoffte er, dass sein T-Shirt und die Jeans nicht allzu unpassend für das Treffen wären. Leicht beklommen betrat er das Gelände der Berliner Union-Film GmbH. An der Pforte wollte er gerade seinen Namen nennen, als jemand von hinten auf ihn zutrat.

»Hallo, wir haben vorhin telefoniert, nicht wahr?«

Milan drehte sich um.

»Sind Sie Torsten Heller?«

»Der bin ich, ja.«

Sie drückten sich die Hand.

Er war erleichtert, sein Gegenüber war auch nicht besonders elegant gekleidet, trug keinen Anzug, und sein Hemd war ungebügelt.

Heller lächelte, ohne ihn anzuschauen. »Brandau sitzt in einem Restaurant in Mitte und wartet auf uns.«

Das darf doch alles nicht wahr sein, durchfuhr es ihn.

»Kommen Sie.«

Er folgte ihm.

Sein Wagen war am Rande des Hofes geparkt, ein etwas schäbig aussehender Audi, älteres Baujahr, was ihn nur kurz verwunderte.

Milan stieg neben ihm ein. Heller drehte den Zündschlüssel herum und sagte: »Na, dann wollen wir mal.«

Heute schien wirklich sein Glückstag zu sein.

Trojan hatte sich am Morgen in aller Eile von Josephin Maurer verabschiedet und war ins Kommissariat gefahren. Er hatte ihr geraten, die Wohnung nicht zu verlassen, wenn sie sich unsicher fühlte, und ihr angeboten, am Abend noch einmal bei ihr vorbeizuschauen.

Sie hatte bloß stumm genickt, von der Trauer um ihre beste Freundin wie versteinert.

Die mit Bauschaum eingesprühte Puppe brachte er sofort ins Labor. Nur zwei Stunden später konnten ihm die Techniker berichten, dass es sich bei dem Schaum um die gleiche Zusammensetzung handelte, die man auch bei den beiden Toten und der Ärztin gefunden hatte, es sei ein Ein-Komponenten-Montageschaum, der in Aerosoldosen aufbewahrt werde und in jedem Baumarkt erhältlich sei. Andere Spuren habe man leider nicht sichern können.

Trojan bat daraufhin noch einmal den Freund von Frida König ins Kommissariat, der die Puppe anhand einer schadhaften Stelle am linken Fuß eindeutig als die der Verstorbenen identifizieren konnte. Auch ihn hatte die Trauer um einen geliebten Menschen völlig gelähmt, und Trojan wusste beim Abschied nicht, welche Worte er ihm auf den Weg mitgeben sollte.

Stefanie Dachs und Gerber waren damit beschäftigt, weitere angebliche Augenzeugen zu vernehmen, die sich am Vortag in der Nähe der Tiefgarage aufgehalten haben wollten, überwiegend Wichtigtuer, angelockt durch die schreiende Berichterstattung in der Presse. Währenddessen besprach Trojan mit Landsberg Einzelheiten der Fahndung nach Milan Korch, die mittlerweile auf Hochtouren lief. Der Chef stand in Telefonkontakt zu sämtlichen Einsatzzentralen im Stadtgebiet, doch bisher fehlte jede Spur von dem Gesuchten. Sie beschlossen, zwei Beamte abzustellen, die sich noch einmal Korchs Mutter vorknöpfen sollten, und ordneten für Kolpert, der sämtliche Mailadressen auf dessen Computer checkte, Verstärkung an, um die dazugehörigen Personen ausfindig zu machen.

Gegen Mittag ging über der Stadt das von den Meteorologen lang angekündigte Gewitter nieder. Endlich wich die schwüle Luft, Trojan stellte sich für ein paar Sekunden ans Fenster und atmete tief durch.

Dann las er sich noch einmal sämtliche Akten durch und betrachtete die Tatortfotos. Dabei beschlich ihn das leise Gefühl, sie könnten mit ihren Ermittlungen in die Irre geraten sein.

Was wäre nun, wenn Milan Korch mit der ganzen Sache doch nichts zu tun hatte?

Trojan stieß die Luft aus.

Sein Instinkt sagte ihm, dass die Morde dem Phantasma eines Geisteskranken entsprangen, so grotesk und grausam, dass es ihrer aller Vorstellungskraft bei weitem übertraf.

Torsten Heller war nicht besonders gesprächig, aber das störte ihn nicht weiter. Schließlich ging es um Brandau, und der war immerhin einer der wichtigsten Produzenten für Animationsfilme. Wenn Brandau ihn in sein Team holen würde, wäre er schlagartig all seine Geldsorgen los und hätte endlich eine berufliche Perspektive. Niemand würde mehr auf ihn herabschauen, niemand es wagen, ihn einen Verlierer zu nennen.

Ein heftiger Regenguss ging nieder, es blitzte und donnerte. Heller schaltete die Scheibenwischer ein. Als sie vom Britzer Damm in die Blaschkoallee einbogen und immer tiefer nach Neukölln vordrangen, begann sich Milan doch allmählich zu wundern. Er fragte Heller, ob sie nicht einen Umweg nahmen, der aber sagte nur, dass es eine Reihe von Staus in der Stadt gäbe, die sie großräumig umfahren müssten.

»In welchem Restaurant wartet Brandau denn?«

»Im Grill Royal.«

Milan war schwer beeindruckt. So schnell konnte es gehen, so schnell landete man dort, wo die Promis waren.

Er grinste. Sollten die Bullen doch nach ihm suchen. Ab heute würde ihn nur noch die Aura des Erfolgs umgeben, und keiner könnte ihm was anhaben. Allein eine winzige Irritation meldete sich in seinem Hinterkopf.

»Hat das Grill Royal nicht erst abends geöffnet?«

Heller lächelte bloß.

Besser, wenn er keine weiteren Fragen mehr stellte, Assistenten waren komisch, Neider aus der zweiten Reihe.

Er versuchte sich zu entspannen, nachdem sie aber die Buschkrugallee erreicht hatten und mittlerweile in Rudow angelangt waren, wurde er immer stutziger. Das war nun wirklich nicht der Weg nach Mitte in die Friedrichstraße.

Und da war noch etwas, das ihn irritierte.

Ein Geräusch, es kam aus dem hinteren Bereich des Wagens.

Trojan schaute zur Uhr, ihm blieb gerade noch eine halbe Stunde bis zu seinem wichtigen Termin. Er hatte darauf gedrängt, ein zweites Mal innerhalb von sieben Tagen zu Jana Michels in die Praxis kommen zu dürfen, weil ihn das Gespräch über seinen Vater so sehr aufgewühlt hatte.

Allerdings war ihm jetzt überhaupt nicht danach zu Mute, sich mit seiner Vergangenheit zu beschäftigen, da doch nichts mehr drängte als die Suche nach dem Täter. Aber der Termin stand nun mal fest.

Er gab Gerber Bescheid, dass er in ungefähr einer Stunde zurück sei, schwang sich auf sein Rad und fuhr durch den nachlassenden Regen nach Schöneberg.

Das Geräusch hatte ihn schon die ganze Fahrt über gestört. Konnte der Kerl denn nicht Ordnung halten in seinem Wagen?

Milan wandte sich um und sah unzählige Dosen, sie kullerten im hinteren Fußraum aneinander. Er blinzelte, versuchte die Etiketten zu entziffern. Schließlich richtete er sich wieder nach vorn. Merkwürdig, vielleicht wollte Heller irgendwas reparieren bei sich daheim.

In diesem Moment bogen sie scharf nach links ab.

»Gefallen sie dir?«

Milan verstand nicht ganz.

»Die Dosen!«

»Weiß nicht«, murmelte er.

»Interessierst du dich für den Inhalt?«

Sein Lächeln gefiel ihm ganz und gar nicht. Er runzelte die Stirn.

Sie fuhren durch eine kleine Seitenstraße, irgendwo in Rudow.

Was in aller Welt hatten sie hier nur zu suchen?

»Polyurethan.« Der andere sah kurz zu ihm hin. »Weißt du, was das ist?«

Milan schüttelte den Kopf. Seine Hände verkrampften sich, und sein Puls jagte.

»Ich will lieber aussteigen«, sagte er.

In diesem Moment betätigte der Fahrer die Zentralverriegelung und lachte leise auf. Dann wendete er den Wagen und fuhr zurück in Richtung Innenstadt.

FÜNFZEHN

Sie öffnete ihm die Tür. Schon an ihrem Blick bemerkte er, dass etwas geschehen war. Mit einer Geste bat sie ihn, im Wartezimmer Platz zu nehmen.

Nach einiger Zeit hörte er, wie sie eine andere Patientin verabschiedete, und vernahm Schritte im Flur. Endlich kam sie zu ihm. Sie sah aus, als hätte sie die ganze Nacht nicht geschlafen, die Blässe in ihrem Gesicht war nur oberflächlich mit etwas Schminke kaschiert.

Er stand auf, wollte ihr ins Sprechzimmer folgen, sie aber sagte zu ihm: »Es tut mir sehr leid, Herr Trojan. Ich kann diese Stunde mit Ihnen nicht wahrnehmen.«

»Was ist passiert?«

»Nichts, ich –.« Sie fuhr sich mit der Hand an die Schläfe. »Es ist nur –, ich fühle mich nicht besonders gut heute, können wir das bitte verschieben?«

»Aber ja, natürlich.«

Sie lächelte gequält. »Ich rufe Sie in der nächsten Woche an, um mit Ihnen einen neuen Termin auszumachen. Ach, in der nächste Woche sind Sie ja nicht da, also in der übernächsten.«

Er wollte ihr sagen, dass man ihm seinen Urlaub gestrichen hatte, doch er schwieg.

Schließlich murmelte sie noch einmal eine Entschuldigung, drehte sich abrupt um und ging zurück in ihr Sprechzimmer. Kurz darauf war er wieder draußen. Ein leiser Wind strich durch das Laub der Bäume, nach dem Gewitter hatte es sich ein wenig abgekühlt, die Luft war längst nicht mehr so drückend. Er stand unschlüssig vor seinem Fahrrad, als er sah, wie sie in einem leichten Sommermantel aus dem Haus kam, die Handtasche geschultert. Ohne länger nachzudenken, trat er auf sie zu.

Sie blieb stehen, sah ihn an. Er erkannte die Angst in ihren Augen, Tränen liefen ihr über die Wangen.

»Was ist mit Ihnen?«, fragte er.

Sie antwortete nicht.

»Kann ich Ihnen irgendwie helfen?«

Sie holte tief Luft, schwankte.

Er trat noch einen Schritt auf sie zu, und dann sank sie in seine Arme.

Ihr Kühlschrank war leer bis auf eine Safttüte, einen Joghurtbecher und einen Teller mit zwei angefaulten Erdbeeren. Sie musste dringend für Nachschub sorgen, außerdem hatte sie das Gefühl zu ersticken, wenn sie nicht bald an die frische Luft kam.

Sie ging ins Badezimmer und betrachtete sich im Spiegel, erschrak über ihr hohlwangiges Gesicht. Zog sich die Mütze vom Kopf und versuchte, mit ein paar Handgriffen ihr Haar zu richten, dann malte sie sich die Lippen an und trug Rouge und Mascara auf.

Doch so gefiel sie sich erst recht nicht, sie war sich selber fremd. Sie schnitt vorm Spiegel eine Grimasse und wischte alles wieder ab, hielt das Gesicht lange unter kaltes Wasser. Sie trocknete sich ab, verließ das Bad, schlüpfte in ihre Flipflops, nahm den Schlüssel vom Haken und wollte gerade die Schlösser an der Tür öffnen, als ihr das Handy einfiel.

Es wäre besser, es mitzunehmen, so könnte sie im Notfall jederzeit Hilfe rufen. Sie holte es aus dem Schlafzimmer, schaltete es ein, steckte es in ihre Handtasche und ging.

Sie befand sich noch im Treppenhaus, als sie den Signalton vernahm.

Zunächst überlegte sie, ob sie ihn einfach ignorieren sollte. Doch dann zog sie das Telefon hervor und schaute nach, von wem die Nachricht kam. Als Absender wurde Milan Korch angegeben.

Sie tippte auf das Display und erstarrte.

Für einen Moment wurde ihr schwarz vor Augen.

Sie taumelte und stützte sich an der Wand ab.

»Aber ich bin doch hier diejenige, die helfen muss«, flüsterte Jana an seiner Schulter.

Er roch ihr Parfüm, den Duft ihrer Haut, ihr Haar kitzelte ihn. Er war ihr so nah.

»Sie können nicht immerzu stark sein«, sagte er. »Niemand kann das.«

»Ich habe Angst.«

»Wovor?«

Sie löste sich halb aus seiner Umarmung und sah ihn schweigend an.

Der Federmann, dachte er.

»Er wird zurückkommen«, sagte sie leise.

»Er ist tot.«

»Ist er nicht. Mein Gefühl sagt mir, dass er noch lebt.«

»Ich werde auf Sie aufpassen, versprochen.«

Sie weinte und lächelte zugleich. »Aber Sie sind doch mein Patient.«

Jetzt küss sie, dachte er. Vergiss diese verdammte Therapie und tu es endlich.

Ihre Lippen öffneten sich, in ihren Augen war ein Funkeln. Er neigte den Kopf zu ihr hin, spürte warm und lockend ihren Atem auf seinen Wangen. Seine Brust dehnte sich, und ihm war, als würde alle Last der vergangenen Tage von ihm abfallen. Er fuhr mit seiner Hand in ihren Nacken und zog sie zu sich heran.

In diesem Moment begann das Handy in seiner Hosentasche zu läuten. Er verfluchte es in Gedanken, wollte es ignorieren, doch schon spürte er, wie sie sich innerlich verkrampfte.

Nur kurz darauf hatte sie sich ihm entwunden. »Nun gehen Sie schon ran. Es ist sicherlich wichtig.«

Er blickte sie fassungslos an.

»Wahrscheinlich werden Sie zu einem Einsatz gerufen.«

Mit dem Handrücken rieb sie sich die Tränen aus dem Gesicht.

»Immerzu sind Sie im Einsatz.«

In seinem Kopf war Leere. Das Mobiltelefon schrillte unablässig. Schließlich fingerte er es hervor und drückte die grüne Taste.

Es war Josephin Maurer.

»Herr Trojan«, sagte sie mit dünner Stimme, »Sie müssen zu mir kommen, es ist etwas Schreckliches geschehen.«

Aufgelöst eilte sie in ihrer Wohnung umher.

Immer wieder schaute sie zur Uhr. Der Kommissar hatte versprochen, sich zu beeilen, doch es dauerte einfach zu lange.

Ihr Herz raste.

Das Handy lag auf dem Küchentisch.

Kurzzeitig hatte sie gehofft, was sie auf dem Display gesehen hätte, wäre eine Ausgeburt ihrer Phantasie gewesen, ein Zeichen ihrer Paranoia. Doch je länger sie es anstarrte, desto stärker wurde die Gewissheit, dass all das nur der Wirklichkeit entsprach.

Sie lief im Flur auf und ab.

Nur wenig später war sie zurück in der Küche.

Sie blieb wie angewurzelt vor dem Tisch stehen. Dann streckte sie die Hand nach dem Mobiltelefon aus, nahm es und las die Zeilen von Milan zum x-ten Mal:

ER IST HIER. BEI MIR. ER LEBT.

An die Nachricht war ein Foto angehängt. Das Bild aus ihren Alpträumen. Es zeigte niemand anderen als sie selbst.

Und Josephin wusste, dass sie der Hölle noch längst nicht entkommen war.

DRITTER TEIL

SECHZEHN

Er lag auf seinem Bett und starrte vor sich hin.

Heute hatte er sich krankgemeldet. Eigentlich fehlte ihm ja nichts, nur dass er schrecklich müde war. Die Wechselschichten machten ihm zu schaffen. Weitaus schlimmer waren aber die Lästereien der Kollegen hinter seinem Rücken, ihre mehr oder weniger versteckten Anspielungen.

Er ertrug es einfach nicht mehr. Nur wenn er sich auf seinen Plan konzentrierte, kam die Kraft zurück. Je länger und intensiver er an die Ausführung dachte, desto wärmer und heller wurde es in ihm. Da war ein Strahlen, das brachte seinen Geist zum Glühen.

Seinen Freund hielt er unter dem T-Shirt verborgen.

Gezähmte Wesen seiner Art genossen den Kontakt mit Menschen. Man musste ihnen Aufmerksamkeit schenken. Für sie da sein.

Im Ratgeber wurde empfohlen, sich mindestens zwei von ihnen zu halten, sonst könnten sie an der Einsamkeit zugrunde gehen.

Er hatte sich dagegen entschieden. Schließlich war er selbst allein. Zwei einsame Wesen, nur diese Übereinstimmung ergab einen Sinn.

Er drehte sich auf die Seite, stopfte das Kissen zurecht und zog die Bettdecke über den Kopf. Eine Höhle, dachte er. Eine Höhle für sich und seinen Freund.

Kolpert verband Maurers Mobiltelefon mit dem Rechner über ein USB-Kabel. Nur wenig später erschien das Bild auf dem Monitor. Das gesamte Team der Fünften Mordkommission hatte sich davor versammelt und starrte es an.

Es wurde bedrückend still im Sitzungsraum.

Für eine Weile verbarg Trojan das Gesicht in den Händen. Die arme Frau, durchfuhr es ihn, sollte ihr Leidensweg denn niemals enden?

Sie war ihren Blicken ausgeliefert, nackt und gefesselt, die Arme nach oben gestreckt, das Elektrokabel war um zwei in die Kellerwand geschlagene Eisenringe geschlungen, von den Händen führte es hinab zu den miteinander verknoteten Fußgelenken. Augen und Mund waren mit einem schwarzen Tape zugeklebt, ihre nackten Beine mit Bauschaum übersprüht. Die gelbliche eingetrocknete Masse endete dicht vor ihrem Schoß.

Es war ein Bild, das ihm die Zornesröte ins Gesicht trieb. Er musste diesen Wahnsinnigen endlich fassen.

»Es ist der Keller in Rudow, nicht wahr?«, fragte er leise.

Kolpert gab am Computer einige Tastenbefehle ein, und schon erschienen die Tatortfotos vom vergangenen Sommer auf dem Monitor, Aufnahmen von dem Fall, den Lukas Kilian bearbeitet hatte.

»So ist es«, sagte Landsberg. »Hier ist der Heizungskessel, dort sind die beiden Eisenbeschläge.«

»Entschuldigt, Leute«, sagte Stefanie Dachs, »aber im Moment bin ich etwas verwirrt. Gehe ich recht in der Annahme, dass Milan Korch für uns nicht mehr tatverdächtig ist?«

»Möglicherweise«, sagte Landsberg.

»Glaubt ihr etwa, dass er selbst zum Opfer geworden ist?«

»Hmm.«

»Was spricht für diese Annahme?«

»Nun ja, da gibt es diese merkwürdige Botschaft. Max«, sagte er, und Kolpert betätigte wieder den Rechner, schon erschienen über dem Bild der Gefangenen die Zeilen, die Josephin Maurer von Korchs Handy aus erhalten hatte.

»›Er ist hier, bei mir, er lebt‹«, murmelte Stefanie, »also schön, aber kann es nicht sein, dass Korch nur ein Spielchen mit uns treibt. Karl Junker ist doch tot.«

»Wir müssen mittlerweile davon ausgehen, dass er einen Komplizen hatte, jemanden, der mit ihm unten in dem Keller in Rudow war und der eventuell auch dieses Foto von der Maurer geschossen hat.«

»Oder aber es ist nach der Tat in seinen Besitz geraten«, sagte Holbrecht.

»Richtig, auch das müssen wir in Betracht ziehen.«

»Okay, mal angenommen, Korch ist nicht der Täter, wie ist dann das Bild auf seinem Handy gelandet?«, fragte Stefanie.

»Hier«, sagte Kolpert und deutete auf die Informationsleiste unterhalb des Bildes auf dem Monitor. »Das Foto ist mit einer Samsung ES67 aufgenommen worden, das ist kein Handy mit Bildaufnahmefunktion, sondern eine handelsübliche Digitalkamera.«

»Korch könnte es dennoch mit einer Kamera dieses Modells aufgenommen und dann auf sein Handy geladen haben.«

»Ja, aber dazu müsste er entweder an dem Kidnapping vor einem Jahr beteiligt gewesen sein«, entgegnete Trojan, »oder dieses Foto ist ihm auf rätselhafte Art zugespielt worden, und ich halte beides für wenig wahrscheinlich. Vielleicht müssen wir uns einfach eingestehen, dass wir uns bei Korch verdammt noch mal geirrt haben.«

»Warum ist er dann untergetaucht?«, fragte Holbrecht.

»Es könnte mit dem Drogenfund in seiner Wohnung zu tun haben, dem Beutel voller Kokain, er hat sich wohl nebenbei ein bisschen Geld als Dealer verdient. Ich vermute, er hat irgendwie Lunte gerochen, als wir seine Wohnung durchsucht haben.«

»Es ist auch nicht auszuschließen, dass ihn jemand gewarnt hat«, sagte Landsberg.

»Richtig.«

»Moment mal, ich versteh das alles immer noch nicht«, sagte Stefanie. »Wie kommt dieses Bild auf Korchs Handy, wenn er völlig unschuldig ist?«

»Ganz einfach«, sagte Landsberg, »er gerät in die Fänge des Täters, der nimmt ihm sein Mobiltelefon ab, lädt das Foto auf die Speicherkarte und schickt es der Maurer.«

»Wie er überhaupt immerzu makabre Botschaften an sie geschickt hat«, fügte Trojan hinzu, »in Form der Puppe aus dem Besitz von Frida König, der SMS, die angeblich von Karen Scheffler stammte, und nun dieses Bild, das wohl nur dem Anschein nach von ihrem Freund abgesendet wurde.« Er setzte eine Pause. »Und das lässt leider befürchten, dass Korch das nächste Mordopfer ist.«

Wieder breitete sich Stille im Sitzungsraum aus.

Schließlich sagte Albert Krach leise: »Es dreht sich also alles um Josephin Maurer.«

»Ja«, sagte Trojan. »Sie scheint eine besondere Rolle im kranken Hirn des Mörders zu spielen. Irgendwie scheint er regelrecht von ihr besessen zu sein.« Und dann fragte er seinen Chef: »Ist endlich der Personenschutz angeordnet worden? Steht ein Streifenwagen vor ihrer Tür?«

»Ja«, sagte Landsberg, »ich hab das geregelt.«

»Gut. Wenigstens das können wir im Moment für sie tun.«

Mein Gott, durchfuhr es ihn, ich hab ihr noch nicht einmal erzählt, was mit ihrer Ärztin geschehen ist, und nun hat es auch noch ihren Freund getroffen.

»Und die ekelhaften Fotos auf Korchs Rechner?«, meldete sich Gerber zu Wort. »Wie haben wir die einzuordnen?«

»Zugegeben, ein Restzweifel an seiner Unschuld bleibt bestehen«, entgegnete Landsberg.

»Wie gehen wir nun weiter vor?«, fragte Albert Krach.

»Letztlich ändert sich nichts an der Taktik, wir suchen nach Korch, doch jetzt nicht als Tatverdächtigem, sondern als Geschädigtem. Wir können bloß hoffen, dass er noch am Leben ist und uns seine Spur zum Mörder führt.«

»Und wir müssen den Fall vom letzten Sommer neu aufrollen«, ergänzte Trojan. »Außer Karl Junker muss damals noch jemand in diesem Keller gewesen sein, er hat dieses Foto geschossen, oder es ist in seinen Besitz geraten, und nun lässt er es der Maurer über das Handy ihres Freundes zukommen.«

»Was bezweckt er eigentlich damit?«, fragte Holbrecht.

»Was glaubst du?«

»Einschüchterung und –.«

»Was?«

Er schluckte. »Sie steht wohl auch auf seiner Todesliste, oder? Ganz am Ende der Liste?«

Keiner wagte es, auf seine Frage eine Antwort zu geben.

»Was aber haben die anderen Opfer mit der Maurer zu tun?«, sagte Gerber. »Wo liegt das Muster? Ist es allein die Tatsache, dass sie zu ihrem Bekannten- oder Freundeskreis gehören?«

»Anzunehmen«, sagte Landsberg.

»Es geht um ihr Umfeld«, fasste Stefanie zusammen. »Der Täter will es zerstören.«

Er will *sie* damit zerstören, dachte Trojan.

Er sah wieder zu dem Bild auf dem Monitor hin, betrachtete die Fesseln, den Bauschaum auf der nackten Haut und die verbundenen Augen der Josephin Maurer. Sein Magen verkrampfte sich. Er hatte ihr ein Versprechen gegeben. Es durfte ihr nichts mehr zustoßen.

Plötzlich läutete das Telefon im Sitzungsraum.

Landsberg hob ab.

»Okay«, sprach er nach einer Weile in den Hörer, »wir sind schon unterwegs.«

Dann legte er auf.

Er sah in die Runde.

»Wir haben es. Das Handy von Korch ist geortet worden.«

Die Tachonadel zitterte über der Hundertdreißig, während sie die Sonnenallee hinunterrasten. Trojan saß am Steuer, neben ihm Landsberg, er hatte das Blaulicht aufs Dach gesetzt, über Handy war er permanent mit dem Spezialisten des Telefon-Providers verbunden.

»Unverändert?«, fragte Trojan.

»Ja. Britzer Allee.«

Trojan warf ihm einen kurzen Blick zu. »Das ist nicht allzu weit von Rudow entfernt.«

Landsberg nickte.

»Und es gab vorher wirklich keine Bewegung?«

»Nein. Das Handy war wohl ausgeschaltet. Und vor etwa zehn Minuten loggte es sich bei diesem Funkmast ein.« Er sprach ins Telefon: »Was habt ihr für mich? Irgendwas Neues?«

Er seufzte und sah zu Trojan hin.

»Nichts. Vom nächsten Funkmast, der etwa fünfhundert Meter von dem anderen entfernt steht, kommt kein Signal. Das heißt, Korch rührt sich nicht, und wir haben einen Radius von einem halben Kilometer, in dem wir nach ihm suchen müssen.«

Vor ihnen sprang die Ampel auf rot. Trojan schlängelte sich an den haltenden Autos vorbei und raste über die Kreuzung.

»Keine Reaktion auf Anrufe?«

»Fehlanzeige. Irgendwas stimmt da nicht.«

Sie hatten das südliche Ende der Sonnenallee erreicht, öde Betonsiedlungen reihten sich links und rechts von ihnen auf. Mit quietschenden Reifen bog er in die Baumschulenstraße ein, Landsberg klammerte sich am Haltegriff fest.

Trojan gab Gas. Er registrierte das heftige Pochen an seinem Hals, wo die Schlagader war, und umklammerte das Lenkrad noch fester.

»Scharf rechts in die Forsthausallee«, murmelte Landsberg.

Trojan riss das Steuer herum.

»Der Handymast steht direkt am Britzer Zweigkanal. Irgendwo da muss Korch sein.«

»Scheiße«, rief er ins Telefon. »Und da bewegt sich immer noch nichts?«

Wieder blickte er zu Trojan hin.

»Der sitzt doch da nicht einfach am Ufer rum! Ich sag dir was, Nils, wenn das Handy neben Korchs Leiche liegt, dann –.«

Er brach ab.

Trojan durfte sich die Situation nicht ausmalen, er versuchte sich ganz und gar auf die halsbrecherische Fahrt zu konzentrieren.

»Wir dürfen nicht wieder zu spät kommen«, murmelte der Chef.

Nur die Ruhe, dachte Trojan, eins nach dem anderen.

Für einen Augenblick verspürte er Panik.

»Nach links«, rief Landsberg, und Trojan zuckte zusammen, dann bog er in die Britzer Allee ein. Schon von weitem sah er die Streifenwagen, die zuckenden Blaulichter, die Absperrungen. Er bremste ab.

Sie sprangen aus dem Wagen und rannten los.

»Da vorne ist es!«

Sie befanden sich auf dem ehemaligen Mauerstreifen, hier war die Grenze zwischen Treptow und Neukölln, früher war das Gelände vermint gewesen.

Trojans Herz jagte. Er berührte im Laufschritt sein Waffenholster.

»Da, an der Böschung!«

Sie arbeiteten sich durch dichtes Gestrüpp vor, dann hatten sie das Kanalufer erreicht. Vor ihnen ragte der Funkmast auf.

Landsberg zückte seine Waffe, Trojan tat es ihm gleich. Langsam gingen sie voran.

»Hast du seine Nummer?«, fragte Trojan leise.

Landsberg nickte.

»Ruf ihn an, vielleicht hören wir ja was.«

Der Chef blieb stehen und tippte die Nummer in sein Handy.

Kurz darauf vernahmen sie ganz schwach einen Klingelton.

Suchend schauten sie sich um.

Da war ein halb zerfallener Brunnen. Er war mit einer Betonplatte abgedeckt, doch ein Stück davon war zertrümmert. Mit etwas Mühe käme man durch den Spalt hindurch.

»Es kommt eindeutig von da unten.«

Landsberg drückte die rote Taste, und der Ton verstummte.

»Wir brauchen Taschenlampen.«

Er winkte einen der uniformierten Beamten heran, die ihnen gefolgt waren, und ließ sich von ihm eine Stablampe reichen.

»Du oder ich?«, fragte Landsberg.

Trojan atmete gepresst. »Also schön, gib schon her.«

Er nahm seinem Chef die Lampe ab und ging auf den Brunnen zu. Er musste die Waffe wieder einstecken und die Lampe zwischen die Zähne klemmen, um sich durch den Spalt in der Betonplatte hindurchzuzwängen.

»Sei vorsichtig, Nils.«

Seine Füße ertasteten eine Leiter an der Innenwand des Brunnens. Stück für Stück ließ er sich hinab. Da war kein Wasser mehr, aber es roch modrig.

Nichts war zu hören, nur das Rauschen seines Bluts. Er stieg tiefer. Nahm die Taschenlampe hervor, knipste sie an und ließ den Strahl nach unten wandern.

Da war etwas. Ungefähr zwei Meter unter ihm, gelb und verkrustet. Nicht schon wieder, durchfuhr es ihn.

Als seine Füße den Boden berührten, hörte er das Fiepen. Etwas strich an seinen Beinen entlang. Er richtete den Strahl der Taschenlampe darauf.

Die Ratten flitzten hin und her, es waren drei oder vier, eine raste die Brunnenwand hinauf.

Er schüttelte sich, rang nach Luft.

Dann leuchtete er die Bauschaumspuren ab.

»Was ist da unten?«, rief Landsberg ihm zu.

Seine Stimme hallte im Inneren des Brunnens wider.

Trojan antwortete nicht.

»Hast du was gefunden?«

Er vernahm das Echo. Kurzzeitig kniff er die Augen zusammen.

Als er sie wieder öffnete, las er die Buchstaben EEL, darüber war diese Art Dach zu erkennen, hingeschmiert mit dem Schaum am Boden.

Er bückte sich.

»Nils! Hörst du mich?«

Er zog die Latexhandschuhe aus der Jackentasche hervor, streifte sie über.

Er berührte den Schaum. Er war bereits eingetrocknet.

Und dann ertastete er die Kontur eines kleinen Gegenstands. Eine Ecke war freigelassen, darin spiegelte sich das Licht.

»Nils!«

Wortlos stieg er die Leiter wieder hinauf.

Die Sonne blendete ihn, als er endlich wieder im Freien war.

Landsberg starrte ihn an.

»Und?«

Trojan riss sich die Handschuhe herunter.

»Nichts«, sagte er. »Nur das Handy, Bauschaum und Ratten.«

Landsberg stieß die Luft aus.

»Dieser Scheißkerl! Der will uns doch verarschen!«

Trojan blickte sich um. Weit und breit nur Polizisten, kein Passant. Das Kanalwasser schlug klatschend an die Ufermauer.

Der Chef steckte sich eine Kippe in den Mund, ohne sie anzuzünden.

»Okay, die Kollegen müssen das Gelände absuchen. Und die Spurensicherung soll sich den Brunnen vornehmen. Das Handy muss ins Labor.«

Sie gingen zurück zu den Einsatzwagen.

»Was meinst du, wie groß ist die Chance, dass wir Korch lebend finden?«

»Die Hoffnung stirbt zuletzt«, murmelte Trojan, »hast du das nicht selbst neulich gesagt?«

Landsberg ließ schweigend sein Feuerzeug aufflammen.

SIEBZEHN

Für den Rest des Tages schloss sich Trojan in seinem Büro ein und arbeitete sich durch sämtliche Ermittlungsakten im Fall der Verschleppung von Josephin Maurer. Nur hin und wieder griff er zum Hörer und fragte bei seinen Mitarbeitern nach, ob die Suche nach Milan Korch Fortschritte gemacht hätte.

Gerber berichtete, dass sie keine relevanten Fotos auf seinem Handy gefunden hätten, sie vermuteten daher, dass die Aufnahme von Maurers Gefangenschaft auf einer Speicherkarte gewesen sei, die der Täter wohl wieder entfernt habe. Wenigstens aber hätten sie die Anrufliste der Telefongesellschaft vorliegen. Der letzte Anruf sei am Vormittag um elf Uhr zehn eingetroffen, aus einer Telefonzelle in der Oberlandstraße, dort hätten sie sich bereits umgesehen, aber nichts Verdächtiges bemerkt. Außer dem Bauschaum seien auf dem Handy keine Spuren gefunden worden.

Trojan machte sich eine Notiz: »Britzer Zweigkanal: Brunnen. Oberlandstraße: Telefonzelle.« Darunter schrieb er die Adresse des Reihenhauses, in dem Josephin Maurer gefangen gehalten wurde: »Kanalstraße 67, Rudow.«

Auf dem Stadtplan in seinem Büro markierte er die Orte mit Stecknadeln, alle im südlichen Neukölln gelegen, dem Schwerpunkt ihrer Suche.

Schließlich vertiefte er sich wieder in die Akten.

Am Abend radelte er müde heim nach Kreuzberg. Er war

schon fast zu Hause angelangt, als er sich zu einem kurzen Abstecher in die Bürknerstraße entschied. Er hielt neben dem Streifenwagen, der vor dem Haus Nummer 4 geparkt war. Die Kollegen kannten ihn vom Sehen, der eine ließ die Beifahrerscheibe herunter.

»Wie sieht es aus?«, fragte Trojan.

»Alles ruhig.«

»Keine besonderen Vorkommnisse?«

»Nichts.«

Trojan schaute zum Balkon im ersten Stockwerk hinauf. Hinter den Fenstern war kein Lichtschein auszumachen.

»Bitte seid besonders wachsam«, sagte er. »Die junge Frau ist mit ihren Nerven am Ende.«

Die beiden Uniformierten nickten ihm zu. Trojan schloss sein Rad ab und rief Josephin Maurer wie schon bei seinem letzten Besuch vorher auf dem Handy an, bevor er an ihrer Tür klingelte.

Sie öffnete ihm und ließ ihn herein.

Sie wirkte erstaunlich gefasst, beinahe kühl. Ihm fiel auf, dass sie ihre Strickmütze abgelegt hatte. Sie war in eine Art Kimono gehüllt und hatte sich das Haar zu einem Pferdeschwanz zurückgebunden.

»Sie haben ihn nicht gefunden, nicht wahr?«

Er schüttelte betreten den Kopf. Von der Entdeckung des Mobiltelefons in dem Brunnen, den Bauschaumspuren und dem rätselhaften Zeichen sagte er ihr nichts. »Wir suchen fieberhaft nach ihm.«

»Er ist in großer Gefahr, habe ich recht?«

»Davon müssen wir leider ausgehen.«

Sie ging mit ihm in die Küche. Er setzte sich ihr gegenüber, registrierte die aufgerissene Medikamentenpackung und die geöffnete Flasche Wein auf dem Tisch, eine zweite geleerte Flasche lag umgestürzt am Boden. Josephin nahm einen großen Schluck aus ihrem Glas.

»Möchten Sie auch etwas?«, fragte sie.

Er lehnte dankend ab.

Sie warf ihm einen scheuen Blick zu, dann sagte sie plötzlich: »Karl Junker ist noch am Leben. Ich bin mir sicher.«

»Das ist unmöglich.«

»Er ist hier, ganz in der Nähe. Ich kann es spüren.«

»Ich verstehe Ihre Angst, aber Karl Junker ist tot. Nichts und niemand wird ihn wieder lebendig machen.«

»Er ist zurückgekommen, um sich meine beste Freundin zu holen. Und ich weiß auch, was er meiner Ärztin angetan hat. Sie haben es im Fernsehen gebracht.«

Trojan schluckte. Er hätte es ihr längst erzählen müssen. Wie schrecklich für sie, es aus den Medien zu erfahren, er schämte sich dafür.

»Es tut mir sehr leid. Ich wollte es Ihnen sagen, aber Sie waren gestern Abend nicht in der Verfassung, um –.«

Sie unterbrach ihn. »Jetzt hat er sich auch noch Milan geschnappt, und am Ende wird er über mich herfallen. Und diesmal wird alles noch grausamer sein als jemals zuvor.«

»Nein.« Er legte die Hand auf ihren Arm. »Das werde ich verhindern, glauben Sie mir.«

Sie sah ihn reglos an.

»Wir tun alles für Ihre Sicherheit. Bestimmt haben Sie schon den Streifenwagen vor Ihrer Tür bemerkt, von nun an werden Sie Tag und Nacht bewacht.«

Er wusste, dass es nur ein schwacher Trost für sie war. Er kam sich selbst so hilflos vor.

Sie leerte ihr Glas und schenkte sich gleich darauf nach.

»Frau Maurer –.«

»Sagen Sie ruhig Josie zu mir.«

»Gut, also Josie.« Es verstieß gegen die Vorschriften, aber es war ihm egal. »Alle Personen, die bisher von dem Täter –«, er suchte nach Worten, »überfallen wurden –«, das klang viel zu harmlos, aber er wollte sie doch irgendwie schonen, und es quälte ihn, dass er ihr immerzu diese bohrenden Fragen stellen musste, »alle Personen stehen mit Ihnen in engerer Verbindung, nur bei Frida König erkenne ich keinen Zusammenhang. Was ist an dem Abend der Preisverleihung im Moviemento genau vorgefallen, als Sie sich kennenlernten. Hat sie etwas Besonderes zu Ihnen gesagt?«

»Sie hat mich umarmt, das ist alles.«

Tränen funkelten in ihren Augen.

»Sie kam auf mich zu, umarmte mich und sagte, dass ihr meine Puppen gefallen würden.«

Er war dort, dachte er. Der Mörder war im Kinosaal.

»Eine Umarmung«, sagte er. »Ich vermute, dass Sie der Täter dabei beobachtet hat. Ist Ihnen im Kino eine verdächtige Person aufgefallen? Fühlten Sie sich von irgendjemandem verfolgt?«

Sie schien nachzudenken.

»Ich war unruhig«, sagte sie. »Aber so unruhig bin ich immer in dunklen, geschlossenen Räumen, seit der Geschichte von damals.«

»Der Täter sieht Ihre Ärztin, er sieht Karen Scheffler, Sie selbst sind die Hauptperson an diesem Abend. Sie bekommen einen Preis, stehen im Rampenlicht. Milan Korch ist da, er schießt Fotos.« Er blickte auf. »Hat er Sie an diesem Abend auch umarmt?«

»Natürlich. Er ist doch mein Freund.«

Was ging in dem Mörder vor, als er das sah?

Eifersucht, dachte Trojan.

Er ist völlig fixiert auf Josephin Maurer, er beobachtet all ihre Bewunderer, alle, die ihr zu nahe kommen.

Zwei davon sind mittlerweile tot, eine Frau hat er schwer verletzt. Und die vierte Person?

Sein Herzschlag stolperte, die Hitze in der Wohnung rief leichte Beklemmungen in ihm hervor.

»Ich glaube, ich nehme doch einen Wein«, sagte er.

Sie stand auf und nahm ein Glas aus dem Regal, goss ihm ein und setzte sich wieder.

Er trank einige Schlucke, danach war ihm etwas wohler. »Ich hab mich heute intensiv mit dem Fall von damals beschäftigt. Ich weiß, es ist für Sie eine Tortur, und Sie wollen am liebsten nicht mehr an Ihre Vergangenheit erinnert werden. Aber damit wir noch eine Chance haben, Ihren Freund aus den Fängen dieses Wahnsinnigen zu befreien, wäre es wichtig, wenn –.«

»Milan ist kein schlechter Mensch. Ich mache mir furchtbare Vorwürfe.«

»Bitte tun Sie das nicht.«

»Ich hab ihn doch selbst beschuldigt.«

Trojan dachte an die Bilder auf seinem Rechner. Was würde sie von ihm halten, wenn sie davon wüsste?

»Er hat mir Donnerstagnacht, als Sie hier waren, eine SMS geschickt. Er wollte mit mir reden. Er war –.« Sie brach ab.

Trojan starrte sie an. »Davon hätten Sie mir erzählen müssen.«

»Ich weiß. Aber ich hatte große Angst davor, dass Sie ihn verhaften würden.«

»Um wie viel Uhr kam die SMS?«

»Das muss gegen zwei, halb drei gewesen sein.«

»Und Sie haben sie gelöscht?«

Sie nickte schwach.

Er stieß die Luft aus. Ihr Handy befand sich noch immer auf dem Polizeirevier, auf der SIM-Karte hatten sie keine Nachricht von Milan Korch aus diesem Zeitraum vorgefunden.

»Bitte, Frau Maurer – ich meine, Josie. Sie dürfen mir von nun an nichts mehr verschweigen. Versprechen Sie mir das?«

Sie nickte.

Wenn wir Korch nur gleich gefunden hätten, dachte er. Möglicherweise wäre er jetzt nicht in den Händen des Mörders, wenn er überhaupt noch am Leben war.

Er fuhr sich mit der Hand über die Stirn. »Wo waren wir stehen geblieben?«

»Rudow?«, fragte sie leise.

»Ja.«

Er suchte ihren Blick.

»Halten Sie es für möglich, dass sich damals noch jemand in diesem Keller aufgehalten hat?«

Ihre Miene verfinsterte sich.

»Gibt es vielleicht irgendetwas, das Sie bisher niemandem erzählt haben? War da ein Geräusch, eine Veränderung im Raum, etwas, das Sie zwar nicht sehen konnten, aber doch wahrgenommen haben?«

Sie schwieg.

»Können Sie sich wirklich noch an alle Einzelheiten erinnern?«

»Ich weiß nicht«, sagte sie mit dünner Stimme. »Es ist – es war –.« Er drückte ihre Hand.

»In den Untersuchungsberichten habe ich gelesen, dass man bei Ihrer Befreiung Reste eines Betäubungsmittels in Ihrem Blut fand. Es bestand aus verschiedenen Substanzen, eine davon war Rohypnol. Ein Mediziner, den ich heute zu den Nebenwirkungen befragt habe, sagte mir am Telefon, dass die Einnahme einer hohen Dosis durchaus Gedächtnislücken verursachen kann.«

Ihrem Gesicht war abzulesen, wie die Erinnerung mit Wucht auf sie einschlug, dann sagte sie: »Ich kann mich tatsächlich nicht mehr an alles erinnern. Es gibt Momente, die ich erschreckend klar vor mir sehe, und anderes verschwindet ganz im Dunkeln.«

Er nickte ihr zu.

Sie hob den Blick.

»Bleiben Sie heute Nacht wieder bei mir? Bitte, gehen Sie nicht weg.«

Er schluckte.

»Die Beamten unten auf der Straße passen gut auf Sie auf. Ich – ich muss auch einmal wieder richtig zum Schlafen kommen. Morgen bin ich wieder für Sie da, in Ordnung?«

Er stand auf und umarmte sie.

Wenig später begleitete sie ihn zur Tür und schob den Stahlriegel zurück. Er hielt kurz inne, dann fragte er sie, ob sie unter Umständen bereit zu einem Experiment wäre.

»Was für ein Experiment?«, fragte sie ängstlich, und er erklärte es ihr.

Sie schaute ihn lange mit großen Augen an. Er bemerkte ihr Zögern, den inneren Kampf, den sie auszufechten hatte. Schließlich willigte sie ein. Trojan versuchte zu lächeln.

Sie verabredeten sich für den nächsten Tag. Er wünschte ihr eine gute Nacht und ging.

In dem Spätverkauf in der Forster- Ecke Reichenberger Straße brannte wie immer Licht, und wie immer stand Cem in seinem blauen Kittel hinter der Verkaufstheke. Er hatte wohl nie frei.

Neben Alkohol hielt er letztlich die gesamte Grundversorgung für Trojan bereit – Tütensuppen, Nudeln, Müsli und H-Milch –, denn meistens kam er erst nach Hause, wenn der Supermarkt längst geschlossen hatte.

Trojan schnappte sich drei Flaschen Bier und kramte Kleingeld aus der Hosentasche hervor. Da erst bemerkte er die Augenklappe im Gesicht des türkischen Ladenbesitzers.

»Cem, was ist passiert?«

»Ach, Chef, ist eine verrückte Geschichte. Hab mir gestern Kamm hineingehauen. War verschlafen, Chef, weißt du, aber Haare kämmen ist wichtig für Kundschaft, muss gepflegten Eindruck machen, sollte nur besser aufpassen mit dem Ding. Jedenfalls, hat sich entzündet und musste zum Arzt, er hat mir Salbe reingeschmiert und Augenklappe verschrieben. Nun sehe ich aus wie Pirat.«

Trojan musste lächeln.

Cem tippte den Betrag in die Registrierkasse.

»Frag mich nur, Chef, warum überhaupt früher so viele Piraten Augenklappe trugen.«

»Keine Ahnung, Cem.«

»Man macht sich so seine Gedanken, wenn man ganzen Tag und ganze Nacht in Laden steht.«

Er reichte ihm das Wechselgeld und grinste.

»Weißt du, Chef, vielleicht lag es an Hakenhänden. Viele Piraten hatten doch oft Haken und keine Hände. Na ja, und sie konnten vielleicht nicht so gut damit rummachen, und wenn sie sich mal die Augen reiben wollten«, er wischte mit den Fingern über seine schwarze Klappe, »zack, waren weg die Glubscher.«

Auch wenn sein Arbeitstag noch so hart gewesen war, Cem brachte ihn zum Lachen, oder er hatte zumindest einen tröstenden Spruch parat, und dafür mochte er ihn einfach.

Er steckte das Wechselgeld ein. »Hast du auch eine Erklärung dafür, warum die alle Hakenhände hatten?«

Cem hob die Schultern und breitete gleichzeitig beide Arme aus: »Weiß nicht, Chef, vielleicht vom Händeschütteln mit anderen Hakenpiraten.«

Trojan lachte noch befreiter auf.

»Und die Holzbeine?«

»Ach, ganz andere Geschichte, Chef, muss ich drüber nachdenken, geb ich dir beim nächsten Mal Bescheid.«

Er nickte ihm lächelnd zu, nahm seine Biere und ging.

Als er seine Wohnung aufschloss, hörte er leise Stimmen. Er erschrak, seine Hand glitt instinktiv unter die Jacke zum Waffenholster. Dann vernahm er Gelächter. Kurz darauf atmete er auf.

»Paps? Bist du das?«

Schon kam sie auf ihn zugestürmt.

»Paps!«, rief Emily noch einmal und fiel ihm um den Hals.

Für einen Moment war er völlig perplex, bis ihm einfiel, dass sie sich ja für den Freitagabend verabredet hatten.

Seine Nachbarin erschien in der Küchentür.

»Hallo, Emily. Hallo, Doro.«

»Na, Bulle, du bist aber spät dran.«

Emily lachte. »Bist du überrascht?«

Sie erzählte ihm, dass sie Doro heraufgebeten hatte, weil sie allein in der Wohnung war und er einfach nicht kam.

»Ich wollte dich schon auf dem Handy anrufen, aber dann hab ich mir gedacht, dass du bestimmt wieder in einem Einsatz bist und eh nicht rangehen kannst.«

Trojan musste zunächst zu Atem kommen. Schließlich küsste er seine Tochter auf beide Wangen und entschuldigte sich für die Verspätung. Er umarmte Doro zur Begrüßung, daraufhin verschwand er erst einmal im Bad, duschte und zog sich ein frisches T-Shirt an, bevor er zu den beiden Frauen in die Küche ging.

»Ich hab für uns gekocht«, sagte Doro, »aber wir mussten schon mal angefangen, sonst wären wir verhungert.«

Sie häufte ihm die Reste auf einen Teller, es war ein Risotto mit Pilzen. Er bedankte sich, öffnete eine Bierflasche an der Tischkante, trank und aß.

Doro und Emily plauderten munter drauflos, sie schienen sich prächtig zu amüsieren. Er hingegen war noch ganz benommen von seinem Arbeitstag.

»Na los, Pa, erzähl schon, was hast du heute gemacht? Fiese Verbrecher durch die Stadt gejagt?«

Er antwortete nur ausweichend. Doro lächelte ihn an, sie hatte eine Flasche Weißwein mitgebracht.

»Ist doch in Ordnung, wenn ich mir auch noch einen kleinen Schluck nehme, oder?« Emily kicherte leicht beschwipst.

Er spürte, dass er sich nicht richtig auf seine Tochter einlassen konnte, die Anwesenheit von Doro irritierte ihn.

Sie sah gut aus in ihrem kurzen Kleid, die Blicke, die sie ihm zuwarf, waren unzweideutig. Es ist Sommer, schien sie ihm bedeuten zu wollen, vergiss die Arbeit, Bulle, lass dich treiben.

Was sprach dagegen?, fragte er sich.

Der Serienmörder, antwortete eine Stimme in seinem Kopf.

Er schob seinen leeren Teller weg.

Sie stellte das Geschirr in die Spüle. »Ich lass euch beide dann mal allein.«

»Nein, Doro, wirklich, du kannst gern noch bleiben.«

»Du siehst sehr müde aus, Bulle.«

»Komm doch am Wochenende einfach mal zu mir runter«, raunte sie ihm an der Tür zu. »Sei ganz relaxt, wir müssen doch keine große Geschichte daraus machen, oder?«

Sie hauchte ihm einen Kuss hin, zwinkerte ihm zu, schon war sie im Treppenhaus.

»Wie war es denn nun auf den Kanaren?«, fragte er, als er mit Emily allein war.

Sie strahlte ihn an.

»Einfach Klasse!«

Ihre Haut war gebräunt, die blonden Locken von der Sonne aufgehellt, in ihren Augen erkannte er ihre Mutter wieder. Und da waren die Grübchen, wenn sie lächelte, und die vertraute Geste, mit der sie sich das Haar aus der Stirn strich. Der Anblick seiner Tochter rührte ihn jedes Mal aufs Neue.

»Ich hab die Fotos mitgebracht.«

Trojan fuhr seinen Laptop hoch und schob ihren USB-Stick ein. Auf dem Sofa im Wohnzimmer schmiegte sie sich an ihn, er lächelte vor Glück.

Er legte den Arm um sie, während sie durch die Fotos klickte. Immer wenn der neue Freund von Friederike auftauchte, tippte sie dezent auf das Mousepad, damit das nächste Bild erschien.

»Wie hast du dich eigentlich mit Florian verstanden? Er heißt doch Florian, oder?«

»Ach, Flo, ja, der ist ganz in Ordnung. Am Strand hat er immer diese blöde Sonnenbrille getragen. Sieht echt bescheuert aus, findest du nicht?«

»Hmm.«

Flo, dachte er, das klang ja schon recht vertraut. Als er wieder auf einem Foto auftauchte, betrachtete er ihn sich etwas genauer. Der war doch viel zu jung für seine Exfrau, jedenfalls jünger als er selbst, Trojan schätzte ihn auf Mitte dreißig. Sah ja ganz passabel aus, aber vom Typ her eher ein Schnösel, passte ganz und gar nicht zu Friederike.

»Wo hat Mama ihn kennengelernt?«, fragte er möglichst beiläufig.

Emily kicherte. »Das darf ich dir eigentlich nicht verraten.«

»Ach, komm schon, Em.«

Sie grinste.

»Im Internet, auf einer Singleseite. Aber sag ihr bloß nicht, dass du's von mir weißt.«

Das verschaffte ihm beinahe eine Genugtuung, nicht dass er etwas gegen die Anbahnung im Internet hatte, aber Friederike war doch eine äußerst attraktive Frau, für sie müsste es doch genügend andere Wege geben, Männer kennenzulernen.

Fühlte sie sich vielleicht manchmal so einsam wie er selbst? War Friederike womöglich unglücklich ohne ihn?

Dabei hatte sie die Trennung doch gewollt. Sie war diejenige, die untreu geworden war, sie war es, die eine Affäre begonnen hatte, und das ausgerechnet mit einem jüngeren Kollegen aus ihrer Kunstbuchhandlung.

»Und was macht Flo so?«

»Projekte, Installationen, irgend so ein Kram, er tut immer sehr beschäftigt, ich hab's, ehrlich gesagt, nicht genau verstanden.«

Ein Künstler also, dachte Trojan, und das gefiel ihm weniger. Seine eigenen künstlerischen Ambitionen waren ja frühzeitig gescheitert.

Wieder erschien ein Foto von Friederike auf dem Bildschirm. Plötzlich musste er daran denken, wie sie einmal vor vielen Jahren an einem einsamen Strand auf Lefkas die Nacht verbracht hatten, völlig allein auf ihren Trampermatten, über ihnen eine Milliarde von Sternen, sie hatten vor lauter Begeisterung nicht schlafen können. Irgendwann war der Vollmond über die Felsen gezogen, und sie hatten sich still bei den Händen gehalten. Schließlich waren sie aufgesprungen und hatten sich nackt, wie sie waren, in die Brandung gestürzt. Er hatte immerzu laut ihren Namen gerufen, beinahe irrsinnig vor Glück.

Aber wie alt waren sie damals gewesen? Zwanzig, zweiundzwanzig?

»Nächstes Foto«, sagte er.

Und Emily klickte weiter, er sah das Meer und die Sonne und den Strand, das hübsche Häuschen in den Bergen, und sie erzählte und lachte, und er zögerte den Moment hinaus, da er es ihr endlich sagen musste.

»So, das war das letzte.«

Er schwieg.

Spürte, wie sie ihn von der Seite anschaute.

»Aber du weinst ja, Paps.«

»Nein, nein, es ist nur –.« Er rieb sich das Gesicht. »Ich freue mich so für dich, dass es dir dort gefallen hat.«

Sie schlang die Arme um ihn und sprach leise an sein Ohr: »Jetzt fahren wir beide weg, Paps. Du hast dir deinen Urlaub verdient, hast immer so viel gearbeitet. Und weißt du was? Ich glaube, wir werden eine richtig gute Zeit an der Ostsee haben. Ich hab auch schon im Internet nach dem Wetter geschaut, es soll super schön werden.«

Er schluckte, stand wortlos auf, ging in die Küche und holte sich noch ein Bier. Als er wieder bei ihr war, legte sie die Stirn in Falten.

»Was ist los mit dir?«

Er setzte sich und begann, ohne die grausamen Einzelheiten zu nennen, von den Mordfällen zu erzählen, die er aufzuklären hatte.

»Das muss warten. Deine Kollegen schaffen das auch mal ohne dich.«

»Emily, das geht leider nicht.« Er holte tief Luft. »Mein Chef, Landsberg, du kennst ihn –.« Er seufzte. »Es gibt eine Urlaubssperre.«

Sie blieb lange Zeit still.

Er murmelte noch einige Entschuldigungen, bis sie hervorstieß: »Das ist echt Scheiße von ihm! Sag ihm das!«

»Emily –.«

»Ich hab mich so sehr auf den Urlaub gefreut. Und jetzt lässt du mich einfach im Stich.«

Als er die Hand nach ihr ausstreckte, wich sie vor ihm zurück.

»Nie hast du Zeit. Nie! Immer nur diese Morde. Und weißt du was, ich glaube, das ist der eigentliche Grund, warum es mit dir und Mama nicht geklappt hat: Weil du immer nur arbeitest, immer nur diesen Verbrechern hinterherjagst. Und wir bleiben dabei auf der Strecke.«

»Emily, bitte –.«

»Lass mich. Ich bin echt wütend auf dich. Du musst Verabredungen einhalten, Papa, verstehst du das denn nicht?«

»Natürlich verstehe ich das.«

»Worauf soll ich mich denn überhaupt noch verlassen? Ich fahre mit Mama mit, ich ertrage ihren doofen neuen Freund, ich zähle die Tage bis zu unserer Reise, komme hierher, und niemand ist da. Ich traue mich schon gar nicht mehr auf deinem Handy anzurufen, weil es dich ja doch nur bei der Arbeit stört.«

»Du kannst mich jederzeit –.«

»Lass mich ausreden! Ich – ich glaube, du willst es gar nicht anders, du musst dir mit deiner Arbeit irgendwas beweisen. Du willst den Helden spielen, der du gar nicht bist.«

»Aber Emily, das stimmt doch überhaupt nicht, ich hab

mich auf den Urlaub genauso gefreut wie du, und ich werde alles dafür tun, um es wiedergutzumachen.«

»Nichts wirst du, du sagst das immer nur, aber es ändert sich nichts.«

Sie stand auf. Ihr Gesicht war gerötet.

»Und weißt du was: Ich hasse dich und Mama dafür, dass ihr euch getrennt habt. Ich hasse euch!«

Es traf ihn wie ein Faustschlag.

Sie verschwand in ihrem Zimmer und knallte hinter sich die Tür zu.

Er blieb einfach auf dem Sofa sitzen und rührte sich nicht.

Sie hat recht, dachte er, sie hat vollkommen recht. Ich hab auf ganzer Linie versagt. Was bin ich nur für ein schlechter Vater.

Nach einer Weile hörte er, wie sie ins Bad ging. Als sie zurückkam, rief er nach ihr, doch sie antwortete nicht.

Noch viel später ging er nachschauen, öffnete ihre Zimmertür einen Spaltbreit. Da lag sie, eingerollt auf dem Bett unter dem Tokio-Hotel-Poster, und schlief. Sie hatte sogar den Teddybären mit der eingebauten Spieluhr an sich gedrückt, ein Relikt aus ihrer frühen Kindheit.

Leise schloss er die Tür.

Was sollte er jetzt tun?

Es half nichts, die Urlaubssperre ließ sich nicht rückgängig machen, und mindestens ein Menschenleben war in Gefahr.

Er musste die Flucht nach vorn antreten.

Es war bereits kurz vor Mitternacht, und doch wählte er ihre Nummer. Natürlich meldete sich nur der Anrufbeantworter.

Nach dem Signalton sagte er: »Jana.«

Scheiße, nein. Das war verkehrt.

»Frau Michels«, verbesserte er sich.

Er legte sich in Gedanken seine Worte zurecht.

»Es ist gewissermaßen ein Notfall. Aber es betrifft nicht mich, wirklich nicht. Heben Sie doch ab, falls Sie noch wach sind. Ansonsten entschuldigen Sie bitte die Störung.«

In diesem Moment klickte es. Er glaubte schon, dass die Verbindung unterbrochen worden sei, da meldete sich ihre Stimme. Sie klang noch nicht einmal verschlafen. Also hatte er sie wirklich nicht geweckt.

»Ja?«

»Nils Trojan hier.«

»Das habe ich bereits mitbekommen«.

Er schwieg.

»Worum geht es um diese Zeit noch, Herr Trojan?«

Er überlegte, nagte an seiner Unterlippe.

»Sind Sie noch dran?«

»Ja.«

»Also, was gibt es?«

»Könnten Sie mir einen Gefallen tun? Es geht um diese Mordserie. Eine junge Frau steckt in furchtbaren Schwierigkeiten.«

ACHTZEHN

Er war schrecklich nervös. Seit über einer Stunde saß Jana Michels nun schon mit Josephin Maurer im Sprechzimmer ihrer Praxis. Hatten sie vielleicht längst ohne ihn angefangen? Aber er musste doch unbedingt dabei sein. Gab es etwa Komplikationen?

Immer wieder stand er auf und schlich sich durch den Flur, um an der Tür zu horchen. Sie unterhielten sich angeregt, aber er konnte ihre Worte nicht verstehen.

Jana war ungewöhnlich distanziert zu ihm gewesen. Er hatte sie mit großen Augen angeschaut, wieder einmal war ihm aufgefallen, wie schön ihr Mund war, volle rote Lippen, die sich vor ihm öffneten und schlossen. Was war er nur für ein Idiot, gestern hätte er die Gelegenheit gehabt, sie einfach zu küssen, und danach wäre alles wie von selbst gelaufen! Heute war es dafür zu spät.

Und seinem beruflichen Vorhaben stand sie äußerst skeptisch gegenüber, vielleicht dauerte das Vorgespräch auch deshalb so lange. Mein Gott, wenn sie Milan Korch noch irgendwie retten wollten, wurde es allerhöchste Zeit. Möglicherweise war das hier ihre letzte Chance.

Trojan setzte sich wieder und rieb sich seine schwitzenden Hände an der Hose ab. Janas Bedingung war es, die Patientin erst genauer kennenzulernen, um danach einzuschätzen, ob seine Idee in die Tat umzusetzen sei. Sie wisse noch nicht, ob sie das verantworten könne, hatte sie barsch gesagt.

Was war nur los mit ihr? An dem einen Tag fiel sie ihm in die Arme, am nächsten war sie wieder streng und beherrscht.

Dabei musste er an den Morgen mit Emily zurückdenken, die sich ihm gegenüber ähnlich unterkühlt verhalten hatte, trotz seiner Beteuerungen, sie würden die Reise so schnell wie möglich nachholen.

»Dann muss ich wieder zur Schule, und du steckst bereits in deinem nächsten Fall«, hatte sie ihm zornig erwidert.

Er zog sein Handy hervor, es war auf lautlos gestellt, und sah auf dem Display nach, ob es Nachrichten von den Kollegen gab. Nichts. Er hätte sich schon längst im Kommissariat melden müssen, allerdings hatte es wenig Sinn, Landsberg von seinem Plan zu erzählen, seine Einwände waren leicht vorherzusagen: keine rechtliche Relevanz, der Staatsanwalt würde ihnen das um die Ohren hauen und dergleichen mehr.

In diesem Moment hörte er, wie die Tür zum Sprechzimmer geöffnet wurde, Schritte näherten sich, er steckte das Handy rasch wieder ein.

Schon stand Jana Michels vor ihm.

Er erhob sich. »Und?«

»Ich habe große Bedenken.«

»Aber sie ist doch dazu bereit. Sie hat es mir selbst gesagt.«

»Ja, sie ist einverstanden, sie will helfen, natürlich will sie das, schließlich geht es um das Überleben ihres Freundes, aber ich bin mir nicht sicher, ob ihre seelische Verfassung ausreichend stabil ist. Um ehrlich zu sein, ist sie überhaupt nicht stabil und –.«

»Bitte, Jana –.« Abermals musste er sich verbessern. »Frau Michels. Lassen Sie es uns doch wenigstens versuchen. Wenn es zu viel für sie wird, können wir immer noch abbrechen.«

Sie sah ihn stirnrunzelnd an.

»Wir schon gar nicht, Herr Trojan. Wenn jemand diese Hypnose durchführt, bin ich es.«

»Natürlich. Ich wäre ja gar nicht in der Lage –.«

»Und bilden Sie sich nur nicht ein, ich würde dabei Ihre Anwesenheit gestatten.«

»Das wäre aber –.«

»Das ist absolut unmöglich. Ich werde mit der Patientin allein sein, und Sie warten hier.«

Trojan seufzte. Es hatte eh keinen Zweck, sie zu überreden.

»Also gut. Danke jedenfalls, dass Sie sich überhaupt an einem Samstag die Zeit für mich nehmen.«

»Ich nehme mir die Zeit für die Patientin.«

Na klar, dachte er.

Ihre Blicke trafen sich. Das leichte Flackern in ihren Augen nährte seine Hoffnung, dass sie nicht wirklich wütend auf ihn war. Möglicherweise war sie bloß verunsichert, da sie ihm am Freitag ihre Schwäche offenbart hatte, die sie nun wieder hinter der Maske ihrer Professionalität verbergen musste.

Sie sah so bezaubernd aus, er hätte sie auf der Stelle umarmen können, aber er beließ es bei einem vagen Lächeln.

Wortlos drehte sie sich um und verschwand wieder im Sprechzimmer.

Trojan ging ihr leise nach. Er musste das Gespräch belauschen, es half nichts. Letztlich hatte ihm Josephin das Einverständnis gegeben, die Ergebnisse der Hypnose auszuwerten, also durfte er auch seine moralischen Bedenken außer Acht lassen. Andernfalls könnten ihm wichtige kriminologische Einzelheiten entgehen, auf die Jana unter Umständen als Psychologin keinen Wert legte, wenn sie ihm hinterher von der Sitzung berichtete.

Behutsam drückte er die Klinke herunter und öffnete die Tür einen winzigen Spalt.

Atemlos lehnte er an der Wand und spitzte die Ohren.

Er konnte sogar eine Ecke von dem Ledersessel erspähen, in dem er sonst immer saß. Er sah Josephins Beine und einen Teil ihres rechten Arms.

Ihre Haltung war gespannt.

»Fangen wir an«, sagte Jana Michels. »Sind Sie bereit, mit mir auf eine Reise zu gehen?«

»Ja«, sagte Josephin Maurer.

»Schließen Sie die Augen. Ihnen wird nichts passieren. Sie sind hier bei mir in diesem Raum, in Sicherheit, alles, was Sie sehen werden, gehört nicht mehr der Gegenwart an, sondern ist längst vergangen. Und sollte Sie etwas beunruhigen, sagen Sie einfach ›stopp‹.«

Sie nickte.

»Sie heben die Hand und sagen ›stopp‹, und ich führe Sie sofort wieder in die Gegenwart zurück, sind Sie einverstanden?«

»Ja, ich bin einverstanden.«

»Gut. Gibt es einen Ort, an dem Sie sich besonders wohlfühlen, Frau Maurer?«

Sie schien nachzudenken.

»Das Meer«, sagte sie schließlich.

»Schön, dann führe ich Sie ans Meer. Hin zu einem Palmenstrand, an dem leise die Wellen ausrollen, ist das der Ort, an dem Sie sich wohlfühlen?«

»Ja.«

»Dieser Ort ist immer bei Ihnen. Sie haben ihn in Ihrem Körper und Ihrem Geist. Sie spüren ihn in Ihrem linken Arm, ihr linker Arm wird schwer, ganz schwer. Sie gehen tiefer und tiefer. Sie können fühlen, wie das Meer durch Ihren linken Arm fließt, Welle für Welle.«

Josephins Atem wurde gleichmäßig.

»Nun spüren Sie die Schwere in Ihrem rechten Arm. Sie sinken tiefer und tiefer. Welle für Welle strömt das Meer durch Ihren rechten Arm.«

Trojan sah, wie sich ihre Schultern entspannten.

»Sie folgen meiner Stimme, und Sie gehen tiefer in Ihren inneren Raum, wo das Meer ist, das beruhigend hin und her wogt. Sie spüren die Wellen in Ihrer Brust, und Sie spüren die Wellen in Ihrer Mitte, Sie sinken tiefer und tiefer, und Sie haben die Wellen in Ihrem Unterbauch und gehen noch tiefer. Angenehm warm strömen die Wellen durch Sie hindurch. Spüren Sie das?«

»Hmm.«

Sie rutschte in ihrem Sessel zurück.

»Das Meer strömt nun in gleichförmigen Wellen weiter in Ihr linkes Bein. Es sind kleine beruhigende Wellen. Sie sehen genau zu, wie die Wellen eine nach der anderen durch Ihr linkes Bein ziehen, über die Oberschenkel hin zu den Knien, von den Knien hin zu den Waden und von den Waden hin zu den Füßen und dort weiter bis in die Zehenspitzen. Es ist ein angenehm beruhigendes Gefühl, diesen Wellen zuzusehen, wie sie in Ihrem inneren Raum fließen und fließen. Spüren Sie das?«

»Ja.«

»Gut. Und genauso ist es in Ihrem rechten Bein. Spüren Sie den Strom, das langsame und befreiende Fließen in Ihrem rechten Oberschenkel. Sanft dahinziehende Wogen. Sie schauen zu, ohne beteiligt zu sein, in Frieden betrachten Sie das Spiel der Wellen in Ihrem rechten Oberschenkel, und von dort ziehen die Wellen weiter bis hin zu Ihrem Knie und wandern hinunter von der Kniekehle abwärts in den Unterschenkel, umspülen ihn und gleiten hin zu den Fersen. Sie spüren, wie die Wellen weiterwandern, hin zu Ihren Füßen, über die Sohlen, den Spann, bis hin zu den Zehen. Sie spüren es?«

»Ja.«

Ihre Stimme klang schläfrig.

»Sie sind nun ganz entspannt, Sie spüren die Schwere und die Wärme, und während die Wellen in Ihnen vorangleiten, gestatten Sie sich, noch mehr loszulassen, lassen Sie los, und geben Sie sich ganz dem Spiel der Wellen hin.«

Josephin seufzte.

Trojan hielt den Atem an und lauschte.

»Die Schwere ist so angenehm, dass Sie bereit sind, sich an Ihrem geliebten Ort in den warmen, weichen Sand zu legen, und Sie haben das Gefühl von innerem Frieden und von Harmonie in Ihrem Körper und in Ihrem Geist. Legen Sie sich hin, Frau Maurer, sinken Sie in den Sand, und lassen Sie das Meer durch sich hindurchgehen, Welle für Welle.«

Wieder seufzte Josephin.

Trojan spürte, wie ihn Janas Stimme selbst in eine Art Trance versetzte. Er musste sich dagegen wehren, ihm durfte doch nichts entgehen.

»Sie lassen den Sand durch Ihre Hände gleiten, erst durch die linke Hand, die warmen Sandkörner rieseln über Ihre Finger. Und nun lassen Sie den Sand durch die rechte Hand gleiten, alles ist völlig ruhig und harmonisch um Sie herum, Sie hören nur meine Stimme und das leise Plätschern der Wellen. Hören Sie es?«

»Hmm.«

»Gut. Sie sind nun so entspannt und fühlen sich so sicher, dass Sie sich ganz meiner Stimme anvertrauen können. Meine Stimme fängt sie auf, Sie werden getragen von den Wellen und meiner Stimme.«

»Ich werde getragen.«

»Neben Ihnen im Sand liegt ein Fernglas, Josephin Maurer, wenn Sie möchten, können Sie es anheben und vor Ihre Augen führen, wenn Sie möchten, können Sie betrachten, was hinter den Gläsern ist. Strecken Sie Ihre rechte Hand nach dem Fernglas aus, Josephin Maurer.«

Trojan staunte, sie hob die Hand und streckte sie aus.

»Schön, Sie berühren das Fernglas, es liegt angenehm schwer in Ihrer Hand, und Sie selbst können entscheiden, ob Sie hindurchschauen wollen oder nicht. Wenn Sie nicht mehr hinschauen wollen, können Sie das Glas wegtun. Und bedenken Sie, alles, was Sie sehen, ist längst passé und Vergangenheit, es muss Sie nicht mehr bedrücken, Sie sind frei und entspannt.«

»Ja.«

»Möchten Sie das Fernglas vor die Augen setzen, Josephin Maurer?«

»Ja.«

Ihr Arm glitt zurück. Sie war in tiefe Trance gefallen.

»Sie nehmen das Fernglas, Sie heben es an, und Sie schauen hindurch. Ich führe Sie nun an einen anderen Ort, aber bedenken Sie, es ist der Ort, den das Fernglas zeigt, und nicht der Ort der Gegenwart.«

»Nicht der Ort der Gegenwart«, wiederholte Josephin Maurer.

»Wenn Sie nun durch das Fernglas schauen, sehen Sie sich selbst in einem Keller liegen, und Sie sind gleichzeitig mit mir an diesem wunderschönen Strand, in Sicherheit.«

Langsam sank ihr Kopf nach vorn.

»Es ist dunkel«, sprach sie mit schwerer Zunge. »Ich kann nichts sehen. Und ich habe schreckliche Angst. Meine Hände sind gefesselt, meine Beine auch. Ich kann mich nicht bewegen.«

»Josephin, Sie wissen, Sie sind jetzt in Sicherheit, und Sie sehen das alles nur das Fernglas hindurch.«

»Ja.«

»Möchten Sie das Fernglas wieder weglegen?«

»Nein.«

»Wie sind Sie in den Keller hineingekommen? Schwenken Sie das Glas in eine andere Richtung, was sehen Sie?«

»Ich bin auf dem Weg zu Karen. Wir wollen ins Kino gehen. Karen lebt. Mein Gott, sie lebt.«

Es entstand eine Pause.

»Sie sind in Sicherheit«, sagte Jana wieder.

»Ja.«

»Was sehen Sie?«

»Da ist plötzlich dieser Van. Er hält direkt neben mir. Ein Mann steigt aus, er trägt ein Basecap, es ist tief in seine Stirn gezogen, er packt mich und drückt mir ein Tuch vor Nase und Mund. Darin ist ein stechender Geruch, mir wird schwindlig. Er drängt mich zu den Hintertüren des Wagens, und ich sehe das Kennzeichen. Ich merke es mir.«

»Wie lautet das Kennzeichen?«

»B, Strich, H, 5, 8, 9.«

»Das können Sie genau durch das Fernglas erkennen?«

»Ja, ich sehe es vor mir, es ist ganz deutlich zu lesen.«

»Was geschieht weiter? Sie betrachten es aus einiger Entfernung, Sie brauchen keine Angst zu haben. Sie liegen am Strand und schauen sich das an. Wie einen Film betrachten Sie es sich.«

Sie seufzte.

»Jetzt ist lange Zeit alles dunkel. Ich kann nichts erkennen. Und dann erwache ich. Ich kann mich an nichts mehr erinnern. Die Erinnerung setzt erst allmählich wieder ein. Und ich spüre, dass da etwas auf meinen Augen ist. Es drückt, es, es ist –.«

Sie brach ab.

»Oh, mein Gott«, stieß sie hervor.

»Josephin, wenn Sie genug haben, sagen Sie einfach ›stopp‹.«

Sie schwieg.

»Wollen Sie weiter durch das Fernglas schauen? Sie liegen am Strand, Sie sind in Sicherheit. Sie können durch das Glas hindurchschauen oder nicht. Es ist Ihre Entscheidung.«

Nur ihr Atmen war zu vernehmen. Vielleicht war es doch ein Fehler, ihr all das zuzumuten, dachte Trojan.

Endlich sprach sie weiter.

»Da ist ein Geräusch. Etwas rollt auf dem Boden hin und her.«

»Was ist das? Können Sie es jetzt, wenn Sie es aus der Entfernung betrachten, vielleicht entschlüsseln?«

»Ich vermute, dass es eine metallene Dose ist. Ja, es ist eine Dose. Jemand rollt sie auf dem Boden hin und her. Ich glaube, er hat den Fuß auf die Dose gestellt. Es ist ein Mann.«

»Was befindet sich in dieser Dose?«

»Es ist etwas darin, mit dem er mich quälen will.«

»Josephin, Sie sind in Sicherheit. Folgen Sie meiner Stimme, Ihnen kann nichts geschehen. Spüren Sie den Sand unter Ihrem Körper, spüren Sie, wie er Sie trägt.«

»Ja, ich spüre es.«

»Gut, wenn Sie eine Pause brauchen, legen Sie das Fernglas einfach weg.«

Sie atmete tief ein.

»Nein, ich schaue hin. Ich sehe mich selbst dort auf dem Kellerboden liegen. Der Mann, es ist ein Mann, er kniet vor mir, und er schneidet mir mit einer Schere die Kleidung auf. Ich flehe ihn an, damit aufzuhören, aber er macht einfach weiter. Ich kann ihn riechen. Er riecht schlecht, es ist ein säuerlicher Geruch, der seinem Mund entströmt. Ich kann mich nicht wehren. Ich bin ihm völlig ausgeliefert.«

Trojan konnte Jana vom Türspalt aus nicht erkennen, ihre Stimme aber klang weiterhin sanft und beruhigend, als sie sagte: »Schauen Sie genauer hin, was geschieht als Nächstes? Sie sind völlig unbeteiligt, Sie sind in Sicherheit an Ihrem bevorzugten Ort und betrachten das alles aus großer Entfernung durch Ihr Fernglas.«

»Jetzt kommt das Zischen. Etwas strömt aus dieser Dose. Der Mann hält sie in der Hand. Ich kann ihn zwar nicht sehen, aber ich weiß es.«

»Es ist eine Erleichterung für Sie, hören Sie, Josephin, Sie können es nun in Worte fassen. Spüren Sie, wie die Worte Ihnen Kraft geben.«

»Die Worte geben mir Kraft.«

»Gut.«

»Es ist eine Dose. Der Mann hält sie in der Hand. Er sprüht meine Beine ein. Es ist ein ekliges klebriges Zeug. Er lacht. Und ich habe Angst.«

Es wurde still. Trojan hörte nur ihren Atem.

»Was geschieht nun?«

»Er lacht. Und dann sagt er diese Worte. Er sagt: ›Komm her zu Karli. Nun mach schon. Karli wartet auf dich.‹ Ich erwidere etwas. Ich glaube, ich flehe um Hilfe, aber er sagt wieder nur: ›Komm her zu Karli, nun mach schon.‹ Es ist eine merkwürdige Stimme. Es klingt, als würde jemand beim Sprechen sein Kinn auf die Brust drücken.«

»Ist noch jemand im Raum? Können Sie andere Stimmen ausmachen?«

»Nein.«

»Atmet noch jemand in dem Raum? Ist jemand still anwesend, der das beobachtet?«

»Ich weiß es nicht.«

»Schauen Sie durch das Fernglas. Was sehen Sie?«

»Ich sehe mich am Boden liegen. Ich bin gefesselt. Etwas drückt auf meine Augen. Ich kann es nun zuordnen. Ich weiß, dass es ein Klebeband ist.«

Plötzlich sprach sie mit veränderter Stimme weiter: »Komm her zu Karli, nun mach schon, Karli wartet auf dich.«

Es war unheimlich, Josephin wiederholte die Worte immerzu, doch nicht in ihrer eigenen Intonation.

»Komm her. Mach schon. Karli wartet auf dich. Komm zu Karli. Nun komm schon.«

Trojan hielt die Luft an. Es war, als sei der Täter anwesend im Raum, ganz nah bei ihnen.

»Was geschieht als Nächstes?«, fragte Jana.

Josephin atmete schwer.

Nach einiger Zeit sprach sie wieder mit gewohnter Stimme, leise, beinahe lallend.

»Er klebt mir etwas auf den Mund. Ich kann nicht schreien. Ich höre, wie er sich entfernt. Er verlässt den Raum. Es scheint ein Kellerraum zu sein. Er schließt die Tür hinter sich. Ich bin allein. Ich bete. Ich bete zu einem Gott.«

»Wollen Sie das Fernglas für einen Moment ablegen, Josephin?«

»Nein. Ich halte es in der Hand. Ich schaue hindurch. Ich brauche mich nicht mehr zu fürchten.«

»Sie brauchen sich nicht mehr zu fürchten, denn Sie sind in Sicherheit.«

»Ich bin in Sicherheit.«

»Was können Sie nun erkennen, wenn sie hindurchschauen?«

»Ich liege noch immer dort in diesem Keller. Es ist viel Zeit vergangen. Mit einem Mal öffnet sich die Tür, ich höre, wie der Mann zurückkommt. Die Masse an meinen Beinen, diese eklige klebrige Masse ist eingetrocknet. Sie ist wie ein fester Panzer, sie reicht bis hinauf zu meinen Oberschenkeln. Mir ist kalt, mir ist so entsetzlich kalt. Und da ist er wieder. Ich sehe ihn durch mein Fernglas.«

»Was tut er?«

»Es ist nichts zu sehen. Ich kann nichts erkennen.«

»Ist es ein einzelner Mann, oder ist dort noch jemand in dem Raum?«

»Es ist der gleiche Mann. Ich kann ihn riechen. Er hat diesen schrecklichen Geruch. Er kommt aus seinem Mund. Ich spüre seine Blicke auf mir. Ich kann mich nicht wehren. Er ist ganz in der Nähe. Ich will etwas sagen, aber da ist dieses Klebeband auf meinen Lippen. Er scheint mich anzustarren. Und dann fängt er wieder an zu sprechen.«

Trojans Herz schlug schneller, als sie mit tiefer Stimme fortfuhr:

»Komm her zu Karli, nun mach schon, Karli wartet auf dich.«

Als wäre der Täter zu ihnen zurückgekehrt.

Unwillkürlich begann Trojan zu frösteln.

Kurz darauf sprach sie schläfrig und leise weiter. »Da ist wieder das Geräusch. Erst rollt er die Dose am Boden hin und her, und dann schüttelt er sie. Ich sehe es. Ja, jetzt sehe ich es ganz genau.«

»Sie müssen keine Angst haben.«

»Ich habe keine Angst.«

»Gut.«

»Er schüttelt die Dose, er schaut auf mich herab. Er will mich wieder einsprühen. Ich kann ihn riechen, er ist mir so nah. Jetzt höre ich ein anderes Geräusch. Es ist ein Klicken.«

»Ein Klicken?«

»Ja.«

»Können Sie es genauer beschreiben?«

»Es ist mechanisch.«

»Schauen Sie genau hin. Woher kommt dieses Geräusch? Ist es der Auslöser einer Kamera?«

»Ja. Er fotografiert mich. Ich liege vor ihm am Boden, wehrlos und nackt, und er fotografiert mich.«

Trojan schluckte.

»Und er sagt –.«

Ihre Stimme veränderte sich erneut.

»Komm her, nun mach schon. Karli wartet, nun mach schon, Karli wartet auf dich. Komm her zu Karli. – Nein, heute komm ich nicht zu Karli.«

Sie schwieg.

Schließlich sprach sie in ihrem eigenen Tonfall weiter: »Die Tür klappt. Und ich bin wieder allein. Mutterseelenallein. Ich habe Angst, schreckliche Angst, es ist so dunkel.«

Trojan war wie erstarrt.

Was war das eben?

Er musste Jana ein Zeichen geben. Sie hatten sich einem entscheidenden Punkt genähert. Ob sie wohl darauf einging? Was sollte er nur tun? Er durfte die Hypnose doch nicht unterbrechen.

Es war nur ein einziger Satz gewesen.

Inständig hoffte er, dass Jana dieser eine wichtige Satz nicht entgangen war.

»Schauen Sie wieder durch das Fernglas, Josephin.«

Sie antwortete nicht.

»Josephin, sind Sie noch da?«

Es war, als schliefe sie.

»Josephin Maurer, hören Sie mich?«

»Ja, ich höre Sie«, sagte sie mit schwerer Zunge.

»Heben Sie das Fernglas an, schauen Sie hindurch.«

»Ich schaue hindurch.«

»Sie gucken sich die Szene noch einmal an, Sie können sie zurückspulen wie einen Film, Sie haben auch die Tonspur dazu, und Sie hören den Mann, was sagt er zu Ihnen? Wiederholen Sie die letzten Sätze, die er gesagt hat.«

Trojan atmete auf. Also war es ihr doch nicht entgangen!

Es schien Josephin große Mühe zu kosten, die Sätze auszusprechen, wieder in die dunkle, unheimliche Tonlage zu verfallen.

Er schauderte.

»Komm zu Karli. – Nein, heute komm ich nicht zu Karli.«

»Er sagte: ›Nein, heute komm ich nicht zu Karli‹?«

»Ja.«

»War das eine andere Stimme?«

»Es war ein und dieselbe.«

»Es war die gleiche Stimme?«

»Ja.«

»Könnte es sein, dass der Mann in dem Keller sich mit jemand anderem unterhalten hat, jemandem, der auch anwesend war?«

»Nein, es war nur eine Stimme.«

Sie holte tief Luft und sprach: »Komm zu Karli. – Nein, heute komm ich nicht zu Karli.«

Sie atmete aus.

»Und die Tür schlägt zu, und ich bin allein.«

Nach einer längeren Pause fragte Jana: »Was geschah dann?«

»Hier entsteht eine Lücke. Ich falle wohl kurzzeitig in Ohnmacht. Dann erwache ich, ich kann plötzlich den Fuß bewegen, eine Fessel scheint sich gelöst zu haben, ich kann den rechten Fuß gegen etwas Schweres stoßen. Ich sehe es jetzt vor mir, es ist ein Heizungskessel. Ich trete dagegen, es macht Krach, es ist gut, dass es Krach macht, so kann ich mich bemerkbar machen, ich trete, und ich trete.«

Trojan war der Schweiß ausgebrochen, er konnte kaum noch stillhalten.

Gebannt hörte er zu, wie Josephin von ihrer Befreiung sprach. Karl Junkers Bruder kam in den Keller, ihr wurden die Fesseln abgenommen, man entfernte das Klebeband aus ihrem Gesicht, da waren Polizeibeamte, Sanitäter, ein Notarzt, man wickelte sie in eine Decke, gab ihr heißen Tee zu trinken, und dann wurde sie ins Krankenhaus gebracht.

Sie war frei, endlich frei.

Jana führte sie in der Hypnose zurück an den Strand.

Langsam, Atemzug für Atemzug, ließ sie Josephin Maurer wieder erwachen.

NEUNZEHN

Trojan hatte die Tür leise geschlossen und sich ins Wartezimmer zurückgezogen. Nach einer Weile kamen die beiden Frauen zu ihm. Josephin wirkte erstaunlich gefasst, er erkundigte sich bei ihr, ob mit ihr so weit alles in Ordnung sei, und sie nickte stumm. Er versprach, sie gleich nach Hause zu bringen, bat sie aber, noch einen Augenblick auf ihn zu warten.

Daraufhin ging er mit Jana ins Sprechzimmer. Sie blickte ihn eine Weile schweigend an, bis sie schließlich sagte: »Ich muss Ihnen, glaube ich, nicht berichten, wie es gelaufen ist.«

Er hob die Augenbrauen.

»Ich denke, Sie haben das hier alles sehr genau mitbekommen, Herr Trojan.«

Hitze stieg ihm ins Gesicht.

»Frau Maurer war einverstanden«, murmelte er kleinlaut.

»Darüber möchte ich gar nicht mit Ihnen diskutieren. Ich bin eh davon ausgegangen, dass Sie an der Tür lauschen würden.«

Nach einer Pause fragte sie: »Also, was möchten Sie wissen?«

Er räusperte sich. »Wie ist Ihre Einschätzung?«

Sie schloss für einen Moment die Augen.

»Ich muss mich erst einmal sammeln. Das ist erschütternd, finden Sie nicht?«

Er nickte.

»Diese Frau hat unendliches Leid durchmachen müssen, und ich möchte mir gar nicht ausmalen, was erst passiert, sollten Sie Ihren Freund nicht mehr lebend auffinden.«

Er ließ den Kopf sinken.

»Zu welchen Erkenntnissen sind *Sie* denn gekommen?«, fragte sie.

Trojan blickte auf.

»Auch wenn einige Aussagen von Josephin Maurer dagegen sprechen, habe ich den Verdacht, dass sich damals zwei Täter in dem Keller aufgehalten haben.«

»Das glaube ich nicht. Ich denke, dass es nur eine Person war, die gewissermaßen mit zwei Stimmen gesprochen hat.«

»Wie ist das möglich?«

»Ihr Peiniger sagt immerzu: ›Komm zu Karli, komm her, nun mach schon.‹ Dann sagt er auf einmal völlig unvermittelt – und das scheint neben der Tatsache, dass sie fotografiert wurde, die zweite Erinnerungslücke von Josephin Maurer zu sein, die sich in der Hypnose aufdecken ließ: ›Nein, heute komm ich nicht zu Karli.‹ Sollte es sich um ein und dieselbe Person handeln, widerspricht sich hier also jemand selbst. Das ist doch äußerst ungewöhnlich, finden Sie nicht?«

»Ja. Darum mein Verdacht, dass wir es mit zwei Personen zu tun haben.«

»Vielleicht sollten wir einfach einmal in Betracht ziehen, dass es sich bei dem Täter von damals um einen Menschen mit einer dissoziativen Störung handeln könnte.«

»Was heißt das?«

»Eine dissoziative Störung bedeutet eine Unterbrechung der normalen Funktionen des Bewusstseins, des Gedächtnisses, der Identität und der Wahrnehmung der Umwelt. Das kann bis zu einer Abspaltung von Bewusstsein führen.«

»Sie meinen also eine Art multiple Persönlichkeit?«

»Das Krankheitsbild der multiplen Persönlichkeit ist in der Wissenschaft sehr umstritten. Daran glaube ich auch nicht. Aber ich vermute, dass hier jemand ein bestimmtes Muster wiederholt. Vielleicht sogar etwas, das ihm selbst in diesem Keller zugestoßen ist.«

Trojan überlegte.

»Karli«, sagte er. »Damit ist doch offenbar der mittlerweile verstorbene Karl Junker gemeint.«

Sie nickte.

Er hatte sie noch am Abend zuvor über sämtliche Einzelheiten aus dem Fall vom letzten Sommer informiert.

»Ich habe bisher immer angenommen, dass der damalige Täter von sich selbst in der dritten Person sprach, was an sich schon merkwürdig ist.«

»Wie gesagt, es ist eine bloße Mutmaßung von mir. Aber möglicherweise meint er nicht sich selbst, wenn er von Karli spricht.«

»Sondern?«

»Er könnte im Rahmen seiner krankhaften Störung die Rolle dieses Karl Junker übernehmen, der ihm womöglich selbst einmal etwas angetan hat. Kurz darauf fällt er aus dieser Rolle heraus und wehrt sich dagegen, er sagt: ›Nein, heute komm ich nicht zu Karli.‹ In diesem Moment hat er wieder die Opferperspektive eingenommen.«

»Dann wäre es also durchaus denkbar, dass Karl Junker mit dem Verbrechen an Josephin Maurer überhaupt nichts zu tun hatte?«

»Das weiß ich nicht. Es ist Ihre Aufgabe, das herauszufinden. Aber es könnte sein, dass eine fatale Beziehung zwischen dem Täter und dem verstorbenen Karl Junker bestand.«

»Das Verbrechen spielt sich in seinem Keller ab.«

»In diesem Keller könnte dem Täter unter Umständen

selbst etwas zugestoßen sein. Etwas, das mit Karl Junker zu tun hat, somit wäre das Verbrechen die Wiederholung eines Musters.«

»Und darum immerzu diese Anrede: Karli, Karli?«

»Wie gesagt, es ist eine Vermutung. Ich kam nur darauf, weil Josephin Maurer selbst diese Sprechweise übernommen hat. Es war ja gespenstisch, wie sie von dieser Stimme regelrecht ergriffen wurde.«

Trojan holte tief Luft.

»Wenn es damals nicht Karl Junker war, der sie gekidnappt hat, würde das bedeuten, dass der Täter noch immer frei herumläuft.«

»Ja, und nun scheint er sich an Menschen vergreifen zu wollen, die ihr sehr nahestehen.«

»Und der Bauschaum? Was bedeutet der Bauschaum?«

»Denken Sie an das, was ich Ihnen das letzte Mal gesagt habe.«

Schlagartig verkrampfte sich sein Nacken. »Mein Alptraum.«

Sie nickte. »Sehen Sie es als Bild. Dieses Bild hat für den Täter eine große Macht.«

Sein Atem stockte. Kurz darauf fing er sich wieder.

»Mal angenommen, alles ist so, wie Sie vermuten – und mal äußerst grob gesprochen: Warum schnappt er sich Josephin Maurer nicht gleich? Warum umschleicht er seine Beute? Warum müssen erst alle anderen sterben?«

»Es scheint ihm großen Genuss zu bereiten, sein Opfer zu quälen und es langsam in die Enge zu treiben. Und noch etwas: Dass sie damals aus dem Keller entkommen konnte, war sicherlich so nicht geplant. Es könnte seinen Hass nur verstärkt haben.« Sie blickte ihn an. »Wenn ich ehrlich sein soll: Ich habe große Angst um Josephin Maurer.«

Er antwortete lange Zeit nicht.

Dann sagte er leise: »Ich muss mehr über Junkers Umfeld herausfinden.«

Sie rieb sich über die Augen. Die Hypnose schien sie selbst erschöpft zu haben.

»Tun Sie das. Und helfen Sie dieser Frau, es darf ihr nicht noch mehr Leid zustoßen.«

Er schluckte.

»Und bitte lassen Sie uns den Vorfall von gestern Nachmittag vergessen.«

Er sah sie überrascht an.

»Ich hätte den Termin vorher telefonisch bei Ihnen absagen müssen. Mein Verhalten war äußerst unprofessionell, und das verzeihe ich mir nicht.«

»Jana«, sagte er.

Ihre Augen funkelten.

»Frau Michels.«

Sie erhob sich.

»Nein: Jana! Lass uns endlich mit diesem Quatsch aufhören.«

Sie zuckte leicht zusammen. Ihr Blick verschleierte sich. Und mit einem Mal stand er dicht vor ihr.

Plötzlich küsste er sie. Verdammt, er küsste sie einfach, und das war gut.

Verlockend war ihr Mund, bebend und süß, noch presste sie die Lippen aufeinander, doch dann öffneten sie sich, und für einen verwegenen Moment durfte seine Zunge mit der ihren spielen, wie von ihm losgelöst um sie herumtänzeln, wild und zart zugleich. Er presste sie an sich, sog ihren Duft in sich auf. Das hatte sie überrascht. Sie leistete keinen Widerstand. Atmete schwer und ließ ihn gewähren.

Er war sich nicht sicher, ob eine Minute vergangen war,

eine halbe oder bloß drei Sekunden, doch er spürte, es hatte ihm unglaublich viel Kraft gegeben.

Sie löste sich von ihm, ihr Haar war zerzaust, ihre Wangen glühten.

»Nils, was soll das?«

Er lächelte sie an.

»Geh jetzt«, sagte sie zu ihm, »um Himmels willen, geh.«

Er nickte ihr zu und verließ das Zimmer.

ZWANZIG

Stefanie Dachs kam ihm im Gang des Kommissariats entgegen.

»Nils, alle suchen dich schon. Ich hab dir gerade auf deine Mailbox gesprochen.«

Er murmelte eine Entschuldigung.

»Gibt es Neuigkeiten?«, fragte er. »Irgendeine Spur von Milan Korch?«

»Nichts.«

»Scheiße.«

Mit jeder verstreichenden Stunde sank die Wahrscheinlichkeit, ihn noch lebend zu finden

»Sein Foto ist an alle Dienststellen herausgegeben, die üblichen Kontrollen und Befragungen laufen, aber, um ehrlich zu sein, sieht es nicht gut aus.«

»Was ist mit der Umgebung rund um den Britzer Zweigkanal, wo wir sein Handy gefunden haben?«

»Da sind vermehrt Suchtrupps im Einsatz. Die Gegend wird durchkämmt.«

»Okay.«

»Aber ich hab gerade was entdeckt, was uns vielleicht weiterhilft.«

»Was?«

Sie nickte zu ihrer Tür hin.

Trojan wollte eigentlich zunächst zu Landsberg ins Zimmer, um ihm von der seltsamen Aussage von Josephin Maurer zu berichten, ohne zu erwähnen, wie sie zustande gekommen war. Eine Hypnose hatte im juristischen Sinne keine Beweiskraft, zudem war sein Handeln völlig eigenmächtig gewesen, es verstieß gegen sämtliche Dienstvorschriften. Außerdem wollte er unbedingt Jana aus den Ermittlungen raushalten, der Chef könnte misstrauisch werden. Ein Kriminalbeamter mit Kontakt zu einer Psychologin? Klang das nicht nach Schwäche? Und was wäre, wenn sich Landsberg an sie erinnerte? Immerhin tauchte ihr Name in den Akten zum Federmann auf.

Kurzentschlossen verschob er das Gespräch mit ihm und folgte Stefanie in ihr Büro.

»Es geht um das seltsame Zeichen, das wir immer für ein Dach mit drei Buchstaben gehalten haben. Ich hab das mal graphisch ein bisschen verändert.«

Sie deutete auf den Monitor ihres Computers. Da waren die Originalfotos von den Tatorten, daneben ihre Bildbearbeitungen.

»Ich hab mir gedacht, wir sollten vielleicht mal weg von unseren gewohnten Lesarten.«

»Hmm.«

»Du weißt doch, die Suche nach Eel und Aal hat uns nie weitergeführt.«

»Ja.«

»Aber jetzt schau mal.«

Sie tippte etwas auf ihrer Tastatur ein, und plötzlich erschienen auf dem Bildschirm einige Schriftzeichen.

»Ist das Chinesisch?«

»Genau. Und jetzt schau hier.« Sie klickte ein Zeichen an.

Trojan erkannte es sofort wieder.

鼠

»Das ist es!«

Sie rahmte es ein, kopierte es und setzte es direkt neben die Fotos von den Schmierereien an der Kellertür und auf den Betten von Frida König und Karen Scheffler.

»Kein Zweifel!«

Stefanie sah ihn an. »Es ist das chinesische Zeichen für Ratte.«

Ratten, dachte Trojan. Er sah wieder den Brunnenschacht vor sich, er sah das Gewusel am Boden.

»Gibt es die Ratte nicht auch im chinesischen Horoskop?«

»Ja, das Jahr der Ratte.«

»Ratten und Bauschaum«, murmelte er.

Dann stand er auf und sagte zu ihr:

»Komm mit.«

Irgendwann konnte er seine Hände nicht mehr spüren. Es schien ein Elektrokabel zu sein, das sich tief in sein Fleisch schnitt. Auch um seine Beine und die Fußgelenke war es geschlungen, fest, viel zu fest.

Er konnte nichts sehen, da war ein Band über seinen Augen, und auch sein Mund war zugeklebt. Wenn er versuchte, sich bemerkbar zu machen, brachte er nur erstickte Laute hervor.

Sein Herz schlug so hart und schnell, dass er sich vor einem Infarkt fürchtete, dabei war er noch so jung. Dazu kamen der Hunger und der Durst und der schreckliche Drang, auf die Toilette zu müssen. Es roch feucht und muffig um ihn herum. Und er hatte Angst, schreckliche Angst.

Wenn er all seine Kräfte sammelte, konnte er sich wenige Zentimeter auf dem Boden bewegen. Zwischendurch musste er ausruhen, Luft durch die Nase einziehen und sich innerlich gut zureden. Schließlich gelang es ihm, noch ein winziges Stück vorwärtszurobben. Vielleicht war da irgendwo eine Tür, irgendwie musste er doch hier hereingekommen sein.

Der angebliche Produktionsassistent schien ihm ein Betäubungsmittel verabreicht zu haben. Ihm war noch immer schwindlig davon. Und wenn der Brechreiz kam und die Magensäure höher stieg, war ihm, als müsste er ersticken.

Plötzlich hörte er ein Geräusch.

Da waren Schritte.

Sie näherten sich.

Und dann wurde ihm das Klebeband vom Mund gerissen, der Schmerz war höllisch. Er rang nach Atem.

Er sah den anderen nicht, aber er konnte ihn förmlich wittern. Da war sein säuerlicher Geruch.

»Wer sind Sie, was wollen Sie von mir?«, stammelte er.

Es kam keine Antwort.

»Bitte, tun Sie mir nichts!«

Doch kaum hatte er den Satz ausgesprochen, vernahm er ein Knistern. Kurz darauf durchzuckte ihn der Stromschlag. Er warf den Kopf herum, hechelte.

»Nicht doch!«

Wieder durchzuckte es ihn.

Und dann hörte er den anderen lachen.

Er wagte es nicht mehr zu sprechen, stattdessen winselte er leise vor sich hin.

Schließlich spürte er das kalte Metall an seinen Beinen.

Es war eine Schere, vielleicht sollte das Kabel durchtrennt werden, vielleicht wurde er befreit.

Doch schon sank seine Hoffnung.

Der andere tat ihm weh, schnitt ihm ein Loch in die Jeans, mitten im Schritt. Langsam arbeitete er sich vor. Wenn Milan zu laut jammerte, schnitt er ihm absichtlich in die Haut, also bemühte er sich, flach zu atmen und die Demütigung möglichst stumm und reglos zu ertragen.

Unvermittelt sprach eine Stimme zu ihm.

Sie klang tief und gepresst.

»Du hast sie gefickt, nicht wahr? Erzähl es Karli. Sag Karli die Wahrheit. Sag ihm, ob du sie gefickt hast!«

Er hatte ihm auch die Unterhose aufgeschnitten.

»Sag schon. Sag es Karli. Nun mach schon.«

Er war völlig entblößt.

»Ich – bitte – ich –.«

Der Elektroschock traf ihn an den Weichteilen.

Heftige Zuckungen durchliefen seinen Körper.

»Gib Karli eine Antwort!«

Wer war das? Wer sprach da zu ihm? Das war doch nicht der Kerl aus dem Auto, die Stimme klang so sonderbar.

»Ich hab –, ich weiß nicht, von wem Sie reden.«

»Du weißt es genau.«

»Sie, sie ist –.«

»Antworte Karli, nun mach schon.«

»Bitte, ich –, ich tu alles, was Sie wollen, aber bitte nicht mehr wehtun, ja? Bitte nicht.«

Mit einem Mal war es still.

Milan lauschte angestrengt.

Der andere kicherte leise. Kurz darauf wurde etwas über den Boden gerollt.

Es klang metallisch.

Und dann folgte das Zischen.

Er schrie, spürte den Schaum, kalt quoll er ihm über das nackte Geschlecht.

»Wirst du sie jetzt noch immer ficken?«

Er wimmerte.

Das Zeug bedeckte ihn in immer dichteren Schichten. Der andere lachte.

»Wirst du es wieder tun?«

Er schüttelte stöhnend den Kopf.

»Sag es Karli. Sag schon!«

»Nein, nein!«

Mit einem Mal verstummte das Zischen.

»Und wirst du sie dir noch einmal anschauen?«

Er wollte um Hilfe flehen, aber er brachte keinen Ton hervor.

»Gib Karli eine Antwort, na los. Wirst du noch einmal einen Blick auf sie werfen?«

Er erschrak vor dem stechenden Schmerz. Ratschend verschwand das Klebeband aus seinem Gesicht. Doch er konnte nichts sehen, seine Augen mussten sich erst an die Helligkeit gewöhnen.

Er riss sie weit auf.

Schon erkannte er die Dose, sie war dicht vor ihm. Da war eine Hand in Latex und hielt sie fest.

Entsetzt wandte er den Kopf ab, doch schon wurde er gepackt, eine zweite Latexhand presste sich auf seine Stirn.

»Angucken?«, fragte die Stimme. »Mit dem linken Auge?«

Er dachte an Josie, wollte bei ihr sein. Wenn er sie doch nur um Verzeihung bitten könnte für seinen nächtlichen Übergriff. Mein Gott, er hatte ihr Angst eingejagt. Sie hatte seinetwegen geweint.

Für einen Moment dachte er auch an die grausamen Bilder auf seinem Rechner. Als er sie auf dieser Website entdeckt hatte, war er zunächst entsetzt gewesen. Sie erinnerten ihn an die Qualen, die Josie durchlitten, von denen sie ihm immer wieder erzählt hatte. Und doch war es wie ein Zwang, die Bilder abzuspeichern, sie anzuschauen, immerzu. Aus seinem

Entsetzen wurde Verwirrung, aus der Verwirrung Neugier, dann setzte die Erregung ein, gefolgt von Reue und Scham.

Er hätte sich diese Bilder niemals herunterladen dürfen.

Die Dose näherte sich. Er war machtlos. Die Latexfinger schoben die Lider hoch. Das Zeug traf die Iris. Der Schmerz raubte ihm den Atem. Er heulte auf.

»Und mit dem rechten Auge?«

»Nein«, brüllte er, »nein!«

Fauchend stieß der Schaum aus der Düse hervor, und alles verschwamm.

Auf der Fahrt nach Rudow warf er Stefanie einen kurzen Seitenblick zu. Ob er ihr etwas von der Sitzung erzählen könnte?

Jana hatte einmal versucht, bei ihm selbst eine Hypnose durchzuführen, aber sie mussten abbrechen, weil er plötzlich Panik bekommen hatte.

In Trance hatte er sich dabei beobachtet, wie er einen Plastikball, der vor ihm im Rinnstein lag, mit Fußtritten bearbeitete, immer und immer wieder.

Der Ball war ein Geschenk von Susanna Halm gewesen, kurz vor ihrer Ermordung hatte sie ihn aus dem Fenster geworfen, hinunter zu dem kleinen Jungen, der auf dem kümmerlichen Rasenstück vor ihrem Haus spielte: »Da, nimm, Nils, der ist für dich!«

Sein Vater hatte gesagt, er dürfe keine Geschenke von Fremden annehmen. Also musste dieser kleiner Ball mit den roten und weißen Karos unbedingt zerstört werden.

All das sah er während der Hypnose überdeutlich vor sich: Den Ball im Rinnstein, seine Tritte, die Schuhe, seine Hosenbeine, das zerknautschte Plastik im Rinnstein, er hörte sogar sein zorniges Schnaufen dabei.

Und es machte ihm Angst.

Damit ihn Jana endlich wieder zurückholte, hob er die Hand und rief das vereinbarte Wort.

»Stopp!«, schrie Stefanie.

Trojan zuckte zusammen.

Erkannte die rote Ampel, die Fußgänger vor ihm auf der Kreuzung, heftig trat er aufs Bremspedal. Die Reifen quietschten.

»Entschuldigung.«

»Mann, Nils, was ist los?«

»War in Gedanken, tut mir leid.«

Stefanie atmete tief durch.

»Soll *ich* lieber fahren?«

»Nein, nein, ist schon okay.«

Damals hatte er Jana verschwiegen, was er gesehen hatte.

Susanna Halm.

Er müsste endlich seinen Vater anrufen, mit ihm über die Ermordete reden, Licht ins Dunkel seiner Kindheit bringen.

Die Ampel sprang auf Grün, und er fuhr weiter.

Kurz vorm Hafen Rudow-West bog er in die Kanalstraße ein. Einfamilienhäuser, die an Schuhschachteln erinnerten, säumten die rechte Seite, auf der linken befanden sich Gewerbehöfe, die bis an den Teltowkanal heranreichten. Gleich dahinter donnerte der Verkehr auf der Stadtautobahn Richtung Flughafen Schönefeld.

Das Haus Nummer 67 war Teil einer weißgrauen Reihe, bestand aus Eingangstür, einem Fenster im Erdgeschoss, zweien im Obergeschoss, einem Flachdach, einer Satellitenschüssel und einem Schornstein. Der Vorgarten war handtuchgroß, der Rasen von der Augustsonne verbrannt.

»Also«, sagte Stefanie, »was hast du eigentlich vor?«

»Wir müssen uns mehr auf das Umfeld von Karl Junker

konzentrieren. Wenn wir uns mal von unserer Trittbrettfahrer-Theorie verabschieden, gibt es noch zwei Möglichkeiten. Entweder hatte Karl Junker damals einen Komplizen, der nun für neues Unheil sorgt. Oder aber –.«

Er nagte an seiner Unterlippe.

»Ich gebe zu, es ist ein etwas seltsamer Verdacht, doch mal angenommen, Karl Junker hatte mit der Sache von damals gar nichts zu tun –.«

Sie sah ihn stirnrunzelnd an.

»Du meinst, es hat sich jemand seinen Van ausgeliehen, sich sein Basecap aufgesetzt, seinen Mantel angezogen und mal eben seinen Keller für eine Entführung benutzt?«

»Stefanie, unsere Ermittlungen sind ziemlich festgefahren, also sollten wir auch die abwegigsten Möglichkeiten in Betracht ziehen.«

Sag es ihr, dachte er. Erzähl ihr von der Hypnose, du musst ihr ja nicht gleich verraten, dass du regelmäßig zu einer Psychologin gehst. Vertraue ihr, sie wird vor Landsberg dichthalten.

Ihm brach der Schweiß aus.

»Alles in Ordnung, Nils?«

Ihm war, als müsste er einen Rucksack voller Ängste mit sich herumschleppen.

Alles wird gut, versuchte er sich selbst zu beruhigen, ich bin stark, ich hab die Kontrolle, ich werde diesen vertrackten Fall aufklären!

Er berührte kurz sein Waffenholster, dann sagte er: »Ja, mir geht's gut.«

Sie stiegen aus. Trojan wollte gerade auf den Klingelknopf drücken, als seine Hand zurückzuckte.

»Schau dir das mal an«, sagte er leise zu ihr und deutete auf das Namensschild.

Darauf stand: Junker.

»Ist doch merkwürdig, oder?«

Die Geister der Vergangenheit, dachte er.

Stefanie nickte. »Das Haus scheint im Familienbesitz geblieben zu sein.«

Sie klingelten, kurz darauf öffnete ihnen ein leicht gebückter Mann mittleren Alters, sein Haar war schütter, er trug eine abgewetzte Strickjacke mit aufgesetzten Ellenbogenschonern. Durch seine dicken Brillengläser beäugte er sie misstrauisch.

Trojan hielt ihm seinen Dienstausweis hin.

»Es geht um den Vorfall, der sich im vergangenen Sommer in diesem Haus abgespielt hat. Sind Sie darüber informiert?«

Statt einer Antwort hob er bloß die Augenbrauen.

»Wissen Sie, was hier in Ihrem Keller los war?«

»Sie meinen diese Geschichte?«

»Ganz genau.«

Er rieb sich über den Mund.

»Ist doch längst Gras drüber gewachsen.«

»Ziemlich dünnes Gras. Dürfen wir mal reinkommen?«

»Also, ich weiß nicht.«

»Wie ist denn Ihr Name?«

»Junker.«

»Und der Vorname?«

»Friedhelm.«

Allmählich dämmerte Trojan etwas. Sie hätten vorher im Melderegister nachschauen sollen.

»Dann sind Sie also der Bruder des verstorbenen Karl Junker?«

Er nickte.

Schließlich ließ er sie herein.

Es roch nach gedünstetem Kohl. Das Haus war eng und dunkel, ausgeblichene Teppiche, angegilbte Tapeten, schäbige Möbel.

Junker stemmte vor ihnen die Hände in die Hüften.

»Ich sag Ihnen was, die ganze Sache ist vorbei. Karl ist tot. Verreckt, krepiert. Was wollen Sie also noch?«

»Reine Routine, kein Grund zur Aufregung«, sagte Stefanie.

Er taxierte sie.

»Standen Sie und Ihr Bruder sich nahe?«, fragte Trojan.

»Nicht besonders. Aber immerhin hat er mir das Haus vermacht.«

»Ihr Bruder starb unverheiratet, hab ich das recht in Erinnerung?«

»Ja.« Plötzlich huschte ein Grinsen über sein Gesicht: »Wollen Sie den Keller sehen?«

Trojan gefiel diese Visage nicht.

»Zunächst hätten wir ein paar Fragen an Sie.«

»Also schön, aber beeilen Sie sich, mein Mittagessen steht auf dem Herd.«

»Hat Ihr Bruder hier allein gelebt?«, fragte Stefanie.

Er bedachte sie mit einem abschätzigen Blick.

»Soviel ich weiß, ja.«

»Gab es niemanden in seinem Leben, der hier mal eine Zeit lang gewohnt hat?«

Junker wandte sich wieder Trojan zu.

»Wenn Sie auf Frauengeschichten hinauswollen, Karl war nicht gerade der Typ dafür.«

»Wie meinen Sie das?«

»Na, so wie ich es sage.«

»Keine gelegentlichen Affären?«

Er kratzte sich am Kopf. »Irgendwann war er mal mit so

einer Braut zusammen, das hat aber nicht lange gehalten. Ich glaub, sie hat ihm den Laufpass gegeben.«

»Freunde, Bekannte, kam mal jemand auf ein Bier vorbei?«

»Kann sein, weiß nicht, Karl war mehr ein Einzelgänger.«

»Und das Grundstück? Wenn ich recht informiert bin, betrieb er mit seinem Van einen privaten Fahrdienst, das war doch ein Ein-Mann-Unternehmen. Wie konnte er sich eigentlich das Haus leisten?«

Abermals rieb sich Junker über den Mund. »Die Hütte gehörte meiner Mutter. Wir sind hier aufgewachsen. Als sie starb, wollte ich nicht mehr zurück. Karl hatte damals einen kleinen finanziellen Engpass, also ist er hier eingezogen. Ist nicht besonders komfortabel.«

»Aber jetzt ist es Ihnen gut genug, ja?«, fragte Stefanie.

Er sog die Luft ein und verengte die Augen zu Schlitzen. Offenbar hatte er etwas dagegen, von einer Frau verhört zu werden.

»Ich hätte es auch verkaufen können. Aber wegen dieser Geschichte damals –.« Er brach ab, zuckte mit den Schultern. Trojan bemerkte einen Fleck auf seiner Strickjacke, sah nach Kaffee aus. »Na ja, das hat sich herumgesprochen. Wer kauft schon gern ein Haus, in dem so ein Mädel, wie soll ich sagen – malträtiert wurde?«

Wieder dieses Grinsen.

Er machte eine einladende Geste zur Kellertür hin. »Hier entlang.« Schon klinkte er die Tür auf und knipste das Licht an.

Dahinter war eine schmale, steile Treppe. »Nach Ihnen«, sagte er zu Stefanie.

Sie sah ihn angewidert an.

Dann ging sie hinunter, gefolgt von Junker, Trojan blieb dicht bei ihm.

Als sie unten waren, wies er sie rechts den Gang entlang.

Trojans Nackenhaare stellten sich auf.

»Was machen Sie eigentlich beruflich?«

Seine Brillengläser blitzten unter einer Neonröhre auf. »Ich bin Museumsführer in meinem privaten Gruselkabinett.«

Stefanie blieb abrupt stehen. Er stieß ein meckerndes Lachen aus.

»Kleiner Scherz. Bin in der Telekommunikationsbranche tätig, Überwachung der DSL-Anschlüsse, Versorgung in den Häusern, der ganze Kram.« Er drückte sich an ihr vorbei. »Und bitte schön.«

Er öffnete eine Eisentür und schaltete die Deckenbeleuchtung ein.

»Hier lag die Kleine.«

Trojan und Stefanie warfen sich einen Blick zu.

Sie traten ein. Der Raum war nicht mehr als zehn Quadratmeter groß, keine Fenster, nur der Heizungskessel und der blanke Estrich. Als Trojan in der hinteren Ecke die beiden in die Wand geschlagenen Eisenringe bemerkte, stockte ihm der Atem.

Junker schien seinen Blick bemerkt zu haben und grinste. »Ich hab nichts verändert.«

Trojan schluckte vor Wut.

»So, Herr Junker, nun schildern Sie uns mal genau, wie Sie damals Frau Maurer hier unten gefunden haben.«

»Hab ich alles schon tausendmal erzählt.«

»Dann erzählen sie es eben noch mal.«

Er holte tief Luft. »Es war am vierundzwanzigsten Juli letzten Jahres. Ich bekam einen Anruf aus der Klinik. Karl sei schwerverletzt, ein Autounfall. Der Idiot ist gegen einen Baum gebrettert, das war am Adlergestell, er muss mehr als hundert Sachen draufgehabt haben, hatte wohl ordentlich Promille im Blut. Ich hab ihn besucht, er war aber nicht mehr ansprechbar. Ich bin dann hierher, um Sachen für ihn zu holen.«

»Was für Sachen?«

»Zahnbürste, Pyjama, das Übliche.« Er lachte leise auf. »Dabei war Karl eigentlich nicht mehr in der Lage dazu, sich die Zähne zu putzen.«

Er setzte eine Pause.

»Egal, was tut man nicht alles für seinen Bruder. Ich war gerade oben, als ich dieses komische Hämmern hörte. Immerzu. So ein Kloing, Kloing. Das Mädel hat mit dem Fuß den Heizungskessel beackert. Die hatte ganz schön Panik.«

Trojan sah zu Stefanie hin, auch sie war um Beherrschung bemüht.

»Ich gehe also runter, und da sehe ich sie. Es war, na ja, wie soll ich sagen, ein grotesker Anblick, sie war ganz nackt und überall diese Kabel an ihrem Körper. Augen und Mund zugeklebt und die Beine eingesprüht mit PU-Schaum.«

Trojan trat unwillkürlich einen Schritt auf ihn zu.

»Sie haben also gleich gewusst, dass es PU-Schaum war?«

»Was sollte es denn sonst gewesen sein? Wer einmal mit dem Zeug hantiert hat, erkennt es sofort.«

Stefanies Stimme war schneidend: »Hantieren Sie öfter mit PU-Schaum, Herr Junker?«

»Nun mal langsam, junge Frau, Sie platzen hier einfach herein, haben Sie eigentlich eine Vorladung oder wie das heißt?«

»Antworten Sie einfach auf unsere Fragen!«, unterbrach ihn Trojan scharf.

Junker sah ihn scheinheilig an.

»Wo waren wir?«

»Bauschaum.«

»Ja, dieses Material kenne ich. Hab mal einem Kumpel beim Fenstereinbau in seiner Gartenlaube geholfen. Ist wirklich praktisch, das Zeug. Wird ganz schnell hart.«

Trojan ballte die Hand zur Faust. »Ihre Erschütterung über das, was Sie hier unten sahen, hält sich ziemlich in Grenzen, oder irre ich mich da?«

»Also, Karl war ja schon immer etwas verschroben, aber diese Nummer hier –.« Er ließ die Luft durch die Zähne entweichen. »Na ja, keine Ahnung, was er eigentlich mit der Kleinen vorgehabt hat.« Er schaute zu den Eisenringen hin. »Ach, eigentlich kann ich es mir ganz gut vorstellen.«

»Was hatte er denn Ihrer Meinung nach vor, Herr Junker?«

»Verstehen Sie mich jetzt bitte nicht falsch, ich bin natürlich moralisch entrüstet. Aber ich denke, das nennt man Sklavenhaltung.«

Ich schlag ihm auf der Stelle eine rein, durchfuhr es Trojan.

Nur unter Mühe konnte er sich zurückhalten. Stattdessen fragte er leise: »Gibt es Ratten hier unten?«

Junker lächelte.

»Ratten? Die sind doch in jedem Keller, oder nicht?«

Ganz ruhig bleiben, dachte Trojan.

»Wie war das eigentlich im letzten Sommer, als Sie hierherkamen, stand der Van Ihres Bruders vor der Tür?«

»Soweit ich mich erinnere, ja.«

»Wo genau war das Auto geparkt?«

»In der Einfahrt, wieso?«

»Sicher?«

»Ziemlich.«

»Hat sie das nicht gewundert?«

»Nein, den Van benutzte er nur dienstlich. Den Unfall hat er mit seinem Privatwagen gebaut, einem Alfa Romeo, der war hinterher bloß noch ein Klumpen Blech.«

»Haben Sie den Van noch?«, fragte Stefanie.

Er schüttelte den Kopf. »Hab ich verkauft.«

»Sind noch irgendwelche Sachen von Ihrem Bruder hier?«

»Eigentlich nicht. Hab so gut wie alles weggeschmissen.«

Er verschränkte die Arme vor der Brust.

»Haben Sie jetzt genug gesehen?«

Trojan schaute noch einmal zu den Eisenringen hin, dann zu Stefanie, schließlich nickte er.

Als sie wieder oben waren, fiel sein Blick durch das Küchenfenster hinaus in den verwilderten Garten hinterm Haus, dort befand sich ein kleiner Schuppen. Er sagte, dass er sich dort gern mal umsehen würde.

Junker fluchte, dann öffnete er ihnen die Hintertür.

In dem Schuppen verwahrte er allerhand Gartenutensilien, die er selten zu benutzen schien. In einer Ecke stand eine Sperrholzplatte. Trojan kippte sie an und schaute auf die Rückseite. Er war erstaunt, als er darauf eine komplette Miniaturlandschaft entdeckte, kleine Häuser aus Plastikteilen, Straßen, Wiesen, ein Berg, durch den ein Tunnel führte. Eine Ecke davon war abgebrochen.

Sein Herz schlug höher.

Das Tunnelgewölbe war aus Bauschaum gefertigt.

»Was ist das hier?«

Junker musterte ihn.

»Ach das. Alter Krempel von Karl, gehört eigentlich auch in den Müll. Er war ja so ein Bastler, scheint sich um eine Stadt zu handeln oder so was.«

Stefanie trat näher. Trojans Finger deuteten auf die getrocknete Bauschaummasse.

»Ein Bastler also«, sagte er leise.

Er stöberte weiter durch den Schuppen.

Das einzige Fenster war halbblind, die Distelsträucher dahinter ragten mannshoch auf. Sein Blick glitt suchend umher. Etwas hatte ihn irritiert, aber er wusste nicht, was. Schließlich drehte er sich noch einmal um. Langsam ging er in die Hocke.

Da war es. Unterhalb des Fensters, leicht zu übersehen, nicht größer als ein Zentimeter.

Stefanie war ihm gefolgt.

Er hörte, wie sie in seinem Rücken ausatmete.

Beide starrten sie auf das ins Holz eingeritzte Symbol.

Es war das chinesische Zeichen für Ratte.

»Kann ich jetzt endlich zu Mittag essen?«, fragte Junker.

Trojan richtete sich auf.

»Erklären Sie uns erst mal, was das hier soll.«

Er kam widerwillig näher.

»Was denn?«

»Hier.«

Er blickte auf das Zeichen, blinzelte, hob die Schultern.

»Keine Ahnung. Hab ich noch nie gesehen.«

Trojan holte tief Luft.

»Mit dem Essen wird das heute nichts, Herr Junker.«

»Wieso?«

»Sie sind vorläufig festgenommen!«

EINUNDZWANZIG

Sie ließen ihn lange in dem Raum warten, den sie nur »Das Zimmer« nannten: keine Fenster, fahle Beleuchtung, schlechte Belüftung, die beiden Stühle und der Tisch waren fest im Boden verankert. Die mit der Stahlplatte verschraubte Lampe hatte eine Hundert-Watt-Glühbirne, doch sie wurde nur eingeschaltet, wenn jemand geblendet oder zum Schwitzen gebracht werden sollte.

Auf Letzteres würden sie heute verzichten können, Junkers Gesicht glänzte vor Schweiß, die Strickjacke hatte er sich längst ausgezogen, sein Hemd klebte an der Haut.

Landsberg und Trojan beobachteten ihn durch den Einwegspiegel. Der Chef rauchte nahezu ununterbrochen, die Stirn in Falten gelegt.

Trojan hatte ihm nichts von der Hypnose verraten, ihm lediglich gesagt, dass er Josephin Maurer noch einmal zu den Vorfällen von damals befragt hätte.

»Da soll also jemand mit zwei Stimmen zu ihr gesprochen haben, ja?«

»Hmm.«

»Und erscheint dir das plausibel?«

»So, wie sie es mir erzählt hat, ja.«

»Das Zeichen der Ratte.« Er stieß den Rauch aus. »Was sagt dir dein Gefühl?«

»Schwer zu sagen. Ich weiß nur, dass ich eine Scheißwut

auf ihn hab. Du hättest sein fieses Grinsen sehen sollen, als er uns den Keller gezeigt hat.«

»Wir brauchen Zeit, bis das Team sein Haus auf den Kopf gestellt hat.«

»Ist der Durchsuchungsbeschluss durch?«

»Ja.« Landsberg blickte zu ihm hin. »Also schnapp ihn dir, Nils. Koch ihn weich.«

Und Trojan ging hinüber. Er ließ die Eisentür ins Schloss fallen und setzte sich Friedhelm Junker gegenüber.

»Wo ist Milan Korch?«

»Ich kenne keinen Milan Korch.«

»Wo hast du ihn versteckt?«

»Seit wann duzen wir uns eigentlich?«

»Antworte auf meine Frage!«

Er breitete die Arme aus. »Ich sagte doch, ich kenne keinen Milan Korch.«

Trojan stützte die Ellenbogen auf den Tisch.

»Wo warst du Montagabend?«

»Keine Ahnung. Zu Hause vielleicht.«

Er lehnte sich noch weiter vor. »Ich werd dir sagen, wo du warst. Du hast dir deinen Blaumann angezogen, bist in die Donaustraße gegangen und hast bei Frida König geklingelt.«

»Frida wer?« Junkers Gesicht verzog sich.

»Dann hast du sie runter in den Keller gelockt. Du hast ihr gesagt, dass da unten was nicht stimmt. Wasserrohrbruch, nehme ich an. Sie folgt dir ahnungslos, du stößt sie in den Verschlag, fesselst sie und sprühst ihr Bauschaum in Mund und Nase.«

»Mein Gott, wie furchtbar!« Er verschränkte die Arme vor der Brust. »Deshalb also die ganze Aufregung, ja? Jemand ist unterwegs und hat ähnliche Methoden drauf wie mein Bruder, hab ich recht?«

»Wo warst du Mittwochabend?«

»Ich weiß es nicht. Und hören Sie mit diesem Scheiß-Geduze auf.«

Trojan sprang auf. Er packte ihn im Nacken und zog ihn dicht zu sich heran. »Jetzt hör mir mal gut zu, Friedhelm Junker, du kannst von Glück reden, dass ich ein Antiaggressionstraining besucht habe, sonst würd ich dir jetzt die Brille von der Nase schlagen und dir die Fresse polieren.« Er stieß seinen Kopf zurück. »Ab jetzt antwortest du auf meine Fragen, hast du mich verstanden?«

Er schien für einen Augenblick geschockt zu sein. Dann setzte er wieder sein schiefes Lächeln auf.

»Also: Mittwochabend. Wo warst du?«

»Keine Ahnung. Ich geh abends nicht oft aus dem Haus. Kann sein, dass ich vor der Glotze saß.«

»Was war Sonntag los? Letzten Sonntag?«

Er zuckte mit den Schultern.

»Du kennst doch das Moviemento?«

»Dieses Kino?«

»Richtig. Vielleicht kannst du dich nicht mehr genau an den Film erinnern, aber an die Hauptperson des Abends, und wie sie gleich von mehreren Bewundern umringt wurde.«

Junker runzelte die Stirn. Trojan setzte sich wieder.

»Karen Scheffler«, sagte er leise.

»Kenne ich nicht.«

»Bei ihr hast du dich schon mehr getraut, nicht? Erzähl mal, wie das in ihrer Wohnung war. Du bist noch mal hoch, hast da oben rumgewütet, dich mit dem Schaum ausgetobt. Und dein Zeichen hinterlassen.«

»Das hab ich vorhin schon Ihrem Kollegen gesagt, ich kenne dieses Zeichen nicht. Es muss mein Bruder eingeritzt haben oder jemand anders, aber nicht ich.«

»Ein schönes Zeichen, Junker, dein Rattenzeichen. Bist du das selbst, nennst du dich die Ratte?«

Der andere ließ die Luft zwischen den Zähnen entweichen.

»Und was hat das mit dem Schaum auf sich? Erzähl es mir, es hört uns auch niemand zu. Niemand außer mir ist hier. Das bleibt völlig unter uns.«

Junker schluckte. Trojan schob die Hände über den Tisch und lehnte sich vor. Er flüsterte beinahe, achtete aber darauf, dass seinem Chef durch die Mithöranlage nichts entging.

»Also, ich werde nirgendwo vermerken, was du mir von deinen Problemen erzählst. Denn du hast Probleme, Junker, das sehe ich dir an. Und ich spüre, dass du es loswerden willst. Sag es mir: Was hat das mit dem Schaum auf sich?«

Er rückte von ihm ab. »Mein Bruder hatte vielleicht ein Rad ab, aber ich –.«

Trojan wurde lauter. »Du hast Karen Scheffler von oben bis unten mit dem Zeug eingesprüht. Nur die Augen waren noch frei. Wie viele Dosen hast du verbraucht?«

»Von oben bis unten?«

»Tu nicht so scheinheilig!«

»Ich weiß davon nichts!«

»Komm schon, Junker, es wird dich erleichtern. Das waren, na, ich schätze mal zehn Dosen, die du bei dir hattest. Du möchtest damit was ersticken, nicht wahr? Es ist in dir selbst. Du musst es abtöten. Es ist ein starker Drang.«

Er rührte sich nicht.

»Nichts davon kommt ins Protokoll, glaub mir, also lass es raus. Du wendest bei der Scheffler die gleiche Methode an. Hin zu ihr, klingeln, die Handwerkerlüge, runter in den Keller und dann?«

»Wann soll das gewesen sein?«

Da war ein leichtes Flackern in seinen Augen. Vielleicht hatte er ihn jetzt.

»Mittwoch, neunter August«, sagte er sanft.

»Kann nicht sein. Mittwochs bin ich beim Kegeln.«

Trojan hob die Augenbrauen. »Du gehst kegeln?«

»Ja.«

»Erzähl, mit wem, wie ist das, macht es dir Spaß?«

»Es ist ein Zeitvertreib, mehr nicht.«

Er zog die Hände weg. »Du warst nicht kegeln, Junker«, sagte er leise.

»Doch.«

»Warst du nicht. Wir haben das überprüft, wir wissen alles über dich. Hältst du uns für bescheuert? Glaubst du, ich veranstalte hier mit dir Spielchen? Draußen sind dreißig Grad im Schatten, es ist Wochenende. Denkst du, ich mach das zum Spaß? Also komm schon, Junker, du warst nicht kegeln, du warst bei Karen Scheffler. Du hast sie von oben bis unten mit dem Zeug eingesprüht, sie ist daran qualvoll erstickt. Du gehst nach Hause, es läuft vor dir ab wie ein Film, es erregt dich.«

»Ich war an dem Abend – ich war wirklich –.«

»Du siehst die Szenen immer wieder vor dir, nicht wahr? Es geilt dich auf, aber es stößt dich auch ab, hab ich recht? Da ist etwas in dir, das du bekämpfen musst. Du bist erschrocken über das, was du getan hast. Du würdest gerne jemandem davon erzählen. Also sag es mir. Ich bin der einzige Mensch auf dieser Welt, der dich versteht, ich bin der Erste, der dir wirklich zuhört.«

Junker wischte sich den Schweiß von der Stirn.

Weiter so, dachte Trojan, treib ihn in die Enge.

»Ich bin zwar ein Bulle, aber ich hab auch ein Herz, und es tut mir leid, wenn ich dich vorhin ein bisschen hart angepackt hab. Ich hab auch Stress, Junker, sehr viel Stress, ich weiß, wie es ist, wenn man unter Druck steht. Bei mir ist es die Arbeit, weißt du, sie frisst mich auf, ich kann nicht mehr richtig schlafen, werde von Alpträumen geplagt.« Wieder beugte er sich vor. »Lass es raus, Junker, endlich reden, ich hör dir zu.«

Der andere schlug kurz die Hände vors Gesicht, dann ließ er sie sinken.

»Es hat mit deinem Bruder zu tun, nicht wahr? Du fühltest dich von ihm schon immer unterdrückt.«

Jetzt, durchfuhr es ihn.

»Karli«, flüsterte er.

Junker starrte ihn an.

Und noch einmal sagte Trojan: »Karli.« Er verstellte die Stimme, sie war dunkel und unheimlich. »Komm her zu Karli.«

Junker war wie versteinert.

Schließlich fragte er: »Kriege ich was zu trinken?«

»Trinken kannst du nachher, wenn alles vorbei ist, jetzt spuck es erst mal aus.«

Er räusperte sich. »Da ist noch jemand unterwegs, ja? Und das soll ausgerechnet ich sein?«

»Du bist es, Junker.«

»Ich versteh das alles nicht, ich hab das Mädel doch befreit, ich hab ihr geholfen.«

»Das war sehr geschickt von dir.«

»Ich hab sie da unten rausgeholt.«

Trojan stand auf, ging ein paar Schritte durch den Raum. Es war so stickig, dass ihm der Schweiß in Bächen hinunterlief.

»Sie hat dir gefallen«, sprach er kaum hörbar. »So nackt und süß. Gefesselt und wehrlos. Und dieser Schaum, du musst es immer wieder tun, nicht wahr?«

»Karl«, rief er aus, »Karl hat es gemacht, nicht ich!«

Trojan blieb vor ihm stehen. »War Karl dabei?«

Junker antwortete nicht.

»Nein, er war nicht dabei«, sagte Trojan leise. »Karl ist weggefahren. Verreist, nehme ich an. Du hast davon gewusst. Du hast dir den Van genommen, hast sogar Kleidung von ihm getragen. Du schnappst dir die Kleine. Wie heißt sie noch mal?« Er beugte sich zu ihm hinunter. »Sag mir ihren Namen, er ist mir gerade entfallen.«

»Josephin Maurer.«

Abrupt richtete er sich auf.

»Woher weißt du das? Der volle Name wurde nie in der Presse erwähnt.«

»Einer ihrer Kollegen hat ihn vorhin genannt.«

»Nein.«

»Ja.«

»Niemand hat den Namen genannt.«

»Doch, es war –.«

»Wer?«

»Der kleine Bullige.«

»Gerber, mein Kollege Gerber?«

»Richtig, der mich vernommen hat, bevor ich hier reingeführt wurde.«

»Ronnie hat den Namen nicht verraten.«

»Aber ich schwöre es.«

»Du willst schwören, Junker, bei wem um alles in der Welt? Glaubst du etwa an den lieben Gott?«

»Warum sollte ich das Mädchen damals befreit haben, wenn ich es selbst gekidnappt hätte. Das ist doch absurd.«

Das war der entscheidende Punkt.

Trojan setzte sich vor ihm auf die Tischplatte.

»Ich werde es dir sagen, Junker: Weil du verdammt clever bist.«

Man konnte ihm ansehen, wie leicht er mit Komplimenten zu umgarnen war, wahrscheinlich hatte man ihn in seinem Leben zu selten gelobt.

»Du bist so unglaublich klug. Du wusstest, dass etwas passiert war. Dass du auffliegen würdest, wenn du nicht entschieden handelst.«

Es war das fehlende Zwischenstück, es schien mit Karl Junkers Autounfall zusammenzuhängen.

Trojan durfte sich keinesfalls anmerken lassen, dass es eine Lücke in seiner Beweiskette gab.

»Und deshalb gehst du runter zu ihr, sie hatte dich im Keller ja nicht gesehen, du hast ihr vorher die Augen mit einem Tape zugeklebt, selbst deine Stimme hast du verstellt. Sie glaubte wirklich, sie hätte es mit deinem Bruder zu tun. Du gehst also runter zu ihr und spielst den Retter. Nur um nicht aufzufliegen. Verdammt clever, Junker.«

Er holte tief Luft.

»Aber dann, ein Jahr später, bist du wieder da, und du fängst mit ihrem Umfeld an. Alle, die ihr zu nahe kommen, Frida König, Karen Scheffler, Milan Korch und Gisela Hagemuth nicht zu vergessen.«

»Ich kenne keine Gisela Hagemuth«, stieß er hervor.

Jetzt den Joker aus dem Ärmel ziehen, dachte Trojan.

»Ich hab dich in der Tiefgarage gesehen. Ich war dir ganz nah. Kannst du dich an die Schüsse erinnern, Junker? Du bist vor mir weggelaufen. Ganz knapp bist du mir entwischt.«

Sein Blick flackerte.

»Du erinnerst dich doch?«

Er rührte sich nicht.

»Und die Maurer wolltest du dir für den Schluss aufheben,

nicht wahr?« Er senkte die Stimme: »Also, wo ist Milan Korch? Lebt er noch?«

Der andere schwieg. Trojan entfernte sich einige Schritte von ihm.

»Er ist längst tot, nicht wahr?«, sagte er nach einer Weile. Er drehte sich zu ihm um. »Wo hast du seine Leiche versteckt?«

Junker kniff die Augen zusammen.

»Ich möchte mit einem Anwalt sprechen.«

ZWEIUNDZWANZIG

Landsberg wirkte angespannt.

»Selbst der lausigste Winkeladvokat wird ihm raten, zu den Vorwürfen zu schweigen.«

Trojan nickte.

»Am besten lassen wir ihn da drinnen schmoren. Irgendwann knallen wir ihm das Telefonbuch auf den Tisch, er soll sich in aller Ruhe die Nummer von einem Anwaltsbüro raussuchen. Und dann lassen wir uns sehr viel Zeit mit dem Anruf.«

»Gut. Und bis dahin löchern wir ihn weiter mit unseren Fragen.« Der Chef schaute durch den Einwegspiegel zu Junker hinüber. »Hoffen wir, dass er langsam mürbe wird.«

»Wann willst du ihn dem Haftrichter vorführen?«

»Das Gesetz lässt uns vierundzwanzig Stunden.«

»Also erst morgen?«

»Ja, wir müssen bis an die Grenzen des Erlaubten gehen.« Er zerknüllte eine leere Zigarettenpackung. »Noch haben wir einfach zu wenig gegen ihn in der Hand.«

»Hast du mit den Kollegen telefoniert? Gibt es Neuigkeiten von der Durchsuchung?«

Er schüttelte den Kopf. »Bisher noch nicht.«

»Scheiße.« Trojan biss sich auf die Unterlippe. »Kannst du mich für ein, zwei Stunden entbehren? Ich will da noch mal hin. Wir brauchen Beweise, irgendwas!«

Landsberg blickte ihn eine Weile schweigend an. Schließlich sagte er: »In Ordnung, folge deinen Instinkten, Nils, auf die konnte ich mich immer verlassen, aber beeil dich.«

In dem Haus in der Kanalstraße packte das Team gerade die Sachen zusammen. Nur Albert Krach durchstöberte noch die heillose Unordnung in Junkers Schlafzimmer.

»Wie sieht es aus?«, fragte Trojan.

»Schwer einzuschätzen. Wir haben zwei Computer, einige Speichermedien und eine Kamera mitgehen lassen. Das muss jetzt erst einmal alles ausgewertet werden.«

»Bauschaumdosen?«

»Nichts. Nicht mal ein Blaumann.«

»Verdammt. Habt ihr die Nachbarn befragt?«

»Ja, bis auf die Leute gleich nebenan, die sind nicht zu Hause. Keiner hier ist auf die Brüder besonders gut zu sprechen. Vor allem Karl wird als Einzelgänger beschrieben, niemand hatte richtig Kontakt zu ihm. Die Leute machen keinen Hehl daraus, dass sie ihm keine Träne nachgeweint haben.«

»Konntet ihr etwas über sein Umfeld in Erfahrung bringen? Gab es Bekannte, Freunde, die ihn mal besuchen kamen?«

Krach schüttelte den Kopf. »Der Kerl hat wohl ziemlich zurückgezogen gelebt.«

»Und was ist mit Friedhelm Junker? Was sagen die Nachbarn über ihn?«

»Kauzig und wortkarg, wie sein Bruder.«

»Hmm.«

»Konntest du ihn in der Vernehmung auf irgendwas festnageln?«

»Leider noch nicht.«

Krach machte sich ein paar Notizen auf seinem Klemmbrett, dann sagte er: »Wenn es dir recht ist, werd ich jetzt aufs Revier fahren und bei der Auswertung der Computer helfen.«

»Okay, ich schau mich hier noch ein bisschen um.«

Trojan ging mit ihm zur Eingangstür, draußen sah er, wie sich ein Wagen der Ausfahrt des Nachbarhauses näherte.

»Das muss die Anwohnerin sein, die wir nicht angetroffen haben.«

»Ich kümmere mich um sie.«

Krach nickte ihm zu und ging.

Eine dunkelhaarige Frau um die fünfzig blickte ihn ängstlich an, als sie aus dem Auto stieg.

»Trojan, Kriminalpolizei, ich hab ein paar Fragen an Sie.«

»Um Himmels willen, ist da drüben etwa wieder was passiert?«

»Nein, aber wir ermitteln noch einmal in der Sache von damals. Wie ist Ihr Name?«

Sie musterte stirnrunzelnd seinen Dienstausweis. »Corinna Pranowski. Vielleicht sollten Sie lieber bis nächste Woche warten, dann ist mein Mann von seiner Geschäftsreise zurück. Mich regt das alles nämlich viel zu sehr auf.«

»Kein Grund zur Sorge, Frau Pranowski, ist eine reine Routineangelegenheit.«

Sie schloss die Tür auf und ließ ihn herein. Ihre Hälfte des Reihenhauses war das komplette Gegenteil von der Friedhelm Junkers, penibel aufgeräumt, sauber und adrett.

»Ich versteh das alles nicht. Können Sie die Vergangenheit nicht ruhen lassen? Das Schwein, das dem Mädchen das alles angetan hat, lebt doch nicht mehr.«

»Es gibt ein paar Ungereimtheiten.«

Er setzte sich zu ihr an den Esstisch.

Sie war blass, hatte Ringe unter den Augen.

»Wissen Sie, seit dieser Geschichte im letzten Sommer leide ich unter Schlafstörungen. Es war doch gleich nebenan, der Keller grenzt an unseren Keller. Und –.« Sie brach ab, kämpfte mit den Tränen.

»Wo waren Sie denn zu dem Zeitpunkt, als das Mädchen hierher verschleppt wurde?«

Sie fuhr sich nervös durch ihre Frisur. »Wir waren verreist, mein Mann und ich. Wir sind erst wiedergekommen, als alles vorbei war.«

Trojan musste unwillkürlich seufzen. Er erinnerte sich, davon in den Akten gelesen zu haben, und sein ehemaliger Kollege Lukas Kilian war immerhin so gewissenhaft gewesen, die Reise des Ehepaars Pranowski zu überprüfen.

»Wie oft hab ich meinem Mann schon gesagt, wir müssen hier wegziehen. Dieser Kerl hat mir die Gegend gründlich vermiest.«

»Haben Sie Kontakt zu Friedhelm Junker?«

Sie machte eine abwehrende Handbewegung. »Dass der dann auch noch hierherkam! Der ist mir so unheimlich, das scheint ja in der Familie zu liegen. Ich rede nie ein Wort mit ihm.«

»Wie würden Sie denn seinen verstorbenen Bruder beschreiben?«

»Ein Eigenbrötler, verschlossen, unfreundlich. Aber so lange kannten ihn mein Mann und ich auch nicht, wir sind erst vor zwei Jahren hier eingezogen.«

»Hatte er gelegentlich Besuch? Haben Sie mal irgendjemanden in das Haus gehen sehen?«

Corinna Pranowski schüttelte den Kopf. »Mir ist nichts aufgefallen. Aber wie gesagt, lange wohnen wir noch nicht in dieser Straße.«

Sie massierte ihre Schläfen.

»Warum müssen Sie auch wieder davon anfangen! Heute Nacht drücke ich bestimmt kein Auge zu. Dabei hat meine Mutter immer gesagt, der Karl Junker wäre kein schlechter Mensch.«

Trojan horchte auf.

»Ihre Mutter?«

»Ja, sie hat hier früher viele Jahre gewohnt, bis sie zu gebrechlich wurde. Sie lebt jetzt in einem Altersheim.«

»Glauben Sie, Ihre Mutter könnte etwas mehr über Karl Junker erzählen?«

»Wohl eher nicht, so verschroben wie der war. Warten Sie.«

Sie stand auf, holte einen Stift und einen Zettel. »Ich schreibe Ihnen trotzdem mal die Adresse von dem Wohnheim auf. Sie heißt Gertrude Pranowski, ich hab meinen Mädchennamen nach der Hochzeit behalten.«

Trojan steckte den Zettel ein und bedankte sich bei ihr.

Dann ging er wieder nach nebenan.

Es war bedrückend still in dem Haus.

Trojan knipste das Licht an und stieg die Kellertreppe hinab. Er betrat den Heizungsraum, schloss hinter sich die Tür. Alles war finster um ihn herum, das Herz schlug ihm bis zum Hals. Er kauerte sich in die Ecke, in der Josephin Maurer gelegen hatte. Seine Hände berührten die beiden Eisenringe.

Einer plötzlichen Eingebung folgend streckte er sich am Boden aus.

»Wer bist du?«, wisperte er.

Nun war *er* sein Gefangener.

Er klammerte sich an den Ringen fest.

»Was hast du vor?«

Er schloss die Augen. Wie ein Fallbeil traf ihn die Erschöpfung, er begann zu zittern, Erinnerungsbilder von der Hypnose traten so deutlich vor ihn, dass er nicht mehr unterscheiden konnte, was Wirklichkeit und was Einbildung war, und mit einem Mal vernahm er wieder die dunkle gepresste Stimme, mit der Josephin in Janas Behandlungszimmer gesprochen hatte.

KOMM HER ZU KARLI. NUN MACH SCHON.

Warum Karli?, dachte er. War es Karl oder sein Bruder? Oder war es jemand ganz anderes? Warum sprach er mit verstellter Stimme? Hatte ihm Karl etwas angetan? Was bezweckte er mit seinem Handeln? Warum sagte er zu seinem Opfer »komm her«, wenn es gefesselt war?

NEIN, HEUTE KOMM ICH NICHT ZU KARLI.

Er rang nach Luft.

Näherten sich da Schritte? Oder war das bloß seine Einbildung? Sein Herz raste. Es war zu dunkel. Angstschauer jagten über seinen Rücken.

Seine Hände glitten von den Eisenringen ab. Plötzlich ertasteten sie eine Unebenheit. Und seine Fingerkuppen fuhren über eine verkrustete Masse.

Entsetzt rappelte er sich auf. Wo war der Lichtschalter?

Er taumelte durch den finsteren Raum. Endlich hatte er ihn neben der Tür ertastet und drehte ihn herum.

Das Neonlicht blendete ihn kurzzeitig. Er starrte auf die Eisenringe, ging davor in die Hocke. Tatsächlich, einer der Steine in der Wand ragte um wenige Millimeter hervor, und die Kanten waren anstelle von Mörtel mit Bauschaum verfugt. Staub und Dreck hatten die Masse so sehr verdunkelt, dass sie sich kaum vom Mörtel der anderen Steine abhob.

Er stürmte hinaus. In einer Kiste im Gang fand er Werkzeug, er nahm sich ein Stemmeisen und einen Hammer heraus und eilte zurück in den Heizungskeller.

Lange Zeit bearbeitete er mit Eisen und Hammer die Bauschaumfugen. Schließlich lockerte sich der Stein. Er zog ihn heraus.

Dahinter befand sich ein Hohlraum. Er schob die Hand hinein, tiefer und tiefer.

Da war etwas, unter seinen Fingern. Und dann hörte er sich schreien.

DREIUNDZWANZIG

Seit zwei Tagen beobachtete er bei seinem Freund eine gewisse Trägheit und eine Unsicherheit in den Bewegungsabläufen. Wenn er ihn aus dem Puppenhaus nahm und sein Fell untersuchte, waren auf dem Bauch, hinter den Ohren und am Hals kleine Ausbeulungen zu spüren.

Er blätterte in seinem Ratgeber. Danach warf er das Buch zornig in die Ecke.

Eine geringe Lebenserwartung. Wesen seiner Art starben oft an Tumorerkrankungen.

Er setzte ihn zurück ins Puppenhaus und schloss die Gittertür.

Der Fressnapf blieb unberührt. Nicht einmal an der Hängematte und den Papprollen zum Spielen schien er Interesse zu haben.

Sein Freund regte sich nicht, trüb der Blick, glanzlos sein Fell.

Er ballte die Hand zur Faust.

Schloss die Augen und wartete darauf, dass es endlich wieder hell wurde um ihn herum.

Es war Zeit, den Plan zu Ende zu bringen.

Höchste Zeit.

Johannes Maurer stand am Fenster seines Hotelzimmers und schaute auf die Tafelbucht hinaus. Der Feuerball der Abendsonne war kurz davor, im Atlantik zu versinken. Für ein paar

Sekunden versuchte er, diesen phantastischen Ausblick zu genießen und sich dem Gefühl innerer Zufriedenheit nach einem bisher erfolgreichen Arbeitstag hinzugeben, bis er wieder an den Stapel Unterlagen denken musste, der für die abendliche Konferenz noch durchzusehen war.

Er beschloss, sich zunächst einen Drink aus der Minibar zu gönnen, als sein Blackberry zu vibrieren begann. Das Display zeigte einen anonymen Anrufer an, dennoch hob er ab und meldete sich mit seinem vollen Namen.

»Guten Tag, Herr Maurer, hier ist Torsten Heller von der Credit Suisse, Ihre Sekretärin war so freundlich, mir Ihre Handynummer anzuvertrauen.«

»Ach ja? Worum geht es denn?«

»Das kann ich mit Ihnen am Telefon leider nicht besprechen, nur so viel: Es handelt sich um ein paar Detailfragen zur Finanzierung Ihres neuen Projekts. Ich könnte Ihnen noch für heute Abend einen Gesprächstermin in Kapstadt anbieten. Wenn das für Sie möglich wäre?«

Maurer runzelte die Stirn. Seine Sekretärin hätte ihn doch längst informieren müssen.

»Heller war der Name?«

»Ja. Ich glaube, wir sind uns noch nicht persönlich begegnet, aber ich bin von nun an für die finanzielle Absicherung sämtlicher Transaktionen Ihrer Firma in Südafrika zuständig. Wo erreiche ich Sie gerade?«

»Ich bin in der Stadt.«

»Gut. Das ist ja wunderbar.«

»Sollen wir uns treffen?«

»Gern. Ich nehme an, Sie sind in Ihrem gewohnten Hotel?«

»Ja.«

»Wann wäre es Ihnen recht? Jetzt gleich?«

Maurer spürte Wut in sich aufkeimen. »Jetzt gleich?«, sagte er. Wofür hielten sich diese Banker eigentlich!

»Unten in der Lobby?« Der andere lachte. »Auf einen Kir Royal?«

»Kir Royal?« Da trieb doch jemand Scherze mit ihm. »Geben Sie mir mal Ihre Nummer«, sagte er unfreundlich, »ich rufe Sie gleich zurück.«

Der andere lachte wieder. »Schön, meine Süße.«

Maurer schnappte nach Luft. »Meine Süße? Was wollen Sie eigentlich von mir?!«

Es klickte. Das Gespräch war unterbrochen.

Johannes Maurer stieß einen Fluch aus. Erzürnt wählte er die Nummer seiner Sekretärin in Frankfurt.

Josephin schaute zur Uhr. Es war neunzehn Uhr zwölf. Sie musste wohl eingeschlafen sein. Am Nachmittag hatte sie sich ins Bett gelegt, ihre Puppen an sich gedrückt, die Augen geschlossen und versucht, die Bilder der Hypnose zu vergessen.

Ihr stand der Schweiß auf der Stirn. Sie wusste, dass sie etwas Schreckliches geträumt hatte, doch die Erinnerung daran war verblasst. Nur die Angst war zurückgeblieben.

Sie stand auf und schob die Vorhänge zurück. Unten am Straßenrand war der Streifenwagen geparkt, zwei Uniformierte saßen darin. Sie war in Sicherheit.

Woher aber kam diese Beklemmung in ihrer Brust? Sie öffnete das Fenster einen Spalt und sog die Luft ein. In diesem Augenblick kehrte ein Fetzen aus ihrem Traum zurück.

Etwas war ihr in die Nase gestiegen. Es hatte sie mit Panik erfüllt.

Sie ging in die Küche und trank einen Schluck Wasser. Ruhig, ganz ruhig, sprach sie in Gedanken zu sich selbst.

Sie hatte ihren Peiniger *gerochen*. Doch es war nicht nur sein schlechter Atem, wie sie bisher immer geglaubt hatte. Der Gestank kam auch von seiner Haut. Er schwitzte etwas aus, säuerlich, gierig.

Und da war noch etwas gewesen.

In ihrem Traum war kurzzeitig ein Erlebnis aufgeblitzt, das sehr weit zurücklag.

Was war das nur? Angestrengt dachte sie nach.

Es hatte etwas mit einem Karussell zu tun. Das hatte sich gedreht, schneller und schneller.

Sie ging zurück ins Schlafzimmer und suchte in ihren Schreibtischschubladen. Ganz unten befand sich eine Schachtel mit alten Fotos. Sie nahm eines heraus und starrte es an. Auch ein Vergrößerungsglas holte sie hervor.

In diesem Moment klingelte ihr Handy.

Die Rufnummer war unterdrückt. Josephin meldete sich mit einem fragenden Hallo. Es war für einen Moment still, dann sagte eine ihr vertraute Stimme:

»Johannes Maurer hier.«

»Papa!«, rief sie aus. Sofort schossen Tränen in ihre Augen. Und noch einmal rief sie: »Papa!«

Sie zitterte.

»Dass du mich endlich mal anrufst. Wo bist du?«

»Ich bin in der Stadt. Sollen wir uns treffen?«

Seine Stimme klang so fern.

»Aber ja doch!«

Er war in Berlin, endlich, sie konnte es kaum glauben. Sie hatten sich bestimmt seit drei Jahren nicht mehr gesehen. Längst hatte sie es aufgegeben, ihm in seiner Geschäftswelt hinterherzutelefonieren.

»Papa, es ist so viel passiert. So viel Schreckliches. Meine

Freundin Karen ist tot, und Milan, du kennst ihn ja gar nicht, er ist spurlos verschwunden und –.«

Sie brach ab. Lauschte in den Hörer. Es rauschte.

»Papa? Bist du noch dran?«

»Ja. Sollen wir uns treffen?«, fragte er wieder.

Sie weinte. »Verzeih mir, Papa, aber ich bin ganz aufgewühlt. Du kannst dir ja nicht vorstellen, was hier los war.«

Er schwieg. Gab sich distanziert wie immer, nichts hatte sich geändert, und doch war sie unendlich froh, dass er in ihrer Nähe war.

»Ich will dich sehen, Papa«, stammelte sie, »wann passt es dir denn?«

»Jetzt gleich?«

»Wie du willst, ich richte mich ganz nach dir. Ich freue mich ja so, dass du da bist!«

Sie wischte sich die Tränen aus dem Gesicht.

Und dann fragte er ein drittes Mal, ob sie sich treffen sollten. Die Verbindung war schlecht, seine Stimme weit weg.

»Ja doch, ja!«, rief sie in den Hörer. »Wo denn?«

Wahrscheinlich hatte er wenig Zeit. Und auch wenn sie ihn nur kurz sehen würde, eine halbe Stunde vielleicht, bloß eine Lücke in seinem Terminkalender, es war ihr alles recht. Nur nicht mehr allein sein mit dieser Angst!

Stille.

Lediglich das Rauschen drang an ihr Ohr.

»Schlag was vor, Papa, und ich bin da.«

»Kir Royal?«, fragte er nach einer Weile zögernd.

Sie war kurz verwundert.

»Ach, du meinst das Kirk Royal! Am Paul-Lincke-Ufer?«

»Ja. Jetzt gleich?«

»Gut! Schön! Ich ziehe mir nur noch schnell was anderes an, und dann komme ich.«

»Meine Süße?«

So hatte er sie noch nie genannt. Es rührte sie.

»Ich hab dich lieb, Papa!«

Dann legten sie auf.

Josephin öffnete ihren Schrank. Welches Kleid sollte sie nur für ihn anziehen?

Der Uniformierte ließ die Seitenscheibe herunter.

»Mein Vater ist in der Stadt, ich treffe ihn im Kirk Royal.«

»Das ist nicht weit von hier, oder?«

»Nein.«

»Sollen wir Sie hinbringen?«

Sie schüttelte energisch den Kopf. Was würde Papa von ihr denken, wenn sie in einem Polizeiauto zu ihrer Verabredung käme?

»Gut, wir fahren langsam hinterher.«

Sie eilte die Bürknerstraße hinunter, überquerte die Brücke vom Landwehrkanal und bog ins Paul-Lincke-Ufer ein, dicht gefolgt von dem Streifenwagen.

War es vielleicht ein Fehler? Hätte sie ihm vorschlagen sollen, doch lieber zu ihr nach Hause zu kommen?

Sie stockte. Die Angst meldete sich zurück.

Nur ruhig, dachte sie, ich werde ja beschützt, meine Bewacher sind bei mir.

Als sie das Eckhaus an der Mariannenstraße erreicht hatte, sah sie, wie die Polizisten in zweiter Spur hielten.

Obwohl es ein lauer Sommerabend war und viele Menschen auf der Terrasse saßen, wählte sie einen Tisch im Inneren des Restaurants, dort hätten sie mehr Ruhe.

Sie bestellte sich einen Cuba Libre, trank in großen Schlucken und beobachtete durch die Fensterscheibe aufgeregt die Straße.

Es gelang ihr kaum noch, sich sein Gesicht vorzustellen, eher seine maßgeschneiderten Anzüge und die Schuhe, die er sich in London anfertigen ließ, er würde Blicke auf sich ziehen, dieser Fremde, gut aussehend und weltgewandt.

Nervös schaute sie zur Uhr.

Der Kellner trat auf sie zu.

»Sind Sie Josephin Maurer?«

Sie nickte.

»Ihr Vater hat soeben angerufen, er verspätet sich ein klein wenig, er bittet, das zu entschuldigen.«

Warum rief er sie nicht auf ihrem Handy an?

»Dafür hat er im Hof eine kleine Überraschung für Sie vorbereiten lassen. Wenn Sie mir bitte folgen würden?«

Sie runzelte die Stirn.

Dann stand sie auf und ging mit ihm nach hinten.

Hauke Siegmund war noch jung, gerade mal einundzwanzig. Den Polizeidienst hatte er gewählt, weil er sportlich war und ihm das Schießtraining gefiel, vor allem aber versprach die Beamtenlaufbahn finanzielle Sicherheit. Er hoffte, eines Tages mit Linda ein kleines Häuschen beziehen zu können, ein kühner Traum bei seinem Gehalt, das wusste er, aber so könnte die Kleine im Garten spielen, wenn sie dann das Licht der Welt erblickt hatte.

Linda war im achten Monat schwanger, es würde ein Mädchen werden, sie sollte Zoe heißen, Zoe wie das Leben. Wenn er daran dachte, wurde ihm ganz warm ums Herz.

Er schaute hinüber zum Kirk Royal. Die junge Frau, die sie bewachen sollten, war schon seit zwei Minuten nicht mehr an ihrem Platz.

Über einem Tisch draußen im Hof war ein weißes Tuch ausgebreitet, darauf stand eine Vase mit einem Strauß roter Rosen.

»Wir sollten sie hier aufstellen. Wegen des Lichts, schauen Sie.«

Der Kellner deutete zum Dach des Hinterhauses hinauf.

Darüber glühte die Abendsonne, ein Strahl traf die Rosen, sie leuchteten auf.

Josies Herz schlug schneller.

»Gefallen Sie Ihnen?«

»Sie sind schön.«

Er lächelte.

»Ich muss mich dann mal wieder um die Gäste kümmern.«

Er ließ sie allein.

Josie trat einen Schritt auf den Tisch zu und begann die Rosen zu zählen. Es waren siebenundzwanzig.

Da läutete in ihrer Tasche das Handy. Sie nahm es heraus und hob ab.

»Hallo, Frau Maurer, hier ist Margot Paul, vielleicht erinnern Sie sich noch an mich, ich bin die persönliche Assistentin Ihres Vaters.«

»Ja?«

»Ich soll Ihnen Glückwünsche von ihm ausrichten.«

Mit einem Mal hatte Josephin das Gefühl, sie würde noch immer träumen. Vielleicht war sie aus ihrem Nachmittagsschlaf überhaupt nicht erwacht. Ob das an ihren Tabletten lag? Alles wirkte so merkwürdig bleiern auf sie.

»Glückwünsche?«, fragte sie. »Wozu?«

»Zu Ihrem Geburtstag!«

Siebenundzwanzig Rosen, dachte sie. Und dann fiel es ihr

ein. Sie hatte es völlig verdrängt. Dass Papa daran gedacht hatte.

»Es tut ihm schrecklich leid, dass er nicht persönlich anrufen kann«, sagte die Frau am Telefon. »Er ist gerade in einer wichtigen Konferenz in Kapstadt.«

Josephin brauchte eine Weile, bis sie die Bedeutung ihrer Worte verstand.

Margot Paul wünschte ihr alles Gute, dann legte sie auf.

»Wo bleibt sie denn?«

Lamm, sein älterer Kollege, der am Steuer saß, blickte auf.

»Ist sicher zur Toilette gegangen.«

»Und wo ist nun ihr Vater?«

»Der kommt schon noch.«

Hauke Siegmund kratzte sich am Kopf.

»Hätten wir das mit ihrem Vater eigentlich überprüfen sollen? Dieser Trojan von der Kripo hat doch gesagt, wir sollen –.«

»Ach, Quatsch«, unterbrach ihn Lamm.

Damit war die Diskussion beendet.

»Ich geh mal nachschauen«, sagte Hauke einige Zeit später, setzte seine Dienstmütze auf und stieg aus. War ihm doch egal, wenn ihn der Kollege für einen Streber hielt.

Er kam aus dem gegenüberliegenden Haus, trug eine schwarze Uniform, sogar eine Fahrermütze hatte er auf.

Eilig trat er auf sie zu, nahm die Rosen aus der Vase und legte sie ihr feierlich in die Arme.

»Kommen Sie«, sagte er. »Ihr Vater wartet im Wagen. Er hat ein anderes Restaurant für Sie ausgesucht, ein sehr viel besseres.«

Er lächelte. Seine Zähne blitzten auf.

Sie konnte ihn riechen.

Es war der Geruch aus ihrem Traum.

Er durchquerte das Restaurant, sprach einen Kellner an. Der schüttelte den Kopf.

Kurzentschlossen riss er die Tür zur Damentoilette auf. Eine Frau, die sich vorm Spiegel die Lippen nachmalte, stieß einen verwunderten Schrei aus.

Hauke beachtete sie nicht, sondern klinkte die Kabinentüren auf, eine nach der anderen.

Dann rannte er zurück, stieß mit einem zweiten Kellner zusammen.

Aufgeregt fragte er ihn nach einer jungen brünetten Frau in einem schwarzen Kleid.

Der Kellner nickte zum Hinterausgang.

Sie warf den Kopf herum.

Niemand war in der Nähe, niemand, der ihr helfen konnte.

Hitze stieg ihr ins Gesicht, sie ließ die Rosen fallen und wollte schreien.

Da zog er ein Tuch aus der Brusttasche seines Jacketts hervor und drückte es ihr ins Gesicht.

»Nein«, rief sie.

Doch schon entfernte sich alles von ihr.

Sie hoffte, dass sie noch immer schlief.

Verzweifelt wünschte sie sich, dies sei bloß ein weiterer Alptraum, aus dem sie irgendwann schweißgebadet erwachen würde.

Langsam sank sie nach hinten.

Sie spürte, wie sie aufgefangen wurde. Er warf sie sich über die Schulter.

Ihr Kopf hing herab.

Sie sah die Blumen auf dem Pflaster liegen.

Heute ist doch mein Geburtstag, dachte sie.

Und dann wurde ihr schwarz vor Augen.

Der Hof war lichtüberflutet.

Eigentlich sah alles wunderschön aus, rote Rosen, verstreut am Boden, im Schein der Abendsonne. Ein weißes Tischtuch, eine Kristallvase.

Nur von der jungen Frau keine Spur.

Er hastete zur Hintertür des angrenzenden Mietshauses und öffnete sie.

Im Treppenhaus orientierte er sich kurz, dann entschied er sich für den Ausgang zur Mariannenstraße.

Sofort fiel ihm der silbernen Audi auf.

Da war ein Mann in einem schwarzen Anzug, er beugte sich über eine Frau auf dem Rücksitz, dann warf er die Tür zu und setzte sich ans Steuer.

Hauke zückte seine Pistole und lud sie durch.

Breitbeinig stellte er sich auf der Straße auf und rief die vorschriftsmäßigen Befehle, ganz so, wie er es in der Ausbildung gelernt hatte.

»Halt! Polizei!«

Er schrie dem anderen zu, dass er auf ihn schießen würde. Er achtete sogar darauf, seitlich zum Fahrzeug zu stehen, damit er nicht überfahren werden konnte.

Der Audi preschte los.

Hauke Siegmund drückte ab.

Krachend schlug die Kugel in die Karosserie ein.

Der Wagen machte eine Schlenker und steuerte direkt auf ihn zu.

Wieder drückte er ab.

Dann wurde er von der Kühlerhaube erfasst.

Der Schmerz zerriss ihn.

Von der Wucht des Aufpralls wurde er nach hinten geschleudert.

Für den Bruchteil einer Sekunde wurde alles ganz hell um ihn herum.

Bevor er auf dem Asphalt aufschlug und von dem Wagen überrollt wurde, dachte er an Linda und das ungeborene Kind.

VIERTER TEIL

VIERUNDZWANZIG

Der Schädel starrte ihn an, die Augenhöhlen schwarz, das Maul weit aufgerissen. Den Rest des Körpers verbarg ein ballonartiges Gebilde aus getrocknetem Bauschaum, nur Teile der Vorderläufe und die Schwanzspitze waren noch sichtbar.

Ihm war, als wollte das Rattenskelett aus seinem eingehärteten Kokon herausspringen, direkt auf ihn zu.

Er spürte die Panikattacke nahen, es begann mit der Beklemmung in der Brust, gefolgt von den Schweißausbrüchen, bis er schließlich von dem Gefühl gelähmt wurde, zu wenig Sauerstoff zu bekommen.

Trojan lehnte an der Kellerwand und bemühte sich, tiefer zu atmen, ruhiger.

Sein Herzschlag flatterte beängstigend.

Er versuchte sich etwas Schönes vorzustellen, um sich abzulenken von dem alles beherrschenden Gedanken, er könnte jeden Augenblick einem Infarkt erliegen.

Also dachte er an Emily, an ihre geplante Reise, vielleicht wäre es ja möglich, doch noch wegzufahren, er wollte fort sein von allem, nie mehr in Ermittlungen stecken, nur noch für sein Kind da sein. Und für Jana, wenn dieser Traum in Erfüllung ginge.

Er wandte den Blick von dem in seinem Schaumgrab verwesten Tier ab, das er aus der Öffnung in der Wand geholt hatte, und fingerte nach seinem Handy, aber es gab keinen Empfang.

Er musste hier raus, die Spuren dieses Wahnsinnigen waren zu erdrückend.

Doch es brauchte lange, bis er seine Bewegungen wieder so weit unter Kontrolle hatte, dass er sich aus dem Heizungsraum tasten konnte, durch den Gang und die Kellertreppe hinauf. Seine Glieder waren von der Panik noch immer bleischwer.

Oben angelangt wollte er gerade die Kurzwahltaste fürs Kommissariat drücken, als ihm angezeigt wurde, dass ein Anruf in Abwesenheit erfolgt war.

Er hörte seine Mailbox ab und erstarrte.

Es war Samstag am späten Abend. Das Team der Fünften Mordkommission verließ den Sitzungsraum. Landsberg hatte mit heiserer Stimme seine Anweisungen gegeben. Einem jeden von ihnen stand der Schock über den Tod des jungen Kollegen von der Schupo ins Gesicht geschrieben.

Und natürlich auch das Entsetzen über das Verschwinden von Josephin Maurer.

»Nils, bitte bleib noch kurz bei mir.«

Keine Zeit, dachte Trojan, mit jeder Sekunde sinkt die Chance ihres Überlebens.

Und doch trat er zu seinem Chef ans offene Fenster. Landsberg zündete sich eine Zigarette an.

Dann versetzte er dem Flipchart, auf dem er noch eben die Ermittlungsergebnisse notiert hatte, einen heftigen Tritt.

»Ich fasse es einfach nicht. Dieser Vollidiot hat völlig versagt. Sitzt da seelenruhig im Funkwagen rum und dreht Däumchen, während die Maurer gekidnappt und sein Kollege über den Haufen gefahren wird.«

»Hilmar, das bringt jetzt auch alles nichts.«

Der Chef blickte ihn an. Seine Augen waren glasig vor Müdigkeit.

»Ich weiß, ich weiß.« Er öffnete seinen Hemdkragen. »Kurze Zusammenfassung, ja? Kleines Brainstorming unter uns, nur um sicherzugehen, dass wir nichts übersehen haben.«

Trojan nickte ihm zu.

»Fangen wir bei den Scheißrosen an«, sagte Landsberg.

»Der Täter bucht den Auftrag im Internet, bezahlt mit einer Kreditkarte. Dennis hat ermittelt, dass es die Karte von Milan Korch ist.«

»Kein Problem, sie ihm abzunehmen, er ist in seiner Gewalt und vermutlich längst tot.« Landsbergs Mundwinkel zuckten. »Er ruft im Kirk Royal an und bestellt das Arrangement, gibt sich als Josephin Maurers Vater aus. Die Nummer ist überprüft.«

»Ja, er hat von einem Prepaid-Handy angerufen, keine Daten bei einer Telefongesellschaft, der übliche Trick.«

»Weiter, was haben wir noch?«

»Die Befragungen im Hinterhaus vom Kirk Royal.«

»Vage Beschreibung des Täters, circa eins fünfundsiebzig groß, leicht untersetzt, braune Haare.«

»Eine Frau hat ihn vom Fenster ihrer Wohnung aus gesehen, er ist mit einem dunklen Anzug bekleidet, fängt galant seine, wie sie es ausdrückte, dahinsinkende Braut auf und trägt sie auf Händen durch den Hof, die Zeugin hält es für eine besonders schöne Form eines samstagabendlichen Rendezvous, weil auch noch Rosen gestreut wurden.«

Landsberg stieß verächtlich den Rauch aus. »Die Passanten auf der Straße sind uns auch keine große Hilfe.«

»Zumindest merkt sich ein Zeuge das Kennzeichen von dem silbernen Audi, mit dem unser Kollege totgefahren wird.«

»Das Kennzeichen ist gefälscht. Das dazugehörige Fahrzeug ist ein Volvo.«

»Habt ihr den Halter überprüft?«

»Ja. Er ist sauber.«

»Okay, die Fahndung nach dem Audi läuft auf Hochtouren. Straßensperren sind eingerichtet.«

»Jede Wette, dass er bald irgendwo im Stadtgebiet gefunden wird, abgestellt, leer.«

»Dann können wir ihn zumindest auf Spuren hin auswerten.«

Landsberg fluchte.

»Dass die Maurer überhaupt davon ausging, ihr Vater wolle sich mit ihr treffen. Ich kann das einfach nicht glauben.« Er lief durch den Sitzungsraum. »Nach unseren Ermittlungen bekommt Johannes Maurer diesen seltsamen Anruf in Kapstadt, von jemandem, der sich als Torsten Heller ausgibt. Und dieser angebliche Heller scheint Versatzstücke aus dem Gespräch aufgenommen und ihr am Telefon vorgespielt zu haben, was ihr vorgaukelte, ihr Vater würde mit ihr sprechen.«

»Jemand war doch schon in ihrer Wohnung, oder?«, fragte Trojan.

Landsberg nickte.

»Was ist mit der letzten Rufnummer auf ihrem Telefon?«

»Die führte uns nicht weiter. Nein, er muss sie wohl auf ihrem Handy angerufen haben.«

»Scheiße, Hilmar, wir hätten sie einfach noch besser bewachen müssen.«

»Ich sag doch, wenn dieser Vollidiot in dem Streifenwagen –« Landsberg brach ab und blieb stehen. »Also schön«, sagte er nach einer Pause, »wo waren wir?«

»Ihr Handy. Das sich natürlich nicht mehr orten lässt?«

»Nein, aber wir versuchen es weiter, du weißt doch, mit Korchs Handy hat er auch einen makabren Scherz mit uns getrieben.«

Trojan dachte an den Brunnenschacht.

»Was hat es nur mit diesen Ratten auf sich? An dem Ort, wo er Korchs Mobiltelefon versteckt, sind welche, er hinterlässt an den Tatorten das chinesische Rattenzeichen aus Bauschaum, und im Keller in der Kanalstraße –.« Die Erinnerung an seinen grausigen Fund verschlug ihm kurzzeitig die Stimme.

Landsberg trat auf ihn zu.

»Wie war das mit den Ergebnissen aus dem Labor?«

»Nach den ersten Befunden ist die Ratte vor etwa dreizehn Jahren in dem Bauschaum umgekommen. Teile ihres Körpers wurden darin regelrecht mumifiziert.«

»Vor dreizehn Jahren«, murmelte Landsberg. »Nehmen wir einmal an, es war derselbe Kerl, nach dem wir jetzt suchen. Warum tut dieser Wahnsinnige das? Warum zum Teufel mauert er eine mit PU-Schaum umhüllte Ratte ein? In demselben Keller, in dem er Jahre später eine junge Frau mit diesem Zeug quält.«

»Es ist ein Bild. Es weist auf ein Schlüsselerlebnis des Täters hin.«

Landsberg runzelte die Stirn.

»Wie kommt du darauf?«

Trojan musste an die Hypnose denken. Unwillkürlich wandte er sich von seinem Chef ab.

»Er wiederholt ein Muster. Etwas, das ihm selbst zugestoßen ist, vermutlich dort unten in diesem Keller. Und es hat etwas mit Karl Junker zu tun.«

»Verrät dir das deine Intuition, Nils?«

»Wenn du so willst, ja«, sagte er leise.

Was würde er darum gegeben, dass jetzt Jana bei ihm wäre, ganz offiziell an seiner Seite. Vielleicht könnte sie ihnen sogar noch zu einem weiteren Hinweis verhelfen.

Landsberg zerdrückte die Kippe in seinem Taschenaschenbecher.

»Friedhelm Junker können wir ja nun als Täter ausschließen, oder? Schließlich befand er sich während dieser Geschichte im Kirk Royal in Polizeigewahrsam.«

»Hmm. Halten wir ihn trotzdem lieber noch bis morgen fest. Ist Kolpert noch immer mit den Speichermedien beschäftigt?«

»Ja, bisher ohne Ergebnis.«

Trojan ging ans Fenster.

»Erst wird eine Ratte mit Bauschaum getötet, Jahre später werden Menschen mit diesem Material erstickt.« Er drehte sich zu seinem Chef um. »Karl Junker hat ein Geheimnis mit in sein Grab genommen. Mit irgendjemandem hatte er regelmäßig Kontakt, ohne dass seine Umwelt davon viel mitbekam. Und dieser Jemand ist unser Täter. Er kennt sich in Junkers Haus und in seinem Keller sehr gut aus. Außerdem ist er aus irgendeinem uns noch unbekannten Grund völlig besessen von Josephin Maurer, er rast vor Eifersucht, wenn ihr jemand zu nahe kommt: Frida König, die sie umarmt, Karen Scheffler, die ihre beste Freundin ist, und Milan Korch, mit dem sie gelegentlich das Bett teilt. Und ihre Ärztin nicht zu vergessen, die ihr wichtige Medikamente verschreibt. Wie geht es ihr eigentlich?«

»Besser. Die Ärzte hoffen, dass sie ihr Augenlicht retten können.«

»Wenigstens das.«

Er hielt inne, von einem jähen Gedanken überrascht.

»Das sind alles Menschen, die Josephin Maurer gestärkt

haben! Unser Täter aber will sie als Opfer sehen. Die Bewunderung, die ihr im Moviemento entgegenschlug, gepaart mit der Wut darüber, dass sie ihm vor einem Jahr entkommen konnte, all das hat seinen Wahn befeuert.«

Landsberg nickte ihm zu. »Gut, Nils, das ist ein Ansatz.«

»Er muss der Maurer schon früher einmal begegnet sein, vor dem Kidnapping im letzten Sommer, doch allem Anschein nach weiß sie gar nichts davon. Ein Bild von ihr, das er irgendwo sieht, ein zufälliges Aufeinandertreffen, eine Beobachtung aus der Ferne – für einen Wahnsinnigen wie ihn kann das eine ganz andere Bedeutung haben als für uns. Es ist wie ein Bannstrahl, und dem muss er folgen.«

Er ließ die Schultern hängen.

»Machen wir uns nichts vor, Hilmar, ihre Überlebenschancen sind äußerst gering.«

Und ich hab ihr ein Versprechen gegeben, durchfuhr es ihn.

Landsberg blickte ihn schweigend an.

»Ich fahre noch einmal in ihre Wohnung«, sagte Trojan.

Das Bett war ungemacht, die Amigurumi lagen darauf zerstreut, einige mit der typischen Strickmütze, andere in Tiergestalt, alle mit großen staunenden Augen.

Auf dem Küchentisch fand er ihre Medikamente, die leeren Weinflaschen waren in einer Ecke zusammengestellt. Er überprüfte die letzten eingegangenen Rufnummern auf ihrem Telefon, er vertraute seinem Team, aber manchmal übersahen die Kollegen doch etwas. Am diesem Tag war nur ein einziger Anruf eingetroffen, er drückte die Rückruftaste und wurde mit der automatischen Ansage eines Marktforschungsinstituts verbunden.

Er legte auf, ging noch einmal ins Schlafzimmer und inspizierte den Schreibtisch. Häkelzeug und Füllwatte für ihre Puppen waren darauf ausgebreitet, die Zeichnung einer weinenden Mangafigur schien Josephin als Vorlage gedient zu haben, vermutlich hatte sie sich zum Arbeiten nicht mehr in ihre Verkaufswerkstatt getraut.

Neben einem Vergrößerungsglas lag ein altes Foto. Es zeigte eine Gruppe von Kindern auf einem Schulhof, offenbar ein Klassenbild, sie waren in der üblichen Weise positioniert, in drei Reihen, vorne die Kleinen, hinten die Großen. An der Seite hatte sich die Lehrerin aufgestellt.

Trojan betrachtete das Foto durch das Vergrößerungsglas, er versuchte Josephin darauf auszumachen, schließlich erkannte er sie vorne links, eine etwa Neunjährige, die verträumt und scheu in die Kamera sah.

Ihr Blick hatte sich nicht verändert in all den Jahren.

So hatte sie ihn vor kurzem noch selbst angeschaut.

Sein Herz krampfte sich zusammen. Er hatte versagt. In diesem Moment befand sie sich in den Händen eines Mörders.

Er stöhnte auf und warf das Foto zurück auf den Tisch. Jäh verspürte er den Impuls, seine Tochter anzurufen, um ihr zu sagen, wie sehr er sie liebte, aber er durfte nicht noch mehr Zeit verlieren.

Sein Handy klingelte.

Kolpert war dran.

»Vielleicht hab ich da was für dich«, sagte er.

Zurück im Kommissariat, setzte er sich zu ihm an den Computer.

»Schau hier, ich hab eine externe Festplatte untersucht, die aus Friedhelm Junkers Besitz stammt, mir ist es gelungen, an die gelöschten Daten heranzukommen, du weißt ja, dafür gibt es verschiedene Programme, war eine mühselige Kleinarbeit. Na ja, möglicherweise führt uns das weiter.«

Er klickte sich durch eine Reihe von Bildern.

»Das sind Aufnahmen einer Digitalkamera, ein sehr frühes Modell, stammt noch aus der Jahrtausendwende, aufgrund der Motive kam mir gleich der Verdacht, dass sie nicht von Friedhelm Junker gemacht wurden, sondern von seinem Bruder. Stefanie ist gerade zu unserem Beschuldigten in die Zelle gegangen und hat ihn gefragt, ob die Festplatte ursprünglich Karl gehörte.«

»Und?«

Kolpert schnalzte mit der Zunge. »Er hat es bestätigt. Gab sogar zu, dass er sämtliche Daten seines Bruders darauf gelöscht hat, um die Hardware für seine eigenen Zwecke benutzen zu können. Er sagte, er sei eben ein sparsamer Mensch.«

»Lass sehen.«

Es waren unzählige Fotos von Karl Junkers Fahrzeugen, dem Alfa Romeo, in dem er später den Unfall gebaut hatte, und seinem Van, darauf folgten einige Bilder, die seine Miniaturwelt zeigten. Er hatte sich die Mühe gemacht, im Makromodus die kleinen Plastikfiguren, Autos, Straßenzüge und Hügel aufzunehmen. Selbst der Tunnel war auf einem der Fotos zu erkennen, noch heil, die eine Stelle nicht abgebrochen, unter der Trojan den Bauschaum entdeckt hatte.

Sein Herz klopfte höher, vielleicht näherten sie sich endlich einem entscheidenden Punkt.

»Sind irgendwo Menschen drauf? Hat dieser Typ eigentlich auch mal soziale Kontakte gehabt?«

»Das ist es ja gerade, es gibt nur eine kleine Serie von Bildern, auf der ein paar Körperbehinderte zu sehen sind.«

»Körperbehinderte?«

»Wir konnten ermitteln, dass Junker überwiegend Kinder mit körperlichen Gebrechen zu ihren Schulen gefahren hat, das war die Haupteinnahmequelle für seinen Betrieb.«

Kolpert ließ ein Bild auf dem Monitor erscheinen.

»Hier ist es.«

Auf dem Foto stand der Van wieder einmal im Mittelpunkt, darum herum war eine Gruppe gelähmter Kinder zu sehen, ein Mädchen, dessen Alter Trojan auf sechzehn oder siebzehn schätzte, hatte ihren Rollstuhl etwas abseits von den anderen an der hinteren Wagentür geparkt und lächelte schüchtern in die Kamera.

Im Hintergrund war das Reihenhaus in der Kanalstraße zu erkennen.

»Wann ist das Bild aufgenommen worden, lässt sich das noch feststellen?«

Kolpert gab ein paar Tastenbefehle ein.

»27. März 2001.«

»Gibt es noch andere Bilder?«

Wieder nur die beiden Autos und die Miniaturlandschaften. Einmal war auch der Gartenschuppen zu erkennen, der Esstisch vorm Fenster des Hauses im Anschnitt.

Max blickte vom Rechner auf. »Junker liebte seine beiden Autos, seine Bastelarbeiten und schien sich überwiegend in seinen eigenen vier Wänden aufgehalten zu haben. Keine Bilder von Reisen, keine lachenden Menschen, keine Freunde, keine Feste.«

»Nicht einmal eine Frau.«

»Oder auch ein Mann.«

»Nur ein paar Behinderte. Versuch irgendwie herauszufinden, wer diese Kinder sind.«

»Das ist ziemlich schwierig. Friedhelm Junker behauptet,

sämtliche Geschäftsunterlagen seines Bruders weggeschmissen zu haben.«

»Verdammte Scheiße.«

»Er sagt, er hat nur den Kram aufgehoben, der ihm wirklich wertvoll erschien, und Karls Computer war wohl reiner Schrott, nur die externe Festplatte war halbwegs neu.«

»Hast du noch andere gelöschte Daten von Karl darauf gefunden?«

»Keine Fotos.«

»Geschäftliches? Irgendeine Adressliste seiner Kunden?«

Er stieß die Luft aus. »Bisher noch nicht. Das braucht unendlich viel Zeit, an diesem einzigen Dateiordner arbeite ich bereits seit Stunden.«

»Schon gut.«

Er ließ sich noch einmal das Bild zeigen, auf dem die Behinderten vor dem Auto zu sehen waren.

»Kannst du das Mädchen vergrößern? Ihr Gesicht?«

Kolpert zoomte es heran.

Trojan wusste selbst nicht genau, was ihn irritierte, aber plötzlich stellten sich seine Nackenhaare auf.

Das Gesicht des Mädchens erschien übergroß auf dem Monitor, Strähnen ihres langen dunkelblonden Haars hatte sie sich auf einer Seite hinters Ohr geschoben, auf der anderen fiel es ihr weich in die Stirn.

Trojan konnte sich seine Unruhe noch immer nicht erklären. Kolpert holte das Bild weiter heran.

Und dann sah er es ganz deutlich: Das Mädchen hatte kein Ohrläppchen.

»Siehst du das?« Er deutete mit dem Finger auf die Stelle.

»Hmm. Ist eine genetische Anomalie, haben etliche Menschen.«

Warum pochte sein Herz wie verrückt? Und warum brach ihm mit einem Mal der Schweiß aus? Da war etwas. Eine Übereinstimmung. Er musste sich konzentrieren.

Und dann sprang er wortlos auf und stürmte aus dem Büro.

FÜNFUNDZWANZIG

Jemand berührte sie.

Sie schnappte nach Luft.

War das Milan?

Ja, es waren seine Hände auf ihrem Körper, es versetzte sie in eine glückliche Zeit zurück, in den Frühling letzten Jahres, als sie sich kennengelernt hatten, noch vor diesen schrecklichen Ereignissen. Milan schmiegte sich an sie, sein Haar kitzelte ihre Haut, und sie musste lachen. Wie sanft er zu ihr war.

Kein Grund zurückzuzucken.

Wenn es nur nicht so kalt wäre.

Sie versuchte sich vorzustellen, dass der harte Steinboden unter ihr das Seeufer war, an dem sie damals mit ihm gelegen hatte, der Ort ihres ersten Kusses, der Moment nach dem Baden, sie beide auf ihren Handtüchern, das Funkeln in seinen Augen, die Sonne, die eine Milliarde Diamanten auf die Wasseroberfläche zauberte. So ließ sich die Kälte ertragen.

Schon glitt sie zurück in ihren Traum. Doch kurz darauf wurde sie wieder angefasst.

Milan, dachte sie.

Sie wollte die Hände nach ihm ausstrecken. Es irritierte sie, dass sie sich nicht bewegen ließen, aber auch davor brauchte sie sich nicht zu fürchten, es war ja nur ein Traum. Bald würden sich ihre Fesseln lösen, und sie könnte wieder frei atmen, denn Milan war zu ihr zurückgekehrt, er wollte sie um Verzeihung bitten. Sie würde einwilligen. Alles fand sich zu einem glücklichen Ende.

So einfach erschien ihr das in diesem merkwürdigen Zustand zwischen Wachen und Schlafen.

Doch dann stöhnte sie auf. Ein jäher Schmerz fuhr ihr ins Gesicht, jemand riss das Klebeband von ihrem Mund und von den Augen.

Hatte sie das nicht längst alles hinter sich gelassen?

Nur keine Angst. Sie war in Sicherheit, Milan war bei ihr, und sie würden ihr Wiedersehen feiern.

Mit einem Mal wurde ihr schwindlig. Sie sank tiefer.

Auch das würde vergehen. Sie kannte das, diese Zustände hatten mit ihren Tabletten zu tun. Sie musste sich nur ins Gedächtnis rufen, dass sie sich in ihrem Schlafzimmer befand.

Aber woher kam dieser eisige Luftzug? Sie zitterte. Ob sie wohl das Fenster offen gelassen hatte? Nein, sie verriegelte es doch immer, auch im Hochsommer, sie brauchte die Wärme um sich herum, das Gefühl, von einem schützenden Kokon umgeben zu werden.

Wenn Milan sie doch nur zudecken würde.

»Milan?«, fragte sie leise. »Bist du da?«

Schlagartig war sie wach und riss die Augen auf. Ein matter Lichtschein drang zu ihr. Sie atmete schwer. Da roch sie es. Es war chemisch. Es bedeutete Unheil. Sie drehte den Kopf herum und erschrak. Milan war tatsächlich bei ihr. Er lag neben ihr am Boden, gefesselt wie sie. Aber was war nur mit seinem Gesicht passiert? Das klebrige Zeug war überall.

Es bewegte sich.

Sie fing an zu schreien.

Da wandte auch er den Kopf zu ihr um. Das war nicht mehr sein Gesicht, sondern eine schäumende Fratze. An seinen Lippen erkannte sie, dass er etwas zu ihr sagen wollte, doch die wabernde Masse auf seinem Mund war schon zu fest.

Sie sah, wie er verzweifelt versuchte, mit seiner Zunge durch das Zeug hindurchzustechen. Dabei stieß er schmatzende Geräusche aus. Langsam wanderte ihr Blick zu seinen Augen hinauf. Sie bestanden bloß aus gelblichen Klumpen, verkrustet und starr.

Sie schrie lauter.

Und dann bemerkte sie den anderen Geruch.

Da war noch jemand bei ihr.

Seine Stimme klang tief und gepresst.

»Alles Gute zum Geburtstag, Josephin!«

Trojans Hand zitterte, als er mit dem Vergrößerungsglas ein weiteres Mal das Klassenfoto betrachtete. Neben Josephin vorne links stand ein blondes Mädchen.

Ihr langes Haar war hinter die Ohren gestrichen.

Schon beim ersten Anschauen vor einer Stunde hatte sein Unterbewusstsein flüchtig registriert, dass etwas mit dem Kind nicht stimmte.

Ihm fehlten die Ohrläppchen.

Doch offenkundig hatte es keine weiteren körperlichen Beeinträchtigungen.

Sollte er sich also doch täuschen?

Aber warum lag das Klassenfoto hier offen herum? Hatte das eine Bedeutung?

Und die Ähnlichkeit mit dem Mädchen im Rollstuhl war frappierend.

Er griff zum Handy und rief Landsberg in seinem Büro an.

»Möglicherweise hab ich eine Person ausfindig gemacht, die sowohl mit Karl Junker als auch mit Josephin Maurer

Kontakt hatte. Mit etwas Glück könnte das ein Bindeglied sein, das uns endlich weiterführt.«

»Wer ist diese Person?«

»Eine junge Frau, sie müsste jetzt ungefähr in dem gleichen Alter sein wie Josephin. Uns fehlt nur noch der Name.«

Er erklärte ihm kurz die Übereinstimmung auf den beiden Fotos.

»Kannst du den Vater in Kapstadt anrufen und ihn fragen, welche Grundschule seine Tochter besucht hat?«

»In Ordnung. Ich ruf dich gleich zurück.«

Trojan legte auf und musterte das Bücherregal. Er zog einen Aktenordner hervor und blätterte hastig darin. Wer besaß schon noch Unterlagen über seinen Grundschulbesuch, eher bewahrte man doch sein Abi-Zeugnis auf.

Eine Zeugnismappe! Wenn er die nur finden könnte.

Er suchte weiter, aber ohne Erfolg. Also rief er wieder bei Landsberg an.

»Ich kann diesen Maurer nicht erreichen.«

»Verdammte Scheiße.«

»Nils, es ist Samstagnacht, normalerweise –.«

»Seine Tochter ist in Lebensgefahr!«

»Bitte schrei mich nicht an!«

»Entschuldige.« Er holte tief Luft. »Es ist nur die Angst um sie, es ist –.«

»Schon klar, geht mir doch genauso.«

»Weiß er überhaupt von der Verschleppung? Er scheint sich ja nicht sonderlich um seine Tochter zu kümmern.«

»Ich hab's ihm auf die Mailbox gesprochen. Hoffen wir, dass er sie bald abhört.«

Sie beendeten das Gespräch, und Trojan durchwühlte weiter die Wohnung.

Wen könnten sie noch befragen? Karen Scheffler schied aus und Milan Korch auch.

Was war mit ihrer Mutter? Was hatte Josephin über sie gesagt, sie lebte in einem Ashram? Gab es da überhaupt Telefon?

Was waren das nur für Eltern!

Wieder dachte er an Emily.

Wenn all das hier überstanden wäre, würde er mit ihr verreisen, und wenn er sie dafür von der Schule beurlauben musste!

Aber vermutlich würde seine Suche mit der Entdeckung von zwei Leichnamen enden.

Nein, dachte er, nein!

Mit einer Handbewegung fegte er sämtliche Fotobände und Kunstkataloge aus einem Regalbrett heraus. Einige Bücher waren dahintergerutscht.

Darunter befand sich auch eine blaue Mappe.

Er schlug sie auf. Die Zeugnisse waren ordentlich in Folien abgeheftet, in chronologischer Reihenfolge. »Josephin folgt dem Unterrichtsgeschehen aufmerksam und ruhig«, las er in der allgemeinen Beurteilung.

Er wählte die Nummer vom Kommissariat.

Gerber hob ab.

»Ronnie, du musst ganz dringend für mich die Leitung der Eichendorff-Grundschule in Charlottenburg herausfinden.«

»Gib mir eine Sekunde, ich schau im Internet nach.«

Trojan hörte durchs Telefon, wie er auf der Computertastatur klapperte.

»Den Namen hab ich, es ist eine Maria Trug.«

»Die Meldedaten, schnell.«

»Einen Moment.«

Wieder das Tastengeklapper.

»Sie wohnt in der Rüsternallee 4 in Westend.«

Trojan nahm das Klassenfoto und rannte aus der Wohnung, das Handy weiter am Ohr.

»Such ihre Privatnummer raus und ruf sie an, bitte.«

Er stieg unten in seinen Dienstwagen und fuhr mit quietschenden Reifen los.

»Nur der Anrufbeantworter«, sagte Ronnie.

Trojan fluchte.

»Leg auf und versuch es wieder, klingle sie aus dem Bett, falls sie zu Hause ist.«

»Okay.«

Trojan bog vom Kottbusser Damm in die Skalitzer Straße ein, stellte das Blaulicht aufs Dach und beschleunigte auf Tempo hundertvierzig.

Die Zeit wurde knapp, aber er durfte die Hoffnung nicht aufgeben.

SECHSUNDZWANZIG

Immer wieder klingelte er an der Tür des zweistöckigen Mietshauses in der Rüsternallee, doch niemand öffnete. Auch bei den Nachbarn hatte er keinen Erfolg. Verzweifelt begann er, gegen das Türblatt zu treten, doch es war erstaunlich stabil.

Als er für einen Moment innehielt, vernahm er das Rauschen in den Kastanienbäumen am Straßenrand, und plötzlich drang auch Gelächter an sein Ohr. Es kam von der Rückseite des Hauses.

Trojan zwängte sich durch eine Weißdornhecke und kletterte über einen Zaun. Fackeln brannten im Garten, eine Menschengruppe saß um einen Tisch herum. Man lachte und trank.

Er trat näher und zückte seinen Dienstausweis.

»Trojan, Kriminalpolizei. Ist hier eine Maria Trug unter Ihnen?«

Man sah erschrocken zu ihm auf.

Schließlich erhob sich eine beleibte Frau um die Sechzig und sagte: »Ich bin Maria Trug. Um Himmels willen, ist denn was passiert?«

Er hielt ihr ohne Umschweife das Klassenfoto hin.

»Bitte, es ist äußerst dringend, Sie müssen mir bei der Suche nach einer verschleppten Frau helfen.«

»Großer Gott!«

Er deutete auf das Mädchen neben Josephin Maurer.

»Kennen Sie diese Person?«

Maria Trug holte umständlich eine Lesebrille hervor. Sie trat näher an die Gartenfackeln heran, wo sie mehr Licht hatte. Ihre Gäste waren verstummt, während sie das Foto betrachtete.

Trojans Herz raste.

Es dauert zu lange, dachte er, so schaffen wir das nie.

Wahrscheinlich konnte sie sich nicht erinnern. Wenn sie erst in die Schule fahren müssten, um die Jahrgangsverzeichnisse durchzusehen, würden sie noch mehr Zeit verlieren.

»Wann soll das denn aufgenommen worden sein?«, fragte sie.

»Vor etwa siebzehn Jahren.«

»Ist dem Mädchen etwas zugestoßen?«

»Nein, ihr nicht, aber –.« Er brach ab, verbat sich jeden Gedanken an die Situation, in der sich Josephin Maurer wohl gerade befand. »Bitte beeilen Sie sich, es geht um Leben oder Tod. Haben Sie wenigstens eine Ahnung, wer das sein könnte?«

»Diese Klasse hab ich zumindest mal unterrichtet, so viel steht fest.«

»Gut.«

Am Tisch setzte aufgeregtes Gemurmel ein.

Maria Trug schaute angestrengt auf das Foto.

Plötzlich blickte sie auf.

»Ich weiß, wer das Mädchen ist. Ich erinnere mich, weil die arme Kleine einen schrecklichen Unfall hatte, als sie in der fünften oder sechsten Klasse war.«

»Fällt Ihnen der Name ein?«

Sie legte die Stirn in Falten. »Wissen Sie, das sind so viele Kinder, die man im Laufe eines Lehrerinnendaseins zu Gesichte bekommt, und so viele Namen, die man sich merken muss.«

Wieder schaute sie auf das Foto.

»Diese Kleine hier hat es unendlich schwer gehabt. Sie war mein Sorgenkind, nicht erst nach dem Unfall. Wie hieß sie bloß?«

Trojans Nerven waren zum Zerreißen gespannt.

Mit einem Mal schnipste sie mit den Fingern.

»Ja, jetzt hab ich es. Vera hieß sie.«

Er holte tief Luft. »Und der Nachname?«

Sie kniff die Augen zusammen.

»Ich glaube, Vor- und Nachname fingen mit dem gleichen Buchstaben an, oder fast. Und nach ihrem Unfall musste ich immer daran denken, dass der Name beinahe eine Verhöhnung ihrer Lähmung war, er klang nach etwas Schnellem. Blitzschnell. Pfeilschnell.«

Sie hob den Kopf.

»Vera Feil, mit F, ohne P«, sagte sie, »das ist ihr Name, und sie hat –.«

Aber Trojan hörte schon nicht mehr zu, er war bereits über den Gartenzaun gesprungen und rannte zurück zu seinem Wagen.

Er raste los und rief gleichzeitig das Kommissariat an.

»Ronnie, ich brauche die Meldedaten einer Vera Feil, geboren vermutlich Mitte der achtziger Jahre.«

»Warte einen Moment.«

Trojan bog in die Masurenallee ein und brauste am Funkturm vorbei.

»Ich hab hier eine Vera Feil in Rudow, in der Elly-Heuss-Knapp-Straße Nummer 87.«

»Das muss sie sein!«

»Soll ich da hinkommen? Brauchst du Verstärkung, Nils?«

Er hatte hinterm ICC die Stadtautobahn erreicht und beschleunigte auf zweihundert Sachen. Die Sirene heulte, das Blaulicht zuckte durch die Nacht.

»Nils, bist du noch dran?«

Er bemühte sich, ruhiger zu atmen.

»Ich geb dir gleich Bescheid, Ronnie, drück mir die Daumen, dass uns diese Frau weiterhelfen kann.«

»In Ordnung, ich informiere Landsberg darüber. Ach übrigens, der Audi wurde gefunden.«

»Wo?«

»Das Schwein hat ihn am Columbiadamm abgestellt.«

»Das liegt auf dem Weg von Kreuzberg nach Rudow.«

»Ja, aber vielleicht will er uns damit auch täuschen. Es ist ein geklautes Fahrzeug, an das gefälschte Kennzeichen geschraubt wurden. Wir haben den eigentlichen Halter ermittelt, er hat den Diebstahl vor zwei Tagen angezeigt.«

»Ist er sauber?«

»Er ist fast siebzig und kommt gerade von einem Kuraufenthalt zurück, wir haben alles überprüft.«

»Okay.«

»Und stell dir vor, dieser Kerl hat uns sogar sein Zeichen hinterlassen. Hat es auf den Beifahrersitz gesprüht. Du kannst dir vorstellen, womit.«

»Er will uns provozieren.«

»Hmm, und jede Menge Bauschaumdosen haben wir auch in dem Fahrzeug sichergestellt. Wir gehen davon aus, dass er am Columbiadamm einen anderen Wagen geknackt hat. Oder er hat sich noch einen zweiten dort bereitgestellt.«

»Der ist so dreist, der kann sich sogar ein Taxi genommen haben! Er könnte so tun, als sei seine weibliche Begleitung sturzbetrunken, oder er sagt, sie habe Drogen genommen.«

»Ja, er hat sie bestimmt völlig zugedröhnt. Jedenfalls haben wir an ein Taxi auch schon gedacht, ein Aufruf an sämtliche Fahrer ist gestartet, wir überprüfen gerade die Hinweise, bisher sind nur Wichtigtuer darunter.«

»In Ordnung, dann bis bald, Ronnie.«

»Pass auf dich auf, Nils!«

Er legte auf.

Etwa zwanzig Minuten später war er in der Neubausiedlung in Rudow, er schaltete frühzeitig die Sirene aus, nahm das Blaulicht vom Dach und verlangsamte auf den letzten hundert Metern, bis er anhielt.

Er stieg aus und trat auf das Haus zu. Die Erinnerung traf ihn wie ein Blitz.

Susanna Halm hatte auch in Nummer 87 gelebt. Und dieses Viertel hier war so trist wie jenes, in dem sie ermordet wurde. Und in dem er aufgewachsen war. Er kannte den Geruch nach Mülltonnen und Urin aus seiner Kindheit, die mit Graffiti beschmierten Betonklötze, die endlosen Fensterreihen und die Aufgänge, die sich nur durch ihre Nummerierung voneinander unterschieden.

Wieder sah er den Leichensack auf der Trage vor sich, die Männer in den weißen Overalls, und wieder spürte er den Atem seines Vaters im Nacken: »Wie oft hab ich dir gesagt, du sollst hier nicht mehr spielen!«

Er gab sich einen Ruck und klingelte bei Feil. Kurz darauf wurde ihm geöffnet, und er trat ein.

Da es ihm zu lange dauerte, bis der Aufzug kam, hastete er die Treppen hinauf. Ihn bedrückten die schmalen Gänge, die Türen mit ihren einäugigen Spionen, die faden Essensgerüche. Ihm war, als würde die Welt ein Stück von ihm wegtreten, und als er den Anflug eines Schwindelgefühls ausmachte, fürchtete er, dass sich wieder eine Panikattacke näherte.

Er blieb keuchend stehen. Warum überfielen ihn nur immerzu diese beklemmenden Erinnerungen?

»Jede Mordermittlung ist unbewusst auch eine Ermittlung gegen Ihren Vater«, hörte er Jana sagen, und ihre Stimme hallte unheimlich im Treppenhaus wider.

Er musste endlich mit seinem Vater sprechen, die Vergangenheit klären. Und er brauchte mehr Zeit für die schönen Dinge des Lebens.

Vor allem aber musste er ein Versprechen einlösen.

Er wischte sich den Schweiß von der Stirn und berührte den Griff seiner Waffe unter der Jacke.

Er erklomm die letzten Stufen zum sechsten Stockwerk und läutete an der Wohnungstür.

Sie schwang mit einem Surren automatisch auf.

Die junge Frau dahinter sah ihn fragend an.

»Sind Sie Vera Feil?«

Sie nickte.

»Trojan, Kriminalpolizei, darf ich mal für einen Moment reinkommen?«

Sie warf einen Blick auf seinen Dienstausweis, dann fuhr sie mit ihrem Rollstuhl ein Stück zurück und ließ ihn eintreten.

Nachdem sie auf einen Knopf an der Wand gedrückt hatte, schwang die Tür hinter ihm wieder zu.

Es war eine kleine Ein-Zimmer-Wohnung. Alles war einfach und zweckmäßig eingerichtet: behindertengerechte Schiebetüren, Linoleumboden, der Herd in der Küchenecke bestand bloß aus einer Platte, unter die der Rollstuhl gefahren werden konnte.

Der Fernseher lief leise, sie fuhr voran, schaltete ihn aus und deutete zum Esstisch.

»Es ist spät.«

»Verzeihen Sie, wenn ich störe.«

»Ich schlafe eh nicht viel. Worum geht es?«

Er nahm Platz, legte das Klassenfoto auf den Tisch und deutete auf das Kind in der Reihe vorne links.

»Kennen Sie dieses Mädchen?«

Vera Feil strich sich das Haar zurück.

Trojan erkannte an ihren verkürzten Ohren, dass er es mit der richtigen Person zu tun hatte.

Sie fuhr dichter an den Tisch heran und beugte sich vor.

»Das ist Josephin.«

Endlich ein Erfolg, dachte er.

»Das Bild muss in der vierten Klasse aufgenommen worden sein. Ja, damals waren wir ein wenig befreundet.« Sie lachte verbittert auf, es klang mehr wie ein Schluchzen. »Vielleicht hab ich mir die Freundschaft auch nur eingebildet, ich hab Josephin immer bewundert. Sie war so klug und hübsch.«

Ihr Blick schweifte unruhig im Zimmer umher.

»Außerdem stammt sie aus besseren Verhältnissen, so nennt man das wohl. Nach der Vierten ist sie abgegangen, um eine höhere Schule zu besuchen, während ich –.«

Mit einem Ruck löste sie die Bremsen ihres Rollstuhls und setzte ein Stück zurück.

Sie ließ den Kopf sinken.

»Ich Idiotin hatte meinen Unfall. Wenn ich nur etwas vorsichtiger gewesen wäre, könnte ich jetzt noch laufen. Das verzeihe ich mir bis heute nicht.«

Trojan wartete ab.

»Mutter musste mit mir in dieses schreckliche Viertel ziehen, weil es hier Wohnungen für Behinderte gibt, wir lebten nur drei Aufgänge weiter. Und jetzt bin ich hier, allein.«

»Was war das für ein Unfall?«

Sie verzog den Mund.

Nach einer Pause sagte sie leise: »Es ist im Schwimmbad passiert, ein Mutsprung vom Turm, ich schlug am Beckenrand auf, aber lassen Sie uns bitte darüber nicht sprechen.«

»Es tut mir sehr leid.«

Ihr Lächeln war dünn.

»Möchten Sie einen Kaffee?«

»Bitte keine Umstände, sagte Trojan, »es ist furchtbar eilig, weil –.«

»Ist Josephin etwas zugestoßen?«

Er nickte schwach. »Sie ist verschleppt worden.«

»Oh nein, wie furchtbar.«

»Wann hatten sie das letzte Mal Kontakt zu ihr?«

Sie dachte kurz nach. »Warten Sie. Das muss zwei Jahre nach meinem Unfall gewesen sein. Wir waren beide vierzehn. Sie wohnte noch in Charlottenburg, ging dort aufs Gymnasium. Ich hab sie zu mir nach Hause eingeladen. Sie wusste nicht, dass ich mittlerweile im Rollstuhl sitze. Hat sich ihr Entsetzen darüber kaum anmerken lassen, die Gute, war ganz tapfer und ausgesprochen nett zu mir. Aber ich glaube, sie war froh, als der Nachmittag vorüber war. Seitdem hab ich sie nie wieder gesehen.«

Trojan legte wortlos das andere Bild auf den Tisch. Es zeigte das schüchtern lächelnde Mädchen im Rollstuhl vor dem Van.

»Das bin ja ich!«

Er versuchte ihren Blick zu deuten.

»Erinnern sie sich an einen Mann namens Karl Junker?«

Sie schüttelte den Kopf.

»Bitte denken Sie genau nach.«

Ihre Schultern krümmten sich.

»Er hat dieses Foto aufgenommen«, sagte Trojan, »und er fuhr den Van.«

Sie schwieg.

»Frau Feil, es geht um das Leben Ihrer Schulfreundin!«

»Steht es so schlecht um sie?«

»Wir müssen das Schlimmste befürchten.«

»Was ist das nur für eine Welt.«

Die Hände in ihrem Schoß waren zu Fäusten geballt.

Mein Gott, durchfuhr es ihn, eigentlich ist sie eine recht attraktive Frau.

»Bitte«, sagte er, »wir verlieren kostbare Zeit. Josephin Maurer ist in großer Gefahr.«

»Wie war noch mal der Name?«

»Karl Junker.«

Ihre Stimme klang gepresst. »Das ist der Mann, der mich zur Schule gefahren und wieder abgeholt hat, es war sein Job. Ich war auf einer herkömmlichen Realschule, zusammen mit fröhlichen gesunden Menschen, und ich kam in das Alter, in dem man sich für Jungs interessiert, aber eine Querschnittslähmung ist für ein Mädchen nicht gerade kontaktfördernd, darum erinnere ich mich nicht gern an diese Zeit.«

»Kennen Sie ihn genauer? Waren Sie einmal bei ihm zu Hause?«

Die Antwort kam prompt. »Nein.«

»Warum fotografiert er seine Fahrgäste vor seinem Haus?«

Vera Feil rieb sich mit beiden Händen über die Schläfen.

»Dieser Junker hat oft fiese Späße mit uns gemacht. Ich glaube, das Foto ist entstanden, als er mal gedroht hat, uns alle rauszusetzen. Stellen Sie sich das vor, wir waren eine Gruppe von Behinderten, und der Fahrer will sie einfach irgendwo im Regen hocken lassen.«

Sie schaute wieder auf das Foto.

»Ja, das war der Tag, ich bin vierzehn oder fünfzehn, mir

geht es sehr schlecht. Meine Mama ist –.« Sie schlug die Augen nieder. »Meine Mama war Alkoholikerin, und sie hat –. Ich konnte ihr doch nicht helfen, musste mit ansehen, wie sie sich langsam zu Tode soff.« Sie ruckte mit dem Kopf. »Junker sagt jedenfalls zu uns, wir sollen nicht so laut im Auto sein, und dann hält er plötzlich an, steigt aus, öffnet die Hintertür und sagt: ›Jetzt ist Feierabend.‹ Er geht in sein Haus, ich nehme an, um dort einen Schnaps zu trinken oder dergleichen. Danach scheint es ihm leidgetan zu haben, vielleicht hatte er auch Angst um seine Lizenz, jedenfalls kommt er wieder raus und führt uns ganz stolz seine neue Kamera vor, eine digitale, das war damals noch was ganz Besonderes, er sagt, ›na los, Leute, nun lächelt mal‹, und er macht dieses Foto. Er verfrachtete uns wieder auf unsere Plätze und fährt weiter. Er war halt sehr verschroben, ein eigenartiger Mensch.«

»Und sie hatten keinen näheren Kontakt zu ihm?«

Sie schüttelte den Kopf.

»Kennen Sie jemanden, der mal bei ihm war, ihn vielleicht regelmäßig besuchte, möglicherweise ein anderer Fahrgast von ihm?«

»Nein.«

»Ihre Mutter? Was ist mit Ihrem Vater?«

»Mein Erzeuger ist unbekannt«, entgegnete sie hart. »Und Mama war meines Wissens nie in diesem Haus. Warum sollte sie auch.«

»Haben Sie Geschwister?«

»Ich war immer allein.«

»Freunde aus der Zeit?«

»Ich sagte doch: immer allein.«

Sie schob die beiden Fotos mit einer energischen Geste über den Tisch.

»Sollten Sie Josephin Maurer wiederfinden, richten Sie ihr von mir aus, dass ich sie sehr gern mochte.«

Trojan versuchte in ihren Augen zu lesen. Wenn das alles war, was sie wusste, war er wieder am Nullpunkt angelangt. Es erschien ihm hoffnungslos.

Er stand auf und verabschiedete sich von ihr.

Auf seiner Uhr war es dreizehn Minuten nach Mitternacht.

SIEBENUNDZWANZIG

Der Chablis war zu warm.

Jana ging in die Küche, nahm den Behälter aus dem Gefrierschrank und brach zwei Eiswürfel heraus. Da sie vergessen hatte, das Glas mitzunehmen, musste sie sie in der hohlen Hand ins Wohnzimmer bringen.

Sie setzte sich, stieß versehentlich das Glas um und fluchte leise. Stand wieder auf, holte ein Geschirrtuch aus der Küche und tupfte die Weinlache auf. Dann lehnte sie sich zurück und legte sich die angeschmolzenen Eiswürfel auf die Stirn. Das Wasser rann ihr übers Gesicht, das Kinn und über den Hals hinunter in den Ausschnitt ihrer Bluse. Die kurze Abkühlung ließ sie aufatmen.

Sie hatte alle Fenster ihrer Wohnung geöffnet, sich den Gedanken an Fassadenkletterer verboten, dafür zum wiederholten Male kontrolliert, ob die Eingangstür richtig verschlossen war.

Die Samstagnacht war stickig und schwül. Gelächter drang von den Kneipen in der Akazienstraße zu ihr herauf. Eigentlich sollte sie jetzt mit einer Freundin in einem Biergarten sitzen und ebenfalls versuchen zu lachen, aber sie hatte abgesagt.

Ihren psychologischen Supervisor konnte sie nicht erreichen, er schien am Wochenende nicht ans Telefon zu gehen.

Diese Hypnose heute Vormittag hatte sie erschüttert. Als

sich die Augen der jungen Frau nach der Sitzung wieder geöffnet hatten, waren sie wie ein Spiegel für sie gewesen.

Ein Spiegel ihrer eigenen Angst.

Früher hatte sie geglaubt, völlig frei davon zu sein.

Bis der Federmann kam.

Sie schenkte sich nach, fühlte sich zu schwach aufzustehen, um neue Eiswürfel zu holen, also trank sie den Wein warm.

Sie schaltete auf einen anderen Fernsehkanal um, wo ein Dokumentarfilm über Tiere lief, da tummelten sich Fische in einem Ozean, da waren Korallen, ein Taucher, ein Wirbel von Luftblasen, und eine sonore Stimme erzählte von einer versunkenen Welt. Sie nickte für einen Moment ein.

Abrupt hob sie den Kopf. Hatte da jemand zu ihr gesprochen?

KOMM HER ZU KARLI.

Sie lauschte.

Nein. Nicht möglich.

Sie musste geträumt haben.

Um sich abzulenken, richtete sie ihre Aufmerksamkeit wieder auf die Meerestiere. Ein Clownfisch schwamm durchs Bild, sie kannte die Art aus einem Animationsfilm, den sie mal auf DVD gesehen hatte, auch an so einem traurigen, einsamen Abend.

Du musst mehr ausgehen, Jana, ermahnte sie sich in Gedanken selbst, hättest die Verabredung nicht absagen sollen.

Sie nahm einen großen Schluck.

Ertappte sich dabei, wie sie an Trojan dachte, sich seine wachen braunen Augen vorstellte, die angegrauten Schläfen, seine große Statur, den dynamischen Gang, vor allem aber seine Art sie anzulächeln, verschmitzt, beinahe jungenhaft, und dann dieses Verborgene in ihm, seine Angst, die Selbstzweifel, etwas schier Unergründliches, ein Geheimnis, das zu entschlüsseln sie sich zur Aufgabe gemacht hatte.

Wie hatte sie nur ihre professionelle Distanz aufgeben können und sich von ihm küssen lassen! Auf diese Weise war es unmöglich, die Therapie fortzusetzen.

Sie verlor sich in Träumereien, spulte die Szene des Kusses vor ihrem inneren Auge immer wieder ab. Hatte sie sich das womöglich eingebildet? Im Nachhinein erschien es ihr so unwirklich. Sie war doch ein Profi. So etwas durfte ihr doch nicht passieren.

Und was wäre nun, wenn sie für immer nachgäbe?

Sie schüttete sich nach, trank.

Und wieder hörte sie diese Stimme.

KOMM. NUN MACH SCHON.

Das arme Mädchen war regelrecht davon besessen gewesen.

Wie könnte man ihr nur helfen?

Kurzentschlossen griff sie zum Telefon, suchte eine Nummer im Verzeichnis und drückte die grüne Taste.

Trojan steckte gerade den Schlüssel ins Zündschloss, als das Handy in seiner Hosentasche vibrierte.

Als er den Namen auf dem Display las, machte sein Herz einen Sprung. Er hob ab.

»Ja?«

»Ich bin es.«

Mehrere Empfindungen stürmten gleichzeitig auf ihn ein, einerseits seine Angst um Josephin, die sinkende Hoffnung, andererseits dieses merkwürdige Kribbeln, das Janas Stimme bei ihm auslöste. Als hätte sie die Fähigkeit, ihn in einen anderen Modus zu versetzen, nur allein dadurch, dass sie zu ihm sprach.

»Hallo?«

»Ja, ich bin noch da.«

»Ich störe, nicht wahr? Sie sind im Einsatz.«

Sein Atem beruhigte sich.

Einzig und allein die Tatsache, dass sie ihn, unbewusst oder nicht, wieder zu siezen begann, irritierte ihn.

»Schon gut. Ich bin –, ich freue mich doch immer, wenn du anrufst.«

»Sie müssen entschuldigen, ich bin ein wenig beschwipst.«

»Gut so. Es ist Samstagnacht, es ist Sommer, du hast ein Recht darauf.«

Und er wünschte, er könnte jetzt bei ihr sein und den Rausch mit ihr teilen.

»Wissen Sie, es ist so, dass ich die ganze Zeit an heute Vormittag denken muss, ich war anfangs etwas streng zu Ihnen, und dafür wollte ich mich entschuldigen.«

»Entschuldigung angenommen.«

»Aber dann kam es zu diesem Vorfall zwischen uns –.«

»Nicht doch, Jana, ich sehe das ganz gelassen.«

»Gelassen? Also hör mal, du bist mein Patient.«

»Na und?«

»Das sind Grenzverletzungen.«

»Mir egal.«

»So kommen wir nicht weiter.«

»Sind wir nicht längst weitergekommen, Jana?«

Sie atmete in den Hörer.

»Und natürlich muss ich immerzu an diese junge Frau denken, sie wirkte so verzweifelt, und es tut mir so leid, was sie durchmachen musste.«

Er schwieg. Sein Nacken verkrampfte sich. Er blickte die

Straße hinunter, Motten taumelten im fahlen Laternenlicht.

»Hat Ihnen denn die Hypnose bei Ihren Ermittlungen weitergeholfen?«

Er zerrte am Kragen seines T-Shirts, als könnte er sich so etwas Luft verschaffen.

»Ja«, sagte er kaum hörbar.

»Das klingt aber nicht überzeugend.«

»Ich bin dran, ich hab –, ich werde –, ich kann –.«

»Sie müssen sich doch nicht vor mir rechtfertigen.«

Schließlich brach es aus ihm heraus: »Wir haben alles für sie getan, ihr einen Funkwagen abgestellt, zwei Mann, die sie rund um die Uhr bewacht haben, ich war selbst einmal zum Schutz eine ganze Nacht bei ihr, wir haben wirklich alles in unserer Macht Stehende unternommen. Aber es werden auch Fehler gemacht, es gibt menschliches Versagen.«

Er drehte den Zündschlüssel herum und fuhr los, er wusste zwar nicht, wohin, am besten zurück zum Kommissariat, Landsberg von der Vernehmung berichten, die Kollegen befragen, vielleicht hatten sie ja etwas in Erfahrung gebracht, aber er wusste ja, je länger ein Opfer in den Händen des Täters war, desto geringer wurde die Wahrscheinlichkeit, es lebend wiederzufinden.

Er hörte Jana leise aufschreien.

»Hallo?«

Sie sagte nichts.

»Was ist da los? Bist du noch dran?«

Endlich vernahm er wieder ihre Stimme.

»Ja, es ist nur –, ich hab gerade einen furchtbaren Schreck bekommen. Da war etwas am Fenster.«

»Was?«

Es entstand eine längere Pause.

»Nichts. Es ist nichts. Nur ein Windstoß. Der Ast von einem Baum. Vielleicht zieht ein Gewitter auf. Verzeihen Sie, ich bin so schreckhaft heute.«

Er drückte das Gaspedal durch, der Motor heulte auf.

»Sagen Sie mir die Wahrheit, was ist passiert?«

»Sie ist verschwunden. Der Kerl hat sie erwischt.«

Sie schwiegen lange Zeit. Er raste über die Stadtautobahn. Es hat alles keinen Sinn mehr, dachte er.

»Was hat er ihr angetan?«, fragte sie leise.

»Er hat sie verschleppt, in einem Wagen. Er scheint das Fahrzeug gewechselt zu haben. Mehr wissen wir nicht.«

Und dann sagte sie: »Hör zu, du bist ein fähiger Kommissar, ich hab schon immer an dich geglaubt. Du schaffst das, Nils, davon bin ich überzeugt.«

»Ach ja?«

»Denk nach, folge deinen Instinkten. Du bist jemand, der seinen Kräften vertrauen kann, wenn es darauf ankommt.«

Ihm wurde schummrig, unwillkürlich presste er die Augen zusammen. Als der Wagen zu schlingern begann, öffnete er sie wieder.

»Scheiße, ich bin verdammt müde.«

»Konzentriere dich! Wo könnte der Täter sie hinverschleppt haben? Versuch dich in seinen kranken Geist hineinzuversetzen.«

Er scherte auf die Überholspur aus und beschleunigte auf zweihundertzwanzig Stundenkilometer.

»Okay, ich will es versuchen.«

»Gut, sehr gut. Nicht aufgeben, Trojan, ich glaube an Sie.«

»Jana. Jana Michels, wann hörst du nur endlich auf, mich zu siezen? Pass auf, ich sag dir was: Wenn das hier vorbei ist, lade ich dich zum Essen ein, bei mir zu Hause, okay? Keine Ausflüchte. Du kommst zu mir, einfach zu mir. Ich bin zwar ein erbärmlicher Koch, aber zur Not können wir uns auch eine Pizza bestellen. Du magst doch Pizza, oder?«

Er vernahm das Klicken in der Leitung. Egal, irgendwie war ihm jetzt wohler. Er steckte das Handy ein.

Seine Finger ertasteten einen Zettel in der Hosentasche. Er nahm ihn heraus. Darauf war eine Adresse notiert.

Er überlegte nur für den Bruchteil einer Sekunde, dann bremste er ab, riss das Steuer herum und nahm die nächste Ausfahrt.

ACHTUNDZWANZIG

Das Seniorenwohnheim lag schräg gegenüber von den Hackeschen Höfen. Er parkte den Wagen halb auf dem Gehsteig, so dass die Tram hinter ihm auf der schmalen Rosenthaler Straße gerade noch vorbeikam. Ihre Warnglocke schrillte laut.

In dem Gebäude begrüßte ihn der Nachtpförtner mit einem verschlafenen Blick. Trojan zückte seinen Dienstausweis und sagte, er müsse dringend mit Gertrude Pranowski sprechen.

»Das ist unmöglich. Die Herrschaften schlafen alle längst.«

Er fegte mit einer Handbewegung die Zeitschrift weg, in der der andere gerade gelesen hatte. »Die Zimmernummer, schnell, ich muss sofort zu ihr, es geht um zwei Menschenleben.«

Der Pförtner sah ihn entsetzt an.

Er brauchte eine Weile, bis er die Information verarbeitet hatte, dann suchte er eine Datei, klickte sie an und gab den Namen Pranowski ein.

»Es ist die 318. Drittes OG.«

»Geben Sie mir am besten gleich den Schlüssel.«

»Das darf ich nicht.«

Trojan packte ihn am Revers und schüttelte ihn. »Das dürfen Sie nicht? Wissen Sie, mit wem Sie es hier zu tun haben?«

Er starrte ihn mit offenem Mund an.

»Wir dürfen die Zweitschlüssel wirklich nur im Notfall rausrücken.«

»Es ist ein Notfall, Sie Idiot!«

»Aber Frau Pranowski wird sich zu Tode erschrecken.«

»Das lassen Sie mal meine Sorge sein.«

Endlich öffnete der Pförtner einen Tresor und nahm einen Schlüssel vom Haken. Trojan riss ihn ihm aus der Hand und rannte die Treppe hinauf, der Aufzug würde doch nur wieder für eine Verzögerung sorgen.

Im dritten Stockwerk angelangt lief er auf einem roten Teppich durch den Flur, vorbei an künstlichen Topfpflanzen auf Plastiksäulen, kitschige Landschaftsaufnahmen hingen an den Wänden.

Er drückte den Klingelknopf an der Tür mit der Nummer 318 und klopfte gleichzeitig.

»Frau Pranowski«, rief er, »Kriminalpolizei, ich muss dringend mit Ihnen sprechen.«

Als keine Antwort kam, steckte er den Schlüssel ins Schloss und öffnete.

Das Zimmer war hell erleuchtet.

Er hatte Glück, Gertrude Pranowski war noch nicht zu Bett gegangen, sonst hätte er sie vielleicht wirklich zu Tode erschreckt.

Sie war eine zierliche alte Dame mit krummem Rücken, das weiße Haar dauergewellt und mit einer zart violetten Tönung versehen. Sie saß am Tisch vor einem aufgeklappten Laptop, aus dessen Lautsprechern krachende Geräusche drangen.

»Ach, das ist aber eine nette Überraschung«, sagte sie mit hoher Stimme. »Besuch zu später Stunde.«

Trojan trat näher.

Sie blickte ihn über den Rand ihrer Brille hinweg an.

»Sind Sie ein Nachbar von mir? Im Speisesaal hab ich Sie noch nie gesehen.«

»Danke für das Kompliment.«

Sie lächelte freundlich.

»Trojan, Kriminalpolizei. Entschuldigen Sie, dass ich hier einfach hereinplatze, aber ich brauche dringend ein paar Informationen von Ihnen.«

»Die Kripo?«

»Hmm.«

»Möchten Sie einen Wodka?«

Er lehnte dankend ab.

»Ist auch gut gekühlt.«

Gertrude Pranowski nahm die Flasche aus einem Eisbehälter und schenkte sich randvoll ein.

»Verraten Sie der Heimleitung bitte nichts von meiner kleinen Schwäche. Hochprozentiges ist eigentlich nicht gestattet.«

Trojan zog sich einen Stuhl heran und setzte sich zu ihr.

Sie deutete auf den Bildschirm ihres Laptops. »Kennen Sie dieses Ballerspiel? Ist eigentlich ganz nett, man muss die Aliens abknallen, diese eklig schleimigen Viecher da. Ich bin schon im fünften Level angelangt. Irgendwie muss man sich den Aufenthalt hier ja erträglich machen.«

Trojan betrachtete kurz die außerirdische Kampfmaschine auf dem computeranimierten Schlachtfeld. Merkwürdiger Zeitvertreib für eine alte Dame, dachte er.

»Hören Sie, eine junge Frau ist verschleppt worden, und wir haben den Verdacht, dass der Täter jemand aus dem Umfeld des verstorbenen Karl Junker ist. Sie waren doch mal seine Nachbarin, stimmt's?«

Sie wiegte den Kopf.

»Karl Junker?«

»Ja.«

Sie wandte sich wieder ihrem Computerspiel zu, hämmerte auf die Tasten ein.

»Erinnern Sie sich an ihn?«

»Der Junker, ja, das war ein komischer Kerl.«

Es gab eine Detonation, ein Höllenwesen jaulte auf.

Trojan klappte den Laptop zu.

»Oh, jetzt bin ich aber tot.«

»Antworten Sie bitte auf meine Fragen!«

Sie blickte ihn zerstreut an.

»Was wollen Sie wissen?«

»Bekam er regelmäßig Besuch? Konnten Sie irgendetwas Verdächtiges beobachten?«

Sie schmatzte mit ihrem künstlichen Gebiss.

»Also, das regt mich ja heute noch auf, wenn ich an diese Geschichte von damals denke. Er hatte doch diese junge Frau in seinem Keller.«

»Ja.«

»Der Junker war zwar ziemlich verschroben, aber das hätte ich ihm dann doch nicht zugetraut.«

Sie nahm einen Schluck Wodka.

»Als mir meine Tochter davon erzählt hat, war es wie ein Schock für mich. Gleich nebenan, Tür an Tür mit einem Unhold. Ich wohnte ja schon hier im Heim, als es passierte, aber meine Tochter –. Mein Gott, die Arme war vielleicht fertig mit ihren Nerven!«

Trojan bemühte sich um Beherrschung, die alte Dame war einfach zu redselig, wahrscheinlich ließ man sie zu oft allein.

»Zurück zu meiner Frage, kam zu Karl Junker gelegentlich jemand ins Haus?«

»Eigentlich nicht. Er lebte sehr zurückgezogen.«

»Waren Sie selbst einmal dort?«

»Nein, wo denken Sie hin! Zu dem Junker hätte ich mich niemals auf die Couch getraut.«

Sie beugte sich zu ihm und senkte die Stimme.

»Aber wissen Sie was, ich war auf seiner Beerdigung.«

Ein strahlendes Lächeln zog über ihre Lippen.

»Ich liebe es, auf Beerdigungen zu gehen.«

Hier komme ich auch nicht weiter, dachte Trojan, es ist zwecklos.

»Seitdem mein Gatte den Löffel abgegeben hat, ist das zu einer Art Hobby von mir geworden. Es gibt ja so wunderschöne Friedhöfe in Berlin.«

Er seufzte.

»Und ich hab immer meine Kamera dabei, wenn mal wieder jemand unter die Erde kommt.« Sie legte die Hand auf seinen Unterarm. »Was mögen Sie lieber, Urne oder Sarg?«

»Bitte, Frau Pranowski –.«

»Ich persönlich mag die Särge lieber. Irgendwie feierlicher, finden Sie nicht?«

Er sah sie bloß an.

»Warten Sie, ich hab auch von Junkers Grab ein Foto gemacht.«

Sie erhob sich umständlich, zuckelte ihren Rollator heran und schlurfte, auf ihn gestützt, hinüber zur Schrankwand.

»Ich hab mir gedacht, nun gut, wenn er wirklich dieses Verbrechen begangen haben sollte und ein«, sie drehte sich zu ihm um und ließ das Wort genüsslich auf der Zunge zergehen, »Sexgangster ist, dann war sein tödlicher Autounfall die gerechte Strafe für ihn.«

Sie nahm eine Schatulle aus einer Schublade und kam zum Tisch zurück.

»Ich habe Fotos von den Gräbern meiner beiden Schwestern, meines Schwagers, eines Vetters zweiten Grades, einer ehemaligen Arbeitskollegin, natürlich auch von meinem Gatten, damit hat ja alles angefangen. Neulich war ich bei der Beisetzung meiner Zimmernachbarin.« Sie hob den Kopf. »Ganz schwerer Fall von Herzinsuffizienz, die Gute hatte Beine, so dick wie Kanonenrohre. Die Pfleger holen die Todkranken vorher ab, wissen Sie, damit uns das nicht zu sehr aufregt. Ich war sogar bei dem Kerl unten im zweiten Stock, Magenkrebs, das war vielleicht ein blasierter Affe, aber sein Begräbnis konnte ich mir nicht entgehen lassen.«

Sie setzte sich, öffnete die Schatulle und durchwühlte einen Stapel Fotos.

Nach einer Weile reichte sie ihm eines davon.

»Hier, ein Griff, und ich hab es, bei mir herrscht Ordnung. Ich hab noch ein paar andere an dem Tag geschossen. Viele Menschen sind ja nicht gekommen, eigentlich war ich fast allein, da war noch sein älterer Bruder, der Pfarrer natürlich und –.« Sie blickte auf ein anderes Foto. »Ach ja, und dieser junge Mann.«

Trojan nahm ihr das Bild aus der Hand und betrachtete es.

»Wer ist das?«

Sie lehnte sich vor. Ihre Wangen glühten vor Aufregung über den nächtlichen Besuch. Er konnte ihren Wodkaatem riechen, hätte sich doch ein Glas davon genehmigen sollen.

»Hab ich beinahe vergessen, ja, der ist auch gekommen. Und wissen Sie was, ich hab ein gutes Personengedächtnis, ich bin mir ziemlich sicher, dass das derjenige ist, den ich mal in Junkers Garten gesehen hab.«

»Wann war das?«

»Etliche Jahre zuvor, da war er noch ein Jugendlicher. Ich hab manchmal durch die Hecke hinübergelinst, hat mich doch interessiert, was der Junker drüben so treibt, und da steht dieser Junge mitten auf der Wiese, und ich rufe zu ihm rüber, sage hallo oder so etwas Ähnliches. Er blickt mich nur ganz scheu an, und weg ist er.«

»Haben Sie ihn danach noch einmal gesehen?«

Sie legte die Stirn in Falten.

»Kann sein, dass er noch mal im Garten war. Ich glaube, er ist immer von hinten reingegangen. Da gab es bei uns in der Kanalstraße hinter den Fliederbüschen eine Möglichkeit, von der nächsten Querstraße aus das Grundstück zu betreten. Ich hab mich ja immer vor Einbrechern gefürchtet und zu meinem Schwiegersohn gesagt, er soll mal was dagegen unternehmen, damit nicht –.«

»Wissen Sie, wer dieser Mann ist«, unterbrach er sie, »haben Sie vielleicht mal seinen Namen aufgeschnappt? Bitte erinnern Sie sich.«

Er verspürte dieses Kribbeln in den Fingern, wie so oft, wenn er sich einem wichtigen Punkt genähert hatte.

Gertrude Pranowski sah ihn an, ihre Augen waren mit einem Mal glasig geworden, sie schien den Faden verloren zu haben.

Trojan wollte schon etwas sagen, als sie seinen Arm berührte und ihm zuraunte: »Sie haben mir wohl nicht richtig zugehört, ich sagte doch, er war ein-, zweimal im Nachbargarten, da hab ich ihn gesehen, rief hallo, aber woher soll ich den Namen wissen? Meinen Sie, der war ihm auf die Stirn geschrieben?«

»Schon gut.«

Er war so aufgeregt, dass er aufstehen und ein paar Schritte durch das Zimmer laufen musste. Dabei sah er auf das Foto in seiner Hand. Das Grab war schmucklos, keine Blumen, kein Kranz, nicht einmal eine Trauerschleife. Er erkannte Friedhelm Junker in der Bildmitte, etwa drei Meter entfernt von ihm stand ein junger Mann, nicht allzu groß, die Schultern eingezogen, seine Miene war verschlossen.

»Brauchen Sie eine Lupe?«, fragte Gertrude Pranowski. »Sie sind doch Detektiv.« Sie lachte. »Und ein Detektiv braucht eine Lupe.«

Er spürte, wie ihm der Schweiß den Rücken hinunter rann. Sein Nacken war so verspannt, dass er Mühe hatte, den Kopf gerade zu halten. Er nickte der alten Frau zu, sie öffnete eine Schublade unter dem Tisch und kramte darin.

»Ich brauche so etwas manchmal, wenn es in den Illustrierten gewisse Details zu betrachten gibt. Die Muskelpakete von hübschen Burschen zum Beispiel.«

Mit einem breiten Lächeln reichte sie ihm das Vergrößerungsglas.

Trojan hielt es über das Foto. Das dunkle Haar des jungen Mannes reichte nicht bis über die Ohren.

Und an den Ohren fehlte etwas. Für einen Moment war er wie gelähmt.

»Darf ich das Bild behalten?«, fragte er heiser.

»Oh, ich fürchte, das geht nicht, es gehört doch zu meiner Sammlung.«

»Ich bringe es Ihnen zurück, versprochen.«

Er legte die Lupe auf den Tisch.

»Danke, Frau Pranowski, Sie haben mir sehr geholfen!«

Dann stürmte er aus dem Zimmer.

NEUNUNDZWANZIG

Vera Feil trank keinen Alkohol, das negative Vorbild ihrer Mutter hielt sie davon ab. In dieser Nacht aber sehnte sie sich nach Betäubung und Trost und wünschte, sie könnte ihre verdammte Enthaltsamkeit einfach in den Wind schreiben und sich bis zur Besinnungslosigkeit besaufen.

Aufgewühlt von den Erinnerungen an die Zeit vor ihrem Unfall fuhr sie im Rollstuhl in der Wohnung hin und her.

Immer wieder sah sie Josephin Maurer vor ihrem geistigen Auge und zählte sich auf, was sie alles an ihr geliebt hatte, ihren verträumten Blick, die Art, wie sie gedankenversunken im Klassenzimmer saß und eine Haarsträhne durch ihre Finger gleiten ließ, ihr entrücktes Lächeln dabei, das Kopfschütteln, wenn sie plötzlich aufgerufen, aus ihrer eigenen Welt herausgerissen wurde. Und Vera hatte gehofft, irgendwann in dieses Phantasiereich vordringen, sich mit ihr rätselhafte Spiele ersinnen und damit die Nachmittage vertrödeln zu dürfen.

Einmal hatte sie all ihren Mut zusammengenommen, war auf sie zugetreten und hatte sie gefragt, ob sie nicht ihre beste Freundin werden wolle.

Josephin hatte die Stirn krausgezogen. »Die beste? Ich weiß nicht einmal, ob ich überhaupt mit dir befreundet sein möchte.«

Nur um ihr daraufhin schnell die Hand auf den Arm zu legen: »Komm schon, sei nicht gleich beleidigt, wir können's ja mal versuchen.«

Sie war so schön, aber nicht auf oberflächliche Weise wie viele andere Mädchen, ihre Schönheit hatte Charakter, dazu war sie auch noch gut in der Schule, trotz ihrer Geistesabwesenheit. Alles gelang ihr mühelos. Beim Sport rannte sie pfeilschnell, im Kunstunterricht malte sie farbrauschende Bilder, sie konnte Kopfrechnen und beherrschte die Grammatik, während sie selbst, Vera, in allen Fächern bloß Mittelmaß war.

Schon damals wusste sie, dass sie niemals so sein könnte wie Josie.

Und seit ihrem Unfall erst recht nicht.

Sie blickte durchs Fenster hinab in die nächtliche Siedlung. Ein einziges Auto fuhr die Straße entlang, ansonsten war alles tot.

So tot wie sie selbst, vom Becken abwärts. Sie rollte zurück an den Tisch, wo der Kommissar gesessen hatte.

Was war das nur für ein Leben, wenn lediglich der überraschende Besuch eines Polizisten für etwas Herzklopfen sorgte.

»Immer allein«, murmelte sie, »immer allein.«

In der Küche streckte sie die Hand nach dem niedrig hängenden Wandschrank aus und öffnete ihn. Da war die Flasche Likör, das Geschenk einer Frau aus der Selbsthilfegruppe für Querschnittsgelähmte. Sie dachte nicht gern an den trostlosen Abend mit ihr zurück, ihre weinerliche Stimme, das ewige Lamentieren über Schmerzen im Lendenwirbelbereich und wundgesessene Stellen am Hintern, die bitteren Klagen über den männlichen Anteil der Gruppe, der sich herzlich wenig für sie interessierte. Sie hasste diese Larmoyanz bei anderen Betroffenen, sie war ihr einfach zu vertraut.

Nach einigem Zögern nahm sie die Flasche heraus, holte sich ein Glas, schenkte sich ein und trank.

Es schmeckte klebrig und süß, aber die Wirkung ließ nicht lange auf sich warten.

Sie leerte das Glas, fuhr zurück ins Wohnzimmer und hielt vorm Fernseher an. Für ein paar Minuten verlor sie sich im Anblick einer Kochsendung im Spätprogramm, folgte den eintönigen Bewegungen eines Schneebesens, der in aufquellender Buttercreme rührte, und vor lauter Müdigkeit sank ihr der Kopf auf die Brust.

Sie schreckte hoch. Schlagartig kehrten die Gedanken an ihren Schwimmunfall zurück.

Die dunkle Zeit danach, Reha und Depression, der Umzug nach Rudow, ihre hoffnungslos überforderte Mutter.

Und Merten natürlich.

Der gute Merten, der sie im Rollstuhl spazieren fuhr. Merten, der dafür sorgte, dass sie von einem Fahrdienst zur Schule gebracht und wieder abgeholt wurde.

Und dann dieser Vorfall an einem Nachmittag. Der Fahrer hatte sie einfach vor der Haustür abgesetzt, trotz ihrer Beteuerungen, sie habe ihren Schlüssel vergessen und niemand sei in der Wohnung, der ihr öffnen könne. Das sei nicht sein Problem, hatte dieser Junker gesagt.

Sie hockte da in ihrem Rollstuhl, zu schüchtern, um bei einem Nachbarn zu klingeln, die einzige Behinderte weit und breit. Sie schämte sich dafür, dass sie anders war.

Immerhin fuhr sie ins Treppenhaus hinein, als es zu regnen begann, und wartete vor der Wohnungstür.

Wo war bloß ihre Mutter?

Vermutlich in einer der üblichen Kneipen. Sinnlos, sie zu suchen, sie würde erst spät in der Nacht aufkreuzen.

Lautlos weinte sie in sich hinein.

Endlich kam Merten nach Hause.

Noch am selben Abend ging er zu Junker, um sich bei ihm zu beschweren, sagte ihm, er hätte ihn zumindest anrufen und ihm Bescheid geben müssen, wenn seine kleine Schwester nicht in die Wohnung kam.

Was wäre sie nur ohne Merten.

Aus dem Fernseher drang Gelächter, der Koch hatte einen Witz gerissen. Sie verachtete die fröhlichen Gesichter auf dem Bildschirm und schaltete ab.

Fuhr zurück in die Küche und schenkte sich nach. Der Alkohol tat ihr gut, sie könnte sich daran gewöhnen.

Doch die Bilder in ihrem Kopf kamen nicht zur Ruhe. Josies erstauntes Gesicht, als sie zu ihr in die Siedlung kam, vier Jahre nachdem sie die Schule gewechselt hatte. Ihr Blick auf den Rollstuhl, der mit bunten Speichenfolien dekoriert war, damit er nicht so trostlos wirkte.

»Oh, Vera, was ist nur passiert?«

Und sie hatte mit ihren vierzehn Jahren geantwortet, tapfer und verbissen wie eine Erwachsene: »Ach, weißt du, man muss sein Schicksal meistern.«

Und dann war Merten ins Zimmer gekommen und hatte sich zu ihnen gesetzt.

Ihr geliebter Bruder.

Sie stürzte den Likör hinunter, schüttelte sich.

Sie bräuchte mehr davon, um endlich vergessen zu können.

Auch diese Zeitungsnotiz vor einem Jahr.

Die seit zwei Tagen vermisste fünfundzwanzigjährige Josephin M. aus Berlin Neukölln ist in die Fänge eines Triebtäters geraten. Wie durch ein Wunder konnte sie gestern aus ihrem Verlies, dem Keller eines Reihenhauses in der Kanalstraße in Rudow, befreit werden. Karl J., 54, Besitzer des

Hauses und mutmaßlicher Täter, wurde bei einem Autounfall schwer verletzt.

Sofort hatte sie geahnt, dass es sich um Junkers Haus handeln musste. Und um Josephin. Sie suchte sich ihre Nummer aus dem Telefonbuch heraus, und etwa einen Monat später, als Karl J. längst seinen schweren Verletzungen erlegen war, wagte sie es, bei ihr anzurufen.

Josie hob tatsächlich ab. Allein die Art, wie sie sich meldete, ihre raue Stimme, das leise Hallo, verrieten ihre Angst.

Und Vera legte wortlos wieder auf.

Auf der Küchenuhr war es kurz vor halb zwei. Ob sie in ihrem Zustand überhaupt noch Auto fahren konnte? Egal, sie musste es tun.

Sie nahm den Schlüssel von der Flurkommode. Ein scheuer Blick in den Spiegel, ein Griff in die Frisur, schon betätigte sie den Türöffner. Sie rollte hinaus, die Wohnungstür schwang hinter ihr zu.

Mit dem Aufzug fuhr sie hinunter zur Garage.

Sie schloss ihren zerbeulten Toyota auf. Nun kam der schwierigste Teil, sie musste sich aus dem Rollstuhl hochstemmen und hinüber auf den weit nach hinten geschobenen Beifahrersitz schwingen.

Im dritten Versuch gelang es ihr.

Mit einem Ruck ließ sich der Rollstuhl zusammenklappen, sie wuchtete ihn in den Fußraum, zog die Tür zu und hangelte sich unter Mühen hinüber zum Fahrersitz.

Sie verschnaufte kurz, dann drückte sie auf die Fernbedienung, um das Rolltor zu öffnen.

Vera Feil startete den Motor, legte den Hebel für die Automatik um, bediente das Handgas-Bremsgerät und fuhr hinaus in die Nacht.

Als Josephin wieder zu sich kam, hatte sie das Gefühl, die Decke habe sich herabgesenkt. Sie kniff die Augen zusammen.

Erst als sie sie wieder aufriss, sah sie, dass es keine Täuschung war. Die Luft wurde knapp, sie roch diese chemische Substanz, und sie hörte das Zischen.

Sie hatte nicht mehr die Kraft, sich einzubilden, dies alles sei bloß ein Alptraum.

Und die jäh einsetzende Erinnerung traf sie wie ein Schlag.

Sie schluchzte auf, drehte vorsichtig den Kopf um.

Nein, durchfuhr es sie, nein!

Was sie neben sich sah, zog die letzte Wärme aus ihrem Körper.

Ihr wurde schwindlig, sie wollte schreien, doch die Schmerzen in ihrer Brust waren zu stark. Ihr Herz raste, während sie krampfhaft versuchte, Sauerstoff in die Lunge zu saugen.

Da verstummte das Zischen.

Es brauchte einige Zeit, bis sie sein Gesicht wiedererkannte. Tränen schossen ihr in die Augen, sie wollte ihn anflehen, sie gehen zu lassen, aber sie wusste, das würde alles nur noch schlimmer machen.

Ihre Angst feuerte ihn an, also brauchte sie eine andere Strategie.

Hände und Füße waren noch immer gefesselt, aber sie konnte die Fäuste ballen, sich die Fingernägel ins Fleisch graben. Wut könnte ihr helfen. Hass. Sie musste ihn verunsichern. Ihm beweisen, dass sie nicht das hilflose Opfer war.

Er beugte sich weit über sie und sprach wieder diese Worte zu ihr.

»Du bist nicht Karl«, stieß sie hervor. »Karl Junker ist tot!«

Sie bemerkte das Zucken um seine Mundwinkel.

Und noch einmal rief sie aus: »Du bist es nicht! Er ist tot!«

Er schwieg, krümmte die Schultern. Erst nach einer Weile redete er wieder mit dieser tiefen Stimme auf sie ein.

Eine Stimme, die ihm nicht zu gehören schien. Sie sprach aus ihm heraus.

»Nein«, schrie sie, »du nicht. Du bist nicht Karl. Begreif doch endlich, dass er tot ist.«

Es half ihr, sich mit Worten zu wehren, und es schüchterte ihn ein.

Plötzlich warf er sich neben sie auf den Boden und presste ihr die Hand auf den Mund.

Sie roch ihn. Seinen Atem, seine Haut, den Schweiß. Der Geruch aus ihrem Alptraum. Es ekelte sie.

Er drückte sich an sie, sie spürte seine Hände auf ihrem Körper, es war ihr so widerwärtig, dass sie würgen musste.

Sein Atem ging heftig, und sie spürte seine Erregung.

»Ich erinnere mich nicht mehr an deinen Namen«, stieß sie hervor, »aber du bist nicht Karl. Hörst du: Du bist nicht Karl!«

Er schnaufte. Ließ kurz von ihr ab. Es irritierte ihn.

Also schrie sie ihn weiter an.

Und mit einem Mal sagte er leise ihren Namen. Und seine Stimme war nicht mehr verstellt.

Nachdem sie einen Parkplatz gefunden hatte, begann die aufwändige Prozedur des Aussteigens. Sie musste sich hinüber auf die Beifahrerseite schwingen, den Rollstuhl hinauswuchten und dabei aufklappen, sich hochstemmen und in den Sitz hinübergleiten. Ihre Hände zitterten, als sie es endlich geschafft hatte und den Toyota abschloss. Sie rollte zu einer Auffahrt hin, denn Bordsteine stellten ein großes Hindernis für sie dar. Die Anstrengung trieb ihr den Schweiß auf die Stirn. Einmal hielt sie an, um zu verschnaufen. Sie rieb sich mit der flachen Hand über das Brustbein, dann packte sie wieder die Griffe an den Rädern an und arbeitete sich weiter vor.

Schließlich erreichte sie das Hoftor. Es war wie immer verschlossen. Sie drückte auf den Türöffner der Tanzschule, und die Verrieglung löste sich. Sie rollte durch die dunkle Einfahrt.

Der Weg bis in den dritten Hinterhof erschien ihr unendlich lang, das Kopfsteinpflaster war schwer zu befahren.

Sie keuchte, ihre Armmuskeln schmerzten.

Für einen Moment verließ sie der Mut.

Sie schaute zum Himmel hinauf. Finster, ein paar Sterne, die Mondsichel.

Dann glitt ihr Blick über die Fenster im Erdgeschoss. Hinter den dichten Vorhängen befand sich das Tanzstudio. Sie malte sich aus, wie es wäre, ein einziges Mal zu den gesunden, fröhlichen Paaren dazuzugehören, die Lähmung abzustreifen wie ein lästiges Kleidungsstück, sich aufzuschwingen und der Musik hinzugeben, im Takt hin und her zu wogen, schwerelos.

Sie seufzte, dann rollte sie dicht an die Kellertür heran. Sie klopfte. Bestimmt war er hier unten. Er schlief ja fast nie. Sie klopfte ein zweites Mal. Dahinter waren Stufen. Das würde sie nicht allein schaffen. Er müsste kommen und ihr helfen.

Als sich nach dem dritten Klopfen noch immer nichts regte, rief sie laut: »Merten, bist du da?«

Sie lauschte.

»Bitte, mach doch auf!«

Endlich näherten sich Schritte auf der Treppe.

DREISSIG

Die Sirene heulte. Trojan preschte in seinem Dienstwagen die Karl-Liebknecht-Straße entlang, das Handy am Ohr.

»Ronnie!« Er schrie beinahe. »Ronnie, kannst du mich hören?«

»Ja, Nils.«

»Ich weiß, es ist nicht ganz einfach, die Geschwister eines Erwachsenen in den Meldedaten zu finden, aber du musst es versuchen.«

»In Ordnung, ich bin bereit.«

»Check die frühesten Meldedaten von Vera Feil.«

»Mach ich. Warte.«

»Und?«

Er raste über die Schlossbrücke und passierte kurz darauf die Staatsoper.

»Hab ich. Hier ist ihre Mutter, eine Charlotte Feil, mittlerweile verstorben.«

Er klemmte das Handy zwischen Schulter und Ohr, packte das Lenkrad mit beiden Händen und scherte aus, um ein Taxi zu überholen. Nun kam der entscheidende Punkt.

»Charlotte Feil und ihre Kinder Vera und –.«

Das hell erleuchtete Brandenburger Tor tauchte vor ihm auf. Sein Herz hämmerte.

»Merten.«

»Was?«

»Merten Feil, Sohn von Charlotte.«

»Noch jemand?«

»Nein.«

»Dann muss er das sein! Veras Bruder!« Jetzt schrie er wirklich. »Wo ist er gemeldet?«

»Sekunde.«

An einer roten Fußgängerampel musste er auf den Gehsteig ausweichen, um die wartenden Autos zu umkurven, einige Passanten sprangen erschrocken zurück.

»Böckhstraße 21 in Kreuzberg.«

Trojans Stimme überschlug sich, als er ins Telefon rief: »Schick das SEK hin! Und alle Leute aus dem Kommissariat! Das volle Programm, schnell!«

Während Ronnie bereits auf dem anderen Apparat Befehle gab, erklärte ihm Trojan in aller Eile, was er bei Gertrude Pranowski in Erfahrung gebracht hatte, dann legte er auf.

Er umklammerte das Lenkrad, lehnte sich vor, bog hinterm Pariser Platz in die Ebertstraße ein und trat das Gaspedal durch.

Etwa fünfzehn Minuten später blockierten mehrere Fahrzeuge die Böckhstraße. Landsberg sprang aus einem Wagen und lief auf ihn zu.

Das SEK hatte bereits das Tor geöffnet.

»Er wohnt im ersten Hinterhof«, murmelte der Chef. »Arbeitet für ein Wachschutzunternehmen, möglicherweise ist er bewaffnet.«

»Wird auch der Keller gestürmt?«

»Ist bereits angeordnet.«

Sie rannten die Treppe hinauf. Im vierten Stockwerk hatten sich die Behelmten in Schutzwesten positioniert, die Maschinenpistolen im Anschlag. Einer von ihnen kniete vor der

Wohnungstür und bohrte das Schloss auf. Als er fertig war, gab er den anderen ein Zeichen.

Dann ging alles sehr schnell. Mit einem Fußtritt wurde die Tür aufgestoßen, und beinahe lautlos drang das Einsatzkommando in die Wohnung ein.

Trojan wurde für einen Moment schwindlig vor Aufregung. Könnte er sich vielleicht getäuscht haben? Sollte die alte Dame im Wohnheim schon zu wodkaselig gewesen sein? Sie hatten nicht einmal die Zeit gehabt, das Beerdigungsfoto mit Feils Passbild im Melderegister abzugleichen.

An der Wand Schutz suchend, um keine menschliche Zielscheibe abzugeben, falls Feil ausrastete, näherte er sich mit Landsberg der Wohnung.

Da kam ihnen schon der Einsatzleiter entgegen.

»Hier ist nichts.«

»Keine Zielperson?«

»Nichts. Das Objekt ist leer.«

»Habt ihr Nachricht aus dem Keller?«

»Da ist noch Funkstille.«

Trojan winkte die Kollegen aus dem Team zu sich. »Durchsuchen.«

Landsberg war dicht bei ihm. »Nils, bist du dir wirklich sicher, dass Feil unser Mann ist?«

»Sicher ist gar nichts.«

Sie gingen durch die Einzimmerwohnung.

Neben dem ungemachten Bett stand ein Regal, dessen Front mit einem Gitter und einer kleinen Tür versehen war. Es schien sich um eine Art Käfig zu handeln. Da waren Papprollen, eine kleine Hängematte, eine Leiter und mehrere Durchschlüpfe, ein Futternapf, eine Schale mit Katzenstreu und eine Trinkflasche.

Es reichte bis zur Decke hinauf.

Trojan schauderte, als er das Amigurumi auf einem Regalbrett weiter oben hocken sah. Es war angeknabbert, der Kopf auf die Brust gesunken.

Und davor lag eine tote Ratte. Der Gestank war entsetzlich.

Landsberg blickte ihn stirnrunzelnd an. Dann inspizierten sie Küche und Bad.

»Kommt mal her«, rief Stefanie.

Sie hatte einen Schrank geöffnet, darin hing neben anderen Klamotten ein blauer Overall.

Trojan nickte ihr zu.

Max hatte sich in dem schmalen Zimmer an den Rechner gesetzt. Er gab einige Befehle ein, knackte in Windeseile das Passwort und fuhr das System hoch.

Trojan sah ihm über die Schulter. »Beeil dich.«

»Augenblick noch.«

Er klickte sich durch die Dateien, öffnete wahllos einen Ordner.

»Scheiße, das dauert zu lange.«

»Ich weiß ja nicht mal, wonach ich suchen soll.«

»Schau bei den Audiodateien nach. Nimm als Suchbegriff ›Voice‹ oder dergleichen. Ist nur so eine Ahnung, aber vielleicht hilft es ja.«

Kolpert klapperte auf der Tastatur.

»Hier ist was.«

Er tippte zweimal aufs Mousepad.

Plötzlich hörten sie über die Lautsprecher den Mitschnitt eines Telefonats.

»Unten in der Lobby?«, sagte eine Stimme. »Auf einen Kir Royal?«

Und eine andere männliche Stimme fragte erstaunt zurück: »Kir Royal?«

Max blickte ihn an.

»Daraus wurde dann wohl Kirk Royal.«

»Wir haben ihn.«

Trojan wandte sich zu Dennis und Stefanie um.

»Geht runter zu den SEKlern. Ich will wissen, was im Keller los ist.«

Dann klingelte er bei den Nachbarn und hämmerte gleichzeitig gegen die Tür. Kurze Zeit später öffnete ihm eine verschlafen aussehende Frau.

»Trojan, Kriminalpolizei, es geht um Merten Feil aus der Wohnung gegenüber, wissen Sie irgendwas über seinen derzeitigen Aufenthaltsort?«

»Mein Gott, ist etwas passiert?«

»Bitte antworten Sie nur auf meine Frage.«

»Ich weiß eigentlich so gut wie nichts über ihn. Außer hallo hat er, glaub ich, noch nie ein Wort zu mir gesagt. Aber fragen Sie mal bei Frau Köhler im ersten Stock. Die ist noch die Einzige, die mal ein bisschen mit ihm plaudert.«

Trojan lief hinunter und klingelte bei ihr.

Es dauerte lange, bis ihm endlich eine alte Dame im Nachthemd öffnete. Sie schien schwerhörig zu sein, Trojan musste schreien.

In diesem Moment trat Stefanie zu ihm. »Die Kellerräume sind gecheckt. Da ist niemand.«

»Scheiße.«

»Was haben Sie gesagt?«, fragte die Alte.

»Nichts.«

»Keller? Haben Sie Keller gesagt?«

Stefanie nickte.

»Der Herr Feil hat gar keinen Keller hier. Dafür hat er sich seit einigen Wochen hinten im dritten Hof eine Werkstatt eingerichtet.«

»Wo da genau?«

»Im ehemaligen Kohlenkeller unter der Tanzschule.«

Sie wies mit ihrer knochigen Hand die Treppe hinunter.

Trojan und Steff stürmten los.

Er eilte voran, wollte gar nicht erst Zeit damit verlieren, das SEK nach hinten zu beordern, sondern zückte gleich seine Waffe.

Er blieb kurz vor der Kellertür im dritten Hof stehen, nahm Anlauf und warf sich dagegen.

Nach dem fünften Versuch sprang sie krachend auf.

Er fiel, rollte über die Schulter ab und schlug einige Stufen tiefer auf der Treppe auf.

Vor Schmerz biss er die Zähne zusammen, rappelte sich auf, hielt die Waffe im Anschlag und stieg die letzten Stufen hinab.

Vergeblich tastete er nach einem Lichtschalter, nahm seine Stableuchte aus der Jackentasche und knipste sie an.

Die Werkstatt war leer.

Schon waren die anderen bei ihm. Ein Scheinwerfer wurde aufgestellt, und die Durchsuchung begann.

Doch außer Werkzeug fand sich nichts.

Es war zum Verzweifeln, in Trojans Kopf überschlugen sich die Gedanken.

Zu viele Menschen waren in dem Raum. Sie waren viel zu laut.

»Ruhe!«, schrie er.

Mit einem Mal verstummten sie alle. Er spitzte die Ohren.

Plötzlich war ein leises Wimmern zu vernehmen.

Trojan starrte zu einer Werkzeugwand hin. Spatel, Bohrer, Hämmer und Schraubenschlüssel waren ordentlich an Haken aufgehängt. Er packte die Wand mit beiden Händen und rüttelte an ihr. Kurz darauf gab sie ein wenig nach. Er entdeckte die Schrauben, nickte Landsberg zu. Mit einem Akkuschrauber lösten sie Teile der Befestigung, danach zerrten sie gemeinsam die etwa zwei Meter hohe und drei Meter breite Sperrholzplatte aus ihrer Verankerung.

Das Material dahinter kam ihnen vertraut vor.

Gelblich und verkrustet, das Relief eines Wahnsinnigen.

Eine komplette Wand aus Bauschaum, wo früher wohl einmal eine Tür gewesen war. Unten am Boden befand sich eine kleine Öffnung, gerade hoch genug, dass sich ein Mensch hindurchzwängen konnte.

Das Wimmern wurde lauter.

Sie warfen sich Blicke zu.

»Du zuerst?«, fragte Landsberg.

Trojan brach der Angstschweiß aus. Wenn es nun eine Falle war? Was erwartete ihn dahinter?

Er bückte sich.

Ein Stollen tat sich vor ihm auf, ungefähr anderthalb Meter lang.

Er leuchtete mit seiner Taschenlampe hinein.

»Da ist noch mehr von dem Zeug.«

»Nur Mut, Nils.«

Er besann sich darauf, was Jana ihm im Auto am Telefon gesagt hatte, und gab sich einen Ruck.

Auf allen Vieren kroch er hindurch, die schussbereite Waffe in der Rechten, die Stableuchte in der Linken.

Auf der anderen Seite begann der Alptraum.

Es war eine schäumende Höhle aus Polyurethan. Trojan konnte nur gebückt gehen, so tief hing die Masse von der Decke, und auch die Wände waren voll davon, Kruste über Kruste, Lage um Lage.

Die Luft war knapp. Er keuchte.

In einer Ecke war eine Einbuchtung aus Bauschaum, menschengroß.

Und darin lag jemand.

Trojan trat näher.

In seinem Rücken erschien Landsberg, der sich ebenfalls durch die Öffnung gezwängt hatte.

Es gab kein Licht, sie hatten nur die Strahlen ihrer Taschenlampen, die unruhig über die Höhlenwände hinwegzuckten.

Und dann richtete Trojan die Lampe auf Vera Feil, die am Boden kauerte, den Mund mit Tape verklebt.

Ihre Augen waren vor Angst geweitet.

Er kniete neben ihr nieder und nahm vorsichtig das Band ab.

Sie zuckte zusammen, als es mit einem Ratschen von ihren Lippen verschwand.

Sie starrten sich an.

»Wo ist Ihr Bruder?«, fragte er leise.

Sie rang nach Luft.

»Ich weiß es nicht.«

»Frau Feil, warum haben Sie mir nichts von ihm erzählt?«

Sie schluchzte auf. »Ich hab doch niemanden außer ihm.«

»Wo ist er?«

»Ich weiß es wirklich nicht.«

Landsberg kam zu ihm. »Sie muss hier raus, sonst erstickt sie noch.«

Doch Trojan ließ nicht locker. »Bitte, bevor wir Sie rausbringen, muss ich wissen, was hier vorgefallen ist.«

Ihr Gesicht war vor Panik verzerrt.

»War Josephin Maurer hier unten?«, fragte er.

Sie nickte kaum merklich. Tränen rannen über ihre Wangen.

»Was hat er mit ihr gemacht?«

»Mein Rollstuhl, wo ist denn bloß mein Rollstuhl? Ich kann nicht allein aufstehen, ich muss mich doch fortbewegen können, aber Merten –.« Sie brach ab, weinte. »Warum tut er das nur, er war doch immer so gut zu mir.«

»Beruhigen Sie sich.«

»Ich verstehe das alles nicht, er hat mir den Rollstuhl weggenommen.«

»Was hat er mit Josephin Maurer angestellt?«

»Er hat sie weggetragen, sie war –.«

»Lebt sie noch?«

»Ich weiß nicht. Sie lag hier, wo ich jetzt bin, und daneben –.«

Ihr versagte die Stimme.

Langsam wandte sie den Kopf zu der Stelle um, wo die Bauschaummasse sich von der Wand über den Boden ergossen hatte und eine übergroße Form ergab, einem Sarkophag ähnlich.

Trojan berührte das schaumartige Ding. Es war längst eingetrocknet. Ein heftiges Zittern durchlief seinen Körper.

»Wir brauchen Werkzeug«, sagte er zu Landsberg, »schnell.«

Der Chef starrte erst ihn an, dann das Gebilde auf dem Boden. »Großer Gott.«

Er kroch zurück durch den Stollen. Trojan hörte das Gemurmel der Kollegen hinter der Wand. Endlich kam Landsberg wieder und reichte ihm einen Spatel.

Trojans Augen brannten, als er behutsam die erste Schicht abtrug.

Immer wieder musste er mit dem scharfen Eisen in die verkrustete Masse stoßen.

Nach einiger Zeit hatte er den behaarten Arm eines Mannes freigelegt.

Er wollte den Anblick vor der hilflos am Boden liegenden Frau verbergen, doch es war zu spät.

Entsetzt riss sie den Mund auf.

»Um Himmels willen«, rief er, »schaff sie hier raus!«

Landsberg schob die Arme unter ihre Achseln und zog sie vorsichtig weg.

Vera Feil bekam einen Weinkrampf.

EINUNDDREISSIG
April 1998

Der Junge mit dem strubbligen Haar und dem Dreck unter den Fingernägeln drückte auf den Klingelknopf und wartete gespannt.

Der Mann, der ihm die Tür öffnete, hätte sein Vater sein können. Er trug Jeans und ein weißes Unterhemd, auf seinem rechten Oberarm prangte eine Tätowierung.

Er schaute einmal nach links, einmal nach rechts, dann packte er ihn an der Schulter und sagte: »Komm rein.«

Im Flur des Reihenhauses standen sie sich dicht gegenüber. Der Junge konnte sein After Shave riechen. Er zog die Schultern ein, errötete leicht, als er von oben bis unten gemustert wurde.

Und dann sagte der Mann zu ihm: »Besser, wenn du das nächste Mal von hinten reinkommst.«

Er lachte, als hätte er einen besonders fiesen Witz gerissen.

Der Junge verstand nicht ganz, und der Mann erklärte ihm, dass es wegen der Nachbarn sei, die könnten ihn noch für eine Schwuchtel halten.

Er nickte, versprach, in Zukunft den Weg über den Gartenzaun zu nehmen.

»Gut.« Der Mann kniff ihm in die Wange. »Sehr gut.«

Und dann saßen sie im Wohnzimmer, im Fernsehen lief eine Fußballübertragung, sie schauten mal hin, mal nicht. Er durfte mit ihm Bier trinken wie ein Erwachsener, immerhin war er sechzehn, auch wenn man ihm das nicht ansah.

»Also, was ist?« Der Mann verschränkte die Hände hinterm Kopf. Auf seinem Bizeps bewegte sich das Tattoo, ein verschlungenes asiatisches Schriftzeichen. Beim letzten Mal hatte der Junge ihn danach gefragt.

»Schau im chinesischen Horoskop nach.«

Das hatte er getan, in einem zerlesenen Buch aus der Stadtbibliothek.

Der Mann war im Jahr der Ratte geboren. Wie passend zu dem, was der Junge bei ihm im Keller hatte ansehen müssen.

»Soll ich dir noch mal die Modelle im Schuppen zeigen?«

Der Junge dachte an die kleinen Häuser, die Autos und die Straßen, den Tunnel, die winzigen Menschen auf den Grünflächen, sogar auf einem Karussell saßen sie. Wie schön das war, wie friedlich.

»Oder möchtest du mit mir was anderes spielen?«

Das Grinsen gefiel ihm nicht.

In seinem Hals bildete sich ein Kloß. Alles, nur nicht wieder dieses Spiel, aber er traute sich nicht, nein zu sagen, immerhin war es tausendmal besser hier zu sein als zu Hause in der Siedlung, wo seine Schwester auf ihn wartete.

Seine Schwester im Rollstuhl.

Immerzu war sie auf seine Hilfe angewiesen. Sie schaffte es nicht einmal allein ins Bett. Und wie sie ihm die Ohren volljammerte: »Du tust mir weh, Merten. Sei doch vorsichtig.« Er musste sie tragen, ihre Beine waren völlig schlaff. Wenn er den einen Arm unter ihre Achseln, den anderen unter die Kniekehlen schob, rutschte ihr meistens das Nachthemd hoch, und ihm wurde ganz heiß im Gesicht. Er sah ihr an, wie sehr sie sich schämte. Und er schämte sich auch.

Erst wenn er sie zugedeckt hatte, konnte sie aufatmen.

»Du bist ein anständiger Junge, Merten. Gib mir einen Gutenachtkuss.«

»Nein.«

»Warum nicht?«

»Das ist nicht gut, wir sind Geschwister.«

Es war furchtbar, wenn sie wieder zu heulen anfing.

Währenddessen saß die Mutter im Nebenzimmer und telefonierte mit einem ihrer zahlreichen Liebhaber. Je mehr sie getrunken hatte, desto lauter wurde sie. Manchmal schleuderte sie ein Glas gegen die Wand.

Man durfte sie nicht stören.

»Und? Bist du bereit?«

Er nickte stumm in sich hinein.

»Braver Junge.«

Karl Junker stand auf und ging hinunter in den Keller.

Er musste noch eine Weile sitzen bleiben, durfte erst zu ihm kommen, wenn er nach ihm rief.

Er schaute zum Fernseher hin. Da war etwas passiert, jemand lag am Boden, ein grobes Foul vermutlich, beide Mannschaften stürmten auf den Schiedsrichter zu, es kam zur Rudelbildung, Pfiffe gellten. Zwei Spieler stießen die Köpfe gegeneinander, die rote Karte wurde gezückt.

Schon hörte er die Stimme von unten.

Es war ihm unheimlich.

Er dachte an seine Schwester und an seine Mutter. Immer noch besser, als zu Hause zu sein.

Es einfach über sich ergehen lassen.

»Komm her zu Karli. Nun mach schon.«

Er war bereits an der Kellertreppe, wusste, dass er nicht zu schnell gehen durfte, Karl hatte ihm gesagt, die Verzögerung gehöre zum Spiel.

Unten angelangt bog er um die Ecke.

Die Tür zum Heizungskeller war geöffnet.

Von dort drang die Stimme zu ihm.

»Hab dich nicht so. Komm schon. Komm her zu Karli.«

Es waren nur noch wenige Schritte. Er hielt an, um Luft zu schöpfen, das Herz schlug ihm bis zum Hals. Dann gab er sich einen Ruck und ging weiter.

»Wo bleibst du nur? Karli wartet auf dich.«

Er trat ein.

Der Mann kauerte nackt auf einer Matratze am Boden. Seine Hose, sein Hemd, die Unterhose und die Socken waren ordentlich daneben zusammengelegt.

Merten bemühte sich, nur auf das Tattoo zu schauen. Mit einem Mal war ihm nach Weinen zu Mute. Die Mutter hatte gesagt, er solle sich endlich wie ein großer Junge benehmen. Manchmal war sie so verkatert, dass den ganzen Tag in der Wohnung kein Licht gemacht werden durfte, auch die Vorhänge mussten zugezogen bleiben. Seine Schwester deprimierte das am meisten. »Ich brauche Licht«, sagte sie, »sonst drehe ich noch durch.«

Junker wölbte den Unterleib vor.

»Na los, nun mach schon, worauf wartest du noch.«

Merten hockte sich hin und nahm sein Glied in den Mund. Es würde ja nicht lange dauern, bald könnten sie wieder oben sitzen und das Spiel zu Ende anschauen. Vielleicht würden sie danach wirklich noch einmal in den Schuppen gehen, um die Miniaturlandschaft zu betrachten. Der Tunnel interessierte ihn. Er war wie eine Höhle, in der man sich verstecken konnte.

Schließlich musste er aufstehen und vor dem Mann die Hosen runterlassen. Nur keinen Widerstand leisten, sonst wurde er zornig.

Sich umdrehen, dann runter auf alle Viere.

Er blickte zu der Stelle hin, wo die Ratte gestorben war. Während der Mann seinen Hintern packte, lief ihr qualvolles Ende wieder und wieder vor seinem inneren Auge ab.

Es war in der letzten Woche gewesen, bei ihrem ersten Spiel im Keller. Karl hatte ihm die Regeln erklärt.

Und plötzlich war die Ratte durch den Raum gehuscht.

Er hörte den Mann hinter sich stöhnen.

Der Schmerz war heftig.

Merten kniff die Augen zu, Schweiß tropfte von seiner Stirn. Obwohl es ihn anwiderte, bekam er eine Erektion. Er versuchte, es sich erträglich zu machen, indem er an das Mädchen dachte, das seine Schwester neulich nach Hause eingeladen hatte.

Josephin.

Sie hatte neben Vera im Zimmer gesessen.

»Komm zu Karli. Na los doch.«

Wie sie ihn angesehen hatte, kein Wort von ihr. Aber ihr Blick. Wie ein Blitzstrahl. Alles war plötzlich hell um ihn herum gewesen. Wenn er sich ganz auf sie konzentrierte und versuchte, sich ihren nackten Körper vorzustellen, war alles gut.

Sie war gekommen, um ihn zu befreien.

Vielleicht wusste sie noch nichts davon, aber er würde sie überzeugen.

Und zur Not musste er sie sich holen.

Sie würde keinen Widerstand leisten, denn sie gehörte ihm.

Er hatte dicht neben ihr gesessen. Sie schwieg, nur Vera plapperte in einem fort, aber das war egal. Dieses Mädchen und er, sie waren füreinander bestimmt. Ein Blick genügte, ein einziger Blick.

Josie.

Aus ihren Augen sprach Erlösung.

»Komm, komm zu Karli. Nun mach schon.«

Es tat höllisch weh, aber er konnte den Schmerz vergessen, wenn er an sie dachte.

Nur an sie, nicht an die Ratte.

Plötzlich war sie aus einer Ecke hervorgeschossen.

Ihr Quieken dabei.

Karl hatte bloß gelacht.

»Ist eine Plage mit diesen Viechern.«

Seine Stöße wurden härter.

»Sag was, sag was zu Karli.«

Er durfte darauf nicht reagieren, musste schweigen. So war das Spiel eben, so lauteten die Regeln.

Und Karl hatte die Ratte mit einem Stock hinter den Heizungskessel gejagt, ihr den Fluchtweg abgeschnitten.

Daraufhin hatte er die Dose mit dem Bauschaum hervorgeholt. Und gelacht.

Sie eine Weile auf dem Boden hin und her gerollt.

Sie dann aufgenommen und geschüttelt.

Und dann hatte er die Ratte komplett eingesprüht. Nur der Kopf war frei geblieben.

Sie konnte sich nicht mehr bewegen.

»Die stirbt. Die verreckt jetzt gleich.«

Merten hatte sich hinhocken müssen, und während er noch in die überquellenden Augen der Ratte starrte, war der Mann von hinten in ihn eingedrungen und hatte ihm wehgetan.

So wie jetzt auch.

Aber er musste ja nur an das Mädchen denken, und alles war gut.

»Sagst du denn gar nichts zu Karli? Willst du denn nicht?«

Hinterher würde er mit Karl wieder auf dem Sofa sitzen

und Bier trinken, und vielleicht könnte er ihm sogar von Josie erzählen.

Nein, er würde schweigen, wie jetzt auch.

Sein Hinterkopf wurde gepackt, er spürte den Schweiß des Mannes auf seinem Rücken.

Wo war die tote Ratte jetzt? Noch immer hinter dem Heizungskessel?

Er musste heimlich nachschauen gehen. Die Ratte gehörte ihm, sie war ein Zeichen.

Er müsste ein Versteck für sie finden, irgendwo. Sie einmauern, ja, das wäre gut.

»Nun mach schon. Sag was zu Karli. Sag.«

Er schwieg, dachte an Josie.

Ein letzter Stoß, und es war vorüber.

ZWEIUNDDREISSIG

Er schob den Rollstuhl durch die nächtlichen Straßen. Die Frau darin rührte sich nicht, ihr war der Kopf auf die Brust gesunken, alle würden glauben, dass sie schlief.

Und es war ja auch ein Schlaf, den er ihr verpasst hatte, mit dem Chloroformtuch und der Injektion von Rohypnol.

Nun galt es, den Plan bis zum Ende durchzuführen, auch wenn er gestört worden war.

Und er musste Vera vergessen. Vera, die ihm vom Besuch des Kommissars erzählt hatte, ängstliche Vera mit ihren Rehaugen.

Sie war nicht einmal überrascht gewesen, die Frau in seinem Keller vorzufinden. Wahrscheinlich hatte sie längst etwas geahnt.

Er spürte, wie er sich innerlich verkrampfte. Eine Stimme in ihm sagte, es sei nicht in Ordnung gewesen, sie einfach aus dem Rollstuhl zu heben und auf den Boden zu legen, nicht in Ordnung, ihr den Mund zu verkleben, damit sie nicht schreien konnte, so wie es Mutter immer bei ihm getan hatte, wenn er zu laut war.

Er durfte kein Mitleid mit seiner Schwester haben.

Er lachte in sich hinein. »Wieso denn Mitleid?«, sprach er leise zu sich selbst, und seine Stimme war angenehm tief. »Karli kennt kein Mitleid.«

Natürlich, so war es.

»Vorwärts! Karli ist bereit.«

Er streckte den Rücken durch, gab dem Rollstuhl einen Stoß und beschleunigte seine Schritte.

Sonntag, dachte er. Es war gerade mal sieben Tage her. Eine Woche, und sein Plan hatte bisher so gut funktioniert. Er durfte sich nicht davon abhalten lassen, das Ende zu vervollkommnen. Das Ende war wichtig, und das Ende hieß Josephin.

Er schnaufte. Wieder sah er ihren nackten Körper vor sich, wie sie hilflos vor ihm gelegen hatte. Und all den Schaum. Sie von unten langsam damit einsprühen, ihre Haut bedecken, sie konservieren, nur eine einzige Körperöffnung frei lassen, so dass sie immer für ihn verfügbar wäre, erstarrt in der Masse, rattentot.

So tot wie sein Freund im Puppenhaus.

Sonntag, dachte er, und plötzlich war er wieder in diesem dunklen Kinosaal, wie lange er hatte warten müssen, wie lange sein Zorn gewachsen war. Er hatte genaue Beobachtungen angestellt, wusste, wer seiner Beute zu nahe kam. Er kannte Namen und Adresse des Mannes, der es wagte, mit ihr das Bett zu teilen, er hatte die Kontaktdaten ihrer besten Freundin, eine Frau, die es sich herausnahm, sie zu trösten, ihr die Tränen zu trocknen, er hatte sogar Erkundigungen über die Ärztin eingezogen, die sich nicht entblödete, seinem Opfer fragwürdige Medizin zu verschreiben.

Er musste sich diesen grässlichen Film ansehen, den der Typ gedreht hatte, dabei war ihm die bittere Galle hochgestiegen. Und dann war es auf einmal hell im Saal, und sie wurde nach vorn gebeten, und dann stand sie im Scheinwerferlicht, und man applaudierte ihr, sie wurde umarmt und geküsst. Ihr dämlicher Freund hüpfte die ganze Zeit um sie herum und fotografierte sie.

Währenddessen dachte er immerzu daran, wie sie im Keller vor ihm gelegen hatte, winselnd wie ein verwundetes Tier. Während das Blitzlicht aufzuckte, stellte er sich ihren nackten Körper vor, wieder und wieder sah er den Schaum an ihren Schenkeln, die erregende eingetrocknete Masse. Sein Werk.

Sie war seine Gefangene gewesen und er so nah am Ziel.

Doch dann war Junker überraschend zurückgekehrt.

Er knirschte mit den Zähnen.

Dabei war alles perfekt eingefädelt gewesen. Junker hatte gesagt, er würde für drei Wochen verreisen, und wo der Schlüssel lag, war ihm bekannt, längst hatte er sich einen Zweitschlüssel fürs Haus anfertigen lassen. Und er wusste, dass Junker den Alfa Romeo für seine Reise nehmen würde, und die Autoschlüssel für den Van befanden sich in der Schale auf der Flurkommode, gleich neben dem Garderobenhaken, wo der Mantel hing, den er nicht oft trug, und sein Basecap, das er sich nur an besonders sonnigen Tagen aufsetzte.

Junker, dem er noch immer zu Diensten sein musste. Junker, der ihn mit Verachtung strafte. Zu dem er weiterhin nur durch den Hintereingang kommen durfte.

Er besuchte ihn zwar immer seltener, hoffte aber dennoch jedes Mal, wenn er bei ihm war, von ihm nicht mehr wie ein Stück Dreck behandelt zu werden.

Er hatte doch niemanden außer ihm.

Doch Karli war stark, und Karli hatte einen Plan.

Junkers Haus stünde für drei Wochen leer. Und der Keller auch. Karli käme endlich zu seinem Recht. Karli fuhr den Van. Und Karli trug das Basecap.

Wieder knirschte er mit den Zähnen. Junker hatte den Plan zunichtegemacht.

Eine Gruppe von Jugendlichen kam ihnen entgegen, sie hatten Bierflaschen in den Händen, grölten betrunken, beachteten sie nicht.

Das Pflaster war holprig, die Frau im Rollstuhl schwankte, doch so bald würde sie nicht aufwachen. Diesmal würde sie ihm nicht entkommen.

Ihr Lächeln im Kino, das Siegerlächeln auf ihren Lippen, was war nur passiert in einem einzigen Jahr? Sie drohte ihm zu entgleiten. Da waren Menschen, die sie veränderten, Menschen, die sie berührten, und sie entfernte sich von ihm. Es wurde Zeit, dass diese Menschen endlich verschwanden, Zeit, dass sie alle im Schaum erstarrten.

Und da wusste er, dass sein neuerlicher Plan in die Tat umgesetzt werden musste. Er durfte nicht länger warten, nun galt es, eiskalt zu handeln.

Sie stöhnte leise auf. Zwei Passanten näherten sich ihnen, warfen einen kurzen Blick auf sie, dann wandten sie sich ab, schon waren sie an ihnen vorüber. Das kannte er von seiner Schwester, auch sie wurde immer nur mitleidig angesehen. Und Mutter war mit allem überfordert gewesen.

Plötzlich tauchte ihr Gesicht vor ihm auf, ihr zerzaustes Haar, die aufgesprungenen Lippen, glasige Augen, manchmal hatte er sie in ihrem Erbrochenen vorgefunden.

Er schüttelte sich.

»Karli hat keine Schwester. Und Karli hat keine Mutter. Karli ist Karli, und Karli hat ein Ziel.«

Die tiefe Stimme beruhigte ihn.

Er kippte den Rollstuhl an, um ihn über einen Bordstein zu wuchten.

Sie rutschte leicht zur Seite, er schob sie wieder in Position.

Seine Gedanken wichen ab, er konnte sie nicht kontrollieren, und das verwirrte ihn. Josephin war wieder vierzehn Jahre alt und bei seiner Schwester zu Gast, er fing ihren Blick auf, und es traf ihn bis ins Mark. Von da an hatte er gewusst, dass sie füreinander bestimmt waren, sie war gekommen, um ihn aus der Hölle seiner Jugend zu befreien, gleißend hell war es um ihn herum geworden, endlich hell.

Und es war kein Zufall, dass er sie drei Jahre später in diesem Vergnügungspark wiedertraf, kein Zufall, dass sie beide in demselben Karussell fuhren, nebeneinander. Sie erkannte ihn nicht, obwohl er sie immerzu anlächelte, noch wusste sie nichts von ihrer Bestimmung, aber ihre Zeit würde kommen. Das Karussell hatte Fahrt aufgenommen, schneller, immer schneller, im Kreis herum, ihr brünettes Haar wehte im Wind, sie kreischte vor Begeisterung, und er schaute sie an, hielt die Augen nur auf sie gerichtet, obwohl die Schwerkraft seinen Kopf von ihr wegzureißen drohte. Und wieder war ihm, als würde von irgendwo weit oben ein sengend heißer Strahl auf ihn gerichtet, der seinen Geist zum Glühen brachte.

Als das Karussell schließlich zum Stillstand kam und sie es beide verließen, war sein Gang noch immer unsicher, er folgte ihr schwankend, wie ferngesteuert, und das Licht um ihn herum strahlte weiß und grell.

Und kurz darauf saßen sie zusammen in einer Gondel des Riesenrads. Er ließ sie nicht aus den Augen, als sich das Rad höher schwang, immer höher.

Sie waren dem Himmel so nah.

Als die Fahrt beendet war, erhob sie sich wortlos und ging.

Er holte sie ein, berührte sie am Arm.

»Wir kennen uns«, sagte er zu ihr.

Von ihrer Bemerkung, das müsse ein Irrtum sein, ließ er sich nicht abhalten.

»Doch, wirklich, wir sind uns schon einmal begegnet. Ich weiß deinen Namen.«

Ihre Augen verengten sich zu Schlitzen. Voller Verachtung blickte sie ihn an.

»Was bildest du dir nur ein«, stieß sie hervor, »mich anzuquatschen. Mich! Glaubst du, ich stehe auf Typen wie dich? Schau dich doch bloß mal an!«

Und dann wandte sie sich ab und ging zu ihrer Clique, dämliche Typen, eisschleckend und gaffend. Sie lachten. Sie lachten ihn aus.

Einmal drehte sie sich noch kurz zu ihm um, dann verschwand sie in der Menge.

Und ihr Schicksal war beschlossene Sache. Sie würde büßen. Im Schaum ersticken, wehrlos und erstarrt für immer ihm gehören, nur ihm.

Weitere zehn Jahre waren seitdem vergangen, zehn düstere Jahre. Nichts hatte geklappt, weder seine Ausbildung zum Einzelhandelskaufmann – er musste sie abbrechen, weil er panische Angst vor den schriftlichen Prüfungen hatte – noch der Eignungstest bei der Bundeswehr, man hatte ihn wegen angeblicher Herzschwäche wieder nach Hause geschickt. Nutzlose Jahre, die er als Wachmann verbrachte, schwächer als seine Kollegen, von ihnen verachtet, weil er über ihre Witze nicht lachen konnte und an ihren feierabendlichen Saufgelagen nach Dienstschluss nicht teilnahm. Stattdessen kümmerte er sich um seine behinderte Schwester.

Veras Tränen am Grab der Mutter, während er nur stumm dastand und sich die Fingernägel in die Handflächen bohrte. Karli sein, hatte eine Stimme immerzu in seinem Kopf gehämmert, Karli ist groß, und Karli ist mächtig. Er kennt keine Tränen.

Karli nimmt sich einfach, was er braucht.

Er hatte die schluchzende Vera weg vom Grab der Mutter geschoben, Regen und Matsch, ein Tag, an dem es nicht hell wurde. Er brachte sie nach Hause, und sie jammerte: »Merten, Merten, lass mich jetzt nicht allein.«

Er musste ihr aufhelfen, zum abermillionsten Mal hievte er sie aus ihrem Rollstuhl und legte sie aufs Bett, wo er sie gut zudeckte.

»Merten, bitte, geh nicht fort.«

Er schnappte nach Luft. Woher kamen diese Stimmen? Er kannte keinen Merten. Einen Merten gab es nicht mehr.

Er durfte jetzt nicht aufgeben, musste an den Schaum denken. Schaum sprühte, Schaum deckte zu, Schaum war eine Macht. Unterm Schaum waren sie alle verreckt.

Wie er den Mund dieser Frau damit verschlossen hatte! Es jagte ihm Schauer der Erregung durch den Unterleib. Er hatte sie verfolgen müssen bis vor ihre Haustür, sie war ein Opfer, das bisher in seinem Plan nicht aufgetaucht war, noch eine Person, die sich Josephin genähert hatte, noch eine Umarmung. Und Karlis Hass leuchtete auf, seine Eifersucht war strahlend hell, ein Blitzstrahl, der alles durchschlug. Schon kannte er die Adresse, das Stockwerk, die Tür, hinter der sie wohnte. Er brauchte nur den Blaumann überzustreifen, die Aerosoldosen einzustecken, um dann bei ihr zu läuten.

Ihre Angst hatte seine Nervenenden zum Vibrieren gebracht, ihre Augen starr, weit aufgerissen, so war sie im Schaum erstickt.

Noch schöner war es bei Nummer zwei gewesen, eine wahre Orgie voll sprühender Chemie. Allein das Wort versetzte ihn in Verzückung: Po – ly – u – re – than.

Nur bei der Ärztin hatte er anders vorgehen müssen, weil ihr Mann ständig daheim war. Er hatte sein Steuerberaterbüro in dem Einfamilienhaus, das zudem gut bewacht zu sein schien. Der Überfall in der Tiefgarage war zwar auch nicht ganz ohne Risiko gewesen, und beinahe hätte ihn dieser Bulle erwischt, aber letztlich hatte es sich gelohnt. Auch die Seelenklempnerin hatte ihre gerechte Strafe erhalten.

Und er rief sich das Winseln von diesem Kerl ins Gedächtnis, wie er ihm erst die Weichteile, dann die Augen eingesprüht hatte, bis schließlich sein gesamter Körper von der quellenden Masse umschlossen war.

Und Josephin hatte mit ansehen müssen, wie er allmählich krepierte.

»Josie«, sprach er laut, »nun weißt du, zu wem du wirklich gehörst.«

Sie bewegte im Schlaf den Kopf. Auch sie würde im Schaum verenden. Nicht mehr lange, und sie wäre konserviert für die Ewigkeit. Erstarrt wie damals die Ratte in ihrem schäumenden Grab.

Es wäre schon längst geschehen. Wenn Vera nicht gekommen wäre. Vera hatte den neuerlichen Plan vereitelt. Nicht mehr an sie denken, Karli hatte keine Schwester! Er spürte die Dosen in seinen Jackentaschen, das Elektrokabel. Nicht nachlassen jetzt. Vorwärts!

Er wuchtete den Rollstuhl über die nächste Bordsteinkante.

Grimmig dachte er an seine Mutter und an die Zeit, als er seinem Leben ein Ende bereiten wollte. Er hatte sich den Tag im Kalender rot angestrichen, Vera einen Abschiedsbrief geschrieben, der lag auf dem Tisch bereit, er musste ihn nur noch einstecken.

Doch in der Nacht vor seinem geplanten Selbstmord, als er sich am Kottbusser Tor vor die U-Bahn werfen wollte, unten aufs Gleisbett der U8, die fuhr schneller als die U1, in der Nacht zuvor erschien ihm Josephin im Traum. Sie war gekleidet wie damals, als er sie das erste Mal gesehen hatte im Zimmer seiner Schwester, sie war ja fast noch ein Kind, vierzehn Jahre alt, überhaupt hatte er sie immer so in Erinnerung behalten, das brünette Haar zu Zöpfen geflochten, die Schultern ein wenig vorgeschoben, so klein und zierlich, das Mädchen von damals, es war ihm im Traum erschienen, hatte ihm die Hand auf die Stirn gelegt und zu ihm gesprochen. »Bleib bei mir, bleib in diesem Leben, denn es wird etwas Wunderbares mit uns beiden geschehen.« Und alles war hell, er konnte das Licht spüren, danach greifen, es trug ihn fort.

Den Brief an Vera zerriss er in kleine Fetzen und spülte sie im Klo herunter. Von nun an hatte er einen Auftrag, und sein Leben war wieder mit Sinn erfüllt.

Er hatte längst herausgefunden, wo Josephin wohnte, kannte ihr Geburtsdatum, ihre täglichen Gewohnheiten, ihre Vorlieben, die Puppen, ihren Laden in der Weserstraße, wusste, dass sich ihr Vater in Kapstadt, ihre Mutter in Indien aufhielt, er begann mit seinen Aufzeichnungen, sie gaben ihm Kraft. Selbst seine Arbeit beim Wachschutz fiel ihm leichter, auch wenn die Kollegen ihn weiterhin mobbten und hinter seinem Rücken ihre Späße mit ihm trieben.

Und dann stand er eines Tages vor Josephins Haus, auf der anderen Straßenseite, und er sagte sich, wenn sie in den nächsten Minuten den Vorhang aufziehen und vor ihm am Fenster erscheinen würde, wäre dies ein Zeichen und sein Plan reif.

Sie wären füreinander bestimmt, und sie müsste vor ihm im Schaum ersticken, und ihre verkrustete Hülle wäre auf immer sein Besitz.

Und siehe, sie zog den Vorhang beiseite, und da war sie, und es war ihm, als würde es ihm die Brust zerreißen, in ihm war ein Glühen, und nun hatte er die Macht, und er war Karli, und er war stark, und nichts würde ihn abhalten, seinen Plan durchzuführen bis zum Ende.

»Karli ist bereit.«

Sie schlief, und das war gut so, denn in der Ferne heulten Polizeisirenen, er musste sich beeilen.

Nur nicht die Nerven verlieren.

Auch damals hatte er sich nicht beirren lassen, als Junker überraschend zurückgekehrt war, er wusste bis heute nicht, warum. Er vermutete, dass er außerhalb der Stadt einen Liebhaber hatte, zu dem ihn die dreiwöchige Reise führen sollte, wahrscheinlich war er von ihm versetzt worden. Jedenfalls kam Junker zurück, blieb einen Tag und eine Nacht im Haus, während Karli sich zunächst im Schuppen vor ihm verstecken und dann das Weite suchen musste. Junker schien in der Zeit nicht in den Keller gegangen zu sein, er hatte ja keine Ahnung, wer da unten in seinen Fesseln lag, der Mund der Gefangenen war fest verklebt.

Erst am nächsten Morgen war Karli in der Nähe des Hauses aufgetaucht, aber da war es schon zu spät. Polizeiwagen standen vorm Haus. Jemand hatte ihn seiner Beute beraubt, aus der Zeitung erfuhr er, dass es Junkers Bruder war.

Und Junker starb. Karli weinte nicht an seinem Grab. Er musste abwarten. Ein Jahr lang. Und sein Zorn wuchs. Bis heute.

Sein Opfer stöhnte im Schlaf.

Nur noch wenige Meter, und sie waren am Ziel.

DREIUNDDREISSIG

Vera Feil war nicht mehr vernehmungsfähig, sie hatte einen Schwächeanfall erlitten und musste im Notarztwagen abtransportiert werden. Das Letzte, was Trojan von ihr gehört hatte, waren die Worte: »Josephin, ein Dossier, über all die Jahre, er hat versucht, es vor mir zu verstecken.« Danach wurde ihr der Mund von der Sauerstoffmaske verschlossen.

Trojan bat Dennis Holbrecht, mit ihr zu fahren, um eventuell mehr aus ihr herauszukriegen, wenn sie wieder in stabilerer Verfassung war. Dann kehrte er in den Keller zurück.

Der Anblick war grauenvoll. Mitarbeiter des gerichtsmedizinischen Instituts hatten weitere Schichten des verkrusteten Materials entfernt, aber die Leiche von Milan Korch war noch immer nicht vollständig freigelegt, nur einzelne Körperteile ragten aus dem Bauschaumgrab hervor.

Schließlich entschied Dr. Semmler, mit einem Spezialbohrer ein großes Stück aus der Masse zu schneiden und den Leichnam so zur Obduktion in die Charité zu bringen.

Trojan wollte das nicht länger mit ansehen, er eilte zurück in die Wohnung im ersten Hinterhof, um mit Max Kolpert zu sprechen.

Der saß noch immer über den Computer von Merten Feil gebeugt.

»Hast du was gefunden?«

»Leider nicht. Hier sind überhaupt nur äußerst wenige Dateien.«

»Bist du auf den Namen Josephin Maurer gestoßen?«

»Nein. Hab es schon mit allen möglichen Kürzeln versucht, aber wie gesagt, er hat nicht viel auf seinem Computer gespeichert.«

»Externe Medien? Gelöschte Dateien?«

Kolpert schüttelte den Kopf.

»Habt ihr irgendwelche Aufzeichnungen in der Wohnung gefunden?«

»Nichts, was mit der Maurer zu tun hat.«

»Feil soll ein komplettes Dossier über die Verschleppte angelegt haben.«

»Ich weiß nicht, Nils, ich fürchte, wir vergeuden hier unsere Zeit.«

Trojan raufte sich sein kurzgeschorenes Haar.

»Dann hilf uns unten weiter«, sagte er.

Sie drängten sich durch die Menge der aufgescheuchten Hausbewohner im Treppenhaus.

Im Kohlenkeller unter dem Tanzstudio wurde gerade Milan Korchs Leichnam in einem Block aus Bauschaum auf die Bahre gelegt.

Trojan drehte sich der Magen um.

Er trat auf Landsberg zu.

»Kurze Besprechung, Hilmar, wie sollen wir weiter vorgehen?«

»Es wird nach Feils Wagen gefahndet. Wir können nur hoffen, dass er nicht wieder in einem gestohlenen Fahrzeug unterwegs ist.«

»Wir brauchen irgendeinen Hinweis, verdammt. Irgendetwas, das uns verrät, wo er sich jetzt mit Josephin Maurer aufhalten könnte.«

»Sämtliche Einsatzkräfte im Stadtgebiet sind alarmiert. Zu befürchten ist nur, dass er wie ein angeschlagener Boxer reagieren wird. Er weiß, dass wir ihm auf die Schliche gekommen sind, das haben wir ja seiner Schwester zu verdanken.« Er stieß die Luft aus. »Er hat nichts mehr zu verlieren.«

Trojan schloss für einen Moment die Augen. Wo würde er sich hinwenden, wenn er Feil wäre, was würde er tun?

Dann fragte er: »Wo ist eigentlich der Rollstuhl von Vera Feil?«

Landsberg starrte ihn an.

»Habt ihr ihn denn nicht hier unten oder im Hof gesehen?«

»Nein.«

Sie riefen Dennis auf dem Handy an, aber auch er konnte nur bestätigen, dass Vera Feil ohne ihren Rollstuhl in die Klinik eingeliefert worden war.

Nachdem sie alles abgesucht hatten, eilte Landsberg zu den Einsatzfahrzeugen, um an die Zentrale den Befehl durchzugeben, nach einem Passanten Ausschau zu halten, der eine hilflose Frau in einem Rollstuhl durch die Gegend schob.

Trojan war mittlerweile am Ende seiner Kräfte angelangt. Ihm wurde schwindlig, kalter Schweiß stand ihm auf der Stirn. Wann hatte er eigentlich das letzte Mal etwas gegessen?

Er massierte sich die Herzgegend, als Albert Krach nach ihm rief.

»Nils, komm mal her.«

Er stieg die Kellertreppe hinab.

Krach führte ihn in den hinteren Teil des Raumes, sie hatten mittlerweile die Trennwand komplett aufgebohrt, so dass man nicht mehr durch den Stollen hindurchkriechen musste.

»Schau dir das mal an.«

Er deutete auf eine Lücke in der Bauschaummasse vor der Rückwand. Hier waren Teile herausgebrochen, als man den Block mit Korchs Leiche freigelegt hatte.

Dahinter wurde die Grundmauer sichtbar.

Und dort hing ein Fetzen laminierten Papiers, das mit einer winzigen Schrift vollgekritzelt war.

Trojan nahm sich wortlos einen Spatel und stocherte in dem Material herum, um die Lücke zu vergrößern. Es war eine mühselige Arbeit. Krach wollte ihm mit dem Akkubohrer zu Hilfe kommen, er hielt ihn jedoch davon ab, da er befürchtete, Laminierung und Papier könnten zerstört werden.

Schließlich wurden Teile eines an der Wand befestigten DIN-A4-Bogens erkennbar. Daneben schienen sich noch weitere Bögen zu befinden. Die Handschrift darauf aber war schier unleserlich. Unter Mühe konnte er einige Worte entziffern, darunter »Schaum«, »Ratte« und das Kürzel »J«.

»Wir müssen das weiter freilegen«, sagte er.

»Sollen wir vielleicht doch die Bohrer nehmen?«

»Gut, aber seid extrem vorsichtig.«

Krach setzte sich Atemmaske und Schutzbrille auf und begann mit der Arbeit, unterstützt von Beamten der Spurensicherung, die ebenfalls mit Masken, Brillen und Akkubohrern ausgerüstet waren.

So wurde Schicht um Schicht die Wand vom PU-Schaum befreit, erst mit den Bohrern, dann per Hand mit den Spateln.

Es staubte entsetzlich, Trojan bekam einen Hustenanfall. Für einen Moment musste er hinausgehen, um Luft zu schöpfen, danach setzte auch er sich Maske und Brille auf, und noch während die Wand bearbeitet wurde, versuchte er bereits, Teile der Schrift auf den Bögen zu entziffern:

... und er sagte sich, wenn sie jetzt den Vorhang beiseiteschiebt, ist es ein Zeichen, und nichts mehr würde ihn von seinem Plan abhalten, und es waren bloß einige Sekunden, die er zu warten hatte, und schon öffnete sich der Vorhang, und da trat ihre Lichtgestalt ans Fenster, und es war für ihn wie eine Erlösung von all seinen Qualen.

An anderer Stelle hieß es:

Und wieder schlug er sich mit der Faust gegen den Kopf, und wieder und wieder rief er sich ins Gedächtnis zurück, wie viele Menschen ihr zu nahegetreten waren, welche Sünden sie auf sich geladen hatten, und sein Zorn wuchs, und ein Jeder würde seine gerechte Strafe bekommen und ...

Hier riss die Schrift ab.

Er hat seine Aufzeichnungen im Schaum konserviert, dachte Trojan, genauso wie er es später mit seinen Opfern tat.

Und damit die Papiere nicht zerstört werden konnten, hatte er sie eigens laminiert.

Alles sollte für die Ewigkeit erhalten bleiben.

Bald tauchten verschlungene Zeichnungen auf. Feil schien ausgiebig das chinesische Schriftzeichen für das Wort Ratte geübt zu haben. Dann kam die grobe Skizze eines Kellers zum Vorschein, gefolgt von der Zeichnung eines Rattenschädels, der in einem Mauerloch steckte.

Wieder waren wirre Passagen zu lesen:

Und Junker hat ihn (unleserlich) *und während noch Junker* (unleserlich) *und wie die Ratte starb, so starb auch etwas in ihm, aber das Licht wird in Karli sein, denn Karli ist …*

Trojan wandte sich vor Erschöpfung ab. Seine Augen brannten trotz der Schutzbrille. Der Lärm der Bohrgeräte war ohrenbetäubend.

Auch Krach brauchte eine Pause. Schließlich übernahm Trojan dessen Bohrer und Spatel, legte teils Schichten frei, teils las er. Nun hatte er Papiere vor sich, auf die Daten gekritzelt waren, gefolgt von weiteren Notizen, ein Großteil davon ergab keinen Sinn, es war der Fließtext eines Wahnsinnigen.

Letztlich aber glaubte Trojan zu verstehen, dass es eine erste Begegnung mit Josephin Maurer bei Feils Schwester gegeben hatte. Drei Jahre später hatte er sie wiedergetroffen, wo genau, ließ sich nicht entschlüsseln. An einer Stelle hieß es:

… das Rad dreht sich, es dreht sich immerzu, und für Karli ist es wie ein Jubel, der seine Lunge von innen zerreißt, und sie ist da, und sie hat Augen, die ihn durchstoßen, und Karli kann sich nicht rühren, auch wenn Karli groß und mächtig ist, sie spricht nicht zu ihm, aber da ist eine Kraft, die lässt ihn erbeben, und wie das Rad, in dem sie sitzen, so riesengroß, das höchste im alten Staat, so riesig ist er selbst, und sie wird …

Das Folgende war nicht mehr zu entziffern, da Laminierung und Papier beschädigt waren.

Trojan ließ das Werkzeug sinken, übergab es an einen Beamten der Spurensicherung und taumelte hinaus in den Hinterhof.

Der Schweiß an den Händen, die Übelkeit und das Gefühl, die Welt würde vor ihm zurückweichen, ließen ihn das Schlimmste befürchten.

Landsberg berührte ihn an der Schulter.

»Nils, du bist ja kreidebleich.«

»Ich kann, ich muss«, er keuchte, »– muss mich einen Moment hinsetzen.«

Landsberg fing ihn auf. Als er wieder zu sich kam, saß er gegen die Hauswand gelehnt und rang nach Luft.

Hinter den Fenstern in den Stockwerken über ihm brannten Lichter, da standen Menschen, aufgeschreckt aus ihrem Schlaf, und gafften zu ihnen herab. Unerbittlich drangen die Bohrgeräusche aus dem Keller.

»Nils, ich schick dich jetzt nach Hause.«

»Aber ich hab ihr doch ein Versprechen gegeben!«

»Du legst dich für ein, zwei Stunden hin, und dann sehen wir weiter.«

Kurz darauf fand er sich auf dem Rücksitz eines Polizeiwagens wieder.

In seiner Wohnung trank er eine Saftflasche leer und stopfte drei Bananen hintereinander in sich hinein, er hatte schlichtweg die Mahlzeiten vergessen. Danach legte er sich auf sein Bett und wartete ab, bis der Schwindel vorüber war.

Einmal hatte er sogar das Gefühl einzuschlafen, aber sofort schreckte er wieder hoch und dachte an das Schicksal von Josephin Maurer.

Er setzte sich auf und grübelte über den Wortlaut von Feils Aufzeichnungen nach. All das führte ihn doch nicht weiter, es erzählte bloß von Irrsinn und Besessenheit. Josephin war für Feil eine Lichtgestalt, er selbst sprach von sich in dritter Person und nannte sich Karli. Und darüber hinaus? Nichts. Nur wirres Zeug.

Mit einem Seufzer ließ er sich zurücksinken, der Schwindel kam zurück, alles drehte sich um ihn herum. Das Rad, dachte er, das Rad dreht sich, das höchste im alten Staat. Was könnte Feil mit dem Staat gemeint haben? Die DDR vielleicht?

Urplötzlich war ihm nicht mehr schwindlig. Er sprang auf, schnappte sich seinen Laptop, fuhr ihn hoch und gab die Begriffe »höchstes Rad« und »DDR« in die Suchmaschine ein. Ihm wurden lediglich mehrere Webseiten für Fahrräder aus dem Osten angezeigt. Er versuchte es mit der Eingabe »höchstes Riesenrad in der DDR«. Es kribbelte in seinen Fingern, als er die betreffenden Suchvorschläge überflog.

Das Riesenrad befand sich im Ostteil Berlins, nicht weit von seinem Viertel entfernt. Und auch nicht allzu weit von der Böckhstraße. Er hatte es oft auf seinen Spaziergängen an der Spree in der Ferne am Horizont gesehen, war ein paar Mal sogar direkt daran vorbeigegangen, ohne etwas von seiner Rekordhöhe zu wissen.

Aber das Gelände, auf dem es sich befand, war abgesperrt. Wie sollte Feil dort so einfach mit einer vermutlich betäubten Frau im Rollstuhl hineinkommen?

Und warum?

Weil der Ort für ihn von besonderer Bedeutung war, sein Wahnsinn sich dort manifestiert hatte?

Er hielt plötzlich inne.

Dann nestelte er sein Mobiltelefon aus der Hosentasche hervor und rief Landsberg an.

»Hilmar, ich bin wieder fit!«

»Entspann dich, Nils, wir kommen auch mal ohne –.«

»Chef«, unterbrach er ihn, »habt ihr schon das Wachschutzunternehmen gecheckt, in dem Feil arbeitet?«

»Natürlich, hältst du uns für völlig bekloppt?«

»Ich brauche den Zuständigkeitsbereich von ihm. Die Objekte, die er bewacht.«

»Moment«, sagte Landsberg, »ich verbinde dich mit Gerber, der war im Büro der Firma.«

Es dauerte entsetzlich lange, bis er ihn endlich am Apparat hatte.

»Ronnie, nenn mir bitte die Wachschutzobjekte, für die Feil zuständig ist!«

»Moment, ich hab mir hier eine Liste gemacht, es sind überwiegend Gebäude in Kreuzberg, Neukölln und Treptow. Soll ich dir alle Seiten vorlesen?«

»Triff eine Auswahl! Was fällt dir auf, was ist das Besondere?«

»Na ja, vielleicht die alte Eisfabrik, du weißt schon, da finden manchmal illegale Partys statt, diese Ruine, gegenüber von dem besetzten Haus in der Köpenicker Straße.«

»Was noch?«

»Ich hab hier zum Bespiel das brachliegende Gelände im Plänterwald notiert, das kennst du sicher auch, wo der stillgelegte Vergnügungspark ist.«

Er sprang wortlos auf, schob die Waffe ins Holster, zog seine Jacke an, schon war er im Treppenhaus.

Unten auf der Straße suchte er nach seinem altersschwachen Golf, den er äußerst selten benutzte, da er am liebsten auf dem Fahrrad unterwegs war. Wieder einmal konnte er sich nicht erinnern, wo er ihn geparkt hatte.

»Nils? Bist du noch dran?«

Er hatte gar nicht bemerkt, dass er das Telefon noch immer in der Hand hielt.

»Ich ruf dich später zurück!«, rief er in den Hörer und drückte die rote Taste.

Endlich sah er, dass der Wagen nur wenige Schritte von seinem Haus entfernt stand. Er rannte hin, öffnete die Tür, startete den Motor und fuhr los.

Während er am Görlitzer Ufer entlangraste, wählte er die Mobilnummer von Holbrecht.

Dennis meldete sich bereits nach wenigen Sekunden.

»Kannst du mit Vera Feil sprechen, ist sie wieder halbwegs hergestellt?«

»Die Ärzte blocken ab, aber ich war noch einmal an ihrem Bett.«

»Geh zu ihr, du musst unbedingt etwas aus ihr herauskriegen.«

Er bog in die Schlesische Straße ein und hatte nur wenig später die Puschkin-Allee erreicht. Der Motor ächzte, ließ sich nur schwer auf Tempo hundertvierzig beschleunigen.

»Was willst du wissen?«

»Frag sie, ob sie weiß, wo sich Merten Feil und Josephin Maurer eventuell ein zweites Mal begegnet sein könnten.«

»In Ordnung, bleib am Apparat.«

Sein Herz hämmerte. Es brauchte einige Zeit, dann hatte er wieder Dennis' Stimme am Ohr.

»Sie weiß es nicht.«

Trojan holte tief Luft.

»Dann frag sie, ob es einen bestimmten Rummelplatz gibt, den ihr Bruder als Jugendlicher oder junger Erwachsener aufgesucht hat.«

»Moment.«

Im Hintergrund war Gemurmel zu vernehmen, dann war Dennis wieder dran.

»Sie sagt, er ist oft in den Spreepark im Plänterwald gegangen, noch bis zu seiner Schließung im Jahr 2001.«

In seinem Kopf überschlugen sich die Gedanken. Er

preschte die Neue Krugallee entlang, dann bog er mit quietschenden Reifen in den Dammweg ein.

»Was ist los, Nils, hast du eine Spur?«

»Ich weiß nicht, Dennis. Es ist nur so ein Gefühl, ich kann mich auch irren.«

»Gib sofort Bescheid, wenn du etwas in Erfahrung bringen konntest.«

»Okay.«

Sie legten auf.

Vielleicht war es auch bloß ein Akt purer Verzweiflung, hier draußen im Wald nach Feil zu suchen.

Doch all seine Instinkte waren auf Alarmbereitschaft gestellt.

Er schaltete die Scheinwerfer aus und hielt auf dem Vorplatz des ehemaligen Vergnügungsparks.

Alles lag verlassen da.

Das verrostete Riesenrad ragte vor ihm in der Morgendämmerung auf.

Er stieg aus dem Wagen und trat an das Tor.

BETRETEN VERBOTEN stand auf einem Schild. Eine Kette war vorgelegt.

Er rüttelte daran, dann bemerkte er, dass sie nur lose zwischen die Gitterstäbe geschlungen war.

Das Tor ließ sich öffnen.

VIERUNDDREISSIG

Es war unwegsames Gelände. Das Gestrüpp stand meterhoch, der Betonweg war mit Unkraut überwuchert.

Trojan versuchte sich zu orientieren. Rechter Hand befand sich das Riesenrad, links davon ein Hügel, und dort oben machte er so etwas wie eine Felshöhle aus, also ging er voran.

Der Weg führte in einem Bogen bergan, Trojan verließ ihn und kletterte zu den Felsen hinauf. Es waren bloß Kulissenteile aus Pappmaché, es gab nirgendwo einen Eingang. Also ging er wieder hinunter, bog um die Ecke und stieß auf das Becken einer alten Wildwasserbahn, in den ausgetrockneten Rinnen befanden sich noch einzelne Wagen. Frösche wurden von seinen Schritten aufgeschreckt und sprangen durch das algengrüne Wasser. Schließlich hatte er die verrottete Bahnstation erreicht, das Kassenhäuschen war halbzerfallen, das Fensterglas zersprungen, die verrosteten Wagen standen in einer Reihe, in ihnen türmte sich vermodertes Laub.

Er leuchtete die Station mit seiner Stablampe ab, aber hier war niemand.

Er ging weiter, musste sich durch ein dichtes Brennnesselfeld vorarbeiten. Auf einem verwitterten Schild war zu lesen:

SPREEBLITZ.

DAS RAUCHEN, DAS MITNEHMEN VON TIEREN, STÖCKEN, SCHIRMEN SOWIE ANDEREN SPITZEN ODER SPERRIGEN GEGENSTÄNDEN IST VERBOTEN.

Dahinter waren die Schienen der Achterbahn zu erkennen, sie führten durch das Unkraut und weiter oben auf einem Gestell in Spiralen voran. Er trampelte sich einen Pfad durch das Dickicht, als er plötzlich eine leise Stimme vernahm.

Er hielt inne und lauschte. Der Wind fuhr durch das Laub, Vögel sangen im aufziehenden Morgenlicht. Und jemand stöhnte vor Schmerz, ganz in der Nähe. Also hatte er sich doch nicht getäuscht.

Er zückte seine Waffe und schlich weiter. Unter ihm knackten Zweige.

Etwas schlängelte sich vor ihm durch das hohe Gras, vielleicht eine Ringelnatter.

Nach einigen Schritten hob er den Blick und schaute ins Maul eines Drachen, seine Zähne waren spitz, die Nüstern gebläht, die Augen weit aufgerissen. Direkt in das Maul führten die verrosteten Schienen der Achterbahn. Auch das war eine Kulisse, der buntbemalte Eingang zu einem Tunnel.

Trojan schwang sich auf die Schienen und leuchtete mit der Stablampe hinein.

Etwa zehn Meter von ihm entfernt, wo der Tunnel einen Knick machte, stand ein Rollstuhl neben den Schienen, die Rückseite ihm zugewandt.

Sein Herz klopfte. Er ging hinein.

»Josephin?«, fragte er leise.

Sie war nicht genau zu erkennen, nur die Schultern und der Hinterkopf.

Aber es war ihr brünettes Haar, das war sie, kein Zweifel.

Langsam trat er näher.

»Josephin«, sagte er noch einmal.

Er näherte sich, sah, dass ihr Kopf eingesunken war. Mein Gott, was hatte der Kerl mit ihr angestellt?

Er streckte die Hand nach ihr aus, als der Rollstuhl plötzlich gewendet wurde.

Josie sank nach vorn. Jemand tauchte hinter ihr auf und sprang hoch.

Trojan richtete die Waffe aus, als ihn schon der Schmerz traf. Es knisterte, blitzte, brannte auf seiner Brust. Er wurde von heftigen Zuckungen ergriffen. Sein Körper wand sich, er verlor die Orientierung, ihm war, als glühten die Gedanken in seinem Hirn, er wollte etwas sagen, doch es gelang ihm nicht. Da spürte er, wie ihm die Waffe aus der Hand glitt. Hart schlug er auf den Gleisen der Bahn auf.

Und schon hockte Feil auf ihm, drückte ihm den Elektroschocker gegen die Rippen.

Trojan versuchte, seine Spasmen unter Kontrolle zu kriegen, fuchtelte mit den Händen vorm Gesicht seines Angreifers.

Der lachte nur.

Endlich bekam Trojan das Gerät zu fassen.

Er zerrte daran, es brannte an den Handflächen.

Wieder und wieder fuhr er zusammen, bis er endlich seine letzte Kräfte mobilisieren und gezielt zuschlagen konnte. Er traf Feils Handgelenk, wuchtete ihm gleichzeitig die Knie in den Unterleib. Der Elektroschocker fiel zu Boden, die Stromschläge setzten aus.

Erst allmählich ließen die Zuckungen in seinem Körper nach.

Doch schon sah er die Dose, und er schrie, aber das Zeug war längst in seinem Gesicht. Bevor er noch die Augen schließen konnte, waren Spritzer hineingeraten. Es brannte höllisch. Fauchend schoss mehr davon aus der Düse.

Wo war seine Waffe? Er tastete blind danach, krümmte sich auf den Schienen zusammen, als das Zischen plötzlich verstummte.

Feil hat die Waffe, durchfuhr es ihn. Nur raus aus der Schusslinie, raus!

Er rappelte sich auf, öffnete die verklebten Augen, so weit es ging, und stürmte durch den Tunnel.

Am anderen Ende angelangt und wieder im Freien warf er sich ins Gestrüpp und verharrte reglos.

Nichts geschah.

Nichts war zu hören, nur das Blut, das durch seine Ohren toste.

Er bemühte sich, ruhig zu atmen. Nach einiger Zeit wagte er sich aus seiner Deckung.

Am Becken der Wildwasserbahn kniete er nieder und tauchte die Hand in das faulige Wasser. Es stank entsetzlich, aber es war ihm egal, er warf sich das Wasser ins Gesicht und versuchte, die Bauschaummasse herauszureiben. Er riss die Augen auf und spülte sie aus. Das Zeug war klebrig und zäh, aber endlich brannte es weniger, und er konnte wieder besser sehen.

Er hockte keuchend da.

Plötzlich bemerkte er, dass sich im Wasser etwas bewegte. Erschrocken zog er die Schultern hoch.

Es brauchte eine Zeit lang, bis er erkannte, dass es eine Ratte war, beinahe so lang wie sein Unterarm. Unbeirrt schwamm sie vor ihm durchs Becken.

Trojan wandte sich ab, nestelte in seiner Jackentasche, doch die war leer. Er hatte sein Handy verloren, beim Kampf schien es herausgerutscht zu sein.

Er hastete zurück.

Vielleicht lag es noch im Tunnel.

Aber er musste vorsichtig sein, Deckung suchen, damit rechnen, dass Feil ihm auflauerte.

Da hörte er einen Schrei. Er fuhr herum, horchte.

Sie schienen weiter unten zu sein.

Er stürmte den Hügel hinab. Vor ihm im Gras lag etwas Dunkles, Großes, es hatte das Maul aufgesperrt, und da stand ein einziges riesiges Bein, es war abgeschnitten, und Trojan erkannte den wuchtigen Schweif einer Dinosaurierfigur, ihr Bauch war ausgehöhlt, Schrott aus dem Vergnügungspark, Souvenirsammler schienen sich mit Kettensägen darüber hergemacht zu haben.

Er rannte weiter.

Da war der Pool einer anderen Wildwasserbahn mit Booten in Schwanengestalt, aus ihnen wucherte Schilf. Erneut drang ein Schrei an sein Ohr, aus der Richtung vom Riesenrad, das völlig vom Wasser umgeben war.

Er musste über einen morschen Steg an Bord eines halbzerfallenen Piratenschiffs balancieren, von dort aus führte eine wacklige Holzkonstruktion hin zum Eingangsbereich des Riesenrads.

Eine Planke gab krachend nach. Trojan brach mit dem Fuß ein.

Er stürzte, klammerte sich am Boden fest. Zog den Fuß hervor und rappelte sich wieder auf.

Sein Herz raste.

Es waren nur noch wenige Schritte bis zum Riesenrad, die Gondeln schaukelten leicht im Wind. Er duckte sich, unbewaffnet wie er war. Als er die Plattform fast erreicht hatte, stockte ihm der Atem.

Josephin lag am Boden einer Gondel, die Hände mit einem Elektrokabel an das Eisengestänge gefesselt.

Er rannte die letzten Meter zu ihr hin, als er mit einem

Mal ein Geräusch hörte, knarrend, rumpelnd, und mit einem Ruck setzte sich das Rad in Bewegung. Er rannte schneller, stolperte, rief etwas.

Josephins Gesicht verzerrte sich, dann verschwand sie aus seinem Blickfeld, die Gondel schwang sich mit ihr in die Höhe.

Wie war das möglich? Der Vergnügungspark rottete doch nun schon seit Jahren vor sich hin.

Wieder brach er auf dem Steg ein, diesmal tiefer. Er stützte sich mit beiden Händen ab, seine Finger bluteten, aufgerissen von den morschen Planken. Als er wieder auf den Beinen war, streckte er sich nach der Gondel aus, aber sie war schon zu weit weg. Das Rad ächzte, Metallteile rieben brüllend aneinander. Nach einer Weile hielt es abrupt an, die Gondel, in der Josephin gefangen war, schaukelte hoch oben, am höchsten Punkt.

Wieder schrie sie.

Fünfundvierzig Meter, durchfuhr es Trojan, das war die Rekordhöhe, von der er im Internet gelesen hatte.

Wie konnte er ihr nur helfen? Und wo war Feil?

Er sah sich gehetzt um, irgendwo musste sich ein Sicherungskasten mit der alten Elektrik befinden, und da schien auch Feil sein.

Doch es war längst zu spät.

Kalt spürte er den Lauf der Waffe an seiner Schläfe, Feil blies ihm seinen Atem in den Nacken.

»Sieht das nicht schön aus, Herr Kommissar? Wie gern ich mit diesem Rad gefahren bin.«

Trojan rang nach Luft, in seiner Brust hämmerte es.

»Wie haben Sie das geschafft?«, fragte er heiser.

»Beeindruckt?«

»Ziemlich.«

Er musste ihn umgarnen, Zeit gewinnen.

»Ich drehe hier oft meine Runden. Kenne mich ganz gut aus in dem Areal. Man muss das Rad bloß wieder an den Stromkreis legen. Nur schade, dass all die bunten Lichter nicht mehr funktionieren.«

»Sie haben diesen Jahrmarkt geliebt, nicht wahr?«

»Ich liebe ihn noch immer. Hier war ich sehr, sehr glücklich, wissen Sie? Es ist der Ort, an dem mir Josephin abermals erschienen ist. Und das konnte kein Zufall sein.«

»Verstehe.«

»Gar nichts verstehen Sie, Herr Kommissar.«

Die Waffe bohrte sich fester in seine Schläfe.

»Diese Frau gehört mir«, raunte Feil, »nur mir. Josephin ist mein Besitz.«

»Wenn Sie sich ergeben, werde ich beim Staatsanwalt ein gutes Wort für Sie einlegen.«

Sein Lachen war mehr ein Krächzen. Er rammte ihm die Pistolenmündung gegen den Kopf.

»Ich hab kein Problem damit abzudrücken.«

Trojan sah zur Spitze des Riesenrads hinauf.

»Noch drei Sekunden, Kommissar, und Sie sind tot.«

Er spürte, wie seine Knie weich wurden.

»Wollen Sie das Zählen für mich übernehmen?«

Seine Augen tränten.

Feil verpasste ihm einen Hieb in den Rücken.

»Zählen Sie! Oder soll ich gleich abdrücken?«

»Eins«, flüsterte er.

Er konnte Feils Schweiß riechen, seine Haut, den schlechten Atem.

»Weiter.«

Seine Kehle war wie zugeschnürt.

»Na los doch.«

»Zwei.«

Er taumelte.

»Und was folgt auf zwei, Kommissar?«

Er musste an Emily denken, an Jana. Wieder verspürte er einen Schlag im Rücken.

Er sprach die letzte Zahl aus, und der Schuss knallte.

FÜNFUNDDREISSIG

Trojan sank zu Boden. Das Ende, dachte er. Er sah Blut, es war überall. Ihm war schwindlig.

Dann entfernte sich alles von ihm.

Er hörte Stimmen. Lichter zuckten auf, aber so weit weg, und er fühlte sich unendlich schwach.

Schlafen, dachte er, nie wieder aufwachen.

Jemand rief seinen Namen. Er musste reagieren.

Es brauchte einige Zeit, bis er begriffen hatte: Er war am Leben, er war noch da. Doch die Gefahr war längst nicht vorüber. Er musste sich orientieren. Feil war fort. Und wo war seine Waffe?

Autoscheinwerfer erhellten das Gelände, die Wagen mussten irgendwo durch den Zaun gebrochen sein. Landsberg war plötzlich bei ihm, geduckt, er versuchte, ihn aus der Schusslinie zu ziehen. Trojan erkannte, dass Feil die Sig Sauer fallen gelassen hatte, seine Waffe, er streckte die Hand nach ihr aus.

Er zitterte, noch fiel ihm das Atmen schwer.

Doch dann hatte er sich aufgerafft, er umklammerte sein Schießeisen. Landsberg zerrte ihn in Deckung, sie verschanzten sich in dem Gestrüpp, das auf der alten Seebühne wucherte.

»Wo ist er?«, wisperte der Chef.

Trojan zuckte nur atemlos mit den Schultern.

»Verdammt«, zischte Landsberg, »ich hab ihn nicht richtig erwischt.«

Trojan starrte ihn an.

»Du hast mir das Leben gerettet.«

»Kannst von Glück reden, dass Feil nicht noch abgedrückt hat, als ihn meine Kugel traf.«

Ringsum positionierten sich die Kollegen, ihre Waffen am Anschlag.

»Dennis hat uns angerufen. Er sagte uns, dass du auf dem Weg hierher seist.« Landsberg berührte ihn am Arm. »Mein Gott, Nils, du hättest uns viel früher Bescheid geben müssen.«

Trojan wies mit einer Kopfbewegung zum Riesenrad hinauf.

»Josephin«, flüsterte er, »sie ist in einer der Gondeln ganz oben. Wir müssen das Rad wieder in Bewegung setzen.«

Da sahen sie plötzlich eine Gestalt in der Luft hängen. Sie hielt sich mit den Händen am Boden einer Kabine des Riesenrads fest und zappelte hin und her.

»Oh, mein Gott.«

Holbrecht, Gerber, Stefanie und die anderen traten aus ihren Deckungen hervor. Von der Plattform aus beobachteten sie, wie sich Feil in fünfundvierzig Metern Höhe in die Gondel schwang.

Er verschwand im Inneren der Kabine.

Sie schaukelte heftig.

Josephins Schreie waren zu hören.

Feil schien sich dort oben an etwas zu schaffen zu machen, vermutlich schnitt er das Elektrokabel auf, denn mit einem Mal tauchte er mit Josephin am Abgrund auf und rief ihnen etwas zu.

»Wie ist er da bloß raufgekommen?«

Trojan blickte zu der schmalen Treppe hin, die bis zur

Mittelachse des Riesenrads führte, bis dorthin war der Aufstieg nicht allzu schwierig, danach aber musste er sich von Strebe zu Strebe gehangelt haben.

»Er kann nicht besonders schwer verletzt sein, mein Schuss hat ihn wohl nur gestreift«, sagte Landsberg.

Und wieder schrie Feil etwas von oben.

Er hatte Josephin am Arm gepackt und drohte, sie in die Tiefe zu stürzen.

»Das mit dem Rad können wir aufgeben«, murmelte Trojan. »Selbst wenn wir es schaffen, die Technik wieder in Gang zu setzen, wird er sie sofort hinunterstürzen.«

Feil brüllte ihnen zu, sie sollten das Gelände verlassen, sonst würde er seine Drohung in die Tat umsetzen.

Landsberg nickte den Kollegen zu.

»Rückzug!«

Sie entfernten sich von der Seebühne und versammelten sich außer Sichtweite.

Landsberg telefonierte und forderte das SEK an.

Trojan wusste, dass sie damit zu viel Zeit verlieren würden. Er ließ sich aus einem Polizeiwagen ein Megaphon geben und bat Stefanie, das Reden zu übernehmen.

»Wie meinst du das, reden?«

»Sag was, irgendwas. Du musst ihn ablenken.«

»Ich kann das nicht!«

»Du tust das jetzt. Und gib mir deine Handschellen.«

Sie sah zu Landsberg hin.

»Wir warten auf das SEK.«

Doch Trojan war sich im Klaren darüber, dass Feil ihre Absichten durchschaute. Bestimmt hatte er längst mit seinem Leben abgeschlossen.

Seinen Todessprung zusammen mit Josephin konnte nur ein blitzschneller Überraschungsschlag verhindern.

Wortlos griff sich Trojan die Handschellen, steckte sie ein und entfernte sich.

Der Weg führte um die Seebühne herum, an zum Teil eingestürzten Gebäuden vorbei, dem sogenannten englischen Dorf, wie er aus dem Artikel im Internet wusste.

Schließlich befand er sich auf der anderen Seite des Riesenrads.

Er schob seine Waffe fest ins Holster. Er durfte nicht länger über sein Vorhaben nachdenken, sonst würde er es sich vielleicht noch anders überlegen.

Schon hörte er Stefanies Stimme durch das Megaphon. Sie redete auf Feil ein.

Fünfundvierzig Meter, durchfuhr es ihn.

Er war am Fuße der Treppe. Sie führte steil nach oben, es gab kein Geländer. Er wusste, dass er auf keinen Fall nach unten schauen durfte.

Er zählte auch nicht die Stufen, sondern konzentrierte sich ganz auf seinen keuchenden Atem.

Feil konnte ihn von der Gondel aus nicht sehen. Doch als er an der Mittelachse angelangt war, verließ Trojan mit einem Mal der Mut. Ein Zittern durchlief seinen Körper, seine Hände schwitzten, das Herz raste, aber er traute sich auch nicht mehr zurück, und plötzlich hatte er das Gefühl, all das wäre bloß ein Alptraum, nur einer seiner zahlreichen Angstträume, aus dem er jeden Moment erwachen würde.

Entweder würde er aufwachen oder sterben.

Er blickte hinauf.

Die überdimensionalen Radspeichen bestanden aus zwei parallel verlaufenden Eisenstreben, die etwa alle zwei Meter von einer Querstange verstärkt wurden. Zwischen diesen

Querstreben befanden sich weitere Verstärkungen, jeweils in der Form eines X.

Trojan packte mit beiden Händen das Eisen. Er brauchte einen Plan. Wenn er von einer Querstange auf den Mittelpunkt einer X-Strebe stieg, könnte er sich bis zur nächsten Querstange hochziehen, um dann weiter bis zum nächsten Eisen in X-Form zu steigen. So könnte er es schaffen. Er durfte nur niemals nach unten schauen.

Er versuchte es. Der Mittelpunkt vom X war zu hoch, er musste sich an der Eisenstange hochziehen, bevor er es wagte, erst den einen Fuß, dann den anderen in die Verstrebung zu setzen.

Geschafft.

Weiter, er streckte erst die eine Hand nach der Querstange aus, dann die andere und stemmte sich hoch.

Stefanie rief etwas durchs Megaphon.

Feil brüllte eine Antwort hinab.

Trojan glaubte sogar, Josephins Stimme zu hören. Doch er durfte sich jetzt nicht ablenken lassen.

Er kletterte auf die Querstange, richtete sich vorsichtig auf, hangelte sich weiter, setzte den Fuß auf den entscheidenden Punkt, wo das X zusammenlief, und suchte sicheren Halt, bis er wieder auf beiden Füßen stand.

Dabei glitt sein Blick nach unten. Sofort hatte ihn der Schwindel gepackt. Er rutschte mit dem Fuß ab, umklammerte das Eisen. Ruhig, dachte er, ganz ruhig.

Du musst in kleinen Schritten denken, befahl er sich. Von der Querstange zum X, vom X zur Querstange. Er wartete, bis das Zittern in seinen Muskeln nachgelassen hatte, dann setzte er seinen Aufstieg fort.

Plötzlich spürte er die Schwäche in seinem rechten Arm, er hatte ihn nach seinem Bruch noch nicht allzu lange trainiert. Außerdem tränten ihm die Augen, und er spürte, dass er noch immer Reste von verkrustetem Bauschaum im Gesicht hatte.

Er keuchte, als er die nächste Sprosse erreicht hatte, um sich weiter hochzuhangeln.

Wieder rutschte er ab, der Schmerz an seinen aufgerissenen Fingern war höllisch, er bekam das Eisen zu fassen und rang nach Luft. Endlich hatte er wieder festen Halt, seine Füße standen sicher auf einer Kreuzstrebe.

Für einen Moment musste er verschnaufen. Sein Blick glitt über die Wipfel des Plänterwalds hin zum Ufer der Spree. Der Morgen dämmerte heran.

Alles sah so friedlich aus.

Doch die Angst schüttelte ihn. Es half nichts, er musste weiter. Er hatte ein Versprechen gegeben.

Von Strebe zu Strebe arbeitete er sich vor.

Obwohl seine Muskeln schmerzten und ihm das Atmen immer schwerer fiel, traute er sich nicht mehr innezuhalten. Er mobilisierte seine letzten Kräfte, versuchte, die schwindelerregende Höhe auszublenden und nicht an den schwierigsten Teil seines Vorhabens zu denken.

Den Moment, da er sich von der letzten Querstange zur Gondel hinaufhangeln musste.

Den Moment, da seine Füße keinen Halt mehr haben würden.

Er hörte Feil fluchen, es waren vielleicht noch zehn Meter bis zu der Gondel, in der er sich mit Josephin befand.

Wieder sagte Stefanie etwas durch das Megaphon. Er verstand ihre Worte nicht, zu heftig dröhnte das Blut in seinen Ohren.

Schließlich hatte er die letzte Strebe erreicht.

Nun war Feils Stimme ganz nah. In der Kabine über ihm

murmelte er vor sich hin, in einem fort, getrieben von seinem Wahn. Was aber war mit Josephin?

Trojan kniff die Augen zusammen, die Eisenstange mit beiden Händen fest umgreifend.

Er wusste, dass er nur eine einzige Chance hatte.

Er öffnete die Augen, streckte vorsichtig den rechten Arm aus. Seine Hand ertastete den Boden der Gondel. Seine Finger suchten Halt.

Jetzt musste alles sehr schnell gehen.

Er zählte innerlich bis zehn, dann stieß er sich ab und griff gleichzeitig mit der anderen Hand nach dem Gondelboden.

Nun hing er frei in der Luft.

Unter größter Anstrengung zog er sich hoch, während er gleichzeitig mit den Beinen Schwung holte.

Ich schaffe es nicht, dachte er.

Es dauerte zu lange.

Feil würde ihn bemerken.

Seine Beine zappelten hilflos in der Luft herum, die Gondel schwankte entsetzlich.

Noch einmal holte er Schwung.

Plötzlich war sein rechtes Knie auf dem Kabinenboden.

Mit letzter Kraft stemmte er sich hoch, rollte sich ins Innere hinein, griff gleichzeitig zum Holster und zückte die Waffe.

Feil schrie erzürnt auf. Trojan umfasste seine Sig Sauer mit beiden Händen und brüllte, er würde schießen. Kaum war er auf den Beinen, krachte Feils Faust in sein Gesicht. Weitere Schläge trommelten auf ihn ein, ein Schuss löste sich. Dann machte Feil eine plötzliche Bewegung nach vorn und schlug ihm die Waffe aus der Hand.

Sie flog im hohen Bogen aus der Gondel, hinab in die Tiefe.

Trojan stolperte, holte zum Schlag aus, den Feil abfangen konnte.

Josephin klammerte sich an der Sitzbank fest. Ihr Gesicht war kreidebleich. Entsetzt schaute sie zu, wie Trojan an das Ende der Kabine gestoßen wurde.

Und dann war sein Fuß über den Rand hinaus.

Er strauchelte, im letzten Moment bekam er die rettende Eisenstrebe zu fassen, stieß sich ab und holte erneut zum Schlag aus. Er traf Feil am Kinn. Sein Kopf stieß gegen das Eisen. Kurzzeitig war er bewegungsunfähig. Schon kniete Trojan auf ihm.

»Lassen Sie mich, Kommissar. Springen. Ich will mit ihr fliegen. Nur Josephin und ich.«

Seine Lider flackerten. Die rechte Schulter war blutüberströmt. Dort schien ihn Landsbergs Kugel gestreift zu haben.

Die Handschellen klickten.

Er verstummte.

Nachdem er ihn an die Gondel gekettet hatte, wich Trojan zurück, kauerte sich am Kabinenboden zusammen und schlug die Hände vors Gesicht.

»Herr Trojan«, sagte eine leise Stimme zu ihm.

Es brauchte einige Zeit, bis er das Zittern in seinem Körper halbwegs unter Kontrolle hatte.

Dann sah er zu Josephin auf.

»Herr Trojan«, sagte sie wieder.

Er setzte sich zu ihr auf die Bank und nahm sie in die Arme, drückte sie fest an sich.

Er streichelte ihren Kopf und sprach beruhigend auf sie ein.

Aus der Tiefe schrie Landsberg zu ihnen hinauf.

Trojan antwortete nicht.

Josephin weinte still in sich hinein.

Endlich hatten die Leute unten die marode Technik wieder flottgemacht. Es krachte in der Mechanik, rumpelte. Das Rad bewegte sich.

Langsam sanken sie tiefer.

EPILOG

Trojan schloss sein Fahrrad vorm Urbankrankenhaus ab und holte tief Luft.

Er rieb sich den Nacken und blickte zum strahlend blauen Himmel hinauf. Der August zeigte sich nach wie vor von seiner schönsten Seite, heute sollten es über dreißig Grad werden.

Badewetter, aber nicht für ihn.

Eine Woche war vergangen, seit sie Merten Feil verhaftet hatten, doch er war längst nicht zur Ruhe gekommen. Er schlief schlecht, in seinen Alpträumen liefen wieder und wieder die Szenen im Spreepark vor ihm ab, in Endlosschleife.

Er stürzte aus fünfundvierzig Metern Höhe in den Abgrund und erwachte schweißgebadet.

In den sieben Tagen hatte er mehrmals im Kriseninterventionszentrum der Urbanklinik angerufen, um sich nach dem Zustand von Josephin Maurer zu erkundigen, doch jedes Mal hatte man ihm gesagt, sie sei noch nicht in der Lage, Besuch zu empfangen.

Heute würde man ihn endlich zu ihr vorlassen.

Er war nervös, als er den Flur entlangging. In welcher Verfassung würde sie sein? Er musste mit dem Schlimmsten rechnen. Schon die Ereignisse im letzten Sommer waren die Hölle für sie gewesen, aber was in diesem Jahr über sie hereingebrochen war, übertraf jegliche Vorstellungskraft.

Wie belastbar war ein Mensch? Was hielt er aus? Wie viel Wahnsinn und Sadismus vertrug eigentlich diese Welt?

Auf der Station fragte er nach Josephin, und die Krankenschwester sagte ihm, dass sie bereits im Aufenthaltsraum auf ihn warte.

Die Fenster führten zum Kanal hinaus. An den Wänden hingen gerahmte Zeichnungen, vermutlich von den Patienten. Man schien nur diejenigen ausgewählt zu haben, die beruhigende Motive hatten, Landschaften, Bäume, aber auch ein paar figürliche Darstellungen waren darunter, ernste Gesichter mit großen Augen.

Sie saß mit dem Rücken zu ihm. Die Sonnenstrahlen, die zum Fenster hereinfielen, brachten ihr brünettes Haar zum Leuchten.

Das war aber schon alles, was hell und freundlich an ihr wirkte. Ihre Schultern waren eingesunken, und je näher er trat, desto deutlicher spürte er die Aura von Angst und Hoffnungslosigkeit, die sie umgab.

Er zog sich einen Stuhl heran und setzte sich zu ihr.

Es brauchte einige Zeit, bis sie den Kopf wandte und ihn ansah. Ihre Bewegungen waren extrem verlangsamt, vielleicht lag das an den Medikamenten, die man ihr gab.

Er begrüßte sie leise und nickte ihr zu.

Sie war blass, ihre Augen waren blutunterlaufen. Dunkle Ringe hatten sich darunter gebildet.

Die Hände hatte sie im Schoß verschränkt.

Sie schauten sich lange wortlos an. Sie schien ihm etwas sagen zu wollen, doch kein Laut kam von ihren Lippen.

Er griff nach ihren Händen und drückte sie.

»Josephin«, murmelte er, »es tut mir so schrecklich leid, dass ich Ihnen nicht früher helfen konnte. Ich kam verdammt noch mal zu spät.«

Sie rührte sich nicht.

»Es ist davon auszugehen, dass Merten Feil zu einer lebenslänglichen Haftstrafe mit anschließender Sicherheitsverwahrung verurteilt wird. Ich weiß, das ist ein schwacher Trost für Sie, aber er wird nie wieder in Freiheit sein. Nie wieder wird er einem Menschen etwas antun können. Auch wenn man ihn in der Psychiatrie unterbringt – Sie sind von nun an vor ihm in Sicherheit.«

Sie sah ihn weiter an, aber ihre Augen waren glanzlos und leer.

Schließlich fasste er sich ein Herz und umarmte sie.

In diesem Moment schien sich etwas in ihr zu lösen, sie weinte zwar nicht, aber ihr Atem ging stoßweise, und sie brachte leise Töne hervor, die an das Lallen eines kleinen Kindes erinnerten.

»Das Karussell«, sagte sie. »Nach der Hypnose habe ich davon geträumt. Es ist so viele Jahre her, wie konnte ich ahnen, dass dieser Mensch –.«

Sie brach ab.

Er hoffte inständig, dass sie eines Tages den Schmerz herauslassen könnte. Es wäre nicht gut, ihn tief in sich zu verschließen.

Sie saßen lange Zeit schweigend da.

Schließlich blickte sie auf und sagte leise: »Ich will nicht mehr leben.«

Trojan erschrak.

»Bitte sagen Sie das nicht.«

»Aber was hat es denn noch für einen Sinn? Karen ist tot und Milan auch. Dieses Monster hat mir alles genommen.«

Er wusste nicht, was er darauf antworten sollte.

Nach einer Weile fragte er: »War denn Ihre Mutter schon hier?«

»Sie ist unterwegs.«

»Und Ihr Vater?«

Sie nickte kaum merklich.

»Er hat versprochen, öfter in der Stadt zu sein, um sich um mich zu kümmern.«

»Gut.«

»Nichts ist gut, Herr Trojan. Sie haben mich gerettet, ja, dafür muss ich Ihnen danken. Ich bin am Leben, aber was hier vor Ihnen sitzt, ist bloß ein hohler Körper. In mir ist nichts mehr, keine Freude, keine Wärme, kein Licht.«

Endlich brachen die Tränen aus ihr heraus.

Im Moment gab es keinen Trost für sie, das wusste er. Er war zu spät gekommen. Wenigstens Milan hätte er retten müssen, Milan, den er einige Zeit lang fälschlicherweise für den Täter gehalten hatte.

»Ich werde von nun an jeden Tag nach Ihnen schauen, Josephin. Ich komme so lange zu Ihnen, bis ein kleiner Funke Hoffnung in Ihnen ist, und darüber hinaus, bis Sie sich vorstellen können, dass es sich doch noch lohnt, auf dieser Welt zu sein.«

»Nennen Sie mir einen Grund, einen einzigen.«

Das Lächeln eines geliebten Menschen, dachte er. Aber in ihrer jetzigen Situation war das wohl nicht die passende Antwort.

Emily und Jana erschienen vor seinem inneren Auge.

Doch Jana hatte seit einer Woche nicht auf seine Anrufe reagiert.

»Es gibt Hoffnung«, murmelte er. »Bitte glauben Sie mir.«

Dann fragte er, ob sie mit ihm einen kleinen Spaziergang unternehmen wollte, und sie willigte ein. Sie sagten der Stationsschwester Bescheid und fuhren mit dem Aufzug hinunter. Nachdem sie bis zum Planufer gelaufen waren, kehrten sie um und setzten sich am Kanal auf die Wiese. Sie sahen schweigend den Schwänen zu, die auf dem Wasser ihre Kreise zogen.

Auf den Restaurantbooten war lärmender Betrieb.

Er dachte daran, dass es Josephin schmerzen müsste zu sehen, wie das Leben rings um sie herum einfach weiterging, als sei nichts geschehen.

Vor ihrer Zimmertür umarmte er sie zum Abschied, und sie fragte: »Also kommen Sie morgen wieder?«

Er atmete auf. Vielleicht konnte er ihr ja doch noch helfen.

»Ja, natürlich, morgen um dieselbe Zeit, wäre Ihnen das recht?«

Sie nickte, und ihre Mundwinkel zuckten.

Es war kein Lächeln, aber vielleicht eine leise Ahnung davon, zumindest hoffte er das.

Er nahm das Fahrrad mit in die S-Bahn. Am Bahnhof Lankwitz stieg er aus, trug es die Treppen hinunter, schwang sich auf den Sattel und trat in die Pedale.

Bevor er in die Klinik gefahren war, hatte er das Polaroid eingesteckt, ohne länger darüber nachzudenken. Nun gab es keine Ausflüchte mehr.

»Stellen Sie sich Ihren Ängsten, suchen Sie das Gespräch.«

Janas Stimme meldete sich wieder einmal in seinem Innern, er radelte schneller, der Schweiß stand ihm auf der Stirn. Er passierte eine Seitenstraße, die in die Siedlung seiner Kindheit führte, und die Erinnerung traf ihn wie ein Schlag. An dieser Straßenecke hatte er einmal als kleiner Junge seine Mutter stehen gesehen, erschöpft und bleich, die prall gefüllten Einkaufstüten vor sich am Boden, in einem Moment, da sie innehielt, um zu verschnaufen, so fremd und traurig war sie ihm erschienen. Er wusste noch, wie sehr er darüber erschrocken war, weil er sie beinahe nicht erkannt hätte, seine eigene Mutter, bis er nach ihr rief, worauf sie den Kopf hob und sich ihr Gesicht aufhellte. Und endlich war sie ihm wieder vertraut gewesen.

Er fuhr weiter, den Blick auf das Kopfsteinpflaster geheftet, hier ganz in der Nähe hatte er in einem der Rinnsteine den Plastikball, das Geschenk von Susanna Halm, zertreten.

Trojan kam sich schwach und hilflos vor. Er wäre wieder Kind, wenn er vor seinen Vater treten würde.

Blieb man nicht selbst als Erwachsener vor den eigenen Eltern immer Kind?

»Aber Sie sind doch stark. Sie haben in Ihrem Beruf viel erreicht.«

Janas Stimme begleitete ihn, richtete ihn innerlich ein wenig auf.

Schließlich hielt er vor dem Haus in der Frobenstraße Nummer 19, eines aus der Reihe der grauverputzten Nachkriegsbauten, die sich kaum voneinander unterschieden.

Hier fristete sein Vater sein Rentnerdasein. Trojan kannte seine Tagesabläufe genau: Morgens die Boulevardzeitung am Kiosk holen, die er auf dem Sofa sitzend von vorne bis hinten durchlas, dann zum Supermarkt an der Ecke einkaufen gehen, Mittagessen kochen, wobei er sich zumeist mit Eintöpfen begnügte, danach ein kurzes Schläfchen, nachmittags den Fernseher einschalten, der bis zum späten Abend lief. Nach dem vierten Bier zu Bett. Ein immer wiederkehrender Ablauf, der lediglich mittwochs unterbrochen wurde, wenn er Frau Korn traf, eine Freundin, die einige Straßen weiter wohnte, etwas rein Platonisches, wie er behauptete, sie würden sich nur unterhalten. Trojan hatte sich oft gefragt, ob die beiden nicht eher eine Liebesgeschichte verband, auch wenn es ihm nicht leichtfiel, sich das bei einem über Siebzigjährigen vorzustellen.

Sein Vater hatte ihm Frau Korn noch nie vorgestellt, er kannte nicht einmal ihren Vornamen. Sprach er ihn darauf an, reagierte der Vater mürrisch und ausweichend, als schämte er sich für seine Bekanntschaft.

Trojan wusste einfach zu wenig über ihn. Ihr letztes Treffen lag nun schon beinahe ein Jahr zurück.

Er blickte zu dem Fenster im zweiten Stock hinauf. Ihn verließ der Mut. Sein Besuch war ja nicht einmal angekündigt.

Er sah zur Uhr. Wenn er sich nicht täuschte, müsste sich Richard Trojan gerade von seinem Nachmittagsschlaf erhoben haben und sich einen starken Kaffee kochen.

Er klingelte an der Haustür.

Nichts rührte sich. Er trat ein paar Schritte zurück und bemerkte eben noch, wie sich die Gardine bewegte, dahinter ein Schemen am Fenster, das schlohweiße Haar seines Vaters. Er wollte gerade die Hand heben, ihm ein Zeichen geben, etwas rufen, irgendwas, da schnarrte der Türöffner.

Er ging ins Treppenhaus, stieg beklommen die Stufen hinauf. Die Wohnungstür war nur angelehnt, er trat ein.

Sein Vater saß im Wohnzimmer, griffbereit vor sich auf dem Tisch die Fernsehzeitschrift, den Tabak, die Blättchen und das Feuerzeug. Frisch aufgebrühter Kaffee dampfte in einer Tasse. Es war seltsam, in den Gewohnheiten seines Vaters kannte er sich gut aus, nur nicht in dessen Innenleben.

»Nils.«

Das war alles, keine Begrüßung.

Sie blickten sich eine Weile an, Trojan rührte sich nicht. Schließlich nickte sein Vater stumm zum Sessel hin, und er setzte sich.

»Kaffee?«

Trojan musterte ihn, die müden kleinen Augen, das weiße

Haar. In der verkrüppelten Hand steckte die übliche Kippe, die Finger gelb vom Nikotin.

»Nur ein Glas Wasser vielleicht.«

Der Vater wollte sich aus dem Sofa erheben, doch Trojan winkte ab.

Er ging in die Küche, nahm ein Glas aus dem Schrank und drehte den Hahn auf. In der Spüle befanden sich Teller und Besteck vom Mittagessen. Die Uhr an der Wand tickte. Es roch nach altem Mann, Einsamkeit und Zigarettenqualm.

»Du siehst blass aus«, sagte der Vater zu ihm, als er wieder vor ihm saß. »Dein Beruf bekommt dir nicht.«

Trojan trank das Glas leer. Es war zu heiß hier drin, das Fenster nur einen Spalt geöffnet. Vögel lärmten draußen in den Bäumen, irgendwo weinte ein Kind.

»Ich hab dir immer gesagt, dass dieser Job nichts für dich ist.«

Der Vater führte die verkrüppelte Hand zum Mund und sog an der Kippe.

Seit seinem Unfall konnte er die Hand nicht mehr richtig öffnen.

Wieder einmal fragte sich Trojan, warum er die Zigarette eigentlich nicht zwischen die Finger seiner gesunden Linken nahm. Als müsste er stets auf seine Behinderung hinweisen, als wollte er seinem Gegenüber damit Ehrfurcht einflößen.

Und mit welcher Verbissenheit er am Selbstdrehen der Zigaretten festhielt, einhändig und das sehr geschickt, ohne auch nur einen einzigen Tabakkrümel fallen zu lassen.

Das schien er nach seinem Unfall heimlich geübt zu haben, Stunde um Stunde.

»Was hätte ich denn deiner Meinung nach tun sollen?«

Der Vater blies den Rauch aus. »Für was Handwerkliches konnte man dich jedenfalls nicht begeistern. Ich weiß noch, wie ich dich mal mit in die Werkstatt genommen hab. Dir haben die Augen getränt, von den Sägespänen, vermute ich mal.«

Trojan straffte die Schultern.

Es ist zwecklos, dachte er. Ich muss wieder gehen.

Ihn deprimierten die Tapeten, die schief hängenden Kunstdrucke, das Wachstuch auf dem Tisch. Er betrachtete die Haare am Kehlkopf seines Vaters, eine Stelle, die er beim Rasieren übersehen hatte.

Sein Blick wanderte zu den Haarbüscheln in den Ohren und den Nasenlöchern, er bemerkte, dass ein Knopf an seinem Hemd fehlte.

Ihm entging nicht, dass sein Vater noch immer eines der gleichen weißen Unterhemden trug, die er seit Jahren beim Woolworth in der Leonorenstraße im Fünferpack kaufte.

Es vergingen einige Minuten, in denen sie sich anschwiegen.

Dann richtete sich der Vater ein wenig auf. Vor Schmerz verzog er das Gesicht, Trojan wusste, dass ihm der Rücken zu schaffen machte.

»Was willst du? Du tauchst doch sonst hier nicht einfach unangemeldet auf.«

Trojan versuchte seinen pochenden Herzschlag zu ignorieren.

Schließlich zog er das Polaroid aus der Hosentasche und legte es wortlos auf den Tisch.

Der Vater blickte es an, verzog keine Miene.

»Erinnerst du dich noch an diese Frau?«

Er rührte sich nicht. Die Kippe brannte in seiner Hand runter.

Seine Gesichtsmuskeln zuckten erst, als die Glut seine Haut berührte.

Er zerdrückte die Zigarette im Aschenbecher.

Als er die gesunde Hand nach der Kaffeetasse ausstreckte, konnte Trojan nicht das geringste Zittern registrieren.

Er nahm einen Schluck und setzte die Tasse ruhig wieder ab.

»Woher hast du das Foto?«

»Von Mutter. Auf dem Sterbebett hat sie versucht, mir verständlich zu machen, wo sie es versteckt hielt. Sie wollte, dass ich es an mich nehme.«

Der Vater sah ihn an.

Trojans Stimme kippte. »Es war in ihren letzten Lebensminuten. Du warst im Nebenzimmer, und ich –.«

Er brach ab. Die Erinnerung überwältigte ihn.

Erst nach einer Weile hatte er sich wieder gefangen.

»Sie hatte es an der Rückwand ihrer Wäschekommode befestigt.«

Der Vater schlug die Augen nieder.

»Es war ihr wichtig, dass ich es finde. Sie musste etwas loswerden, bevor sie starb. Ich denke, sie hat die Aufnahme selbst gemacht. Mit deiner Polaroidkamera.«

Die Miene seines Vaters war wie versteinert.

»Du weißt doch noch, wer die Frau auf dem Foto ist, nicht wahr?«

Er schwieg, rührte sich nicht.

»Susanna Halm«, sagte Trojan leise. »Die junge Frau aus dem Nachbarhaus. Die Frau, die ermordet wurde.«

»Worauf willst du hinaus?«

Trojan ballte die Hände im Schoß zu Fäusten. Er schwitzte.

»Ich hab dich gesehen, Vater. Du bist in das Haus gegangen, kurz bevor sie starb. Ich war ein kleiner Junge, und ich hab dich gesehen. Wenig später wurde Susanna Halm in einem Leichensack herausgetragen.«

Die Haarinsel auf dem Kehlkopf bewegte sich. Der Vater schob den Kiefer vor.

Urplötzlich wuchtete er sich aus dem Sofa hoch.

Auch Trojan stand auf. Er war größer als sein Vater, und doch duckte er sich vor ihm und zog den Kopf ein.

Für einen Moment standen sie sich sprachlos gegenüber. Dann ging der Vater zum Fenster.

Er wird bucklig, dachte Trojan, er wird sterben, und ich bin nicht mehr Kind.

Der Vater schwieg lange Zeit, dann drehte er sich zu ihm um. »Nils«, sagte er mit rauer Stimme, »du phantasierst dir was zusammen.«

Er sah ihn nur an.

»Ja, ich war an dem Tag in dem Haus. Ich hab bei ihr geklingelt, aber sie hat nicht aufgemacht.«

»Was wolltest du bei ihr?«

»Ich hab damals einen Wandschrank in ihrer Wohnung eingebaut. Sie hatte nicht viel Geld, aber ich hab ihr einen fairen Preis gemacht, schwarz natürlich. Jedenfalls wollte ich an diesem Tag noch ein paar Kleinigkeiten verbessern.« Er sah zu Boden. »Möglicherweise lebte sie da schon nicht mehr.« Er stieß die Luft aus und blickte auf. »Nils, ich habe keine Ahnung, warum deine Mutter dieses Foto geschossen hat, und ich habe nichts mit dem Tod dieser Frau zu tun, glaube mir.«

Trojan musterte ihn. »Wo war dein Werkzeug, als du zu ihr gegangen bist?«

Er schnaubte verächtlich. »Aber, Nils, das ist doch lächerlich!«

»Ich hab dich ohne Werkzeug in das Haus gehen sehen.«

»Du warst ein kleiner Junge, wie willst du dich an all das noch erinnern?«

»Bitte antworte auf meine Frage, das ist mir wichtig, Vater.«

»Natürlich hatte ich mein Werkzeug dabei.«

»Und du kannst dir wirklich nicht vorstellen, warum euch Mutter heimlich fotografiert hat? Schau dir das Foto an, der Blick dieser Frau, sie schien dich ja regelrecht angehimmelt zu haben.«

»Aber ich bitte dich!«

Sie schwiegen.

Dann sagte Trojan leise: »Sie war deine Geliebte, nicht wahr?«

»Nils, das ist Unsinn!«

»Bitte, Vater, sag mir die Wahrheit.«

»Ist das jetzt ein Verhör, oder was?«

»Nein. Ich bin zu dir gekommen, weil ich nicht mehr schlafen kann, seit mir dieses Bild, seit es« – er blickte verzweifelt zu dem Polaroid hin –, »es lag bei mir im Keller, gut versteckt, über all die Jahre, aber nun ist es hier, und ich –.«

Er rieb sich über die Augen.

Da sprach der Vater leise: »Sie ist mal mit mir spazieren gegangen, das ist alles. Sie hatte irgendwas auf dem Herzen. Wenn ich mich recht erinnere, hatte es mit ihren Männergeschichten zu tun. Da gab es jemanden in ihrem Leben, der nicht gut zu ihr war. Ich vermute, dass er sie verprügelt hat. Es ging auch um Geld und –.« Er brach ab und machte eine wegwerfende Handbewegung. »Aber das ist doch alles eine Ewigkeit her, ich verstehe nicht, warum dich das so aufregt.«

»Diese Frau ist ermordet worden, und ich hab dich gesehen, wie du kurz zuvor in ihr Haus gegangen bist, deshalb regt mich das auf, Vater.«

»Wie kannst du dir eigentlich so sicher sein, dass du mich gesehen hast? Wie alt warst du damals eigentlich? Vier Jahre? Fünf? Wirklich, Nils, ich glaube, du bringst da einiges durcheinander.«

Er schluckte. »Mutter starb, ich war allein mit ihr, und sie versuchte, mir etwas zu sagen.«

»Nils!«

»Sie wollte unbedingt, dass ich das Foto finde.«

»Ja, schon gut. Kann ja sein, dass deine Mutter eifersüchtig war.«

»Sie war schwer krank, und du gehst mit Susanna Halm spazieren.«

»Jetzt hör aber auf! Damals war deine Mutter noch gar nicht krank.«

»Sie hatte den Krebs schon in sich.«

»Mag ja sein. Lass die Vergangenheit ruhen, Nils.«

Der Vater setzte sich wieder, drehte sich eine Zigarette und zündete sie an.

Trojan blieb stehen, verschränkte die Arme vor der Brust.

»Du wolltest nicht, dass ich mich dem Haus nähere, in dem der Mord geschah. Einmal hast du mich angeschrien, als ich –.«

»Schluss jetzt!« Er schlug mit der Faust seiner gesunden Hand auf den Tisch, die Kaffeetasse schepperte. »Ich verbitte mir das! Die Sache ist verjährt.«

»Mord verjährt nicht!«

»Willst du deinen Vater allen Ernstes eines schweren Verbrechens bezichtigen? Willst du das? Das ist also der Grund, warum du hierherkommst? Verdammt, und ich dachte –.«

Trojan erschrak, als er sah, wie der Vater mit einem Mal mit den Tränen rang.

Er senkte die Stimme. »Wer bist du, Vater? Warum erzählst du nie etwas von dir? Was ist eigentlich mit deiner Mittwochsbekanntschaft? Wer ist diese Frau? Woher kennst du sie? Existiert sie überhaupt? Warum weiß ich so wenig über dich?«

»Ich bin dir keine Rechenschaft schuldig. Das ist mein eigenes Leben.«

»Vielleicht hilft es dir ja zu reden. Ich sehe doch, wie verbittert du bist. Du schließt dich hier ein, in deiner kleinen Wohnung, hältst dich an deine festen Regeln. Aber letztlich bist du doch zutiefst unglücklich, das sehe ich dir an.«

Der Vater führte die Zigarette in der verkrüppelten Hand zum Mund und sog heftig heran.

»Man fühlt sich sehr allein, wenn man alt wird. Aber so ist das nun mal.«

»Wer ist Frau Korn?«

Er rauchte, schwieg.

»Wer ist sie?«

Er drückte die Kippe aus.

»Eine Frau, mit der ich mich unterhalte, mehr nicht. Einmal in der Woche treffen wir uns, das muss genügen.«

»Wie hast du sie kennengelernt?«

»Über eine Annonce in der Zeitung.«

»Das ist schön für dich. Es tut dir sicher gut. Warum stellst du sie mir nicht mal vor?«

Der Vater sah ihn nicht an. »Also schön, ich werde darüber nachdenken.«

Trojan setzte sich wieder.

»Sei ehrlich, Vater. Hattest du ein Verhältnis mit Susanna Halm?«

»Nein.«

Er blickte kurz auf.

»Lass mal locker, Nils. Entspann dich. Ich glaube, du bist ein bisschen überarbeitet. Ich sag doch, die Kripo bekommt dir nicht.«

Sie schwiegen. Aus der Küche war das Ticken der Uhr zu vernehmen.

»Was macht eigentlich Emily? Warum besucht sie mich so selten?«

»Willst du denn Besuch?«

»Aber ja doch. Wie alt ist sie jetzt?«

»Fünfzehn.«

»Schwieriges Alter.«

»Hmm.«

Trojan blickte auf das Polaroid.

»Wer hat sie umgebracht?«, fragte er leise. »Wer hat Susanna Halm ermordet?«

»Ich weiß es nicht. Sie hatte schlechten Umgang. Fiese Männerbekanntschaften. Dieser Mord muss dich damals als Kind sehr beschäftigt haben, nicht wahr?«

Er antwortete nicht.

»Ich vermute, das ist der Grund, warum du Polizist geworden bist.« Der Vater trank einen Schluck Kaffee. »Vielleicht solltest du jetzt besser gehen. Mich hat unser Gespräch sehr angestrengt. Verdammt, Nils, so viele Jahre.«

Er stand mühsam auf, auch Trojan erhob sich.

»Komm her.«

Er zögerte, dann ließ er sich von seinem Vater umarmen.

»Mach mal Pause, ruh dich aus.« Er klopfte ihm auf die Schulter. »Hast das Grüblerische deiner Mutter geerbt.«

Trojan löste sich von ihm. »Ich wünschte, sie wäre noch am Leben.«

»Na klar, sie ist deine Mutter.«

Und dann fragte Trojan unvermittelt: »Hast du sie geliebt?«

»Nils, was ist los mit dir? Natürlich hab ich sie geliebt.«

Er versuchte in seinen Augen zu lesen, dann nahm er das Foto vom Tisch.

»Gib es mir«, sagte der Vater.

»Wozu?«

»Dann bist du es los.«

Trojan rührte sich nicht.

»Gib her.«

Mit einem Mal lag das Polaroid nicht mehr in seiner Hand. Er sah, wie der Vater mit dem Feuerzeug hantierte, schon stieg es im Aschenbecher in Rauch auf.

»Was tust du da!«

Er wollte hineingreifen, doch es war schon zu spät. Das Gesicht von Susanna Halm verglomm.

»Lass die Vergangenheit ruhen«, sagte der Vater noch einmal.

Trojan starrte ihn wortlos an, dann wandte er sich ab und ging.

Unten auf der Straße wischte er sich mit dem Handrücken den Schweiß von der Stirn.

Er drehte sich nicht mehr zu dem alten Mann am Fenster im zweiten Stock um, auch wenn er seine Blicke im Rücken spürte, stattdessen löste er das Schloss, stieg aufs Fahrrad und fuhr zurück zum Bahnhof.

Als er nach Hause kam, passte sein Wohnungsschlüssel nicht. Er versuchte es immer wieder, aber das Schloss ließ sich nicht öffnen. Schließlich wurde die Tür von innen aufgeklinkt, und er erschrak.

Doro lachte ihn an. »Was ist los, Bulle?«

Es brauchte einige Zeit, bis er begriffen hatte, dass er sich nicht im vierten Stockwerk befand, sondern erst im dritten.

»Tut mir leid, hab mich in der Tür geirrt.«

Sie grinste. »Glaub ich nicht.«

Er sah sie stirnrunzelnd an. »Doch, ehrlich, ich bin –.«

Sie zog ihn am Kragen seines T-Shirts in die Wohnung hinein.

»Nein, Bulle, du hast dich nicht geirrt. Wahrscheinlich bist du fix und fertig von einem Einsatz und dachtest dir, jetzt muss ich aber dringend nach Hause, aber eigentlich wolltest du was ganz anderes, und deshalb steckst du deinen Schlüssel ausgerechnet in mein Schloss.«

Sie grinste noch breiter.

»Willst du ein Bier?«

»Gerne«, sagte er und ließ sich bei ihr aufs Sofa fallen.

Er überlegte, ob er ihr von seinem Vater erzählen sollte.

Wieder sah er das Abbild von Susanna Halm im Aschenbecher vor sich, ihr verglühendes Gesicht.

Auch wenn sein Vater unschuldig war, da gab es etwas Dunkles, etwas Grauenhaftes in seiner Kindheit. Es lauerte ihm auf, immer wieder.

Er musste herausfinden, was es war, aber das brauchte Zeit.

Er überlegte auch, ob er Doro von Merten Feil und Josephin Maurer erzählen sollte, und mit einem Mal stand sie vor ihm, verwegen lächelnd, und hielt ihm die Bierflasche hin. Er nahm einen großen Schluck, und plötzlich saß sie auf seinem Schoß.

»Hör auf zu grübeln«, raunte sie ihm zu.

Wenig später wälzten sie sich am Boden herum, ihr T-Shirt krachte in den Nähten, und dann war es weg. Noch etwas später stand er im Flur, die Jeans an den Knöcheln, und Doro hockte nackt auf seinen Oberschenkeln, während er sie an die Wand presste. Plötzlich lag er auf ihrem Bett, irgendwie mussten sie ins Schlafzimmer gekommen sein, er dachte noch, dass sie das Fenster schließen sollten, weil sie so laut schrie, doch er vergaß es wieder, als sie auf ihm saß und ihm ihr Haar ins Gesicht peitschte. Er drehte sich mit ihr herum, und dann war er oben, und sie gab katzenartige Geräusche von sich, das gefiel ihm. Das Kopfteil ihres Bettes wummerte gegen die Wand, irgendetwas zersprang klirrend auf ihrem Nachttisch.

Ihm war, als hätte er so viel Luft in seiner Lunge wie seit Wochen nicht mehr.

Bis sie plötzlich mitten in der Bewegung innehielt und ihm beide Hände gegen den Brustkorb stieß.

»Stopp!«

»Was ist?«, fragte er.

Sie zog die Stirn kraus. »Wer ist Jana?«

»Was?«

Sie gab ihm einen Schubs, und er rollte von ihr herunter.

Er atmete heftig und sah sie verwirrt an.

Ihre Miene verfinsterte sich. »Ist mir ja egal, was du sonst noch so treibst, Bulle, aber du solltest die Namen nicht durcheinanderbringen.«

»Ich verstehe nicht.«

Sie stützte sich auf, blies sich eine Haarsträhne aus dem Gesicht und imitierte ein männliches Stöhnen.

Er schluckte. Sollte ihm etwa ein Fehler unterlaufen sein?

»Entschuldige.«

Sie zog einen Flunsch.

Er streckte die Hand nach ihr aus.

»Bin nicht mehr in Stimmung.«

»Doro.«

Sie stand auf und warf ihm seine Jeans aufs Bett. »Besser, wenn du jetzt nach oben gehst.«

»Tut mir wirklich leid.«

Sie antwortete nicht.

»Wir könnten doch –.«

Als Antwort stemmte sie bloß die Hände in die Hüften.

Widerwillig sammelte er seine restlichen Sachen auf und zog sich an.

»Tja, also dann«, sagte er an der Tür.

Sie nickte bloß.

Nachdem er geduscht hatte, kochte er sich Nudeln und aß allein am Küchentisch. Er spülte das Geschirr, trank noch ein Bier, riss alle Fenster auf und legte sich aufs Bett.

Er starrte eine Weile vor sich hin, dann wählte er die Handynummer seiner Tochter.

Sie hob sofort ab.

»Emily, ich bin's.«

»Hallo, Pa.«

»Störe ich dich gerade?«

»Nö.«

»Was machst du?«

»Nichts Besonderes, Musik hören und chillen.«

»Emily, ich wollte dir sagen, dass wir unbedingt in den Herbstferien verreisen werden, und diesmal wird nichts dazwischenkommen.«

»Wirklich? Wie kannst du dir da so sicher sein?«

»Ich hab es mit Landsberg besprochen. Er musste mir sein Wort darauf geben. Ich hab mir das Datum in meinem Kalender notiert. Keine Ermittlungen mehr ab Mitte Oktober.«

Er hörte sie in den Hörer atmen.

»Oder wir fahren gleich nächste Woche weg.«

»Ich hab Schule.«

»Ich weiß. Lässt sich da womöglich was mit einer Beurlaubung machen?«

»Bestimmt nicht.«

»Also in den Herbstferien. Ganz sicher.«

Sie schwieg. Er nagte an seiner Unterlippe.

»Emily?«

»Ja.«

»Dein Zornesausbruch neulich – ich wollte dir nur sagen, dass ich dich niemals im Stich lassen werde. Hörst du? Niemals. Du bist mir das Wichtigste auf der Welt, und ich werde immer für dich da sein.«

»Weiß ich doch, Pa.«

»Ich werde mit Landsberg reden, er muss mir endlich die Möglichkeit geben, meine unzähligen Überstunden abzubummeln, und dann hab ich auch mehr Zeit für dich.«

Sie seufzte. »Und wohin fahren wir?«

»Wir könnten irgendwohin fliegen, wo es noch warm ist. Ganz wie du willst.«

»Ich überleg mir was.«

»Schön.«

Sie schwiegen eine Weile.

Dann sagte sie: »Ich muss jetzt Schluss machen. Mama ruft, sie hat gekocht.«

»Ist Flo da?«, fragte er vorsichtig.

»Hmm.«

Er holte tief Luft.

»Ist alles in Ordnung bei dir, Paps?«

»Ja, alles bestens«, sagte er wenig überzeugend.

»Ich hab dich lieb, Paps.«

»Ich hab dich auch lieb.«

Sie legten auf, und er sah von seinem Bett zum Fenster hinaus.

Er grübelte über seine Exfrau und diesen Florian nach. Er dachte an Emily, und plötzlich war er wieder bei seinem Vater.

Sollte er ihm wirklich glauben?

Warum hatte er das Polaroid verbrannt? Um ihm einen Gefallen zu tun?

»Lass die Vergangenheit ruhen.«

Oder wollte er ein Beweismittel vernichten?

Er war doch sein Vater. Wie konnte er ihn nur verdächtigen!

Vielleicht hatte Richard Trojan recht in dem, was er sagte, vielleicht phantasierte er sich wirklich etwas zusammen.

Doch woher kamen nur diese Zweifel in ihm?

Seine Gedanken kreisten weiter, um Josephin Maurer, ihren Spaziergang, die Fahrt nach Lankwitz, und wieder stieg ihm die Hitze in Gesicht, als er sich seinen peinlichen Versprecher bei Doro ins Gedächtnis rief.

Schließlich wählte er erneut eine Nummer auf seinem Handy.

Wie schon die ganze Woche über meldete sich nur der Anrufbeantworter.

»Jana«, sagte er nach dem Signalton. »Melde dich doch bitte.«

Er wartete, ob sie nicht doch vielleicht abhob. Aber nichts geschah, darum sprach er einfach weiter.

»Also, meine Einladung zum Essen steht noch. Ich rufe als dein Patient *und* als dein Freund an. Ich weiß, das ist ein Widerspruch. Aber ist das ganze Leben nicht widersprüchlich?«

Sein Gefühl sagte ihm, dass sie zu Hause war und mithörte.

»Ich war bei Josephin in der Klinik. Hoffen wir, dass sich ihr seelischer Zustand bald stabilisiert. Ich werde mich um sie kümmern, das habe ich ihr versprochen. Auf jeden Fall ist sie in Sicherheit.«

Er machte eine Pause.

»Und ich war heute bei meinem Vater.«

Er seufzte.

»Wäre schön, wenn du zurückrufst. Wenn du magst, können wir uns auch wieder siezen. Hauptsache, du rufst an.«

Er horchte noch eine Weile in den Hörer hinein, dann legte er auf.

Als er hochschreckte, war es dunkel im Zimmer. Die Fenster standen noch immer offen, doch es war still unten auf der Straße, tiefe Nacht.

Er überlegte, was ihn geweckt haben könnte, erst in diesem Moment wurde ihm bewusst, wie erholsam sein Schlaf gewesen war, endlich, nach langer Zeit, und dann sah er, dass das Display seines Handys aufleuchtete.

Er nahm es vom Nachttisch und las die SMS:

WAS HÄLTST DU DAVON, WENN ICH FÜR UNS KOCHE? FREITAGABEND BEI MIR? AKAZIENSTRASSE 41.
JANA.

Zunächst traute er seinen Augen nicht.

Schon klickte er auf »antworten«.

GERNE. ICH FREUE MICH.
NILS.

Er legte das Handy weg, klopfte sein Kissen auf und drehte sich auf die Seite.

Mit einem Lächeln auf den Lippen schlief er weiter.

Und ganz allmählich fiel die Last der vergangenen Tage von ihm ab.

Umarmt euch noch ein letztes Mal.
Es ist ein Abschied für immer.
Denn euer Totentanz hat längst begonnen.

Wenn Ihnen
»Die Puppenmacherin«
gefallen hat und Sie Lust auf die Kostprobe
eines weiteren
spannenden Psychothrillers
von Max Bentow haben,
lesen Sie auf den nächsten Seiten weiter.

Max Bentow

Die Totentänzerin

Psychothriller · 380 Seiten

Ein Mann und eine Frau, entkleidet und in einer engen Umarmung vereint, die Körper mit einer Schnur aneinander gefesselt. Das Bett, auf dem sie liegen, ist blutdurchtränkt, davor auf bizarre Weise drapiert die Nachtwäsche der beiden Opfer. Dieser schaurige Anblick bietet sich Nils Trojan und seinem Team, als sie in der Wohnung eintreffen, in der sich das grauenhafte Verbrechen ereignet hat. Welcher kranke Geist hat hier gewütet? Wie weit geht Hass, dass er einen Menschen zu einer solchen Tat verführt? Trojan ist schockiert, als ausgerechnet Theresa Landsberg, die Frau seines Chefs, in den Kreis der Verdächtigen gerät. Er will nicht an ihre Schuld glauben, und doch weiß er, dass er jede Spur verfolgen muss. Denn soeben wurde ein weiteres Liebespaar tot aufgefunden …

GOLDMANN

PROLOG

»Wir müssen leise sein«, sagte sie zu ihm.

Er lächelte. Im halbdunklen Flur schimmerte sein weißes Hemd, den mit Schnee benetzten Mantel hatte er sich über die Schulter geworfen. Er beugte sich zu ihr herab und küsste sie. Seine Wangen waren kühl, als sei er noch vom Nachtfrost umgeben, der Eisblumen an die Fensterscheiben warf.

Es war kurz vor Weihnachten, sie liebte diese Zeit, sie schmeckte nach Nelken, Orangen und Nüssen. Sie roch sein Rasierwasser, es war würzig und scharf, erwachsen und stark, ein Schauer lief über ihren Rücken, und schon war ihr wieder warm.

»Komm mit«, sagte sie, er streifte sich die Stiefel ab, und sie führte ihn in ihr Zimmer, schloss hinter ihm die Tür. Sie setzten sich auf ihr Bett, er war ihr so nah. Die Nachttischlampe warf ihrer beider Schatten an die Wand. Nur in verworrenen Träumen war das bisher passiert.

Sie merkte ihm an, dass auch er ein wenig nervös war.

»Und deine Eltern kommen wirklich nicht früher zurück?«

Sie zuckte mit den Schultern. »Warum sollten sie, eine Ballnacht ist eine Ballnacht.«

»Sie tanzen Walzer?«

»Bestimmt.«

»Dein Vater kann tanzen?«

»Was glaubst denn du?«

»Wenn der wüsste …«

»Weiß er aber nicht.«

»Er bringt mich um.« Sein Lachen war laut.

»Schscht«, machte sie, »du weißt doch, nebenan schläft noch jemand.«

Unsicher blickte sie zu der Wand zum Nebenzimmer hin, wo ihre Poster hingen, alberner Mädchenkram, sie hätte sie vorher abnehmen sollen.

Er strich ihr das Haar aus der Stirn und küsste sie wieder.

Gut, sie war bereit, sie hatte es so beschlossen, und sie würde es tun. Er war ein Freund ihrer Eltern, und er könnte ihr Vater sein, aber das war ihr egal, im Gegenteil, es beflügelte ihre Phantasien. Und sie ließ sich von ihm das Kleid ausziehen und knöpfte ihm das Hemd auf. Seine Brust war dicht behaart, sie betrachtete sie fasziniert, wie bei einem Affen, dachte sie, wie im Zoo, und das belustigte sie.

Und dann drückte er sie an sich, und sie sanken beide aufs Bett. Sie knipste das Licht aus, weil es ihr im Dunkeln lieber war, sie hörte das Ratschen seines Reißverschlusses, er stellte sich ungeschickt an, als er sich aus seiner Hose wand, und sie musste kichern.

»Was ist?«, fragte er.

»Nichts«, flüsterte sie, »mach weiter.«

Schon war sie unter seinen Händen, die waren rau, anders, als sie sich das ausgemalt hatte, die Art, wie er sie berührte, gefiel ihr nicht, zu fordernd, zu grob, doch sie wollte nicht zimperlich sein, und sie ließ sich von ihm die Unterhose abstreifen, und nun würde alles geschehen, was geschehen sollte, und sie würde keinen Widerstand leisten.

Es ist eine Sünde, hörte sie ihre Mutter sagen, und sie stellte sich dazu das strenge Gesicht des Vaters vor.

Sie überschlug im Kopf noch einmal den Altersunterschied, und der war frappierend, aber es war nun mal ein Abenteuer und als solches geplant. Längst hatte es begonnen, und sie konnte nicht mehr zurück. Vor lauter Aufregung wurde ihr ein bisschen schummrig.

Siehst du, sagte sie in Gedanken zu sich selbst, nun hat das Leben begonnen, das hier, dieser Moment, ist erst der Anfang, alles davor war nur ein endlos langer Kindergartenausflug, knallbunt, aber irgendwie auch nicht real.

Sie hörte, wie er die Packung mit den Kondomen aufriss.

Hier ist die Wirklichkeit, dachte sie.

Und die kam mit Schmerzen einher, sie bat ihn, etwas vorsichtiger zu sein, doch er stöhnte nur, er war so laut, dass sie ihn noch einmal ermahnen musste, ruhiger zu sein.

Er hielt kurz inne und fragte: »Gefällt es dir denn nicht?«

Sie seufzte bloß, starrte in die Dunkelheit hinein, während er sich wieder auf ihr bewegte. Sie versuchte, den Schmerz zu ignorieren, biss sich auf die Unterlippe. Nichts wäre ihr unangenehmer, als jetzt zu weinen.

Das Bett knarrte, auch das störte sie. Sie hielt sich am Rücken des Mannes fest. Er schwitzte übermäßig, sie verspürte den Impuls, sich die Hände am Laken abzuwischen, aber das gehörte sich wohl nicht.

Plötzlich drang ein Lichtstrahl ins Zimmer. Zunächst glaubte sie, er käme von draußen, durch einen Spalt im Vorhang, der Scheinwerferkegel eines vorbeifahrenden Autos vielleicht. Ja, dachte sie, alles ist gut, wir sind unbeobachtet, allein, ich bin in den Armen eines Mannes, und von nun an bin ich kein Kind mehr. Doch dann fiel ihr auf, dass die Seite nicht stimmte, das Licht kam von der Tür. Er schien es nicht bemerkt zu haben, denn er machte einfach weiter.

Sie wollte etwas sagen, doch sie war so erschrocken, dass sie keinen Ton herausbekam.

Da spürte sie den Lufthauch.

Hör auf, wollte sie flüstern, aber ihre Kehle war wie zugeschnürt.

Und dann erkannte sie die Hand und den schweren Gegenstand darin.

Schon schnellten Hand und Gegenstand herab.

Sie schrie.

Es gab ein hässliches Geräusch, ein Knacken, ein Bersten, und sie hörte, wie der Mann über ihr aufstöhnte, es war ein anderes Stöhnen als zuvor, endgültig, dumpf, und es traf sie bis ins Mark. Da sackte er auf ihr zusammen und rührte sich nicht mehr.

Mit den Fingerspitzen betastete sie seinen Hinterkopf, aber der war feucht und klebrig, und wieder schrie sie.

Sie zog die Finger weg. Es gab keinen Zweifel: Der Mann über ihr war tot. Und da stand jemand am Bett und starrte auf sie herab.

Sie schrie weiter. Noch nie hatte sie sich selbst so schreien hören.

Und dann erstarb auch ihre Stimme, und unter dem Leichnam vergraben konnte sie sich nicht mehr bewegen.

Dieses Gesicht über ihr, sie sah in die Augen.

Nur in das Weiß der Augen, aufgerissen, starr.

Nichts geschah, es war still um sie herum, totenstill.

Doch bald darauf vernahm sie das Rauschen ihres Bluts in den Ohren, und es klang wie eine Melodie, es erinnerte sie an das Schlaflied, das sie als Kind so sehr gemocht hatte, und sie wünschte sich, sie könnte einschlafen und all das vergessen wie einen bösen Traum.

Aber es war kein Traum.

Sie wusste, von nun an würde sie auf immer so daliegen, hilflos, nackt, und alles in ihr wäre erloschen.

– LESEPROBE –

EINS

Der Wecker ihres Mannes schrillte, und sie zuckte zusammen. Es war halb sieben. Nie hatte sie ein Problem damit gehabt, früh aufzustehen. Nur lagen die Tage, an denen sie pünktlich vor einer lärmenden Schulklasse erscheinen musste, unendlich weit zurück.

Während er im Bad verschwand, drehte sie sich auf die Seite, klopfte ihr Kissen zurecht und versuchte, wieder in ihren Traum zurückzufinden. Er hatte mit dem Ort ihrer Kindheit zu tun, dem Kirchturm und den Einfamilienhäusern, und da hatte dieses weiße Pferd gestanden, sie erinnerte sich an seine großen braunen Augen und die geblähten Nüstern. Im Traum hatte sie überlegt, ob sie das Reiten vielleicht verlernt haben könnte, sie wusste noch, dass sie sich vor Stürzen und Knochenbrüchen gefürchtet hatte, bis sie sich endlich ein Herz fasste, sein weiches Fell streichelte und im Begriff war, sich auf seinen Rücken zu schwingen und mit ihm davonzureiten.

In diesem Moment hatte sich der Weckalarm gemeldet.

Es war zwecklos, sie konnte nicht mehr einschlafen. Wieder einmal zerbrach sie sich den Kopf darüber, ob sie ihren Job als Lehrerin nicht doch zu voreilig aufgegeben hatte. Damals aber war ihr alles zu viel geworden, und sie hatte dringend eine Auszeit gebraucht.

Und daraus war ein Dauerzustand geworden, sie hatte einfach nicht mehr die Kraft aufgebracht, in den Beruf zurückzukehren. Ihr Mann wurde nicht müde zu betonen, dass sie doch allein von seinem Gehalt wunderbar leben konnten. Also bestand ihre Aufgabe darin, Einkaufslisten zu schreiben, die Möbel zu verrücken, Staub zu saugen und zweimal in der Woche einen Tanzkurs zu belegen.

Sie hörte, wie er in der Küche rumorte. Kaffeeduft stieg ihr in die Nase, der Geruch seiner Morgenzigarette.

Sie durfte diesen einen Gedanken nicht zulassen, und schon war er da: Wenn sie damals das Kind nicht verloren hätte, wäre nicht die Krise gekommen. Wäre die Krise nicht gewesen, hätte sie ihren Job nicht aufgegeben. Wäre das Kind am Leben, wüsste sie, wozu es sich lohnte aufzustehen.

Stopp, dachte sie, nicht wieder damit anfangen. Dem Gedankenkarussell Einhalt gebieten, sofort!

Mit einem Mal spürte sie, dass er am Bett stand. Auch mit geschlossenen Augen bemerkte sie sein Zögern. Er hatte die Wahl, sich zu ihr hinabzubeugen und sie zum Abschied auf die Wange zu küssen, auch auf die Gefahr hin, sie zu wecken, oder sich einfach leise aus der Wohnung zu stehlen.

Ein Kuss, dachte sie, tu es einfach.

Doch schließlich vernahm sie bloß das leise Klacken der Wohnungstür.

Nach einer Weile stand sie auf und ging ins Bad. Sie duschte heiß und ausgiebig, so heiß, wie es ihre Haut nur ertrug. Sie brauchte einfach dieses Brennen am ganzen Körper. Es gab ihr das Gefühl, noch am Leben zu sein.

In der Küche bereitete sie ihren gewohnten Obstsalat zu, und als sie eine Grapefruit schälte, fiel ihr Blick auf den Messerblock. Einer plötzlichen Laune folgend zog sie das größte hervor und stach damit auf die Frucht ein. Der Saft spritzte ihr in die Augen, und sie stach gleich noch einmal zu.

Sie hielt kurz inne. Dann wischte sie die Spritzer weg, polierte die Arbeitsfläche, häufte die Obststücke in die Schale, goss Kaffee ein, zog den Morgenmantel fester zu und setzte sich kerzengerade an den Küchentisch, um zu frühstücken.

Kaum begann sie zu überlegen, wie sie ihren Tag gestalten sollte, meldete sich das gewisse Kribbeln in ihrem Bauch. Es war diese Aufregung, die sie schon als Kind verspürt hatte, wenn sie an etwas Verbotenes dachte.

Sie musste die Regeln brechen, sonst blieb ihr Leben trostlos und trüb.

Als sie vorm Spiegel im Schlafzimmer den Morgenmantel fallen ließ, sich kritisch beäugte und dann die besondere Spitzenunterwäsche anzog, die den Augen ihres Mannes für immer verborgen bleiben sollte, summte sie selbstvergessen eine Melodie. Sie schminkte sich, zog Strümpfe und ein rotes Kleid an und öffnete ihre Handtasche.

Da war das seidene Etui, und darin befand sich ein Ring mit zwei Schlüsseln.

Es kribbelte in ihrem Nacken, als sie den Ring berührte, wohlige Schauer liefen ihr den Rücken hinab. Sie wählte ein Paar Pumps mit hohen Absätzen aus, zog sich eine leichte Lederjacke über, steckte das Seidenetui mit den Schlüsseln zurück in die Handtasche und verließ die Wohnung.

Ihr Gang war anders als sonst, federnd, beschwingt, sie genoss die Spätsommersonne auf ihrer Haut, den leichten Wind, das Gefühl, etwas unter ihrem Kleid zu tragen, das niemand kannte außer sie selbst. Sie liebte es, etwas zu tun, was kein Mensch von ihr erwarten würde.

Sie nahm sich ein Taxi und bat den Fahrer, sie nach Kreuzberg zu bringen. Am Görlitzer Bahnhof ließ sie sich absetzen. Sie durfte nicht zu früh kommen, also spazierte sie noch eine Weile durch den Park. Sie fand es aufregend, die dunkelhäutigen Dealer zu beobachten, die auf den Wegen herumlungerten und auf Kundschaft warteten. Einer pfiff ihr sogar nach, und das erfüllte sie mit Stolz, schließlich hatte sie die vierzig gerade überschritten.

Es war gegen halb elf, als sie in die Lausitzer Straße einbog. Das Haus Nummer zwölf befand sich kurz vor der Ecke zum Paul-Lincke-Ufer. Vorsichtig sah sie sich um, dann wanderte ihr Blick zu den Fenstern im zweiten Stockwerk hinauf.

Die purpurnen Vorhänge waren geöffnet, dahinter befand sich das Schlafzimmer. In dem anderen Fenster, wo das Wohnzimmer war, hing das Windspiel.

Ihr Herz klopfte heftig, als sie die Schlüssel aus dem Etui nahm und die Haustür aufschloss. Sie hielt den Kopf gesenkt, glücklicherweise kam ihr niemand im Treppenhaus entgegen. Um ganz sicherzugehen, klingelte sie an der Wohnungstür im zweiten Stock, doch wie zu erwarten öffnete niemand.

Ihre Knie zitterten leicht, als sie eintrat.

Im Flur drückte sie die Tür leise wieder ins Schloss.

Sie hielt inne, registrierte das Pochen ihrer Halsschlagader. Ihre Erregung war so stark, dass sie das Gefühl hatte, jemand greife mit beiden Händen nach ihr und streiche an ihrem Körper entlang.

Sie ließ den Atem ausströmen.

Dann inspizierte sie die Räume, aber das Paar war nicht daheim. Nach den Informationen, die sie über die beiden gesammelt hatte, waren sie zur Arbeit gefahren und würden erst am Abend zurückkommen.

Und doch musste sie wachsam sein, äußerst wachsam.

Sie ging in das Schlafzimmer und zog die Vorhänge zu. In der Mitte des Raumes blieb sie stehen und atmete den fremden Geruch ein, da war der Moschusgeruch von ihr und die etwas strengere Note von ihm. Sie musste sich mehr auf die Frau konzentrieren, den Gedanken an ihn verjagen.

Sie wollte sein wie Mara, jung und unbeschwert.

Mara. Sie mochte den Namen. Mara, sie war jetzt Mara. Das hier war ihr Zimmer, ihr Spiegel, ihr Bett.

Sie zog sich bis auf die Unterwäsche aus, dann öffnete sie den Kleiderschrank. Maras Sachen waren hübsch, ihre Finger betasteten die T-Shirts, Tops, Hosen, Röcke und Kleider, verharrten auf den Dessous, glitten über die Stoffe, prüften, suchten, sehnten sich. Ihre Nerven waren aufs Äußerste gespannt, aber auf eine angenehme, verlockende Art, und als sie das transparente Negligé sachte aus der hintersten Ecke des Schrankes hervorzog, schien ihr Herzschlag zu flattern, so dass es ihr für einen Moment den Atem verschlug.

Schließlich streifte sie sich das Negligé über.

Nun trug sie etwas von dieser jungen Frau. Als wäre sie gleichsam in ihre Haut geschlüpft.

Aber es fehlte noch etwas.

Sie fuhr mit beiden Händen unter die Wäsche im Schrank, sie wusste, dass sich dort ein Geheimnis von Mara verbarg. Ihr Freund sollte es nicht entdecken.

Da war es. Ihre Finger hatten es schon erspürt.

Sie nahm es hervor und spielte damit. Es war ein rotes Halsband, an dem eine tropfenförmige Perle hing. Die Perle hatte einen besonderen Schliff, so dass sich das Licht in ihr brach und sie zum Funkeln brachte. Auf der Rückseite hatte sie einen Kratzer in der Form eines *M*.

Es gefiel ihr so sehr. Sie musste es haben.

Entschlossen legte sie sich das Band um. Sie betrachtete sich lange verzückt im Spiegel, nun war sie eine Fremde im Negligé, darunter die Spitzenunterwäsche und am Hals dieses Schmuckstück.

Sie beäugte sich von allen Seiten. Dann ging sie zum Bett und schlug die Decke zurück. Die Laken waren kühl, und als sie sich hineinlegte, durchrieselte sie ein Glücksgefühl. Sie nahm Maras Kopfkissen – sie wusste, dass sie auf der linken Seite schlief – und roch daran.

Sie schloss die Augen.

Ihr war schwindlig vor Aufregung, ihr Atem ging stoßweise.

Und dann träumte sie doch noch einmal von dem weißen Pferd, sie war an seinen Rücken geschmiegt und ritt mit ihm davon, sie hatte keine Angst hinabzustürzen, konnte sich ganz auf seine Stärke verlassen, spürte unter sich das Spiel seiner Muskeln, den kräftigen Atem in seinen Flanken und roch seinen Schweiß. Sie wünschte sich, dass dieses Abenteuer niemals enden würde.

Plötzlich vernahm sie etwas, das nicht in diesen Traum passte. Ein monotones Brummen, mechanisch, laut. Sie schlug die Augen auf und erschrak.

Zunächst wusste sie nicht, wo sie war. Erst dann sah sie das Handy auf dem Nachttisch, es vibrierte. Endlich fiel ihr ein, dass sie vorsorglich den Alarm eingestellt hatte, falls sie einschlafen würde. Sie durfte doch nicht in dem fremden Bett erwischt werden. Sie schaltete das Handy aus.

Auf einmal meinte sie, Stimmen zu hören.

War da jemand?

Rasch setzte sie sich auf. Um Himmels willen, kam da etwa jemand zur Tür herein? Vor Scham und Angst konnte sie sich nicht rühren.

Schließlich entfernten sich die Stimmen wieder, vermutlich eine Unterhaltung im Treppenhaus.

Sie lauschte.

Jetzt war es still.

Sie stieß die Luft aus.

Stand auf, strich das Laken und die Bettdecke glatt. Sie tat es mit viel Sorgfalt, bis sie sicher war, dass keine Falte sie verraten würde. Die Kissen schüttelte sie auf und legte sie an ihren alten Platz. Alles musste so sein wie vorher.

Dann streifte sie das Negligé über den Kopf, nahm das rote Halsband ab und verstaute beides wieder im Schrank, genau dort, wo sie es hervorgeholt hatte. Sie glättete behutsam einige Kleidungsstücke und schloss die Schranktür.

Als sie die Vorhänge aufzog, blendete sie das Sonnenlicht. Es war bereits früher Nachmittag, sie musste sich beeilen, schließlich könnten Mara und ihr Freund auch früher als gewöhnlich nach Hause kommen.

Sie überprüfte noch einmal genau die Position des Vorhangs, bis sie schließlich ihre eigenen Sachen wieder anzog. Sie ließ ein letztes Mal den Blick durch den Raum gleiten, dann verließ sie die Wohnung und schloss von außen ab.

Jemand kam die Treppe herauf, eilig wandte sie sich von der Tür ab und kramte aus der Handtasche ihre Sonnenbrille hervor. Sie zog die Schultern hoch, setzte die Brille auf und ging grußlos an dem Hausbewohner vorbei. Erst auf der Straße konnte sie wieder aufatmen.

Am Kottbusser Damm winkte sie ein Taxi heran und ließ sich nach Hause fahren. Nur für den Fall, dass ihr Mann irgendwelche Fragen stellte, hatte sie einen Termin bei ihrer Kreuzberger Heilpraktikerin im Kalender notiert.

Sie lächelte. Alles lief nach Plan.

Autor

Max Bentow wurde in Berlin geboren. Nach seinem Schauspielstudium war er an verschiedenen Bühnen tätig. Für seine Arbeit als Dramatiker wurde er mit zahlreichen renommierten Preisen ausgezeichnet. Seit seinem Debütroman »Der Federmann« hat sich Max Bentow als einer der erfolgreichsten deutschen Thrillerautoren etabliert, alle seine Bücher waren große SPIEGEL-Bestseller-Erfolge. Mehr zum Autor unter www.max-bentow.de

<u>Außerdem von Max Bentow lieferbar:</u>

Der Federmann. Psychothriller
Die Totentänzerin. Psychothriller
Das Hexenmädchen. Psychothriller
Das Dornenkind. Psychothriller
Der Traummacher. Psychothriller
Das Porzellanmädchen. Psychothriller
Der Schmetterlingsjunge. Psychothriller
Rotkäppchens Traum. Psychothriller
Der Mondscheinmann. Psychothriller
Der Eisjunge. Psychothriller
Das Bernsteinkind. Psychothriller
Engelsmädchen. Psychothriller
Eulenschrei. Psychothriller
Rabenland. Psychothriller

(alle auch als E-Book erhältlich)